대부 돌아오다 2

The Godfather Returns
by Mark Winegardner

The GODFATHER RETURNS by Mark Winegardner
Copyright ⓒ 2004 by The Estate of Mario Puzo
All rights reserved.
Korean translation copyright ⓒ 2005 by Nulbom Publishing.
This Korean edition was published by arrangement with The Estate of Mario Puzo c/o
Donadio & Olson, Inc., New York through KCC(Korea Copyright Center Inc.), Seoul.

이 책의 한국어판 저작권은 (주)한국저작권센터(KCC)를 통한 저작권자와의 독점계약으로 늘봄출판사에 있습니다. 저작권법에 의해 한국 내에서 보호를 받는 저작물이므로 무단전재와 복제를 금합니다.

The Godfather
RETURNS

마크 와인가드너

대부
돌아오다 2

늘봄

옮긴이 권도희

건국대학교 국문학과 대학원을 졸업했고 번역가로 활동 중이다.
역서로 「제국의 딸」 「움직이는 손가락」 「누명」 「비뚤어진 집」 등이 있다.

대부 돌아오다 2

지은이 / 마크 와인가드너
옮긴이 / 권도희
발행인 / 조유현
발행처 / 늘봄
디자인 / 박준철
편　집 / 김금발미　류민영

등록번호 / 제1-2070 1996년 8월 8일
주　소 / 서울시 종로구 충신동 189-11
전　화 / (02)743-7784
팩　스 / (02)743-7078

초판발행 / 2005년 10월 20일

89-88151-61-5　03840
89-88151-59-3　03840 (전2권)

*가격은 표지에 있습니다.

새로운 것을 위해 오래된 방식을 버리는 사람들은
결국 자신이 무엇을 잃었는지 알게 된다
그러나 무엇을 얻게 되는지는 모른다.

– 시칠리아 속담

그들은 나의 모든 친구들을 죽이고 있었다.
– 2차대전 당시 독일과 싸울 수 있는 용기를 어떻게 얻었느냐는 질문에 대한
미국 군인 오디 머피의 대답

연 대 표

	소설 대부 돌아오다 (1955~1958)		소설 대부 돌아오다 (1959~1962)*	
영화 대부 Ⅰ (1945~1954)		영화 대부 Ⅱ (1958~1959)**		영화 대부 Ⅲ (1979~1980)

---

* 소설 〈대부 돌아오다〉는 회상장면을 통해 마이클 코를레오네의 젊은 시절을 보여주고 있다.
** 영화 〈대부Ⅱ〉는 회상장면을 통해 비토 코를레오네의 젊은 시절을 보여주고 있다.

차례

2권

제4부	1956~1957년	13
제5부	1957~1959년	67
제6부	1920~1945년	163
제7부	1961년 1~6월	209
제8부	1961~1962년	305
제9부	1962년 여름	391

1권

제1부	1995년 봄	13
제2부	1955년 9월	45
제3부	1955년 가을~크리스마스	265
제4부	1956~1957년	331

주요 인물

‖‖‖ 코를레오네 패밀리 ‖‖‖

비토 코를레오네 ················· 뉴욕에서 가장 세력이 큰 범죄 조직의 대부
카멜라 코를레오네 ············· 비토 코를레오네의 아내이자 네 자녀의 어머니
소니 코를레오네 ································ 비토와 카멜라의 장남
산드라 코를레오네 ······································· 소니의 아내
프란체스카, 캐시, 프랭키, 칩 코를레오네 ············· 소니와 산드라의 아이들
톰 헤이건 ························ 콘실리에리이자 비토의 비공식적인 양자
테레사 헤이건 ················· 톰의 아내이자 앤드류, 프랭크, 지나의 어머니
페데리코 '프레디' 코를레오네 ················· 비토와 카멜라의 둘째 아들
(1955년~1959년까지 부두목)

디에나 던 ··················· 아카데미상 수상 여배우이자 프레디의 아내
마이클 코를레오네 ··· 비토의 막내아들이자 코를레오네 패밀리를 이어받은 후계자
케이 아담스 코를레오네 ························· 마이클의 두 번째 아내
안토니, 메리 코를레오네 ························· 마이클과 케이의 아이들
코니 코를레오네 ······························· 비토와 카멜라의 딸
카를로 리찌 ······························· 코니 코를레오네의 죽은 남편
에드 페데리치 ························· 코니 코를레오네의 두 번째 남편

‖‖‖ 코를레오네 패밀리 조직 ‖‖‖

코시모 '대마초 모모' 바론 ……………… 제라치의 부하이자 샐리 테시오의 조카

페트 클레멘자 ………………………………………… 비토 코를레오네와 동업자

파우스토 도미니크 '닉' 제라치 주니어(일명 에이스 제라치) ……… 테시오의 부하.
이후 카포레짐을 거쳐 두목이 됨

샬롯 제라치 …………………………………………………………… 닉의 아내

바브 제라치와 베브 제라치 …………………………………… 닉과 샬롯의 딸들

로코 람포네 ………………………………………………………………… 카포레짐

카르민 마리노 ……………………… 제라치의 부하이자 보카치오 패밀리의 사촌

알 네리 ………… 패밀리 휘하 호텔들의 경호실장. 필요할 때면 경호원으로 파견

토미 네리 ……………………………… 람포네의 부하이자 알 네리의 조카

리치 '쌍권총' 노빌리오 ……………… 클레멘자의 부하. 나중에 카포레짐이 됨

에디 파라디스 ……………………………………………………… 제라치의 부하

살바토레 테시오 ……………………………………… 코를레오네 조직의 카포레짐

▒▒ 코를레오네 패밀리의 친구들 ▒▒

마르그리트 듀발 ······································· 댄서이자 배우

조니 폰테인 ············· 오스카상 수상 배우이자 현존하는 가장 위대한 살롱 가수

버즈 프라텔로 ················ 나이트클럽 공연자(아내인 도티 에미스와 함께 일한다)

파우스토 '운전기사' 제라치 ····················· 포를렌자 조직의 트럭 운전기사이자
닉 제라치의 아버지

조 루카델로 ······························· 마이클 코를레오네의 젊었을 때 친구

애니 맥그윈 ···················· 가수, 배우. 그리고 '조조, 치즈 부인과 애니' 라는
인형 쇼의 예전 진행자

할 미첼 ············ 제대한 해병. 라스베가스와 타호 호수에 있는 코를레오네 소유의
카지노 운영을 책임짐

줄스 시갈 ················ 라스베가스에 있는 코를레오네 소유의 병원의 외과 과장

M. 콜버트 '미키' 시아 ············· 예전 비토 코를레오네의 밀주 판매 동업자이자
전(前) 캐나다 대사

제임스 카바나우 시아 ························ 뉴저지의 주지사이자 시아 대사의 아들

대니얼 브렌든 시아 ···················· 뉴욕주의 부 검찰 총장이자 시아 대사의 아들

알버트 소펫 ··· 중앙정보부(CIA)의 국장

윌리엄 브루스터 '빌리' 반 알스데일 3세 ··· 반 알스데일 감귤회사의 상속인으로
프란체스카의 남편

⦀ 그 외 경쟁 범죄 조직들 ⦀

구시 시체로 ·················· 팔코네와 핑퐁의 부하이자 L.A. 서퍼 클럽 주인

오틸리오 '우유장수 레오' 쿠네오 ····················· 뉴욕에 있는 조직의 두목

프랭크 팔코네 ····························· 로스앤젤레스에 있는 조직의 두목

빈센트 '유태인' 포를렌자 ······················· 클리블랜드에 있는 조직의 두목

팻 파울리 포츄나토 ··························· 뉴욕의 바르지니 패밀리의 두목

체사레 인델리카토 ······························· 시칠리아의 카포 디 튜티 카피

토니 몰리나리 ······························ 샌프란시스코에 있는 조직의 두목

'웃는' 살 니르듀치 ································· 클리블랜드의 콘실리에리

이그나지오 '재키 핑퐁' 피그나텔리 ····· 로스앤젤레스의 부두목. 이후 두목이 됨

루이 '얼굴' 루소 ···································· 시카고 조직의 두목

리코 타탈리아 ····· 뉴욕에 있는 조직의 두목(이후 오스와도 '오지' 알토벨로가 계승)

조 잘루치 ··· 디트로이트 조직의 두목

15

 네바다주의 하원의원이 처음으로 좋지 않은 진단을 받은 것은 새로 완성된 비토 코를레오네 윙 병원에서 였다. 그는 전직 검찰 총장인데다가 코사 노스트라를 네바다주에 영입시키는 것을 반대하는 만만치 않은 적수였고, 무슨 도움이 되는지는 모르겠지만 둠 타운에 목장을 가지고 있었다. 하원의원은 워싱턴으로 돌아와 전문의로부터 두 번째 진단을 받았다. 이번에도 결과는 같았다. 암이었다. 임파선에 수술이 불가능한 악성 종양이 생겨 6개월밖에 못 산다는 말을 들은 하원의원은 자신의 병을 숨긴 채 활동을 계속했다. 하지만 암을 이길 장사는 없었다. 1년 후 의원은 체중이 40킬로그램 가량 빠졌고, 결국 죽었다. 이런 일이 있을 경우, 종종 하원의원의 자리는 고인의 정치적인 경쟁자가 넘겨받곤 했다. 주지사는 유명한 변호사이자 자산가인 토마스 F. 헤이건에게 승산이 없는 당내 상원의원 후보 자리를 사퇴하고, 하원의원의 자리를 이어받아줄 것을 요청했다. 헤이건은 네바다주의 주민들에게 봉사할 수 있는 기회를 얻기 위해 자신의 계획을 뒤로 미루고 기꺼이 그 자리를 받아들이기로 했다.

 그 임명은 평판이 좋지 못했다. 문제가 되는 부분은 헤이건이 연관되어 있는 조직 때문이라기보다 ―그런 조직과 연관이 있는 정치인이 헤이건만은 아니었다― 그가 네바다주민이 된 지 얼마 되지 않았다는 점이었다. 그리고 그가 공공 업무 경험이 전혀 없다는 것도 문제가 되었다. 헤이건이 임명된 것에 대해 주에서 발행되는 모든 신문은 단 한 곳의 예외도 없이 비난을 퍼부었고, 방송가에서도 유명한 논쟁거리가 되었다. 거기에 가장 근본적인 문제가 더해지면서 사태는 더 복잡해지기 시작했다. 죽은 하원의원은 경쟁자가 없었다는 문제였다. 소송이 제기되었고, 결국 11월 연방 선거에서 톰 헤이건과 죽은 의원이 속했던 정당에서 낸 후보가 선거를 치르는 것으로 마무리되었다.

권력을 가지기 위해서는 가끔씩 그다지 힘이 없어 보이는 사람들도 통제해야만 하는 경우가 있다. 그것이 코를레오네 패밀리가 판사들을 자기들의 뜻대로 좌지우지할 수 있는 능력의 비밀이었다. 어디에나 매수되기 쉽고 무절제한 사람들이 가득하지만, 판사의 기준은 보통 사람들보다는 훨씬 정직했다. 대중들은 그런 사실을 알고 있기 때문에 안심한다. 사실 판사들을 매수하는 일은 어렵기도 했고, 돈도 많이 들었다. 그래도 어떻게든 되기 마련이지만. 일반적으로 재판은 스페인어 선생보다도 더 적은 급료를 받는 법원 서기관들에 의해 "임의"로 판사들에게 배정되어진다. 서기관들 10퍼센트와 대다수의 판사들을 매수하는 것보다는 서기관들 대부분과 요직을 차지하고는 있되 냉소적인 기질이나 나쁜 습관, 또는 어두운 비밀이 있는 판사들을 같은 편으로 끌어들이는 편이 훨씬 더 많은 힘을 얻을 수 있었다.

신문 같은 경우는 정반대의 방식이 필요했다. 점심 제공, 도박 빚 탕감, 그리고 시원한 맥주 한 잔 정도만으로도 이쪽의 뜻대로 해주는 기자들이 있었다. 하지만 기자들 대부분은 개혁 의식을 가지고 있고, 다른 무엇보다도 뉴스를 전달하는 것을 우선시한다는 고집이 있었다. 그나마 다행인 것은 기자들이 쉽게 흥분한다는 점과 새로운 소식을 전하고 싶다는 열정 때문에 나그네쥐처럼 줄줄이 몰려다니곤 한다는 점이었다. 뉴스를 통제하기 위해서는 상부에서 영향력을 행사할 수 있는 인물이 필요했다. 대중은 오래 기억하지 않는다. 며칠만 지나면 그 뉴스에 대한 관심이 사라지게 되고, 뭔가 다른 새로운 소식이 그 자리를 대신하게 된다. 대중은 지나간 뉴스에 대해서는 자세히 알고 싶어 하지 않지만 새로운 소식에 대해서는 세세한 부분까지 궁금해 하는 법이다. 그리고 그보다 더 새로운 것이 나오면 관심이 이동된다. 그 기사가 얼마나 오랫동안 지면에 남아 있게 될 것인지, 그리고 신문의 어느 면에 실리게 될 것인지를 결정하는 위치의 인물을 자기편으로 만들어 두기만 하면 언론도 얼마든지 뜻대로 할 수 있다.

그로부터 며칠 후, 검은 옷에 그보다 더 검은 구레나룻을 기른 매력적이고 독특한 외모의 남자가 처음으로 라스베가스를 방문했다. 그는 미시시피 출신으로 백인이면서 흑인 창법으로 노래를 불러 대중음악계에 돌풍을 일으키고 있는 인기가수였다. 그로 인해 헤이건의 기사는 1면에서 사라졌다. 대중들은 그 가수에 대한 기사를 보며 힐빌리 음악*의 선풍적인 인기가 언제까지 지속될 것인지, 그리고 젊은 시골뜨기뿐만 아니라 모든 사람들에게 영향을 미쳐 이른바 '록 앤 롤'로 알려진 공산주의적인 변덕스러운 음악이 언제 사라질 것인지에 대한 추측들을 했다. 그날 헤이건은 워싱턴으로 날아가 하원의원으로서 책임을 다할 것이라는 선서를 했다. 네바다주 신문기자들 가운데서 오직 카슨시의 끈질긴 기자 한 명만이 그 내용을 끝까지 취재해 기사화시켰다. 그 기자는 잘 보이지 않는 신문의 안쪽 지면에 이번 하원의원 선거가 법적으로 정당한 것인지 밝히고자 하는 기사를 실었다. 죽은 하원의원이 속해 있던 당은 내분과 금지 등의 혼란을 겪고 있는 터라 선거일까지 후보자를 내세우기 힘든 상황으로 보였다. 헤이건이 하원의원이 되고 나자 한결 상황이 나아졌다. 비록 11월 선거가 지난 후에야 그 자리가 공식적으로 인정되는 것이었지만 그는 필요

---

* 미국 남부 산악지대의 음악으로 컨트리 뮤직의 원형

한 청원서와 서류들을 제출했고, 그로부터 1주일도 채 지나지 않아 정식으로 임명되었다. 법원 서기관의 말을 인용하면 이런 이유로 헤이건의 변호사들의 요구에 따라 이번 일이 '통상적인 문제'로 처리될 수 있도록 필요한 만큼 법을 확대 해석해주기로 약속이 되었다고 했다.

조직의 돈들과 고위층에 있는 사람들은 점점 더 회사나 정부에 있는 고위층처럼 행동하고 있었다. 헤이건이 알고 있기로는 마이클이 원했던 것은 이처럼 합법화되어가는 것이었다. 마이클은 헤이건의 도움 없이 계속해서 그 방식을 밀고 나가고 있었다. 모든 것이 뜻대로만 된다면 헤이건은 현재 자신의 위치를 유지할 수 있을 것이다.

헤이건과 달리 마이클은 결코 회사를 위해 일하는 것이 아니었다. 조직의 일을 하면서 다치지 않는 사람이 누가 있겠는가? 거의 없다. 하지만 "합법화"된 일이라면 어떨까?

헤이건은 비토 코를레오네의 일을 그만두기 전, 기업 고문 변호사로서 '예측 가능한 사망률'에 관한 일을 하면서 마지막 몇 달을 보냈다. 그의 의뢰인이라고 할 수 있는, 자동차 사고로 죽은 수많은 무고한 사람들 중에서 '자동차 회사는 안전을 위해 좀 더 고가의 부품을 사용해야 한다'는 소송을 걸어올 만한 사람들을 미리 예측하고 준비하는 일이었다. 아기들, 고등학생들, 임산부들, 고액의 연봉을 받는 뛰어난 능력을 가진 젊은 백인들. 헤이건은 그 일을 그만두는 마지막 날까지 그런 사고들에 대해 전부 조사하고, 산정하여 보고서를 작성했다. 그들이 그렇게 죽어나가는 동안 회사 사람들은 대체 무슨 일을 하고 있었나?

그렇게 보면 정부는 더 나빴다. 그건 오래 전, 헤이건이 의원 자리에 앉기 전부터 알고 있던 사실이다. '메인호를 기억하라'*를 기억하는가? 전부 날조된 거짓말이다. 미국은 그런 거짓 구실로 전쟁을 일으켰고, 권력을 잡고 있는 사람들이 그들의 부자 친구들을 한층 더 부자로 만들어주었다(당연히 애초에 그 거짓말을 퍼뜨려준 이기적인 언론계 거물들도 포함해서). 마피아 간의 모든 충돌을 합친 것보다 이런 날조된 전쟁 때문에 사람들은 훨씬 많이 죽는다. 대부분의 사람들은 이탈리아인들에 대한 부정적인 선입견 때문에 이탈리아인들이 서민들을 위협하고 있다고 생각한다. 반면 정부는 끊임없이 서민들을 전쟁터에 내몰면서도 먹을 것을 주고, 오락거리를 제공하는 것만으로 사람들이 민주주의 체제 속에서 살고 있는 것처럼 느끼게 만들고 있는 것뿐이다. 그 거짓말에 너무 빠져 있어서 사람들은 미국이 전적으로 부자들을 포함한 정계 인사들 간의 거래로 인해 좌지우지 되고 있다는 자명한 사실을 알지 못한다. 거의 모든 선거에서 돈이 많은 후보는 가난한 후보를 이긴다. 가난한 후보가 이기는 경우는 보통은 경쟁 상대보다 앞서 재력을 쥐고 있는 사람들을 위한 끄나풀이 되겠다고 동의했을 경우이다. 앞으로는 혹시 그런 녀석을 뽑아주고 있는 건 아닌지 잘 살펴보아야 한다. 무슨 일이 일어나고 있는지 알아야 하는 것이다. 그보다 더 중요한 건 일어나지 않는 일이 무엇인지 알아야 한다는 것이다. 그것이 헤이건의 슬로건이었다. 헤이건을 국회로. 일어나지 않는 일이 무엇인지 보아라.

헤이건은 이 세상에서 미국 정부보다 더 심한 부정을 저지르는 곳이

---

* 1898년 미국의 군함 메인호가 스페인군에 의해 격침당해 266명의 미국인이 사망한 사건. 이 일로 미국의 매킨리 대통령은 스페인에 대한 선전 포고를 한다. 당시 슬로건이 '메인호를 기억하라. 스페인을 지옥으로!' 였다

또 있을지 의심스러웠다. 정부를 상대로는 고소하기도 힘들다. 이를 설사 이긴다고 한들 어떻게 되겠는가? 만일 여기 100만 달러가 있다고 한다면 정부는 세금을 200만 달러로 올릴 것이다. 게다가 누군가는 일 때문이라도 정부가 제공하는 싸구려 물건들을 사야만 할 것이다. 사람들이 정부를 상대로 대체 무슨 일을 할 수 있단 말인가? 만일 그것이 자신의 일이 되어버린다면, 정부의 상대가 자신이 된다면 결국 그 끝에 당하는 것은 자신이 되는 것이다.

지난 몇 년간, 헤이건은 정치인들을 상대해 오면서 그들의 생기 없는 눈동자를 보았고, 인간이 어떻게 기백이라곤 전혀 없는 기회주의자가 되어가는지를 볼 수 있었다. 불과 얼마 전에 헤이건은 그들의 사무실에 들어가 그들이 받아들일 수밖에 없는, 서로에게 이로운 제의를 했다. 그 남자들과 드물긴 하지만 여자들은 그 제의를 아무 저항 없이 받아들였고, 공무원다운 미소를 지어 보이며 헤이건에게 감사인사를 전했고 악수를 나누었다. 그리고 언제라도 좋으니 돌아오라고 말했다. 만일 헤이건이 거울에 비친 자신의 모습이 그런 사람들과 똑같이 보이는 날이 온다면 자기 이마에 총을 쏴서 자살하는 수밖에 없을 것이다.

그는 네바다가 아닌 다른 지역에서 의원직에 선출될 수 있을 거라고는 기대하지 않았다(설사 그렇게 될 수 있다고 하더라도 달갑지 않았을 것이지만). 그리고 또 전임자였던 하원의원이 그렇게 죽지 않았다면 이런 기회를 잡을 수도 없었을 것이다. 네바다주 사람들은 톰 헤이건이 하원의원이 된 것에 대해 불안해하고 있는 듯 했다. 물론 헤이건의 아내인 테레사만큼 불안해하는 건 아니겠지만. 헤이건의 임명에 대한 비난은 그녀를 더욱 불안하게 만들었다. 심지어 그 비난이 가라앉은 뒤에도 불안은 사라지지 않았다. 테레사는 이 일이 아이들에게 미칠 영향을 염려했다. 정치인의 아내가 된다는 것만으로도 무서운 기분이 들었다. "당신은 언제나 원하는 걸 이루는 것처럼 보여. 하지만 난 실제로는 당신이 그 일을 원하지 않는다는 것 정도는 알 만큼 당신에 대해 알고 있어." 그녀가 헤이건에게 말했다. 그는 그 말을 부인하려 했지만, 테레사는 그를 꿰뚫어보고 있었다. 그녀는 이번 일에 대해 생각할 시간이 필요하다고 했다. 그리고 여름에 아이들을 데리고 친정식구들이 살고 있는 뉴저지의 바닷가로 가겠다고 말했다.

톰 헤이건은 이렇게 가까스로 워싱턴에 도착했다는 것이 자기 자신에게도 놀라운 일이었다. 택시를 타고 포토맥강을 건너고 있을 때 그는 갑자기 자신이 어디에 있는지, 자신의 위치가 무엇인지를 깨닫게 되었다. 헤이건은 그제서야 워싱턴에 왔다는 것을 현실적으로 깨달았고, 링컨 기념비를 보자 목에 뭔가 묵직한 것이 걸린 듯한 기분이 들었다.

첫날 밤, 호텔에서 헤이건은 잠을 이룰 수가 없었다. 처음에는 시차와 커피 때문이라고 생각했지만, 평상시에는 비행기를 오래 타고 커피를 아무리 많이 마셔도 아무때나 잠을 이룰 수 있었다. 헤이건은 커튼을 올리고 상점가의 불빛을 내려다보았다. 그러자 갑자기 전율이 느껴졌다.

그는 백만장자였다. 그리고 미합중국의 하원의원이었다. 헤이건은 웃음을 터뜨렸다.

그는 옷을 입었는데 그 충동은 마음에서 우러나왔다. 헤이건은 엘리베이터에 타기 전에 지금 그가 하려는 일이 얼마나 감상적인 일인가에 대해 생각했다.

그는 심지어 이 일에 대해 아무에게도 이야기할 수 없을 거라는 것까지 알고 있었다.

헤이건은 컨스티튜션 애버뉴*를 건너, 리플렉팅 풀**의 서쪽 끝에 섰다. 그곳에서는 썩은 달걀 냄새가 났다. 불빛이 수면에 반사되어 빛나고 있었다. 그의 맞은편에는 한 쌍의 연인이 손을 잡고 키스하고 있었다. 얼마나 아름다운 광경인가!

그는 고아였다. 정말 그랬다. 열 살 때 그의 어머니는 눈이 먼 채 죽었다. 아버지는 술을 마시다가 죽었다. 헤이건은 고아원으로 보내졌지만 그곳에서 도망쳐 나왔다. 그리고 소니 코를레오네와 친구가 되기 전까지 1년도 넘게 거리를 떠돌며 살았다. 소니는 그를 길 잃은 강아지인 양 집으로 데리고 갔다. 그때 당시 소니의 아버지가 아무런 이의 없이 헤이건을 받아들여준 것이 의아스러웠지만, 그는 너무 고맙게 여겼기 때문에 아무것도 물어볼 수 없었다. 그 후, 시간이 흐르자 헤이건도 그 일에 대해서는 더 이상 생각하지 않았다. 그의 어머니가 성병으로 눈이 멀어 죽었고, 난폭하고 사납기만 했던 아버지는 술을 마시다 죽은 것에 대해 헤이건은 전혀 입밖에 내지 않았다. 비토 코를레오네에게서 처세술과 화법에 대한 기술을 배우고 익히기 전부터 부모에 대한 이야기는 하지 않아야 된다는 것을 잘 알고 있었다.

하지만 그날 밤, 갑자기 그때 생각이 떠올랐다. 비토 역시 고아였고, 헤이건이 코를레오네 가문에 들어갔을 때와 같은 나이에 아반단도 가문에 들어갔다. 비토는 나중에 자신의 콘실리에리로 일하게 되는 남자와 한집에서 자라났다. 비토는 헤이건을 집에 들어오게 한 뒤, 자신이 겪었던 일과는 정반대로 새롭게 만들어냈다. 처음에는 소니를 위해, 그

---

* 워싱턴 중심부의 간선 도로
** 링컨 기념관 앞에 있는 인공 연못

다음에는 마이클을 위해 헤이건은 콘실리에리의 역할을 해냈다.

헤이건은 링컨 기념비, 제퍼슨 기념비, 워싱턴 기념비를 차례대로 천천히 돌아보면서 그 모든 것을 다 끌어안기라도 할 듯 양팔을 벌렸다. 이곳은 미국의 수도였다. 하늘에서는 그의 새로운 일을 비춰주기라도 하려는 듯 이름 없는 별들이 일렬로 이어져 있었다. 헤이건이 서 있는 연못의 서쪽 끝에서는 하늘에서도 별이 빛나고, 물에서도 별이 반짝거리며 반사되고 있었다. 그는 계속 그 근처를 맴돌았다. 그는 신을 믿지 않았고, 내세라든가 초자연적인 일들에 대해서도 믿지 않았다. 하지만 지금 그 순간만큼은 죽은 자들의 존재가 얼음덩어리처럼 무겁게 있는 그대로 느껴진다는 것을 부인할 수 없었다. 워싱턴, 제퍼슨, 링컨. 그리고 죽은 하원의원, 소니, 비토 코를레오네. 브리짓과 마티 헤이건. 가까운 가족이나 개인적인 일들보다는 좀 더 큰 무언가를 위해 머리와 심장에 총을 맞은 수많은 이름 모를 사람들. 지금 이 아래에 누워 있는 사람들 덕분에 그가 지금 이 자리에 서 있는 것이다. 이미 오래 전에 '토마스 F. 헤이건 하원의원'이라는 이름을 가진 회색 머리의 낯선 인물로 변신한 채.

의원으로 있는 동안 그는 지금 이 순간과 이 도취감을 종종 떠올릴 것이다. 다른 사람들이 보다 나은 삶을 살 수 있도록, 그리고 정당하고 사심 없이 일하는 사람처럼 보이기 위해서. 단순한 이상주의를 가지고 젊은 나이에 워싱턴의 정계에 자리 잡았던 사람들은 돈과 정치의 유착관계를 통해 그 이상이 사라지는 것을 그대로 지켜보아야 했을 것이다. 하지만 헤이건에게는 무너질 이상이란 것이 애초에 없었다. 마지막으로 만났을 때 뇌물을 건네주었던 의원들은 수도에서 헤이건을 만나자 처음 만나는 사이인 척 하며 인사를 나누었다. 헤이건만이 그 상황을 적당히 즐기고 있었다. 그가 사무실에 앉아 있자 한 명씩 살짝 들어와 간신히 아는 척 하며 자신을 모르는 척 해달라고 부탁했다. 반면 의회에 있는 의원들에게는 미덕이나 이타심이 부족했다. 어디를 봐도 환멸밖에 느껴지지 않는 무능력한 사람들이었다.

워싱턴에서의 첫날 밤, 이런 도취감에 빠진 채 하늘을 올려다보고 있던 헤이건을 방해한 것은 권총 부리가 등에 닿는 느낌이었다. 흰 카우보이 모자를 쓴 흑인이 얼굴을 커다란 손수건으로 가리고 있었다. 강도는 크레이프 고무를 댄 신발을 신고 있었다. 그 때문에 헤이건은 그가 다가오는 소리를 전혀 듣지 못했던 것이다.

"그 시계가 뭔가 감상적인 물건이 아니었으면 좋을 텐데." 그 남자가 말했다.

"아니오." 그 시계는 테레사가 준 결혼기념일 선물이었지만 헤이건은 그렇게 대답했다. 그렇게 중요한 기념일도 아니었고, 그가 좋아하는 시계도 아니었다. "그냥 시계일 뿐이오."

"좋은 시계 같은데?"

"고맙소. 팔면 꽤 값이 나올 거요. 그 모자가 좋아 보이는군."

"고마운 걸. 부자인가보군." 그 남자가 헤이건의 지갑 안에 든 것을 몽땅 빼낸 다음 빈 지갑을 돌려주면서 물었다.

"지금 그 재산이 좀 줄었군." 헤이건이 대답했다. 그는 그 남자에게 2백 달러 정도를 빼앗겼다.

"미안하게 됐군." 남자가 몸을 돌리며 말했다. "이쪽도 일이니까 말이야. 알겠소?"

"이해하지." 헤이건이 그에게 말했다. 이보다 더 기운 넘치는, 바보 같은 희생자가 또 있을까? "행운을 빌겠소. 친구."

헤이건은 나름대로 시간을 넉넉하게 잡고 테레사의 부모가 살고 있는, 해안가의 애즈버리 공원에 있는 집에서 전당대회가 열리는 애틀란틱 시티까지 차를 몰고 갔다. 그러나 애틀란틱 시티에 들어서고도 엄청난 교통 체증 때문에 다른 길로 돌아가느라 제 시간에 도착하기는 힘들 것 같았다. 헤이건은 테레사에게 아무 말도 하지 않고 도둑맞은 그림 대신 복제화 한 점을 가져다 스탠드 위에 올려 두었다. 그는 그 장면을 떠올릴 수 있었다. 그 그림은 그의 전당대회 신임장 옆에 걸려 있었다. 헤이건은 손바닥으로 운전대를 세게 내리쳤다.

호텔에 제 시간에 도착하지 못한다면 웃음거리가 될 것이다. 하지만 헤이건은 테레사의 마음을 돌리기 위해 애써야 했고, 거기에 아이들을 볼 수 있어서 무척 기뻤다. 아들 녀석들까지도 그를 보자 무척 반갑게 맞아주었다. 진입로에서 같이 농구를 하기도 하고, 여자 아이들이라든가 자동차, 심지어 그 아이들이 좋아하는 시끄럽기만 한 요란한 음악에 대한 이야기까지 그에게 털어놓았다. 일은 모두 잘 해결되었다. 테레사는 여름이 지나면 집으로 돌아오기로 했다. 헤이건으로서는 그녀가 정말 그렇게 해줄 것인지 확신할 수 없었지만. 그뿐만 아니라 테레사는 눈에 띌 만한 다양한 선거 이벤트에 대해서도 생각했다고 했다. 헤이건은 새로운 현대미술관 건립을 제안하겠다는 약속을 할 때까지 그녀와 싸워야 했다. 하지만 그는 차로 이동하는 시간을 너무 조금 잡았다. 거기다가 헤이건이 꼭 그곳에 가야만 하는 그날, 교통 상황이 최악인 것은 당연한 일이었다. 게다가 그 길이 그렇게 좁았다는 사실도 헤이건은 잊고 있었다. 그가 그렇게 시간을 여유 없게 잡지만 않았더라도 그는 수석 보좌관 랄프와 함께 가야 했을 것이다. 랄프는 사람을 주눅 들게 하는 타입의 젊고 유능한 하버드 출신으로 주지사가 추천한 인물이었다. 그가 같이 있었다면 모든 일을 확실하게 처리했을 것이고, 또한 틀림없이 헤이건이 출발하기 직전에 딸과 같이 바다에서 수영하는 것을 못하게 했을 것이다.

　헤이건은 자신이 얼마나 오랫동안 운전대를 두드리고 있었는지 알지 못했다. 거울에 비춰보니 얼굴은 붉게 달아올라 있었고, 땀이 줄줄 흘러내리고 있었다. 금세라도 심장마비를 일으킬 듯한 얼굴이었다. 그는 숨을 깊이 들이마셨다. 헤이건은 차에서 빗을 꺼내 주머니에 넣었다. 그는 주차증도 없이 차를 호텔 회의실에서 멀리 떨어진 산책로 앞에 세웠다. 그가 그곳에 도착했을 때는 땀에 흠뻑 젖은 데다 머리카락도 엉망으로 흐트러진 상태라서 몇 번이나 출입구를 지키는 사람들에게 제지당해야 했다. 헤이건은 제임스 카바나우 시아 주지사의 후보 연설을 들으러 가는 길이라는 말조차 할 수가 없었다. 사람들의 함성이 들리는 것으로 봐서 상당히 잘 진행되고 있는 모양이었다.

　처음으로 헤이건은 회의장 정면 석회암에 글자가 새겨져 있다는 것을 알아차렸다. 콘실리오 엣 프루덴티아. 라틴어로 "조언과 신중함"이라는 뜻이었다.

　일이 이런 식으로 계속 되어간다면 헤이건은 언젠가 마피아가 이런 공간을 빌려 일을 한다 하더라도 놀라지 않을 것이다. 물론 충격적인 일이기는 했다. 하지만 놀랄 일은 아니다. 만일 헤이건이 여전히 콘실리에리의 자리에 있었다면 가장 먼저 패밀리들 사이의 모임이 너무 빈번하고, 지나치게 공식적이고, 너무 환상적이며, 심지어 장례식조차도 너무 많다고 조언했을 것이다. 결혼식이나 장례식, 권투시합, 혹은 명성을 얻고 싶어 하는 나이트클럽 배후의 진짜 소유주들이 상대적으로 인상을 남기기 위해 준비한 화려한 쇼를 관람하는 것과 같은 일들이 너무 많았다. 그도 뉴욕에서 있었던 모임에서 패밀리의 돈들이 해마다 만나기로 동의했다는 이야기를 들었다. 도대체 그 다음에는 무엇을 하려는 것일까? 주식 증서라도 찍고 텔레비전 생방송이라도 하려는 것일까?

안에서 박수소리가 점점 더 커졌다.

헤이건은 무겁게 한숨을 내쉬고는 산책로를 걸어가 벤치에 앉았다.

몇 백 미터 가량 떨어진 곳에서 밤에 있을 조니 폰테인의 야외 콘서트의 임시 무대 설치 작업을 마무리하기 위해 직원들이 부산하게 일하고 있었다. 그들은 조니 폰테인의 제작사에 고용되어 있는 직원들로, 무대의 설치나 쇼에 대한 계획이 사전에 없었다고 할지라도 비벌리 힐즈에 있는 조니 폰테인의 집 밖 어디서든 공연을 할 수 있도록 무대를 만들어 낼 수 있는 사람들이었다. 스트라치 패밀리의 허가를 받은 인부들이 무대와 좌석을 설치하기 위해 물건들을 내려놓고 있었다.

사실 헤이건이 연설을 듣지 않는다고 해서 달라질 일이 뭐가 있겠는가? 그가 연설을 듣지 못했다는 것을 누가 알겠는가? 만일 톰 헤이건의 교섭 능력으로도 일이 제대로 되지 않아 이번 전당대회가 시카고에서 열렸다고 한들 달라질 일이 뭐가 있겠는가? 다른 사람이 그 명예를 얻게 될 것이다. 그리고 결국에는 헤이건도 그 편이 좋았다. 순전히 명성을 얻기 위해서는 '그에게 투표하는 것이 민주주의 속에서 사는 것'이라고 생각하는 그런 바보들이 필요했기 때문에 적성에도 맞지 않는 이런 일을 해야만 했다.

헤이건은 이마에 흐르는 땀을 닦은 뒤 손수건을 짰다. 그리고 다시 한 번 이마를 닦았다. 그가 교섭을 담당하긴 했지만 이 계획은 마이클 코를레오네의 머리에서 나온 것이었다. 그리고 애틀란틱 시티에서 전당대회를 개최한다는 것은 그 계획에서 가장 중요한 부분이었다. 그 문제만 해결되면 모든 것은 한꺼번에 따라오게 되어 있었다. 스트라치 패밀리는 이곳의 정당 세력을 좌지우지하고 있었다. 하지만 검은 토니(어렸을 때부터 새까맣던 머리카락은 이제 다 없어졌음에도)는 뉴저지주 외에 다른 곳과는 연계가 별로 없었기 때문에 코를레오네 패밀리가 관여하고 있는 정치인들의 전적인 협력을 가장 고맙게 생각하고 있었다. 스트라치는 애틀랜틱 시티의 쓰레기 처리와 면직물 산업에 주력하고 있었기 때문에 저지 팔리새드의 불법 카지노에서 나오는 것만큼이나 장차 이익이 생길 것이다. 그 일로 인해 코를레오네 패밀리와 돈 스트라치 사이의 관계는 돈독해졌고, 에이스 제라치가 이끄는 조직에서 주도하는, 앞으로 엄청난 수입원이 되어줄 밀수 조직이 스트라치의 부두를 이용할 수 있게 되었다.

지미 시아 주지사는 전당대회에서 엄청난 지지를 얻었고, 그로 인한 경제적인 이익은 뉴저지에 돌아갔다. 그의 연설은 3개 방송사의 황금시간대에 생방송되었다. 가장 먼저 떨어질 후보를 위해서는 돈을 쓸 필요가 없는 법이다. 그들의 호의에 보답하기라도 하듯, 주지사의 동생 대니(아무도 모르게 그의 아버지인 대사를 대신하여 중계에 나선)가 최근의 살인사건들과 관련된 패밀리들에 대한 고소를 취하하도록 도왔다. 그리고(다시 대사를 통해) 지미 시아로부터 애틀란틱 시티에서 도박을 합법적인 것으로 인정하는 것에 반대하지 않겠다는 동의를 얻어냈다. 이제 지미 시아는 훌륭한 연설과 더불어 코사 노스트라에서 탄생한 최초의 미국 대통령이 되기 위한 토대를 마련할 수 있는 기회를 잡았다.

그는 마침내 이렇게 될 것을 알고 있었고, 또한 확실했다.

회의장 안에서 엄청난 박수 소리가 터져 나왔다. 소리를 죽인 브라스 밴드가 '머나먼 거친 창공 속으로'를 연주하기 시작했다.

그날 저녁은 모든 일이 순조롭게 끝났다. 헤이건은 그 자리에서 누구보다도 중요한 인물이었다. 하지만 그 절정의 순간 그는 어디에 있었을까? 바로 바깥 산책로 옆에 있는 벤치에 앉아 있었다. 그는 절대 회의장 안으로 들어가지 않았다. 헤이건은 그 안에 세상에서 가장 큰 파이프 오르간이 놓여 있다는 말을 들었다. 헤이건도 TV에서 보았듯이 이곳은 해마다 미스 아메리카 선발대회를 개최하는 곳이다. 선발에서 유리한 위치(놀랄 일이다!)에 있는 미스 앨라배마가 아이들(아이들은 미래다!)과 교육(중요하다!), 그리고 훌륭한 인생의 비결(일을 열심히 한다! 예배에 참석한다! 가족을 소중히 여긴다!)과 세계 평화(우리 세대에서는 가능하다!)를 외치는 것이나 시아 주지사가 하는 말이나 별반 다를 바가 없다. 단지 시아는 수영복을 입거나 하이힐을 신지 않았을 뿐이다.

도대체 무엇 때문에 헤이건이 그런 걸 걱정해야 한단 말인가?

헤이건은 대사가 빌려놓은 호텔 연회장으로 들어갔다. 일찍 가서 운이 좋으면 한 잔 마실 수 있을지도 모른다는 궁리를 하고 있었다. 현수막에는 미합중국 로고와 함께 하원의원을 환영한다는 푸른 벨벳 현수막이 걸려 있었지만 대사는 아무 말 없이 모든 비용을 부담했다. 그곳에는 벌써부터 깜짝 놀랄 정도로 많은 사람들이 와 있었다. 지미 시아의 연설이 끝나자 그곳으로 밀려오는 사람들이 점점 늘어났다. 주지사의 고무적인 연설을 들은 사람들은 그가 수락연설을 한 것이 아니라 후보연설을 했을 뿐이라는 사실에 안타까워하고 있었다. 아마 젊고 매력적인 전쟁 영웅 시아는 오는 11월에 당에서 희생양으로 내놓은 오하이오의 잔소리꾼을 물리치고 기회를 잡게 될 것이다.

헤이건은 그 사람들 중에 시아의 연설을 지지하라고 돈을 주고 심어놓은 바람잡이들도 있다는 것을 알고 있었다. 또 시아의 전쟁 무용담도 어느 정도 사실이기는 하지만 결과적으로는 대중들의 마음 속에 과장되어 남아 있다는 것도 알고 있었다. 그건 언론의 힘을 이용하여 그렇게 받아들여지게끔 만든 것이다. 그 일은 헤이건의 지휘아래 이루어졌다. 그리고 헤이건은 워싱턴에 들어간 지 얼마 되지는 않았지만 그 '멍청한 오하이오 잔소리꾼'이 사실은 존경할 만하고, 만만치 않은 상대라는 것도 알고 있었다. 헤이건은 젊고 매력적인 것은 대통령이 되는 것과 아무 상관이 없는 거라고 생각했다. 그는 더블 스카치와 물을 받아 들고, 악수를 해야 할 인물이 있는지 연회장 안을 꼼꼼히 살펴보았다. 그때 문가에서 누군가 환호성을 지르는 등 작은 소란이 일어났다. 헤이건이 돌아보았다. 그때 누군가 그의 어깨를 손으로 두드렸다.

"우리 하원의원님!" 하얀 디너 재킷을 입은 프레디 코를레오네였다. "이봐요, 내가 당신을 찍어주겠다고 약속하면 사인 하나 해줄 수 있어요?"

헤이건이 프레디의 귓가에 속삭였다. "여긴 어쩐 일이야? 어머님은 어떻게 하고?"

프레디는 취해 있었다. 그는 엄지손가락을 들어 올려 문 쪽을 가리켰다.

헤이건의 생각대로 엄청난 측근들에게 둘러싸인 채 연회장에 나타난 사람은 시아가 아니라 폰테인이었다.

"조니와 함께 왔지." 프레디가 말했다.

"어머님은?" 2주 전 카멜라 코를레오네는 병원으로 실려 갔는데, 뇌에 핏덩어리가 고여 있다는 진단 결과가 나왔다. 처음에는 힘들 거라고 예상했지만 그녀는 회복되었다. 헤이건이 그곳으로 갔을 때 프레디는 뉴욕에 있으면서 어머니의 상태를 지켜보겠다고 확언했다. 하지만 지금 그는 여기 있었다. 바로 여기에.

"어머니는 괜찮으셔. 퇴원하셨으니까." 프레디가 말했다.

"나도 퇴원하셨다는 건 알아. 왜 어머님과 함께 집에 가지 않은 거야?"

"정말이야, 집에 가는 길에 들린 거라니까."

헤이건은 그 말을 믿을 수 없었다. 코니 코를레오네는 에드 페데리치와 헤어지고, 어떤 술주정뱅이 바람둥이와 함께 유럽으로 가버렸다. 어머니가 아프다는 소식을 듣고도 달랑 전보와 꽃만 보냈다. 카멜라의 숙모는 1년 전에 죽었다. 마이클과 케이도 잠시 그곳에 머무르기는 했지만 이내 네바다로 돌아가야만 했다. 그들은 간병인을 고용했다. 카멜라의 옆에 남아 있는 유일한 가족은 버나드대학의 기숙사에 살고 있는 소니의 딸 캐시뿐이었다.

헤이건은 폰테인의 측근들 뒤로 구시 시체로와 재키 핑퐁을 발견하고는 고개를 숙여 가볍게 인사를 했다. L.A.에 클럽을 가진 시체로와 그의 동료인 재키 핑퐁은 둘 다 시카고 출신이었다. "저 사람들이 여기서 뭐하는 거지?"

"저 친구들도 조니와 함께 왔지."

"다시 말해봐."

"구시는 조니가 마고 애쉬튼과 결혼하기 전에 그 여자의 전 남편이었어. 기억나? 그리고 지금은 저 두 사람 모두 내 친구야. 마음 편하게 가져, 형. 이건 그냥 파티니까. 그런데 그 연설은 본 거야?"

프레디가 전당대회에 참가할 자격이 있었던가?

"넌 봤어?"

"TV로 봤지. 구시와 조니가 묵고 있는 펜트하우스에서 봤어. 지미와 대니는 어젯밤에 찾아왔었고. 휴, 대단했다고. 형도 왔어야 했는데."

헤이건은 초대받지 못했다. 아니, 아무 생각도 나지 않았다. "지미 시아와 대니 시아를 말하는 거야?"

"그럼 누구를 말하는 거겠어? 당연히 지미 시아와 대니 시아지."

헤이건은 그 자리에서 있었던 일에 대해서는 나중에 이야기하는 편이 낫다는 것을 알고 있었다. 하원의원으로 임명된 이후 여론의 비난을 생각하면, 지금 이 자리에서 프레디와 간단한 인사 이외에 뭔가 더 이야기하는 모습을 보여 봐야 좋을 게 없었다.

"지금 어디에 묵고 있는 거야?"

"형은 저렇게 큰 거 본 적 있어?" 프레디가 애니 맥그윈에게 가볍게 인사를 하며 유명한 그녀의 거대한 가슴에 대해 말했다. 애니는 폰테인의 바로 뒤에서 걷고 있었다. 폰테인의 바로 옆에서 그를 우스꽝스럽게 '둔한 바보' 라고 부르는 금발머리의 그녀는 여전히 폰테인의 측근으로 그의 오프닝 무대를 대신해주고 있었다. 애니 맥그윈은 이제는 나이가 든 매 웨스트 대신 큰 가슴을 가진 여자에 대한 농담거리의 대상이 되어 있었다.

"난 그만 가봐야 해, 프랭크."

"저 여자 만난 적 있어?"

"예전에 한 번. 하지만 날 기억하지 못할 거야." 헤이건이 대답했다.

마침내 지미 시아가 아버지와 동생을 대동한 채 입구에 모습을 나타냈다. 연회장 안은 박수소리와 '머나먼 거친 창공 속으로' 의 연주 소리로 가득 찼다.

"1960년은 시아와 헤이건의 해다!" 프레디가 소리쳤다.

헤이건이 뭔가 말하려고 했지만 프레디에게는 들리지 않았다.

헤이건은 그 자리를 빠져나갔다. 연회장은 사람들로 가득 차 있었다. 그는 적당한 사람들과 악수를 나누어보려고 했지만, 그러기엔 불가능한 상황이었다. 헤이건은 자신이 먼저 몇 번인가 상원의원이나 하원의원, 수석 보좌관일 거라고 생각되는 사람들에게 손을 내밀었지만, 되돌아오는 건 헤이건을 알아보지 못하는 멍한 눈빛뿐이었다. 그 자리에서 그를 유일하게 알아볼 네바다 대표 위원을 찾아보았지만 없었다. 헤이건을 알아본 사람은 어디 있는지도 모를 비티라는 곳에서 왔다는 학교 선생뿐이었다.

"데스밸리 입구에 있어요." 그녀가 소리치듯 말했다.

"그렇군요." 헤이건이 대답했다. 지금 비티에 대해 자랑하는 건가?

"그곳에는 광산밖에 없어요. 그나마도 몇 개는 폐광되었지만."

"그런 게 우리가 투표를 통해 그놈을 내쫓아야 하는 이유죠." 헤이건이 무심코 말했다.

그녀가 얼굴을 찌푸렸다. 그놈이라는 말 때문일 것이다. 어쩌면 헤이건 역시 그녀가 쫓아내고 싶은 놈에 들어가기 때문인지도 모른다. 하지만 그가 미처 사과하기도 전에 그녀의 얼굴이 밝아졌다. "정말 멋있어요!" 그녀가 분명히 기뻐하는 목소리로 외쳤다.

그제서야 헤이건은 시아 주지사가 자기 바로 뒤에서 환하게 미소지으며 서 있다는 것을 알아차렸다. 시아는 그녀에게 미소를 지으며 격려하듯 말했다. "고맙습니다. 저도 만나 뵙게 되어서 기쁘군요." 그리고 그녀의 어깨를 두드려주었다. 그런 다음 주지사는 헤이건과 악수를 했다. 두 사람은 이제껏 만난 적이 없었다. 헤이건이 채 붙잡기도 전에, 이미 주지사의 시선은 옆에 있는 다른 사람에게로 옮겨갔다. 이 세계는 그런 법인 것이다. 하지만 마치 주지사와 섹스라도 한 것 같은 그 여자 선생의 표정을 본 순간, 헤이건은 바로 정치에서의 교훈을 얻었다. 젊음과 매력은 대통령이 되는 것과는 관계가 없지만 표를 얻는 데는 많은 관계가 있다는 것을.

헤이건은 그녀의 귓가로 몸을 숙였다. "시아 주지사의 연설을 봤습니까?"

"연설은 듣는 거죠." 그녀가 다시 얼굴을 찡그리며 대답했다.

"그렇군요."

그녀가 헤이건의 귓가에 입을 가까이 대고 말했다. "조금만 시간을 주신다면 말하고 싶은 게 있어요. 이제껏 당의 인선에 반대한 적은 한 번도 없었지만 이번 11월에 당신은 찍고 싶지 않군요."

여자 선생은 뒤로 물러선 후 비웃음을 강조하기라도 하듯, 그에게 눈을 찡긋해 보였다.

그는 이렇게 말하고 싶었다. 아가씨, 내 경쟁자는 이미 죽었답니다. "그렇군요. 알겠습니다." 헤이건은 무심결에 시아가 했던 대로 그녀의 어깨를 두드렸다. "만나서 반가웠습니다."

헤이건은 군중 사이를 빠져나갔다. 연회장에 가득 차 있는 사람 때문에 바 근처로 갈 수가 없었다. 거의 모든 사람들이 입을 벌린 채 유명 인사들의 얼굴을 쳐다보고 있었다.

폰테인, 시아, 그리고 애니 맥그윈은 테이블 위로 올라갔다. 폰테인과 시아는 팔짱을 끼고 있었고, 애니는 그 옆에서 살짝 뒤로 물러나 음부를 가리듯 앞에서 양손을 깍지 끼고 있었다. 대사는 그들 옆의 바닥에 서서 손가락을 입에 대고 휘파람을 불고 있었다. 헤이건은 대사의 그런 모습에서 수영장 옆에서 벌거벗고 일광욕을 하며 서 있던 모습을 떠올리기가 어려웠다. 폰테인이 사람들에게 국가를 부를 것을 제안하자 모두 다 함께 합창했다.

몇 년 전 헤이건은 아들 앤드류를 데리고 인형의 왕국을 보러 갔다가 애니 맥그윈을 만난 적이 있었다. 앤드류가 아직 어릴 때였고, 애니의 인형쇼 '조조, 치즈 부인과 애니'가 시작된 지 얼마 안 되었을 때였다. 작년, 애니가 대니 시아와 헤어지고 나서(어쨌든 결혼했던), 그녀와 조니 폰테인의 염문설이 터졌다. 그 후 애니는 TV쇼를 그만두고 가수가 되었다.

시아는 테이블에서 내려와 손을 흔들었다. 폰테인과 애니는 여전히 테이블 위에서 다른 주를 칭송하는 원곡의 가사를 뉴저지를 찬양하는 즐거운 노랫말로 바꿔 힘차게 노래하기 시작했다.

헤이건은 수석 보좌관이 건네준 색인 카드를 펼쳐보았다. 직접 만든 작은 카드였다. 거기에는 오늘 밤 참석해야 할 파티들과, 헤이건이 해야 할 일, 만나야 할 사람들의 이름까지 꼼꼼하게 적혀 있었다. 심지어 즉석 화젯거리까지 적혀 있었다. 그는 카드를 구겨버렸다. 이만하면 충분했다. 헤이건은 가족들을 만나기 위해 애즈버리 파크로 돌아갈 생각이었다.

밖으로 나오자 프레디가 로비에 앉아 격자무늬 코트를 입은 시카고 출신의 두 사람과 또 다른 한 남자와 이야기를 나누고 있는 것이 보였다. 다른 한 남자는 몰티 화이트슈즈로, 주로 마이애미 쪽에서 일하고 있었다.

"지금 가는 거야, 톰?" 프레디가 불렀다.

헤이건은 그에게 그 자리에 그냥 있으라는 손짓을 했다. "밤에 연락하지."

"아냐, 잠깐만 있어. 형하고 같이 좀 걷고 싶으니까. 금방 돌아오겠네, 친구들." 프레디가 자리에서 일어나며 말했다.

프레디는 사람들로 복잡한 산책로에서 헤이건의 옆으로 다가왔다. 헤이건은 조금 더 빨리 걷기 시작했다.

"물어보고 싶은 게 있는데."

"때가 되면 다 잊혀질 거야. 알았지? 그러니까 그때 일은 잊어버리도록 해." 헤이건은 프레디가 작년 샌프란시스코에서 저지른 사고에 대해 말하는 것이라고 생각하고 대답했다.

"봐, 혹시 마이크가 내가 낸 사업 계획에 대해 이야기한 적 없어? 형이 뉴욕에 시체를 매장하면 안 된다는 법만 통과시켜주면 정말 전망이 괜찮은 사업이라니까. 그러니까 뉴욕의 독립구*들과 롱아일랜드까지

---

* 맨해튼, 브롱스, 브룩클린, 퀸스, 스테이튼섬

포함해서 말이야." 프레디가 말했다.

"목소리 좀 낮춰." 즉시 헤이건이 주위를 살피며 주의를 주었다.

"내 말은 그러니까 불법 매장 같은 게 아니야. 일반적인 거지. 알겠어? 전부 다를 말하는 거야. 그러니까 형이 매장을 금지하는 법을 통과시켜 주기만 하면…."

"안 돼. 너도 알겠지만 난 그런 일에서는 손 뗐어. 알겠지, 이제 정말 가 봐야겠다." 헤이건이 말했다. 그는 프레디의 앞을 가로막고 뒷걸음을 치기 시작했다. 그리고 정말 마지막 인사이기를 바라면서 말했다. "디에나에게 안부 전해줘, 알겠지?"

프레디는 걸음을 멈추고 멍하니 쳐다보았다. 그러나 그가 선글라스를 쓰고 있어서 헤이건은 프레디의 눈을 볼 수 없었다.

"디에나, 네 아내 말이야. 무슨 말인지 모르겠어?" 헤이건이 말했다.

프레디가 고개를 끄덕였다. "테레사하고 아이들한테 사랑한다고 전해줘. 잊지 말고. 알았지?"

헤이건이 별로 좋아하지 않는 말투였다. 그는 프레디를 샛길로 끌어당겼다. "정말 괜찮은 거야, 프레디?"

프레디는 고개를 숙인 채 어깨만 으쓱했다. 10대인 헤이건의 아들들이 화가 났을 때 하는 행동처럼.

"샌프란시스코에서 있었던 일에 대해 더 하고 싶은 말이라도 있는 거야?"

프레디는 고개를 들고 선글라스를 벗었다. "그만둬. 알겠어? 그 일은 말해줄 수 없어."

"아니면 골치 아픈 헐리우드 가십에 연루되기라도 한 거야?"

"내가 왜 그런 얘길 해야 해? 난 그런 말에는 대답하고 싶지 않아. 알아들었어?"

"왜 폰테인의 친구들은 전부 폰테인이 같이 잔 여자들과 자는 거지?"

"그게 무슨 말이야?"

헤이건이 그 말을 반복했다.

"그렇게 말하는 건 야비해, 형."

"그 일은 잊어버릴게." 헤이건이 대답했다.

"아니, 난 형을 알지." 프레디가 헤이건을 붙잡고, 벽 쪽으로 밀어붙였다. "형은 아무것도 잊어버리지 않아. 무슨 일이든 해답이 떠오를 때까지 계속 마음 속에 담아두고 있는 사람이잖아. 답이 없거나 너무 단순해도 역시 못 견디지. 왜냐하면 그렇게 되면 더 이상 생각할 게 없어지니까 말이야." 프레디는 헤이건의 가슴을 재빨리 쥐어박았다. "계속해서." 다시 한 대 쥐어박았다. "계속해서." 그리고 다시 또 때렸다. "한번 생각해봐."

헤이건은 그을음투성이의 지저분한 벽돌 벽에 등을 기대고 있었다. 프레디는 어린 시절 아주 잠깐이었지만 폭력적이었던 때가 있었다. 그리고는 그런 성향은 사라져 다시는 나타나지 않았었다. 샌프란시스코에서 동성애자를 두들겨 패기 전까지는.

"그만 가봐야 해. 알아들었어? 가야 한다니까." 헤이건이 말했다.

"자신이 무척 똑똑한 줄 알지, 그렇지 않아?" 프레디가 헤이건의 가슴을 거칠게 밀면서 말했다.

"그만해, 프레디. 진정하라니까."

"대답해봐."

"총 가지고 있어?"

"아니. 내가 무서워?"

"언제나 그랬어."

프레디는 웃었다. 우울한 듯 낮은 웃음소리였다. 그는 한 손을 내밀어 헤이건의 뺨을 찰싹 때리는 정도는 아니지만 톡톡 치는 것보다는 세게 두드렸다. "봐, 형. 어려운 일도 아니잖아." 프레디가 말했다.

뭐가 아니라는 거지? 헤이건은 입술을 오므린 채 고개를 끄덕였다. "아니라고?"

"아니야." 프레디의 숨결에서는 양파와 붉은 와인 냄새가 났다. 그는 면도를 하면서 목 부위를 베어 먹었다. "봐, 언제부터 형이 조니처럼 말 잘 듣는 암컷 사냥개가 된 거야? 하긴 형 친구들도 전부 그렇긴 하네. 안 그래? 무슨 일이 있으면 펄쩍 뛰어 오르기부터 하잖아. 정말이야. 이렇게 여자 같은 녀석들만 남게 되면 결국 이 세상에는 남자다운 남자는 하나도 남아나질 않겠어. 그렇지?"

"이론상으로는 그래. 정말 그렇지."

프레디는 한 걸음 뒤로 물러서서 다시 선글라스를 썼다. "다음에 형이 마이크를 만나면 한번 얘기해봐. 내가 그 사업에 대해 세세한 부분까지 다 생각해 놓았다고. 알았지?"

"이것 봐, 프레디. 내가 말했잖아. 난…."

"젠장, 이젠 가봐." 프레디가 막연히 바다 쪽을 가리키며 말했다. "가야 한다며. 어서 가."

그날 밤, 톰 헤이건이 테레사의 친정이 있는 애즈버리 파크에 돌아왔을 때 아들들이 작은 정원에서 치고받으며 싸우고 있었다. 분명히 어떤 여자 아이 때문에 싸우는 것이었다. 앤드류가 먼저 좋아한 여자애에게 프랭크가 키스했다는 이유였다. 헤이건은 아이들을 잠시 그대로 내버려둘 참이었다. 하지만 그때 테레사가 현관 쪽으로 나오는 것을 보고는, 손가락을 입에 대고 휘파람을 불면서 아이들 쪽으로 걸어가 엉겨 붙은 두 명을 떼어놓았다. 헤이건은 아이들에게 차에 타라고 말하고는 안으로 들어가 시간을 확인했다. 지나는 외할머니, 외할아버지와 함께 서부극을 보고 있었다. 그는 딸을 안아 올리면서 모두 차를 타고 아이스크림을 먹으러 가자고 말했다. "집에도 아이스크림 있는데." 테레사가 말했지만 헤이건이 지친 듯한 표정으로 그녀를 쳐다보자 그대로 따라 나섰다.

그들은 고속도로 주변에 있는 데어리 더치스라는 아이스크림 가게에 도착했다. 가게는 문을 막 닫으려는 참이었다. 헤이건은 뒷문으로 돌아가 주인에게 50달러를 찔러주었다. 그리고 얼마 후, 헤이건 가족은 노란 가스 불빛 아래 끈적거리는 초록색 야외 탁자에 앉아 함께 아이스크림을 먹었다. 가족. 지나는 매력적인 여교장처럼 조심스럽게 너무 많이 흘리지 않으면서 아이스크림콘을 먹고 있었다. 아이스크림을 입에 잔뜩 집어넣어 빵빵해진 앤드류의 뺨에는 아이스크림이 묻어 있었다. 테레사는 앤드류의 뺨에 묻은 아이스크림을 냅킨으로 닦아주었다. 덕분에 테레사의 선디*는 녹고 있었다. 앤드류는 땅콩이 든 초콜릿이 든 아이스크림을 먹었고, 프랭크는 빨간 플라스틱 배 모양의 접시에 담긴 바나나 스플릿**을 게걸스레 먹어치우고 있었다. 헤이건은 커피를 마셨다.

모두 다 먹고 나자 헤이건은 그 자리에서 일어나 남은 여름 동안 모두 워싱턴으로 가서 함께 지냈으면 좋겠고, 학기가 시작되기 전에 가족 모두가 차를 타고 네바다로 돌아가자고 말했다. 그가 선거에서 죽은 하원의원에게 지게 되면, 헤이건의 느낌으로는 분명히 그렇게 될

---

* 과일, 과즙 등을 얹은 아이스크림
** 바나나와 아이스크림을 얹은 케이크

것이기에, 거기에도 가족들이 함께 맞서야 할 텐데 어떻겠느냐고 물었다.

지나가 손을 번쩍 들었다. "가족이니까!"

"좋아!" 헤이건은 딸의 빨간 머리카락에 키스했다. "모두에게 쉽지 않은 일이라는 건 알고 있어. 신문에서 뭐라고 지껄이는지도 잘 알고 있고, 사람들 대놓고 더 심한 소리를 할지도 모른다는 것도 알고 있어. 하지만 우린 함께 해야 해. 지금 난 미합중국의 하원의원이니까. 이건 분명히 명예로운 일이고, 특별하고 기적 같은 일이야. 난 지금 이 일들이 우리의 남은 인생에서 틀림없이 기억할 만한 경험이 되었으면 좋겠어. 우리 모두에게 말이야."

아이들이 테레사를 돌아보았다. 그녀는 깊은 한숨을 내쉬고는 고개를 끄덕였다. "당신 말이 맞아. 그리고 미안해. 내가…."

"말하지 않아도 돼. 전부 다 이해하고 있으니까." 헤이건이 손을 내저으며 그녀의 말을 가로막았다.

그는 테레사와 아이들에게 프레디의 안부를 전해주는 것을 잊은 건 아니었다. 하지만 그 말을 전할 만한 적절한 순간을 찾을 수가 없었다.

다음 날, 헤이건 가족은 다같이 차를 타고 워싱턴으로 향했다. 그들이 그곳에 도착하자 랠프는 헤이건의 숙소를 좀 더 큰 방으로 옮겨주었고, 여행 가이드라도 되는 것처럼 가족들을 여기저기 안내해주었다. 그들은 기념비들을 둘러보았고 대법원과 의회 도서관의 이곳저곳을 구경했다. 그리고 모든 미술관을 찾아다녔다. 시러큐스대학에서 미술사를 공부한 테레사는 그 어느 때보다도 행복해 보였다. 헤이건과 두 아들은 의회 체육관에서 야구를 했고, 의회 이발소에서 머리를 자르기도 했다.

랠프는 가족들이 대통령 집무실에서 대통령을 만날 수 있도록 해주었다. 하지만 그보다 더 좋았던 것은 대통령이 키우는 콜리종인 —TV에 나오는 '돌아온 래시'와 같은 종인— 프린세스가 막 새끼들을 낳은 참이라 헤이건 가족도 한 마리 얻게 된 일이었다. 가족들은 비가 쏟아지는데도 우산도 쓰지 않고 호텔에서 백악관까지 걸어서 도착했다. 백악관 공식 사진작가가 찍은 사진을 보면 헤이건 일가는 비에 흠뻑 젖은 코트를 입은 채 잔뜩 주눅이 들어서, 갑작스런 위경련에도 미소를 지으려고 애쓰는 것처럼 보이는 대통령 옆에 서 있었다. 어린 지나는 강아지를 안고서 얼굴을 찌푸리고 있었다. 지나의 시선은 엘비스라고 이름 붙인 그 강아지가 떨어뜨린 완두콩 크기의 똥이 대통령의 커피 잔으로 떨어지려는 것에 고정되어 있었다.

헤이건은 그 사진을 가장 크게 뽑아달라고 주문했다. 가족 모두 그 사진을 재미있게 보았다. 그들이 라스베이거스로 돌아온 후 그 사진은 벽난로 위에 걸려 있던 피카소의 석판화 대신 걸렸다. 피카소의 그림은 테레사가 거액을 주고 구입했던 것이었는데 옮겨간 식당에 더 잘 어울렸다.

헤이건의 패배는 네바다주 역사상 가장 일방적인 선거 결과 중 하나였다. 죽은 사람이 살아 있는 사람을 상대로 압도적인 표 차이로 이겼다.

키와니스 클럽*, 국제 로터리 클럽 협회, 미국 광산 노동자 조합, 전국 교육자 협회, 혹은 네바다 목장주 연합 같은 모임에서 헤이건은 계속해서 자신이 뻣뻣하고, 유머감각이라고는 조금도 없고, 인기 없는

---

* 미국, 캐나다 실업가들의 사교 단체

연사라는 것을 증명해 보였다. 그는 침례교인들과 불가지론적인 카우보이들이 주를 이루는 네바다에서 독실한 아일랜드계 가톨릭 신자였다. 헤이건은 선거운동을 시작하고 나서야 자신이 이사 온 네바다가 어떤 곳인지를 제대로 알게 되었다. 자질구레한 전도활동을 위해 네바다에 머물고 있는 임시 체류자들도 헤이건보다는 더 오래 이곳에서 지냈을 것이다. 헤이건은 죽은 하원의원의, 작지만 공격적인 미망인과의 논쟁에서 엄청난 실수를 저지르고 말았다. 다행히 그 절망적인 상태에서는 필사적인 노력으로 벗어날 수 있었지만, 그렇다 해도 이미 모든 징후가 그에게는 승산이 없다는 것을 말해주고 있었다. 헤이건은 무표정한 얼굴로 수백 가지도 넘는 거부할 수 없는 제안들을 효과적으로 배치시켜 상대방을 설득할 수 있었지만, TV에 나오는 그의 모습은 파충류 같았다. 네바다는 미국의 어떤 주보다도 도마뱀의 종류가 많은 곳이다. 그래서 어디서든 파충류를 볼 수 있었다.

선거 며칠 전 라스베가스 신문에는 하원의원 헤이건이 유명한 "대부" 비토 코를레오네의 변호사였으며, 비공식적인 후원을 받고 있다는 기사가 실렸다. 그 기사에 따르면 비토의 자식들이 가끔 헤이건을 "형제"라고 부르고 있다고 했다. 헤이건은 아무것도 부인하지 않았다. 그는 직접 코를레오네 패밀리가 노력해온 수많은 자선 사업들을 인용했다. 그와 더불어 네바다주에서 가장 큰 병원에 부속된 커다란 건물에 록키산맥의 동쪽 지역과 캘리포니아 서부에서 최고가 될 미술관을 곧 개장한다는 사실도 밝혔다. 헤이건은 기자에게 비토 코를레오네 재단이 1950년대 최고의 신생 자선 단체 중 하나라는 기사가 실린 새터데이 이브닝 포스트지의 복사본과 마이클 코를레오네가 2차대전 중에 보여준 무용담을 기사화한 라이프지를 보여주었다. 그리고 기자가 코를레오네 가문을 범죄집단이라고 단정하고 있는 것 같은데, 코를레오네 가문은 실제로는 어떤 종류의 범죄로도, 심지어 교통 신호 위반으로도 유죄 판결을 받은 적이 없다는 점을 지적했다. 기자는 그동안 코를레오네 가문이 연루되었던 사건들과 특히 죽은 산티노 코를레오네 사건에 대해 물었다. 헤이건은 기자에게 미국 헌법의 복사본을 건네주고는 유죄로 입증되기 전까지는 무죄로 가정한다는 부분에 대해 읽어보라고 했다. 그 기사는 헤이건이 건네준 서류 어디에서도 그런 문구는 보이지 않았다는 점을 지적하고 있었다.

그 기자가 헤이건이 코를레오네 가문과 연관이 있다는 정보를 어디서 들었는지는 확실하지 않았다. 만일 그랬다면 그건 헤이건의 성장과정을 알고 있는 친구나 이웃 사람들 몇 명에게서 나온 이야기일 것이다. 우선 폰테인이 있었다. 그는 헤이건을 좋아하지 않았다. 시카고 쪽 사람들도 헤이건이 하원의원이 된 것에 화를 내고 있었다. 어쩌면 프레디도 그 중 하나일지 모른다. 마지막으로 봤을 때 미친 사람처럼 굴었으니까. 하지만 기자는 그 정보를 알아냈다 해도 믿지 않을 것이다. 어쨌든 지금으로서는 그런 일이 있었다 해도 헤이건이나 마이클의 입장에서는 그런 걸 밝혀내는 데 낭비할 시간은 없었다. 가장 중요한 건 무엇인가? 그런 기사가 나지 않았다 하더라도 헤이건은 이번 선거에서 낙선할 수밖에 없는 운명이었다.

그 직후, 헤이건은 워싱턴으로 돌아온 뒤 다른 작은 문제거리를 해결했다. 아주 사소한 불법행위를 바로 잡았다고나 할까. 소위 건전한 사람들의 건전한 질문들이 몇 주 동안 절정을 이루며 쏟아져 들어오던 바로 그때, 뉴욕 번호판을 단 빨간색과 까만색이 섞인 캐딜락 한 대가 애나코스티어강 근처에 있는 아파트 건물 앞에 멈춰 섰다. 눈이 내리고 있었고 백인 두 명이 차에서 내렸다. 키가 작은 남자는 반짝거리는 양복을 입고 있었고, 키가 큰 쪽은 회색 청소복을 입고 있었다. 두 사람은 곧장 현관 쪽으로 걸어갔고, 청소복을 입은 남자가 현관문을 부수기라도 할 것처럼 발로 차서 열었다. 잠시 후, 안에서 총소리가 들렸다. 이웃에서 총소리가 들리는 것은 네바다에서는 도마뱀을 보는 것만큼이나 일상적인 일이었다. 반짝거리는 옷을 입은 남자가 미식축구라도 하는 것처럼 팔에 하얀색의 챙 넓은 카우보이 모자를 든 채 앞장서서 밖으로 나왔다. 그 뒤로 청소복을 입은 남자가 헤이건의 낡은 손목시계를 주먹에 움켜 쥔 채 따라 나왔다. 위층에서는 강도가 차가운 리놀륨 바닥에 의식을 잃은 채 쓰러져 있었다. 다 처분하지도 못할 만큼 시계를 많이 가지고 있는 그 강도를 무지막지하게 때려눕힌 키 큰 남자는 엘우드 쿠식이라는 헤비급 권투선수였다. 그의 정부인 유부녀가 뉴욕의 병원에서 낙태 수술을 받았는데, 그 수술을 해준 사람이 또 여러 가지 이유로 에이스 제라치에게 충성을 다하는 사람이었다. 키가 작은 남자는 샐리 테시오의 조카로 '대마초 모모'라 불리는 코시모 바론이었다. 그는 흑인 도둑놈의 손에 다시는 그런 짓을 하지 말라는 뜻으로 38구경 총을 쐈다. 도둑은 깨어나지 못했다. 이제껏 한 번도 없었던 상황에 쿠식은 도둑의 총상 입은 손을 잡고 맥박을 확인했다. 정상인 것처럼 들렸다. 숨소리 역시 괜찮았다. 도둑은 다시는 도둑질을 하지 못할 만큼 부상을 입었다. 피를 너무 흘려 죽기 전에 의식만 되찾는다면, 앞으로 피아노나 타자기를 치지는 못하겠지만 목숨에는 지장이 없었다.

"그 손목시계는 누구 거요?" 쿠식이 자동차에 올라타며 물었다.

바론은 대답하지 않았다. 그는 모자를 휙 집어 던지고는, 거울을 보며 단정하게 가다듬은 머리 모양을 확인했다. 그들이 시내를 벗어나기 전까지 권투선수는 더 이상 아무 말도 하지 않았다.

"그 모자는 시계 주인 거요, 아니면 다른 사람 거요?"

"한번 써보지 그래?" 바론이 말했다.

쿠식은 어깨를 으쓱하고는 그 말대로 했다. 모자는 잘 맞았다. "어때요?"

바론이 고개를 저었다. "가져도 좋아. 그리고 잘 들어. 입단속도 주먹질만큼이나 잘 할 수 있었으면 좋겠군."

쿠식은 다시 어깨를 으쓱하고는 그 말을 따랐다.

도둑은 결국 과다출혈로 죽었다. 작은 방에 쓰러져 있는 그를 발견한 사람들이 너무 늦게 경찰에 신고를 했고, 경찰조차 늑장을 부렸기 때문이다. 그런 걸 일이라고 부른다. 또한 운명이라고 부른다. 또한 그런 걸 의도하지 않은 결과의 법칙이라고도 한다. 무엇이든 간에 어째서 톰 헤이건이 그런 일에까지 신경 써야 하는가? 누군가 일을 저지르면 또 다른 일이 일어나기 마련이다. 죽은 남자는 아무것도 말해주지 않는다. 아무것도.

16

처음으로 시칠리아섬을 본 순간, 케이 코를레오네는 숨이 막힐 것만 같았다.

책을 읽고 있던 마이클이 고개를 들었다. 「페이튼 플레이스」로 자기 엄마와 디에나 던, 라스베가스 여성 청년 연맹* 회원 몇 명이 추천해서 케이가 가지고 온 책이었다. 비록 케이는 몇 시간 전에 다 읽고서 형편없다고 생각했지만. "어디 안 좋아?"

"그런 거 아니에요. 오, 세상에. 나한테 이렇게 아름다운 곳이라는 말은 안 해줬잖아요."

마이클은 책을 내려놓고, 케이 쪽으로 몸을 내밀어 창문을 내다봤다. "정말 아름답군."

봉우리마다 눈이 덮여 있는 산맥들이 팔레르모시를 고리 모양으로 에워싸고 있었다. 대기 아래로 뾰족한 첨탑들과 부조에 소용돌이 모양이 있는 발코니들이 보였다. 아직 2월이었지만 지중해의 불가사의한 푸른 바다와 금빛 햇살이 한창이었다. 잔잔한 수면은 무엇인가 아주 미세한 것에 흔들리는 것처럼 보였다. 마치 잔 속에 든 와인이 라디오의 음악소리에 부드럽게 떨리는 것 같았다. 활주로는 도시 북서쪽에 위치한 모래톱 위에 있었다. 마이클이 케이가 휴가를 이곳에서 보내겠다고 했을 때 그녀를 말린 많은 이유 중 하나는 통계학적으로 이곳이 전 세계에서 가장 위험한 공항 중 하나라는 것도 있었다. 그는 대부분 로마까지는 직접 비행하고, 거기서부터는 기차와 페리를 타고 이곳으

---

* 상류층 여성들로 조직된 봉사 단체

로 왔다. 비행기가 아래쪽으로 내려가기 시작하자 물 위에 떠 있는 작은 잿빛 낚싯배와 그 안에 타고 있는 남자들의 면도하지 않은 얼굴까지 보였다. 여기까지 비행기를 타고 오자고 주장한 것은 케이였다. 이제까지 유럽에 올 때마다 배를 탔기 때문이었다. 지금 그녀는 스릴을 마음껏 만끽하고 있었다.

비행기가 해안 경계를 알리는 바위 위로 그림자를 드리우기 시작했을 때, 케이는 갑자기 가슴에 짠한 고통을 느꼈다. 우리 아기들! 하지만 그건 순간의 감정일 뿐이다. 잠시 후면 그들은 착륙하게 될 것이다. 다른 때보다 비행기가 조금 더 흔들릴지 몰라도 무사히 착륙하게 될 것이다.

"시칠리아는 처음이에요." 케이가 감격한 듯 말했다.

"사랑의 여신 비너스의 고향이지." 마이클이 그녀의 허벅지를 문지르며 말했다.

케이는 어른이 된 이후 시칠리아인과 아닌 사람의 차이에 대해 귀에 못이 박힐 정도로 들어왔다. 사실 이곳에서 일어나는 일들을 케이는 결코 이해할 수 없었다. 그녀는 시칠리아인이 아니었기 때문에. 마이클은 일 관계로 이곳을 셀 수 없이 많이 찾았고, 3년 정도 여기서 산 적도 있었다. 그러니까 그는 그녀에게 이곳을 안내해줄 수 있었다. 첫 번째 주는 관광을 하고, 두 번째 주는 타올미나 근처의 산중턱에 있는 낭만적인 리조트에서 두문불출 할 예정이었다. 마이클은 그녀에게 많은 빚이 있었다. 그 빚은 이 정도 해주는 것으로는 모자랄 정도로 많았다.

비행기가 착륙한 후 공항 터미널 쪽으로 움직이고 있을 때 케이는 잔디밭에 작은 이탈리아 차들이 정확하게 줄을 맞춰 주차되어 있는 것을 보았다. 차 옆쪽에는 허리 높이의 줄 뒤로 30명 남짓 모여 있는 사람들이 각자 팔 아래 빵이나 꽃을 끼고 선 채, 도착하는 비행기를 향해 미소를 지으며 손을 흔들고 있었다. 그 줄 앞에는 제복을 입은 헌병 네 명이 서 있었다. 두 명은 어깨에 반짝거리는 은빛 검을 매고 있었고, 다른 두 명은 칼집을 매고 가슴 반대쪽으로는 기관총을 매고 있었다.

"전부 아는 사람들이에요?" 케이가 물었다.

그녀는 농담을 던진 것이었다. 하지만 마이클은 고개를 끄덕였다. "친구들이야. 사실은 친구들의 친구들이지. 몬델로의 해변에 있는 식당에는 깜짝 파티가 준비되어 있을 걸."

그녀가 그를 쳐다보았다.

"나도 알아." 마이클이 말했다.

"난 우리가 서로를 이해하고 있다고 생각했어요."

"이해하고 있어. 난 당신을 놀라게 하고 싶지 않아. 나 때문에 더 이상 놀랄 일은 없을 거야. 그렇게 하기로 했으니까. 그래도 내가 어쩔 수 없는 일들이 많아질수록 당신은 하나님에게 좀 더 많이 의지를 하게 되겠지."

"무슨 뜻이에요?" 그는 지금 그녀가 가톨릭으로 개종한 것을 비꼬고 있는 것일까?

"아무것도 아냐. 이것 좀 봐, 난 이런 일이 일어날 줄 몰랐어. 저 사람들을 보는 순간 당신에게도 알려야 겠다고 생각한 거야. 내가 깜짝 파티에 대해 당신에게 끝까지 아무 말도 하지 않는다면 당신이 너무 놀랄 테니까."

케이는 고개를 저으며 그의 무릎을 두드렸다. 마이클은 휴가가 필요했다. 그녀도 마찬가지였다. 케이는 그의 허벅지에 손을 올려놓았다. "그럼 호텔에 짐을 내려놓고 샤워도 할 수 없는 거예요?"

"당신이 정말 그렇게 하고 싶다면 그렇게 해야지." 마이클이 말했다. 하지만 그 말은 그가 안 된다고 말하는 방식이었다. "어쨌든 깜짝 놀라는 척이라도 해줘. 저 사람들을 위해서."

비행기가 완전히 멈췄다. 기관총도 칼집도 들고 있지 않은 헌병이 급히 활주로로 달려왔다. 그러자 비행기 승무원이 승객들에게 자리에 그대로 앉아 있으라고 말했다.

"무슨 일이죠?" 케이가 물었다.

"모르겠어." 마이클은 거의 알아차릴 수 없을 정도였지만 뒤에 앉아 있는 알 네리와 눈을 마주칠 만큼 고개를 돌렸다. 이번 휴가에는 오직 한 명의 경호원(최고의 실력을 갖춘 데다 가장 믿고 있는 사람으로)만 데리고 가기로 마이클이 동의한 것은 모든 면에서 그렇게 하는 편이 나을 거라고 생각했기 때문이다. 사실 마이클은 비행기나 공항에서 케이와 보낸 이틀 동안 알 네리가 아예 없는 것처럼 느끼기도 했다.

비행기 출입구가 열리고 계단이 내려졌다. 수석 승무원과 헌병이 뭔가 이야기 나누는 것을 보며 케이는 이탈리아어를 알았다면 좋았을 거라는 생각을 했다. 그녀는 전혀 알아들을 수가 없었다.

승무원이 승객 쪽으로 몸을 돌리더니 완벽한 영어로 말했다. "잠시 이쪽을 봐주시겠습니까? 코를레오네 씨 부부가 어느 분들이죠?"

승무원의 억양은 마이클의 부하들의 억양보다 강하지 않았다. 심지어 코를레오네를 미국식으로 발음하고 있었다.

네리가 자리에서 일어나 앞쪽으로 나갔다. 승무원이 그에게 코를레오네 씨냐고 물었지만 그는 아무 말도 하지 않았다. 다만 네리가 마이클과 케이 앞을 지나가자 마이클이 손을 들었다. 케이도 뒤따라 손을 들었다.

케이가 입술을 다문 채 중얼거렸다. "놀랄 일이군요."

"분명 별 일 아닐 거야. 논리적으로 그래." 마이클이 말했다.

네리가 승무원과 이탈리아어로 말하기 시작했다. 마이클 코를레오네가 미국에서 얼마나 중요한 인물인지에 대한 것과 경호에 대한 이야기를 했다. 그리고 환대와 무례함에 대해서도 뭐라고 말했다. 주위가 조용해서 말소리는 다 들렸지만 케이는 여전히 한마디도 알아들을 수 없었다. 그런 다음 네리는 마이클과 케이 쪽을 돌아보며 가만히 그 자리에 있으라는 손짓을 했다. 마이클이 고개를 끄덕였다. 승무원이 마이클 코를레오네 부부는 다른 승객들이 다 내릴 때까지 그 자리에 남아 있어달라고 부탁했다. 네리는 비행기 앞쪽에 비어 있는 자리로 가더니 그대로 그 자리에 앉았다.

"무슨 일이죠?" 케이가 속삭였다.

"다 잘될 거야." 마이클이 말했다.

"내가 물어본 건 그게 아니잖아요."

다른 승객들이 전부 비행기에서 내리자 헌병 두 명이 비행기에 올라탔다. 네리가 그들을 가로막았다. 급히 무슨 이야기인가를 주고받은 뒤 그들은 그대로 다가와 마이클과 케이 옆에 섰다.

마이클은 이탈리아어로 헌병들과 인사를 나누었다. 한 명은 아는 사람인 모양이었다. 마이클은 그들에게 자리에 앉으라고 권했다. 하지만 그들은 계속 서 있었다. 믿을 만한 소식통에 따르면 몬델로에서의 환영파티가 함정일지도 모른다는 정보가 있으므로 마이클과 케이가 시칠리아 땅에 내리지 않는 편이 좋을 것 같다고 했다.

"믿을 만한 소식통이라고?" 마이클이 이탈리아어로 되물었다.

헌병들의 표정은 진지했다. "예." 마이클과 아는 사이인 헌병이 영어로 대답했다.

마이클이 네리를 쳐다보았다. 그러자 네리는 소리를 내지 않은 채 입 모양으로 '시카고'라고 했다. 그게 무슨 의미가 있단 말인가? 아마 네리는 뭔가 다른 말을 했거나 다른 사람의 이름을 말한 것일 것이다.

마이클은 자리에서 일어나더니 비행기 앞쪽을 보고도 고개를 끄덕였다. 헌병이 그를 뒤따랐다. 그들은 케이에게 들리지 않는 곳에서 뭔가를 의논하기 시작했다. 그녀는 지금 화가 난 건지 무서운 건지 구분이 되지 않았다. 밖에서는 손을 흔들던 사람들이 떼지어 움직이면서 비행기를 향해 다양한 방식으로 온갖 동작을 보여주고 있었다. 그들 중에는 차를 타고 가버리는 사람도 있었다. 케이는 창문 가리개를 내렸다. 마침내 마이클이 두 헌병의 등을 탁 치면서 케이에게도 들릴 정도의 목소리로 말했다. 더 이상 속닥거리지 않았다. "베네, 아 체 오라 에 일 프로시모 볼로 퍼 로마?"

마이클이 알고 있는 헌병이 밝게 미소를 지었다. "보고드릴 수 있어서 기뻤습니다." 그리고는 다시 영어로 말했다. "익숙하신 일이겠지만요." 그런 다음 헌병들은 나갔다.

마이클과 케이와 네리는 이 비행기로 다시 로마로 돌아가기로 되어 있었다. 비행기를 임대할 생각이었다. 승무원들은 그런 일은 있을 수 없다고 주장했고, 그들에게 그렇게 할 수밖에 없는 이유를 설명하느라 한참을 씨름해야 했다.

"무임승차. 당신이 찾고 있는 말일 거요." 마이클이 말했다.

"죄송합니다만, 다시 한 번 말씀해주시겠어요?" 승무원이 완벽한 영어로 물었다.

"넬링리스 라 파롤레 에 데드헤드."

"무임승차 말씀이군요. 어쨌든 감사합니다." 승무원이 대답했다. 그렇지만 마이클이 이탈리아어로 말해준 다음에야 알아들었다는 사실에 마음이 상한 것처럼 보였다. 그녀는 다른 승무원들과 함께 객실을 치우고 밖으로 나갔다.

"당신 좋겠네요. 시칠리아에는 그렇게 오고 싶어 하지 않더니 이렇게 바라는 대로 됐으니까." 케이가 마이클에게 말했다.

"케이, 지금은 심각한 상황이야."

"어머님도 좀 생각해봐요." 그녀는 비행기 어딘가에 실려 있을 선물이 가득 든 트렁크를 떠올리며 말했다. 지난 몇 달간 그 선물들을 준비하는 것이 카멜라에게는 살기 위한 이유가 되어주었고, 그 덕분에 빠른 속도로 병에서 회복될 수 있었다는 것을 의사를 포함 모든 사람들이 인정하고 있었다.

"선물들은 내려놓을 거야. 제대로 전해줄 사람을 알고 있으니까."

"어련하시겠어요."

"케이."

"난 아이들도 남겨놓고 비행기로 여기까지 날아오는 동안 내내 무서웠단 말이예요. 도대체 무엇 때문에? 결국 헛고생만 했군요."

마이클은 아무 말도 하지 않았다. 사실 할 말이 없었다. 그는 휴가 때에 아이들을 데리고 어디 다른 곳으로 가고 싶었다. 그런 휴가야말로 진정한 휴가였다. 아직도 모래에 몸을 묻은 채 가만히 앉아 있는 일이 그에게는 가장 누리기 힘든 일이었다. 그동안 케이는 안토니와 메리를 보살피며 시간을 보냈다. 아이들을 보살피는 것을 좋아하기는 했지만, 그건 그녀에게 휴가가 될 수 없었다. 지난 2년 동안 케이는 아무 사심 없이 마이클이 원하는 일을 해왔다. 마치 그녀가 미망인이라도 되는 듯 혼자서 아이들을 키워야 했다(온 가족이 슬픔에 잠겼던 바로 그 해, 마이클이 쿠바에 일이 있다면서 가버린 뒤로 크리스마스 때도 집에 오지 않았던 때를 포함해서). 케이는 아직도 학교로 돌아가지 못하고 있었고, 이제는 정말 가르치는 일을 다시 할 수 없게 될까봐 두렵기까지 했다. 혼자 힘으로 라스베가스로 이사했고, 이제는 타호 호수에 있는 복합 건물을 설계하는 큰일까지 시작했다. 그들이 살 집에는 즐거운 여흥을 위한 연주대를 설치할 것이며 헤이건, 코니와 에드 페데리치, 프레디와 디에나 던, 알 네리가 살 집들은 물론, 손님용 작은 방갈로와도 건축적인 측면에서 조화를 이루어야 했다. 케이는 자신이 집을 짓는 일을 즐거워한다는 사실을 알게 되자 스스로도 깜짝 놀라고 있었다. 셀 수 없이 세세한 부분들까지도 결정을 내려야 하고, 궁극적으로는 번화한 쇼핑가까지 설계할 기회가 생겼다. 그건 가족들 모두를 위해서도 좋은 일이었다. 그렇긴 해도 그건 일이었다. 케이는 마이클에게 이번 휴가만큼은 단 둘이 이곳으로 오고 싶다고 말한 걸 제외하고는 이제껏 부탁이란 걸 해본 적이 거의 없었다.

"이제 어떻게 할 거예요? 이 자리에서 비행기 돌려 집으로 갈 거예요?" 케이가 물었다.

"집으로 갈 수는 없지. 기억나는지 모르겠지만 내가 당신하고 같이 시칠리아에 오고 싶지 않은 데에는 이런 이유도 있었어."

"제발, 마이클. 이건 살인자의 위협 때문에 뛰어서 도망가는 거나 마찬가지라고요."

"뛰어서 도망가는 게 아니야."

"그야 그렇죠. 우린 비행기를 타고 갈 거니까."

"내 말은 그런 뜻이 아니야. 이건 위협이라기보다는 예방하자는 뜻이 더 큰 거야. 봐, 케이. 만일 내게 한 가지 완전한 게 있다면…. 이 단어가 아닌데. 그래, 단호함. 맞아. 만일 내게 한 가지, 단호한 게 있다면 그건 내 가족을 보호하는 일이야."

케이는 시선을 돌려 아무 말도 하지 않았다. 마이클은 사실 모든 점에서 단호했다. 그건 그의 장점이자 단점이었다. 그에게서 가장 좋은 점이기도 했고 가장 나쁜 점이기도 했다.

"그 사람들, 헌병이라고 하나? 둘 중 하나는 칼로게로 톰마시노라는 친구인데 아버지의 오래된 친구분 아들이야. 난 그의 아버지와도 거래했고 그 친구와도 거래해봤어. 믿을 만한 친구야. 우린 어쩌면 지금 당장은 위험하지 않을지도 몰라. 아마 전혀 위험한 일은 없을 거라고 생각해. 다시 한 번 말하지만 이건 그저 예방차원이야. 제발 이해해줘. 무슨 일이 있어도 당신이 위험에 빠지는 일은 절대로 없어야 해. 그건 법이야." 마이클이 말을 멈췄다.

"아내와 아이들을 위험에 빠지게 하지 않는다." 그녀가 눈을 깜박이며 말했다. "시칠리아에서는 한층 더 중요한 일이겠죠. 난 이해하고 싶지 않아요. 어떻게 그럴 수 있겠어요? 난 시칠리아 사람도 아닌데."

마이클은 대답하지 않았다. 그의 얼굴은 좋지 않았다. 아마 비행 때문일 것이다. 케이는 지금 당장은 인정할 수 없지만 만일 라스베가스에서 팔레르모까지의 비행이 이렇게 힘들다는 것을 미리 알았더라면 그녀도 하와이나 아카풀코로 가자고 했을지도 몰랐다.

조종사가 다시 비행기로 올라왔다. 네리가 그들에게 객실로 올라가라고 말했다. 잠시 후, 네리는 케이와 마이클에게서 멀리 떨어진 곳에 앉았다. 주차하고 있던 차들과 사람들은 이미 활주로에서 멀어지고 있었다. 비행기가 이륙했다.

"정말로 이해할 수 없다면 어떻게 할 건데?" 마침내 마이클이 말했다.

"오, 세상에." 케이가 말했다. 그녀는 자리에서 일어나 마이클에게서 멀리 떨어진 자리에 앉았다. 그가 하나님의 이름으로도 진정되지 않을 정도로 케이를 자극한 것은 이번이 두 번째였다.

그는 그녀가 자리를 옮기는 것을 그냥 내버려두었다.

하지만 케이는 이 일이 자신의 침묵으로 끝나게 되리라는 것을 알고 있었다. 마이클은 아내의 침묵에 약했기 때문에 그 역시 침묵으로 일관했다. 케이는 비행기의 오른쪽에 앉아 이탈리아의 해변이 지나가는 것을 끈기 있게 지켜보았다.

한 시간 정도가 흐른 후, 마이클이 그녀에게 다가왔다. "계속 이 자리에 앉아 있을 거야?"

"가져온 책 다 읽었어요?"

"다 읽었어. 정말 괜찮은 책이야. 기분 전환이 되었어."

"그럼 된 거죠." 에드윈 오코너의「마지막 함성」으로, 케이가 크리스마스 선물로 그에게 준 책이었다. 마이클은 계속 고개를 숙인 채였다. 그녀가 가지고 온 책을 다 읽은 지 얼마 되지 않아 마이클이 읽기 시작했고, 케이는 그가 가지고 온 책을 읽기 시작했다.「마지막 함성」은 자치제 정치에 대해 그녀가 이제껏 읽은 책 중 최고였다. 케이는 마이클이 그 책을 좋아하지 않을 거라고 생각했다. "그리고 계속 이 자리에 있을 거예요."

"케이, 당신이 이해하시지 못하는 이유는 내가…." 마이클이 눈을 감았다. 아마 이번에도 적당한 표현을 찾고 있는 것이리라. 오랜 비행기 여행이기는 했지만, 그는 지금 지쳤다기보다는 뭔가 신경 쓰이는 문제가 있는 것처럼 보였다. "왜냐하면, 그건 사실이야. 당신도 알다시피… 내가 전부…." 마이클은 절망적인 한숨에서 시작해서 부드럽지만 괴로운 신음소리로 끝났다.

"마이클." 케이가 불렀다.

"당신에게 말하고 싶은 게 있어. 꼭 해야 하는 이야기야."

그의 얼굴을 보다보면, 지금 눈앞에 있는 사람이 그녀가 사랑에 빠졌던 바로 그 남자라는 사실을 깨닫기는 어려웠다. 마이클의 얼굴은 완전히 망가진 적이 있었는데 그 뒤에 수술을 했다. 잿빛이 섞이기 시작한 짧은 머리에, 케이 혼자만의 생각이지만, 마이클은 죽은 그의 아버지를 점점 더 닮아가고 있었다. 하지만 그의 눈동자는 예전에 보았을 때와 조금도 변함이 없었다. 별이 유난히 많던 어느 따뜻한 밤, 뉴햄프셔의 골프장에서 마이클은 그녀에게 자신이 전쟁에서 겪었던 일들을 이야기해주었다. 이제껏 아무에게도 말한 적이 없는 그 이야기들을. 그리고 마이클은 그녀의 품안에서 흐느껴 울었다. 케이의 분노는 갑자기 사라져버렸다.

"좋아요. 이리 와요." 케이가 떨리는 목소리로 말하고는 옆자리를 두드렸다.

마이클이 자리에 앉았다. "미안해."

"사과 같은 거 하지 말아요. 그냥 나한테 이야기만 해주면 돼요." 케이가 그의 손을 잡으며 말했다.

두 사람은 로마에 도착한 뒤 시차를 극복할 수 있을 정도로 오래도록 잠을 푹 잤다. 그런 다음 케이가 부모님과 함께 갔었던 식당에서 근사한 식사를 했다. 다음날, 마이클이 여전히 위층에서 자고 있을 때, 케이는 호텔 접수계에 내려와 스위스의 알프스산에 있는 리조트를 예약했다. 접수계에 있는 직원은 케이가 비행기를 빌리는 일도 도와주었다. 마이클은 직접 비행기를 몰고 가고 싶을 것이다. 그녀는 그가 비행기 조종을 좋아한다는 것을 알고 있었다. 케이는 이제까지 알프스에 간 적이 없었다. 하지만 로마로 오는 비행기 안에서 그녀는 언젠가 알프스에 가겠다고 다짐했다. 그 언젠가가 바로 내일이었다.

모든 예약을 마치고 돌아섰을 때 케이는 알 네리가 로비 건너편에 있는 가죽의자에 앉아 담배를 피우며 스위트 롤을 우걱우걱 씹어 먹고 있는 모습을 보았다. 그녀가 고개를 숙이자 그도 인사를 했다. 케이는 호텔 직원에게 예약이 잘못되었다며 방이 두 개 필요하다고 말했다.

붙어 있지 않는 방이면 좋겠다고 했다. 직원은 한숨을 내쉬었다. 전화기 다이얼을 돌리는 손짓이 거칠었지만, 다행히 예약은 변경할 수 있었다.

케이는 호텔 바로 가서 에스프레소를 주문했다. 그 호텔에는 유리창 밖으로 안마당이 내다보였다. 그녀가 테이블 쪽으로 가자 비슷한 나이의 남자가 휘파람을 불었다. 그 옆에 있던 조금 젊어 보이는 남자도 눈썹을 치켜 올리며 케이가 아름답다고 외쳤다. 그녀는 반응을 보이지 않으려고 애를 썼다. 하지만 케이는 지금 행복했고, 그 남자들의 반응은 그녀를 더욱 더 행복하게 만들어주었다. 케이는 이제 겨우 서른두 살이었다. 그 남자들이 비록 이탈리아인들이지만, 그녀는 자기가 생각하기에도 낯선 남자들에게서 무심결에 찬사를 들을 만큼 충분히 매력적인 여자였다.

케이가 자리에 앉자 로마에서는 보기 드문 분홍빛 햇살이 가득 내리비추었다.

마이클은 그녀에게 청혼하던 날, 케이에게 두 사람이 동등한 동반자가 될 수 없을지도 모른다고 경고했었고 케이는 화를 냈다. 그의 아버지는 그의 어머니를 전적으로 신뢰하고 있지 않느냐면서. 마이클은, 그건 사실이지만 그의 어머니는 언제나 한결같이 남편에게 충실했고, 그건 40년이 지나도 변함이 없었다고 했다. 만일 두 사람이 결혼해서 잘 지내게 된다면, 언젠가는 마이클은 그녀가 정말로 듣고 싶어 하지 않는 이야기를 하게 될지도 모른다고 말했다. 그 어느 날이 바로 어제였다.

케이는 화가 나고 놀랐을지도 모르지만, 적어도 흔들리지는 않았다. 그 끔찍한 내용에도 불구하고, 케이는 그 이전에 마이클이 털어 놓은 이야기로 인해 이와 같은 행복을 느꼈던 적이 언제인지 기억할 수 없었다. 그건 너무나도 불합리한 일이었지만 세상의 행복이란 전부 이렇게 이치에 어긋나는 법이다.

그녀의 남편은 살인자였다. 마이클이 시칠리아에 가게 된 것은 경찰서장과 마약 패거리의 우두머리가 살해당한 사건에 부당하게 고소를 당해서가 아니라, 실제로 그가 한 사람은 머리에, 다른 한 사람은 심장과 목에 총을 쏴서 죽였기 때문이다. 그 살인사건이 있은 뒤 3년 후 마이클은 미국으로 돌아왔다. 마이클은 두 사람이 헤어져 있는 동안 자신에게 여자가 있었다고 고백했다. 그는 케이를 다시는 만나지 못할 거라고 생각했었다. 하지만 지난 6개월간은 여자를 만나지 않았다고 했다. 마이클은 어제까지 아폴로니아라는 시골 처녀와 결혼한 것에 대해서는 말하지 않았다. 그건 바로 두 사람이 재회하기 6개월 전에 아폴로니아가 알파 로메오에 장치된 폭탄 때문에 목숨을 잃었기 때문이었다.

마이클의 형인 소니도 자동차 사고로 죽은 것이 아니었다. 그는 요금징수소에 있던 깡패들의 총에 맞아 죽었다.

이 모든 이야기는 이미 2년 전에 톰 헤이건에게서 들은 것이었다. 마이클이 카를로와 테시오, 바르지니, 타탈리아, 그리고 그와 관련된 인물들을 죽이라고 지시한 것이 사실이었다는 것도. 헤이건은 이런 이야기를 케이에게 했다는 걸 마이클이 알게 되면 자신 역시 시체로 발견될 거라고 말했다. 그 이야기를 들었을 때가 케이의 인생에서 가장 불행한 날이었다.

어제, 마이클은 그 모든 이야기를 자기 입으로 직접 말해줄 정도로 그녀를 믿고 있다는 것을 보여주었지만, 그렇게 좋은 날이었다고 할 수는 없었다. 하지만 케이의 인생에서 최악의 날도 아니었다. 그런 일들이 일어났다는 이야기를 듣고도 행복할 사람은 아무도 없다. 하지만 그녀는 마이클이 그 이야기들을 말할 수 있도록 자신이 그의 기운을 북돋아주었다는 것을 깨달을 수 있었다. 케이는 충격을 받았지만 놀라지는 않았다. 아내는 결국 남편의 모든 것을 알게 되는 법이다. 케이는 마이클이 어떤 사람인지 알고 있었다. 두 사람이 처음 만났을 때부터 마이클의 마음 속에는 선과 악이 완벽하게 섞여 있었다. 코니의 결혼식 날, 케이는 자신의 경솔했던 도취감이 도수가 높은 붉은 와인을 마셨기 때문이라고 생각했지만, 사실은 마이클이 무표정한 얼굴로 자신의 집안일을 설명해준 탓이었다. 그 직후 마이클은 가족사진을 찍을 때 그녀를 끌어들였다. 두 사람이 결혼하기 6년 전의 일이었다. 케이는 자신이 셰익스피어 연극의 등장인물이 된 느낌이 들었다. 그녀는 마지못해 하는 것처럼 행동했지만 그건 연기였다. 사실 케이는 좋았다.

만일 그녀가 정직했다면 자신에게도 비밀이 있다는 것을 인정할 수밖에 없을 것이다. 그녀에게도 아직까지 마이클에게 고백하지 않은 일이 있었다. 그가 시칠리아에 숨어 지내는 동안, 그녀도 역사 선생인 마운트 홀리요크와 오래 사귀었었다(그녀도 마이클을 다시 만나게 되리라고는 결코 생각하지 못했다). 마이클은 여전히 그 사실을 모르고 있었다. 디에나 던은 케이에게 프레디에 대한 것들을 이야기하곤 했지만 케이는 감히 마이클에 대한 이야기를 할 수 없었다. 그리고 헤이건이 그녀에게 모든 이야기를 해주었다는 것도 아무에게도 알리지 않았다.

케이는 마이클이 전쟁 당시 태평양의 한 섬에서 겪었던 무서운 일들, 동료들의 목이 잘려나가고, 시신을 화장해야 했던 일, 그 시신들이 뜨거운 진창 속에서 썩어나가던 일 등을 얘기해주었던 밤, 마이클과 사랑에 빠졌다. 마이클은 자기가 죽인 남자들에 대해 말해주었다. 솔직히 남자들의 생생한 폭력성은 케이를 흥분시켰다. 살아남기 위해 그가 보여준 강인한 모습뿐만 아니라 그녀의 품에 자신을 믿고 맡기는 모습도 마찬가지였다. 케이가 나라를 위해 누군가를 죽인 남자와 사랑에 빠지는 것이 가능한 일이라면, 그가 자신의 가족을 지키기 위해 사람을 죽인 일이 어째서 충격적인 일이 될 수가 있겠는가?(일이 어떻게 되었든 케이는 그와 사랑에 빠졌다는 것을 알았다)

물론 케이도 이제는 나이를 먹었다. 또 아이들을 가진 엄마이기도 했다. 엄마가 되었다는 건 모든 것을 변화시킨다. 하지만 지금 그녀가 느끼는 것은 예전과 다를 바가 없었다.

케이는 커피를 다 마셨다. 심장이 두근거렸다.

케이는 다시 위층으로 올라갔다(네리가 따라오는 소리가 들렸으나 돌아보지 않았다). 뒤로 문을 잠그고 방 안 가득 밝은 햇살이 들어올 수 있게 커튼을 열었다. 마이클은 몸을 뒤척였지만 잠에서 깨지는 않았다. 케이는 옷을 벗고 그의 옆으로 파고 들어갔다.

"우리 알프스에 갈 거예요." 그녀가 속삭였다. 심장이 여전히 빨리 뛰고 있었다.

"난 스키 안 타."

"스키 타러 가는 거 아니예요. 우리가 이 방을 나갈 수 있을지는 모르겠지만."

"미사만 아니라면 그렇겠지."

마이클은 그녀를 놀리는 게 아니었다. "그렇지 않아요. 난 매일 가지는 않으니까." 케이가 말했다. 게다가 지금 그녀의 기분으로는 매일 갈 필요가 없을 것 같았다.

케이는 마이클에게 자세한 일정을 말했다. 두 사람은 알프스까지 마이클이 조종하는 소형 비행기를 타고 간다. 그곳에서 1주일 동안 지낸 후 예정보다 집에 일찍 돌아가 아이들을 데리고 디즈니랜드에 간다. 뉴욕에 있을 때 알게 된 여행 에이전트에 전보를 쳐서 이번 여행에 대한 예약을 했다는 것까지. 마이클은 케이가 이렇게 빨리 두 사람의 휴가를 복구시킨 것에 놀란 것처럼 보였다. "당신은 날 과소평가했어요. 우리가 타호 호수에 갔을 때 당신이 세웠던 계획이 어땠는지 기억나요?"

"내가 정말 알프스까지 비행기를 몰고 가는 거야?"

"당신이 좋아할 거라고 생각했어요. 혹시 힘들다면…."

"할 거야. 정말 좋아하니까." 마이클이 그녀의 엉덩이를 꽉 쥐었다. 케이는 참을 수 없다는 듯 몸부림을 치면서 기꺼이 그를 받아들였다.

침대 안은 두 사람에게 있어 언제나 최고의 장소였다. 마이클은 케이를 임신시킬 생각이 없었다. 하지만 피임을 위해 잠깐 떨어지는 것조차 지금의 케이로서는 견딜 수 없을 정도로 긴 시간이었다. 최근 두 사람은 거의 사랑을 나누지 못했다. 마이클은 그녀의 위에 있었다. 두 사람은 엄격한 가풍에 따르기라도 하는 것처럼 처음 시작은 그 자세를 그대로 유지한 채였다. 그들이 절정에 도달했을 때 케이가 가장 좋아하는 식으로 여러 번 위치를 바꾸었다. 처음에는 마이클이 위에, 그 다음에는 그녀가 위에. 그런 다음 케이는 몸을 돌려, 얼굴을 아래로 내리더니, 눈을 꼭 감은 채 그를 머금었다. 충분히 행복한 시간이었다. 그 순간만으로도 더할 나위가 없었다. 하지만 마이클은 그녀가 끝까지 오지 않는 것에 깜짝 놀랐다. 그는 침대에서 일어나 그녀를 안아들고, 대리석 싱크대로 갔다. 케이의 온몸에 대리석의 차가운 느낌이 전해지자 그녀는 두 팔로 그의 목을 휘감았다. 케이는 고개를 뒤로 젖혔다. 마이클의 손이 그녀의 가슴의 곡선을 따라 미끄러지고, 늑골의 형태를 따라가며 가볍게 어루만지자, 케이는 또 다시 온몸을 떨었다. 이번에는 좀 더 강렬했다. 완벽한 절정이었다. 마이클이 얼마나 가까이에 있는지를 느낄 수 있게 되자 케이는 손가락 끝으로 그의 땀에 젖은 가슴을 부드럽게 쓸어내렸다. 그녀는 아무 말도 할 수 없었다. 마이클은 멈추어야 하는 순간을 알고 있었고, 그녀에게서 빠져나갔다. 그리고 다시 급하게 침대로 들어간 그녀는 네 번의 절정에 더 도달했다. 마이클이 그녀에게 들어오자 케이는 자신의 목에서 새어나오는 신음소리를 들었다. 그녀의 피부 위로 햇살이 온몸을 태우는 것처럼 뜨겁게 쏟아졌다. 시트는 이미 벗겨져 한쪽으로 밀려나 침대의 매트리스가 그대로 드러났다. 케이는 팔을 매트리스 아래로 떨어뜨렸고 뭉쳐진 시트 위에 얼굴을 떨어뜨렸다. 그런 다음에 벌어진 일은 너무 순식간이라 케이는 자신의 몸이 마이클의 몸 위에 다시 올라가고 나서야 간신히 알아차릴 수 있었다. 마이클이 그녀의 속으로 거칠게 들어왔다. 그의 얼굴에는 솔직하면서도 무방비한 표정이 드러나 있었다. 마이클의 열정과, 케이가 무엇을 좋아하는지에 대한 배려가 보였다. 그건 오르가슴이라기보다는 전기 충격에 가까울 정도로 고통스러웠다. 그리고 온몸이 너무나도 뜨거웠다. 몸이 흔들릴 때마다 몸에서 김이라도 나는 것처럼 열이 밖으로 빠져나가는 것 같았다. 그 여파로 온몸이 떨리는 가운데 그녀는 마이클의 떨림도 느낄 수 있었다. 10초인지 10년인지 모를 그 순간이 지나자, 케이는 잔뜩 지친 채 두 사람의 땀에 젖은 매트리스 위로 그대로 쓰러졌다.

당연히 고통스럽지 않다.

마이클이 땀에 젖은 그녀의 등에 부드럽게 입김을 불어 넣었다. 그리고 손가락 하나를 가볍게 그녀의 몸에 가져갔다. 그리고 '사랑해'라는 말을 손가락으로 썼다. 쓰고 또 썼다. 케이의 두근거리는 심장과 거친 호흡이 어느 정도 진정되었다. 갑자기 그녀의 입에서 사랑한다는 표현들이 계속 쏟아져 나왔다. 말을 다 한 후에야 그녀는 자기가 이탈리아어로 말했다는 사실을 알아차렸다.

"도대체 그건 어디서 배웠어?" 마이클이 놀랐다는 듯 웃으면서 물었다.

"모르겠어요." 케이는 영어로 대답하고는 몸을 숙여 그에게 키스했다. "이건…"

마이클이 그녀의 입술을 손가락으로 막았다. 두 사람은 미소를 지었다. 그가 옳았다. 말은 필요 없었다.

메리는 매일 어디를 가든 새로 산 미키 마우스 귀를 달고, 신데렐라 드레스를 입은 채 데이비드 크로켓 가죽신을 신었다. 이제 세 살인 메리는 디즈니랜드에서 같이 춤을 춘 곰이 진짜라고 믿고 있었다. 안토니는 놀이기구와 볼거리들의 주제곡들을 악보대로 완벽하게 큰 소리로 부르고 다녔다. 그 애는 한 번 들은 노래는 똑같이 부를 수 있는 능력을 가지고 있었다. 그 덕분에 유치원에서 적지 않은 문제들을 일으켰지만 케이는 아이의 장래를 보아 틀림없이 도움이 될 능력이라고 믿고 있었다. 사실 그녀의 아버지는 다음 생일을 위해 안토니에게 오페라 부파*의 노래를 가르쳐줄 사람을 고용할 계획까지 세우고 있었다. 케이가 생각하기에 아이들은 운이 좋은 편이었지만 그녀는 자기가 그런 아이들을 낳았다는 사실이 더 큰 행운이라고 생각했다.

마이클은 자신이 아이들에 대해 얼마나 많은 것들을 놓치고 있는지 알고 있을까? 물론 그도 아이들을 사랑했다. 마이클은 아이들을 데리고 디즈니랜드에 간 것을 진심으로 기뻐하고 있었다. 마이클은 집에 있을 때면 메리에게 푹 빠져 있곤 했다. 반면 안토니에게는 좀 엄하게

---

* 18세기 이탈리아의 희가극

대하고 있었다. 하지만 그건 아들에 대한 애끊는 염려 때문에 그런 것이지, 마이클이 아들을 무척 사랑하고 있다는 건 두말할 필요도 없는 일이었다. 그들이 휴가를 보낸 며칠 뒤, 마이클은 뉴욕에 가야만 했다. 처리해야 할 일도 있었고, 어머니의 병세가 어떤지도 보기 위해서였다. 카멜라는 몇 가지 합병증 때문에 입원했다가 다시 퇴원한 상태였다. 마이클이 짐을 싸다가 케이를 불렀다. 침실 창문으로 안토니가 그네 뒤에 커다란 구멍을 파고는 그 앞에 서서 고개를 숙이고 혼자 기도를 하는 모습이 보였다.

"너구리 가죽 모자의 장례식을 하고 있는 거예요." 케이가 설명했다.

"농담하지 마."

"화내지 말아요."

"화난 거 아니야. 난…." 마이클은 적당한 말이 떠오르지 않았다.

"아주 끔찍한 일을 하고 있다고 생각해요."

"그 모자는 4달러나 준 거야."

"당신이 나한테 숨기는 게 없다면 우리한테 4달러 정도의 여유는 있잖아요."

마이클은 잠시 주춤했다. 그가 케이에게 말할 수 없는 일들이 분명히 있었다. 두 사람 다 그 사실을 알고 있었다. "중요한 건 그게 아니잖아. 4달러 정도야 물론 있지."

"그래요? 그럼 당신한테 중요한 건 뭔데요?"

안토니가 모자를 파묻은 이유는 죽은 너구리에 대한 동정심 때문이라기보다는, 몇 달 전 그런 모자를 쓴 테네시의 상원의원이 대통령 선거 운동을 하면서 마이클 코를레오네를 직접적으로 비난하는 것을 TV에서 봤기 때문임을 케이는 알고 있었다. 그 모자를 산 것은 마이클의 생각이었지 안토니가 원한 것은 아니었다. 그 애는 자기가 하고 싶은 일은 무엇이고, 하고 싶지 않은 일은 무엇인지 아버지에게 말하는 법이 거의 없었다. 마이클은 안토니에게 잘해주려 했지만, 아이의 기분에 대해서는 잘 모를 때가 많았다. 지금 가장 큰 문제는 케이와 마이클이 잘 지내는가의 문제가 아니었다.

마이클은 체념한 듯 한숨을 쉬었다. "저 애가 땅에 묻은 게 진짜 너구리 털이야? 아니면 토끼야?" 케이는 남편의 머리에 키스해주었다. 마이클은 억지로 웃으면서 밖에 나가 안토니 옆에 섰다. 케이가 지켜보고 있었다. 아버지와 아들은 구멍을 사이에 두고 마주 서 있었다. 안토니가 고개를 숙이고 있었고, 아무 말도 하지 않는 것처럼 보였다. 어느 순간, 안토니가 갑자기 "아베 마리아"라고 했다. 마이클은 그 소리를 들었다. 그는 더 이상 아들을 화성에서 온 작은 초록색 외계인이라도 되는 것처럼 불편하게 쳐다보지 않았다.

마이클이 뉴욕에 가 있는 동안 타호 호수의 절반쯤 완성된 집이 불에 타버리고 말았다. 다시 코를레오네 가족의 변호사로 일하는 톰 헤이건이 직접 케이에게 그 소식을 전해주러 찾아왔다. 번개를 동반한 폭풍우 때문에 생긴 일이었다. 그는 케이에게 모든 손해는 보험으로 해결이 될 거라고 말했다. 다행히 건물의 기초 공사에는 피해가 없었다. 케이는 헤이건과 의논해 시간이 별로 없으므로 인부 몇 사람을 더 고용하기로 결정을 내렸다. 르노에 있는 맨션도 무너졌으니 케이가 원하는 자재를 써서 현대식 호텔을 지을 수도 있다. 그 맨션은 예전에는 철도회사를 가진 실업가가 소유하고 있었던 진짜 성이었다. 헤이건은 케이도 예전에 봤으니 알겠지만 그곳은 차라리 불타버리는 편이 낫다는 생각이 들 거라고 말했다. 헤이건은 그녀가 이번 여름에 이사하고 싫어 하는 것을 알고 있었다. 그래서 토건 책임자를 만나 노동절까지는 공사를 끝낼 수 있을 것 같다는 대답을 들었다고 했다.

"당신이 그 사람하고 이야기했다는 거예요? 나랑 그 사람이 말하기도 전에? 나랑 먼저 그 이야기를 했어야죠."

"그 사람은 우리 토건업자이기도 해요. 거기서 우리 집도 짓고 있으니까."

"마이클도 알아요?"

"그래요."

케이는 얼굴을 찡그리고는 양손을 엉덩이에 댄 채 문 앞에 서 있었다. 헤이건에게 집 안으로 들어오라고도 하지 않았다. 오늘, 그녀는 임신하지 않았다는 것을 알았다. 지금 같아서는 다행스런 일이었다.

"정확하게 이야기하자면 마이클하고 이야기를 한 건 아니예요. 그저 전갈을 남겼을 뿐이죠."

"어머님도 아세요?"

"아뇨. 난 당신이 무슨 생각을 하고 있는지 알아요." 헤이건이 그 자리를 떠나면서 말했다.

"장담하지 말아요."

"조사는 해볼게요. 그럼 됐죠? 하지만 이건 벼락 때문에 생긴 일이예요. 그런 건 신의 영역에서 벌어지는 일이라는 걸 당신도 알잖아요."

"벼락이 정말 쳤는지 어떻게 알아요?"

"벼락이 쳤다는 건 알 수 있어요."

"어떻게 알았어요? 본 사람이 있나요?"

"당신이 당황했다는 건 이해해요. 케이, 나도 무척 당황스러워요. 그건 모든 사람들이 다 그럴 겁니다."

"누구 본 사람이 있냐고요?"

케이의 뒤에서 메리가 울기 시작했다. 안토니는 무릎을 꿇고 양팔을 벌리더니 갑자기 '두들리'라는 낡은 자동차가 나오는 음침한 만화의 주제가를 부르기 시작했다.

제5부

1957 ~ 1959년

17

"도청장치들을 찾아냈다는 걸 알면 케이가 슬퍼하지 않을까?" 프레디가 비어 있는 자리로 몸을 기울이며 마이클의 귀에 속삭였다.

마이클은 담배에 불을 붙였다. 케이와 디에나는 지금 연회장을 가로질러 화장실로 가고 있었다. 지금 막 결혼식을 마친 소니의 딸 프란체스카와 그 부자 와스프* 녀석은 춤을 추고 있었다(신랑은 부잣집 친구들과 스키를 타다가 다리가 부러져서 결혼식 날에야 깁스를 풀고 절뚝거리며 걸을 수 있었다). 대부분의 다른 손님들 역시 춤을 추고 있었다. 그 중에 불과 두 달 전까지만 해도 사경을 헤매던 카멜라도 있다는 게 정말 놀랄 만한 일이었다. 그녀는 소니의 아들인 미식축구 스타 프랭키와 함께 빙글빙글 돌고 있었다. 자리에 앉아 있는 사람은 마이클과 프레디뿐이었다. 프레디는 동생과 단 둘이 이렇게 앉았던 게 언제였는지 기억할 수 없었다. 그것도 이처럼 일상적인 자리에서.

"그 사람은 몰라." 마이클이 대답했다.

"케이는 네가 생각하는 것보다 영리해. 틀림없이 알게 될 거야."

마이클이 담배 연기를 내뿜었다. 그는 영화에서 담배 피우는 모습을 보고 배웠는지 멋진 모습으로 담배를 피웠다. 처음 담배를 배웠을 때부터 그랬다. 그렇게 피우라고 가르쳐준 사람은 소니였는데 솔직히 처음에 마이클이 그렇게 피웠을 때는 어린 꼬마가 정장을 입고 노는 것처럼 우스꽝스러워 보였다. 그는 어느새 그런 모습이 어울릴 만큼 나이를 먹었다.

---

* 앵글로 색슨계 백인 신교도. 미국 사회의 주류를 이루는 지배 계급

"형, 다른 사람은 몰라도 형은 내가 케이를 어떻게 대하든 뭐라고 할 처지가 아닐 텐데." 마이클이 말했다.

분명히 디에나에 대해 비꼬는 말이었다. 하지만 프레디는 신경 쓰지 않고 계속 말을 이었다. "도청 당하고 있었다니." 그건 타호에 있는 마이클의 새 집에서 멀리 떨어진 곳에 누군가 도청장치를 해 놓은 걸 두고 하는 말이었다. 네리가 기구를 이용해 그 장치들을 찾아내보니 마이클의 집도 가청권 안에 들어가 있었다. "그 도청장치로 뭐라 그러더라? 낌새를 맡았다. 맞아, 낌새를 맡았다는 거지? 우린…." 프레디는 잠시 주저했다. 그는 도청장치를 설치한 사람이 누군지 알고 싶었다. "도청장치 종류가 뭔지 알아낸 거야?"

마이클이 눈을 가늘게 떴다.

"그래서 제거하는 사람을 불렀다, 이거지?" 그렇다면 네리가 그 도청장치들을 가지고 있단 말인가?

"그렇게 똑똑한 척 하는 건 형한테 어울리지 않아."

"무슨 뜻이야?"

"술은 얼마나 많이 마신 거야?"

"무슨 질문이 그래?"

"왜 춤은 안 추는 거야? 디에나는 좋아할 텐데."

그렇다. 마이클은 공공연한 자리에서 그런 이야기를 하고 싶지 않았다. 사실 여기 있는 사람들은 대부분이 가족이고, 엄밀히 말해 공식적인 자리라고 할 수는 없었지만 어쨌든 다른 사람들이 들어서는 안 되는 이야기였다. 도청장치. 누군가 도청장치를 설치했다. 그 낌새를 알아차렸다. 도청장치를 제거했다. 심지어 이곳 플로리다에서도 똑같은 일이 반복되었다. 그 악당은 지금도 이 자리를 내려다보고 있을지도 모른다. 설마 이런 고급 호텔 안까지? 그 일은 이제 잊어버려야 했다.

도대체 누가 마이애미 비치에서 도청장치로 남의 얘기를 엿들을 생각을 두 번씩이나 한단 말인가? 제발.

"미안해." 프레디가 중얼거렸다.

마이클이 고개를 저었다. "알았어, 형."

"알았어, 형? 이런 말은 하지 말아줘. 알겠어? 무슨 말을 해도 좋지만 그 말만은 듣고 싶지 않아."

"어쩔 수 없는 상황이잖아."

프레디는 손을 내밀고 절망한 듯 흔들었다. 무슨 의미지? 나한테 말해줘. 그는 이렇게 생각했다.

"형은 언제 떠날 거야? 난 아침 일찍 비행기로 아바나에 가야 해. 하지만 아침식사는 같이 할 수 있을 거야. 형하고 나만. 그게 안 되면 잠깐 같이 해변을 걸어도 좋고."

"오., 그거 좋은 걸. 정말 좋아. 정확히는 모르겠지만, 우린 오후 비행기야." 프레디는 지난 몇 달간 동생을 만나려고 애를 쓰고 있었다. 디에나 때문에 프레디는 그동안 절반 정도는 L.A.에 머물러야 했다. 나머지 절반은 마이클이 이곳에 없었다. 심지어 두 사람이 같은 도시에 있을 때조차도 야구경기를 보러 간다거나, 맥주를 마신다거나, 낚시를 하러 가는 등 형제로서의 우애를 다질 만한 시간은 없었다. 전쟁 전에도 그런 일은 하지 않았지만. 그러니 사업에 대한 이야기를 꺼낼 틈이 없었다. 프레디는 마이클에게 콜마와 유사한 뉴저지의 묘지 사업에 대해 다시 한 번 이야기할 필요가 있었다. 프레디는 이 일에 대해 좀 더 많이 연구했다. 제라치가 큰 도움이 되었다. 프레디는 이번만큼은 마이클도 다시 생각하게 될 거라고 확신하고 있었다.

"아바나에 케이는 같이 가지 않는 거야?" 프레디가 물었다.

"난 그곳에 출장가는 거야. 형도 그 정도는 알잖아."

"맞아." 프레디가 자기 머리를 탁 내리치며 말했다. "미안해. 그런데 일은 어떻게 되어 가고 있어? 아바나, 히만 로스, 그게 다야?" 프레디가 물었다.

마이클이 얼굴을 찡그렸다. "내일 아침식사하면서 이야기해."

프레디의 이런 무신경함은 신중하지 못해서가 아니라 모르기 때문이었다. 로스는 금주법 기간 동안 비토 코를레오네와 같이 일을 했던 자로, 지금은 뉴욕에서 가장 힘이 센 유태인 마피아 조직의 두목이었다. 그는 그 세력을 라스베가스와 아바나까지 넓혔다. 프레디는 마이클과 로스가 쿠바에서 벌이는 일이 무엇인지 알지 못했다. 그저 마이클이 그 일을 오랫동안 하고 있고, 상당히 큰 건이라는 것만 알고 있을 뿐이었다. "굉장한 아침식사가 되겠구나." 프레디가 말했다. 그 일이 무엇인지 알아내기 위해 그는 오랫동안 기다렸다. 그리고 또 내일 아침까지 기다려야 했다. "가장 중요한 식사가 될 거야."

"텔레비전 쇼는 언제부터 시작해?" 마이클이 물었다.

"9월. 첫번째 손님으로 조니 폰테인을 섭외했어." 그들은 이제껏 조니 폰테인에게 모든 호의를 다 베풀었지만 적어도 이번 일만큼은 프레디가 할 수 있는 일이었다. 조니 폰테인은 그 자리에서 좋다고 대답했다.

"좋은 생각이야."

"뭐가? 폰테인을 섭외한 거? 아니면 쇼를 하게 된 거 말이야?"

"양쪽 다. 내가 말하고 싶었던 건 쇼에 대한 거였지만."

"정말?"

"우린 사람들의 선입견을 바꿔야 할 필요가 있어. 우리가 원하는 식으로 사업을 성장시켜 나가기 위해서는 일반인들에게 코를레오네 사람들도 반 알스데일가 사람들과 다를 바가 없다는 것을 보여줄 필요가 있지." 마이클이 연회장에서 신랑 쪽을 가리키며 말했다.

"고마워." 프레디가 말했다.

두 사람은 내일 아침 6시에 호텔 로비에서 만나기로 약속을 했다.

"난 저 애 둘을 구별 못하겠어." 마이클이 프란체스카와 캐시 쪽을 쳐다보며 말했다.

"웨딩드레스를 입은 애가 프란체스카야."

마이클이 웃었다. "그걸 말이라고 하는 거야?"

프레디는 동생을 끌어안았다. 그들은 프레디가 기억하는 한 가장 오래, 그리고 꽉 끌어안고 있었다. 둘 다 입 밖에 내지는 않았지만 그들은 형 소니를 생각하고 있었다. 소니의 영혼은 하루 종일 그 자리에 참석한 어떤 하객보다 더 큰 존재감으로 그 자리를 맴돌고 있었다. 프레디와 마이클은 프란체스카에게 축의금을 건네주기 위해 줄을 서 있을 때 눈물이 금세 흘러내릴 것만 같은 것을 꾹 참고 있었다. 이제는 부끄러울 것 없는 눈물을 얼굴에서 닦아내고 가야 할 때였다. 그들은 아무 말 없이 서로의 어깨만 두드렸다.

눈물이 나는 건 어쩔 수 없는 일이다. 그리고 슬픔을 드러낸다고 해서 누가 그들을 비난할 수 있겠는가? 프레디는 지금의 감정 상태가 술을 너무 많이 마셔서 일어난 일이라는 것도 알고 있었다. 그리고 이 상황을 결혼식을 주재한 사제 때문이기도 했다. 사제는 한때 프레디가 신부가 되고 싶다는 마음을 갖는 계기가 되었던 스테파노 신부와 닮은 사람이었다. 한쪽으로 비스듬히 기울어진 미소, 똑같은 모양으로 빗어 넘긴 검은 머리카락, 장거리 달리기 선수처럼 작은 엉덩이의 체격. 프레디는 스테파노 신부에 대해 생각하지 않으려고 노력했다. 그 노력은 거의 성공한 것처럼 보였다. 지난 몇 달간 신부의 모습을 떠올리지 않고 지낼 수 있었다. 이따금씩 술에 취해 신부를 떠올릴 때를 제외하고.

만일 세상 모든 사람들이 누군가를 잊기 위해 술을 마시지 않는다면 라디오에서 흘러나오는 노래들의 절반과 이 세상의 술공장 중 4분의 3은 사라지게 될 것이다. 프레디는 야단법석을 떨지도 않았고, 어디론가 사라져 버리지도 않고 그대로 결혼식장에 머물렀다. 그와 디에나는 한 곡도 놓치지 않고 춤을 추었다. 그녀는 무척 행복해 보였다. 비록 두 사람 다 너무 취한 상태라 서로의 감정이 의심스럽기는 했지만.

숙소로 돌아와서 프레디는 디에나의 엉덩이에 자신의 것을 밀어 넣었다. 그도 맑은 정신으로 한 것은 아니었고 그녀도 불평하지 않았다. 모두 술을 너무 많이 마셔서 벌어진 일이었다.

다음 날 아침, 잠에서 깨어났을 때 그는 어떻게 방으로 돌아왔는지 기억이 나지 않았다. 프레디는 디에나의 부드러운 팔을 들어 올려 그녀가 차고 있는 까르띠에 시계를 보았다. 머리가 계속 울렸다. 프레디는 흐린 눈으로 초점을 맞추려고 애썼다. 시간은 거의 11시였다. 거의 공황에 가까운 상태에서 프레디는 마이클의 방으로 전화를 걸었다. "죄송합니다, 손님. 코를레오네 씨와 가족분들께서는 한 시간 전에 떠나셨습니다." 전화 교환원이 말했다.

프레드 코를레오네 쇼는 정규방송은 아니었으나 1957년부터 주로 월요일 밤에 라스베가스의 UHF 방송국에서 방송을 시작해 프레디 코를레오네가 실종된 1959년까지 계속되었다. 쇼는 모래의 성 라운지에 설치한 소형 세트에서 진행되었다. 진행자와 초대 손님이 앉아 있는 표범 무늬 의자 옆에 낮고 둥근 테이블이 놓여 있었다. 그들 뒤에 있는 판에는 하얗게 '프레드'라고 쓰여 있었고, 그 뒤는 검은색 커튼으로 되어 있었다. 그 쇼가 처음으로 방송된 날은 1957년 9월 30일이다[네바다 라디오 텔레비전 박물관의 기록 사본].

프레드 코를레오네 : 전 오늘 이 첫 번째 방송이 진정한 초산균이 되기를 기대하고 있습니다. 혹시 초산균이라는 말이 무슨 뜻인지 모르시겠다면, 다른 말로 재미있는 것이라고 하도록 하죠. 다른 쇼에서 나오는 것들은 모두 봤습니다. 여자들, 농담, 가벼운 풍자, 그 비슷한 이런저런 것들. 음, 음악도 있네요. 그 외에도 여러 가지 것들이 있죠. 때때로 많은 초대 스타들이 한꺼번에 나오는 바람에 무대 위에도 교통경찰이 필요할 것 같은 그런 경우들도 있더군요. 그렇지 않습니까? 그런 쇼에 나오는 친구들도 모두 좋은 사람들일 겁니다. 하지만 전 개인적으로 그런 사람들이 자신들이 여러분의 마음을 사로잡을 수 있다는 확신이 없기 때문에 그런 식으로 행동하는 거라고 생각합니다. 그래서 계속해서 온몸을 던지는 거죠. 집에서 보고 있는 시청자 수보다 더 많은 초대 손님들이 나오는 것도 마찬가지 이유일 겁니다. 하지만 오늘밤, 우리는 다른 길을 갈 겁니다. 전 여러분이 자리에 앉아 우리와 함께 하시기를 바랍니다. 초대 손님은 한 분입니다만, 대단한 분이시죠. 무대와 영화계의 스타이면서, 동시에 그 누구와도 비교할 수 없는 가수이기도 합니다. 제 고향 친구라는 사실도 말씀드리지 않을 수 없네요. 신사숙녀 여러분, 조니 폰테인 씨를 소개합니다.

프레드가 일어서서 박수를 치기 시작했다. 폰테인은 관중들에게 고개 숙여 인사를 하며 나타났다. 그와 프레드가 자리에 앉은 뒤, 두 사람 다 담배에 불을 붙이고 나서야 대화가 시작되었다.

프레드 코를레오네 : 사람들 말로는 '그루브스빌'이 음반 역사상 가장 큰 돌풍을 일으켰다고 하던데요. 록 앤 롤의 반짝 인기를 꺾고 바로 정상의 자리를 차지하셨더군요.

조니 폰테인 : 감사합니다. 저는 음악시장에 잠깐 들어왔다가 거의 쫓겨나다시피 했었죠. 결국 이번에 재기해서 몇 가지 기회를 잡을 수 있었습니다. 먼저 천재 싸이 밀너와 함께 작업할 수 있었던 것을 행운이라고 생각합니다. 자랑하는 건 아니지만, '그루브스빌' 뿐만 아니라 '우울한 폰테인'을 비롯해 '외로운 지난 밤', '조니가 호기를 부른다' 같은 노래들 전부가 이제껏 불렀던 노래들 중 최고라고 할 수 있으니까요.

프레드 코를레오네 : 그 노래들이 전부 최고라는 말이군요.

조니 폰테인 : 이 쇼에 싸이도 꼭 초대하세요. 그 친구와는 다음 작업도 같이 하기로 했는데 저를 위한 꿈의 기획의 일환으로 엘라 피츠제럴드 양과 듀엣 곡을 부르기로 했습니다.

프레드 코를레오네 : 정말 그래야겠군요(무대 뒤를 돌아보며). 누구 좀 받아 적으세요. 싸이 밀너, 천재. 우리 쇼에 그분을 섭외하는 건 아주 좋은 생각인 것 같은데요.

조니 폰테인 : 엘라도 초대하세요. 노래를 들어보면 알겠지만 엘라는 정말 최고의 가수니까요.

프레드 코를레오네 : 물론이죠.

조니 폰테인 : 전 천재라는 말을 가볍게 쓰지 않는 편입니다.

프레드 코를레오네 : 헐리우드의 사기꾼들이 쓰는 것처럼 말이죠. 알고 있습니다. 정말 그렇죠.

조니 폰테인 : 어떤 가수라도 싸이 밀너와 같이 작업을 하고 나면 그 사람을 천재라고 말할 겁니다. 그는 그동안 레스 할리 밴드에서 본을 불었고….

프레드 코를레오네 : 여러분, 트롬본을 말하는 겁니다.

조니 폰테인 : 사람의 목소리와 가장 유사한 그 악기를 연주하면서

가수를 스튜디오에 세웠을 때 어떻게 하면 백만 달러짜리보다 나은 느낌을 줄 수 있는지 알게 되었으니까요.

프레드 코를레오네 : 백만 달러짜리보다 나은 느낌이란 건 어떤 겁니까?

조니 폰테인 : 백만 달러와…. (그는 한참 담배를 피우고는 어깨를 으쓱해 보였다)

프레드 코를레오네 : 조니의 음반은 이미 수백만 장이 팔렸는데요. 비록 소문은 나지 않았지만.

조니 폰테인 : 그동안 우리가 쇼라고 부르는 이쪽 업계에서 지내오면서 제가 배운 건 얼마만큼 성공했든….

프레드 코를레오네 : 엄청난 성공을 하셨죠.

조니 폰테인 : 그만큼 사람들에게 빚을 지고 있다는 겁니다(박수가 터져 나왔다). 고맙습니다. 그건 사실이에요.

프레드 코를레오네 : 이제 로큰롤의 시대는 가버렸다고 할 수 있을까요? 이미 알고 계시겠지만, 제게 그건… 음악도 아니예요. 물론 이런 말을 하면 반감을 가지실 분들도 많으시겠지만.

조니 폰테인 : 그 음악은 인간의 원시적인 측면에서 나온 것이라고 할 수 있죠. 로큰롤은 그 패기가 예술성을 죽여 버렸지만, 그 덕분에 끝까지 남아 있을 수 있었던 겁니다.

프레드 코를레오네 : 좋아요. 조니의 의견 말입니다. 그러니까 계속 그런 식으로 이야기해주세요. 아셨죠? 시청자분들도 그런 걸 알고 싶어 하시니까 말입니다.

조니 폰테인 : 한번 해봅시다.

프레드 코를레오네 : 당신의 경우도 그렇지만 쇼 사업에는 전부 여자들이 포함되어 있어요. 그렇죠? 그 여자들 중에서 제대로 평가되는

대상은 겨우 10분의 1에 불과합니다. 아니 10분의 1도 너무 많은 건가요?

조니 폰테인 : (사회자의 커피 잔을 가리키며) 그것도 많은 건 아니죠.

프레드 코를레오네 : 거기에는 두 부류가 있지 않습니까. 외모가 뛰어난 경우와 재능이 있는 경우. 그렇게 되면 확률은 20분의 1이 되겠군요. 아니, 10분의 1이라고 해도 그 둘을 더해 나누면 평균이 되니까요. 사실 그 숫자는 중요한 게 아니죠.

조니 폰테인 : 이 쇼에 수학교수가 필요하다는 말은 하지 않았잖아요.

프레드 코를레오네 : 객관적으로 하기 위해서 조니의 약혼녀인 애니 맥그윈 양은 제외시키기로 하죠. 애니는 노래는 물론 춤, 재담, 심지어 연기까지 모든 것을 다 잘하고 있습니다. 거기에 인형도 조종할 줄 알죠. 본 적은 없지만 애니가 잘한다는 이야기는 들었습니다. 하지만 여기서 그만둬야겠죠. 이쯤에서 멈출 필요가 있어요.

조니 폰테인 : 뭘 시작한 건지도 모르겠는데요.

프레드 코를레오네 : 그야 애니에 대해서죠. 사람들이 뭐라고 하는지 알고 있을 겁니다. 그것…에 대해. 절 좀 살려줘요, 조니. 가족들과 함께 보고 있을 시청자분들도 생각해야 하니까. 아마 제가 무슨 말을 하고 싶어 하는지 다 알고 계실 거라고 생각합니다만. 뭐라고 말해야 좋을까요? 애니의 뭐라고 부르죠?

조니 폰테인 : (싱긋 웃으며) 가슴 말인가요?

프레드 코를레오네 : 가슴! 좋아요. 그 유명한 가슴 말입니다. 이 이야기가 애니 양이나 폰테인 씨에게 실례가 되지 않았으면 좋겠습니다만.

조니 폰테인 : 괜찮습니다. 질문이 뭐죠?

프레드 코를레오네 : 헐리우드에서 재능과 외모를 겸비한 최고의 여성이 누구라고 생각하십니까?

조니 폰테인 : (과장된 모습으로 처음에는 웃었다가 깜짝 놀라는 척하며) 이 인터뷰 방식은 나한테는 손해인데요.

프레드 코를레오네 : 휴! 무대에서 관객들을 대하듯이 저를 놀리고 있군요. 조니가 세계적으로 유명한 이 모래의 성 무대로 다시 돌아온 것 같아요.

조니 폰테인 : 고마워요, 고맙습니다. 비록 당분간은 라스베가스에서 공연을 할 수 없습니다만. L.A.와 시카고에서 있을 연주회 때문에 꼼짝도 할 수 없어서요. 절 보고 싶으신 분들은 그곳으로 오시면 됩니다.

프레디 코를레오네 : 우리 쇼는 라스베가스를 대상으로 방송하고 있지만, 그나마도 전 지역에서 나오는 건 아니랍니다. 우리 집에서도 잘 나오지 않는다니까요. 믿을 수 있습니까?

조니 폰테인 : 송신탑은 있나요? 아니면 실내 소형 안테나는 달았어요?

프레드 코를레오네 : 지금 농담하는 겁니까? 송신탑이라니. 괜찮으시다면 농담은 일단 미뤄 두고 다시 일 얘기로 돌아가보죠. 이 자리에서는 노래하지 않겠다고 하셨죠? 그래도 오늘은 어떻습니까? 우리를 위해 노래를 불러주실 수 없을까요? 혹시라도 마음이 바뀔 경우를 대비해 작은 악단을 준비했는데요.

조니 폰테인 : 정말 그러고 싶습니다만, 목을 좀 쉬게 해야 될 것 같습니다. 큰 쇼를 목전에 두고 있어서요. 죄송합니다.

프레드 코를레오네 : 그거 실망인데요. 정말 실망입니다. 절 곤란하게 만들었어요.

조니 폰테인 : 제가 부두에 오기 전에 이미 배는 떠나 버린 걸요.

프레드 코를레오네 : (갑자기 웃음을 터뜨리며) 정말 재미있는 친구라니까!

조니 폰테인 : 노력하고 있죠.

프레디 코를레오네 : (무대 뒤의 누군가를 보며) 누가 악단에 가서… 그래요. 당신이 했다고? 당신이 했군. 어째서 내가 이런 일을 가장 마지막에 알아야 하는 거지? (폰테인을 돌아보며) 그럼, 좋아요, 또 뭐였죠? 다시 시작해봅시다. 다저스와 자이언츠가 캘리포니아로 옮기는 것에 대해서는 어떻게 생각합니까?

조니 폰테인 : 그들이 연고지를 옮겨서는 안 됩니다. 사람들의 마음을 아프게 할 테니까요.

프레드 코를레오네 : 모르죠. 사업상의 이유로 재배치하는 건지도. 동생도 하던 사업을 모두 서부로 이동시켰어요. 물론 호텔업이라든가, 연예, 건설, 시멘트 등 동생의 사업에 저도 동업자로 있기는 합니다만. 그런 이동 덕분에 지금 우리가 이 자리에서 쇼를 하고 있는 것이죠. 야구라고 다를 바 있나요? 저도 조니처럼 뉴욕에 감상적인 느낌을 가지고 있습니다. 하지만 전 왜 국민적인 스포츠라고 할 수 있는 야구를 특정 지역에 전속시켜야 하는지 모르겠군요.

조니 폰테인 : 야구는 연고지와 그 지역 사람들과 신뢰로 굳게 연결되어 있는 것이니까요. 저만 해도 에버트 필즈*에 계속 다녔어요. 그래서 그곳이 텅 비게 된다거나 구장이 사라지는 건 상상조차 할 수 없는 일입니다. 그곳이 그렇게 된다면 제 마음의 평화 역시 무너져버릴

---

* 뉴욕 브룩클린에 있던 다저스 홈구장

거예요.

프레드 코를레오네 : 당신은 뉴욕에서 서부로 옮기지 않았습니까.

조니 폰테인 : 그건 다른 겁니다. 어디서나 제 음악을 들을 수 있고, 제 영화를 볼 수 있으니까요. 전 조만간 모든 곳에서 공연을 하게 될 겁니다.

프레드 코를레오네 : 그래도 역시 가게 될 겁니다. 다저스가 L.A.에서 경기를 하더라도 말입니다. 그런 날이 오면 뉴욕보다는 L.A.에 애착을 가지게 될 거예요.

조니 폰테인 : (다른 담배에 불을 붙이며) 물론 가게 될 겁니다. 하지만 그건 진짜 다저스가 아니예요. 그들은 진정한 다저스를 이루고 있던 무언가에서 떨어져 나온 거니까요.

프레드 코를레오네 : 좋아요. 더 이상 민감한 주제는 건드리지 않기로 하죠. 이번에는 정치에 대해서 이야기를 좀 해볼까요? 제가 듣기로는 다음 대통령 선거에서 지지하는 후보가 있다고 하던네요. 작은 새 한 마리가 전해준 이야기랍니다.

조니 폰테인 : 디에나는 어떻게 지내요?

프레드 코를레오네 : 잘 지내고 있어요. 비록 디에나는 제가 말한 작은 새가 아니지만 말입니다.

조니 폰테인 : (카메라를 보고 윙크를 하고는) 아까 전에 했던 질문이 있었죠. 재능과 외모가 모두 뛰어난 여자가 누구라고 생각하는지 말입니다. 디에나 던만큼 두 가지를 제대로 갖춘 여자는 없다고 생각해요. 프레디나 디에나에게 실례가 되지 않을지 모르겠지만 어쨌든 디에나는 정말 굉장하니까요.

프레드 코를레오네 : 고마워요, 조니. 아주 친절한 말이지만, 그건 정말 사실이라는 걸 저 역시 인정하지 않을 수 없네요. 조니가 우리

부부와 가까운 사이라서 하는 말입니다만 전 정말 행운아예요. 디에나 던처럼 사랑스럽고 재능이 뛰어난 여자와 결혼해서 너무 행복하답니다.

조니 폰테인 : 아카데미상도 받았죠.

프레드 코를레오네 : 두 번이나 받았죠. 당신도 받았잖아요? 깜짝 놀랄 정도로 그 상이 무겁던가요?

조니 폰테인 : 동료분들이 보내주신 축하에 놀란 거였어요. 그리고 오스카는 꽤 무겁더군요.

프레드 코를레오네 : 상 이야기가 나오니까 말인데, 정말 뉴저지 주지사인 시아가 대통령이 되도록 후원하고 있습니까? 그분은 책을 써서 큰 상을 받았죠. 무슨 책을 말하는지는 잘 알고 있을 겁니다.

조니 폰테인 : 만일 시아 주지사가 후보로 나선다면 기꺼이 도울 생각입니다. 그분이 후보로 나섰으면 좋겠어요. 정말 훌륭하고, 나라를 위해 많은 일을 할 사람이니까요. 시아 주지사가 쓴 책을 읽어보셨나요?

프레드 코를레오네 : 침대 머리맡에 있죠. 그분이 우리 쇼에 나오시기 전까지는 다 읽을 참입니다.

조니 폰테인 : 시아 주지사도 이 쇼에 출연하기로 되어 있습니까?

프레드 코를레오네 : 섭외 중이예요. 그것보다 한 가지만 물어봐도 될까요? '듀란고의 잠복' 이라는 영화를 봤습니까?

조니 폰테인 : 그 영화를 봤냐고요? (웃으며) 진심으로 하는 말입니까?

프레드 코를레오네 : 여러분, 조니는 그 영화에 출연했답니다. 그러니까 시사회에 왔었느냐는 말이죠.

조니 폰테인 : 당신도 그 영화에 나오죠. 부인과 함께.

프레드 코를레오네 : 눈 한 번 깜박이면 놓칠 만큼만 나오죠. 여러분이 눈을 두 번 깜박이면 조니도 놓쳐버릴 걸요.

조니 폰테인 : 좋은 사람들과 같이 찍은 영화였죠. 대부분의 사람들이 우리 두 사람이 나오는 장면을 놓쳤을 거예요. 모든 영화가 걸작은 아니고 흥행에 성공할 수 있는 것도 아니죠.

프레드 코를레오네 : 이제 영화 제작은 더 이상 하지 않을 거라는 말을 들었습니다만.

조니 폰테인 : 아뇨, 그렇지 않습니다.

프레드 코를레오네 : 하지만 더 이상 영화에 마음이 없는 거 아닙니까? 직접 제작사를 운영하고는 있지만….

조니 폰테인 : 지금 진행 중인 영화들은 틀림없이 흥행에 성공할 겁니다. 그 중 한 편은 검투사가 나오는 영화예요.

프레드 코를레오네 : 뮤지컬 영화죠?

조니 폰테인 : 그렇습니다. 좋은 노래들이 많이 나오죠. 이렇게 알았죠?

프레드 코를레오네 : 그 노래를 만든 사람을 좀 알아서요. 이제 돈을 갚아야 할 시간이군요.

조니 폰테인 : 돈을 주지 않은 곳이 있습니까?

프레드 코를레오네 : 아시다시피 광고가 나가야 할 시간이란 뜻입니다.

조니 폰테인 : 그럼 다음에 뵙죠.

프레드 코를레오네 : 쇼를 진행하는 사람이 누구죠?

조니 폰테인 : 그럼 말해봐요. 왜 프레디 같은 바람둥이가 진행하는 쇼의 첫 번째 손님으로 디에나 던처럼 매력적인 여성을 부르지 않은 거죠?

프레드 코를레오네 : 여러분, 제가 그 질문에 하고 싶은 말이 무엇인지 아시겠습니까? 바로 조니는 국보같은 존재이기 때문이죠! 오늘은 그만 물러나겠습니다.

프레디는 샤토 마몽*의 펜트 하우스 창가에 홀로 서 있었다. 불을 켜지 않고 어둠 속에서 선셋 스트립을 내려다보며 아내가 돌아오기를 기다리고 있었다. 여기서 1주일 동안 지내는 비용은 그의 아버지가 롱아일랜드의 저택들을 구입하는 데 든 것보다 많았다. 하지만 그만한 가치는 있었다. 이곳에서만큼은 디에나의 팬들이 설치해놓은 도청장치나 숨결이 느껴질 만큼 가깝게 따라다니는 경호원 없이 지낼 수 있었다. 그는 시계를 보았다. 새벽 2시가 다 되어가고 있었다. 그들은 11시에 저녁식사를 예약했다. 영화 촬영은 거의 9시가 되어서야 끝났다. 프레디로서는 이번이 세 번째 출연하는 영화였지만(전부 단역이었기 때문에), 뭐라고 말할 수 없다는 것은 알고 있었다. 디에나는 지난 5년 동안 흥행작을 하나도 내지 못했다. 헐리우드에서의 시간이란 다른 곳보다 5백 배는 빨리 지나가는 법이다. 이제는 젊은 여배우들 몇 명을 거치고서야 그녀에게 배역이 돌아오곤 했다. 그녀는 매일 촬영이 끝나고 돌아오면 영화가 얼마나 거지같이 진행되어가고 있는지, 상대 배우가 얼마나 끔찍한지에 대해 불평하곤 했다.

프레디는 창문에서 몸을 돌려 전화기 쪽으로 갔다. 그러나 그는 전화 다이얼을 돌리지 않을 거라고 혼잣말로 중얼거렸다. 그건 자신에 대한 일종의 시험이었다. 하지만 그는 전화 다이얼을 돌렸다. 교환대

---

* 헐리우드 스타들이 즐겨 찾는 고급 호텔

에서 방갈로 3호를 연결해주었다. 잠결인 듯 잠긴 목소리로 윌리 모건이 대답했다. 그는 이번 영화에서 노래를 만드는 팀의 일원이었다. 모건은 짙은 남색의 경주용 오토바이를 가지고 있었고, 사냥을 좋아했다. 그를 동성연애자로 보는 사람은 아무도 없었다. 그러나 프레디는 기회를 놓치면 안 된다고 배웠다. 남자란 자기 집에 페인트 칠을 해야 하는 법이지만, 그렇다고 페인트공이 되어야 할 필요는 없는 법이다. 그저 방에 페인트만 칠하면 되는 것이다. 더군다나 여기는 힐리우드였다. 많은 것이 다른 곳이었다. 폰테인은 남자 동성애자들의 면전에 대고 그들을 엉덩이에 박는 녀석들이라고 불렀다. 그럼에도 폰테인은 언제나 파티에 여자들과 대화를 나누는 중에도 그런 동성애자들과 어울려 미식축구나 집 뒤 숲에 버려진 M-80에 대한 이야기를 나누곤 했다. 폰테인이 그렇게 하고 있었을 때 프레디는 어디에 있었을까? 그는 악명 높은 미식축구의 쿼터백들과 어울려 다니면서 이웃 사람들에게 욕을 얻어먹고 있었다. 그때만 해도 그는 분냉히 호모기 아니었다.

목소리를 가다듬은 프레디는 모건에게 한 잔 마시러 잠깐 들려도 좋은지 물었다.

"들른다고요?" 모건이 깔깔거리며 웃었다. "아주 완곡하면서도 좋은 표현이군, 타이거. 하지만 좋아요. 마티니를 몇 잔 만들어 놓을게요. 그런 다음 우리 초록 친구들을 데리고 한판 뛰어보자고요. 좋아요?"

완곡한 표현, 우리 초록 친구들, 타이거. 프레디로서는 그런 식으로 말하는 누군가와 관계를 맺는다는 것이 믿기 힘든 일이었다. 그는 수영복과 약병을 들고 그곳을 나왔다. 나중에 머리를 맑게 하기 위해 수영을 할 참이었다.

그가 수영장에 도착했을 때는 새벽 4시 가량이었다. 수영장 끝 쪽에서 어떤 남녀가 정사를 벌이고 있었다. 불빛은 없었다. 프레디는 탈의실에서 수영복으로 갈아입으면서 그동안 그들이 그 짓을 끝냈기를 바랐다. 하지만 그가 탈의실 문을 열고 나왔을 때도 두 사람은 여전히 그 자리에 있었다. 프레디는 방갈로 3호에서 샤워를 하지 않은 채로 나왔다. 펜트하우스로 돌아가기 전에 몸을 깨끗이 하고 싶을 뿐이었다. 그 남녀는 사다리 옆 벽 쪽으로 붙은 자리에 계속 있을 모양이었다. 서두르는 기색도 없었다. 프레디가 상관할 일은 아니었다. 그는 수영장의 얕은 쪽으로 들어가 몇 번인가 왕복하며 헤엄쳤다. 아무것도 먹지 않았지만 약을 먹은 덕에 힘이 넘쳐흐르는 것 같았다. 그는 마침내 옷가지들을 집어 든 다음 여전히 수영장 끝 쪽에 누워 있는 그 남녀를 흘깃 쳐다보았다. 그 순간 프레디는 그 여자가 자기 아내라는 사실을 알아차렸다.

"디디?"

그녀가 웃었다. 그 남자도 같이 웃었다. 남자는 디에나의 상대역인 매트 마셜이었다. "당신이었구나. 지금 좀 바쁜데." 디에나가 말했다.

프레디는 고개를 숙이고 엘리베이터 쪽으로 성큼성큼 걸어갔다. 펜트하우스 안으로 들어가 '아파치 크릭'(그가 두 번째로 출연했던 영화로 그는 인디언 역을 맡았었다)의 세트장에서 훔친 건 벨트*를 허리에 두르고 콜트 두 대를 꽂았다. 약을 먹었는데도 그는 여전히 침착함을 유지하고 있었다. 복수는 정당한 것이고, 이제 곧 그 일을 실행할 참이었다.

하지만 프레디가 수영장으로 다시 돌아왔을 때 두 사람은 그 자리

---

* 총을 꽂을 수 있는 허리띠

에 없었다.

프레디는 바로 자리를 옮겨 주차장으로 갔다. 그리고 그가 디에나에게 첫 번째 결혼기념일에 선물했던, 코베트의 1958년도 모델인 레갈 터키즈에 총을 겨누었다. 심장 뛰는 소리가 들렸다. 프레디는 깊은 숨을 몇 번인가 내쉰 다음 방아쇠를 꽉 잡은 채 팔이 흔들리지 않게 들어올렸다. 디에나와 매트는 그 차를 타고 플린트에 갔다 왔다. 두 사람을 쫓아다니던 기자들은 미소짓고 있는 그들의 사진을 얻었을 것이고, 이제 그 사진은 신문과 잡지에 실릴 것이다.

프레디가 방아쇠를 당겼다. 차 뒷유리와 왼쪽 뒷바퀴에 쏘고, 운전석 문에도 두 발을 쐈다. 한 발은 운전석의 창문을 뚫고 들어가 조수석의 창문 쪽을 관통했다. 다른 한 발은 앞 유리로 뚫고 나갔다. 차는 만신창이가 되었다. 유리는 산산조각 나고 바퀴와 실내 장식품들은 모두 못쓰게 되었다. 금속과 금속이 부딪히는 소리가 울리고, 그 여파로 딸랑거리는 소리가 울렸다.

프레디는 첫 번째 콜트를 권총집에 집어넣고, 코베트의 보닛을 연 다음 두 번째 콜트를 꺼냈다. 호텔 매니저와 직원 몇 명이 그 모습을 보았지만 모두들 프레디가 누구인지 알고 있었고, 그 차가 디에나 던의 것이라는 것도 알고 있었다. 그들은 수많은 유명 인사들이 심하게 싸우는 모습이나 명백히 범죄에 가까운 짓을 저지르는 모습을 보아왔다. 매니저가 할 수 있는 일이라고는 말로 조용히 말리는 정도였다.

"아니." 프레디는 4기통 카뷰레터에 총알을 박아 넣으며 말했다. "이 일은 눈감아주면 고맙겠군."

그 다음 총알에 작은 폭발이 일어나고 연기가 모락모락 올라오기 시작했다. 이제는 모두 얼이 빠진 채 보고만 있었다.

"코를레오네 씨, 너무 이른 시간입니다. 아시다시피 이러시면 다른 손님들에게 방해가 됩니다."

프레디가 이번에는 엔진을 겨누고 총을 쐈다. 그는 조수석에 대고 두 발을 더 쐈다. 그가 쏜 마지막 총알은 차에서 빗나갔다.

프레디의 뒤에서 어떤 여자가 비명을 지르며, 프랑스어 같은 말로 날카롭게 지르고 있었다. 프레디가 돌아서자 앞에 매트 마셜이 맨발에 바지만 입은 채 서 있었다. 평소 부드러운 그의 잘 생긴 얼굴은 분노로 일그러져 있었다.

프레디는 다른 총을 꺼내들어 두 개를 동시에 마셜에게 겨누었다. 마셜은 단순히 멍청이인 건지 아니면 프레디의 총에 총알이 없다는 것을 알고 있는 건지 계속 앞으로 다가왔다. 프레디는 이제껏 지금 같은 자비의 순간을 경험한 적이 없었다. 프레디는 그 자리에 가만히 있었다. 마셜이 계속 그를 향해 돌진해오자 프레디는 투우사처럼 민첩하게 옆으로 몸을 피했다. 마셜은 바닥에 넘어졌다. 그는 피를 흘리며 자리에서 일어나더니 이번에는 어리석게도 고개를 숙인 채 앞으로 달려 나왔다. 프레디는 웃고 싶었지만 대신 그를 향해 총을 든 손을 힘껏 휘둘렀다. 고층 건물에서 떨어진 사람이 바닥에 부딪히는 것 같은 소리가 났다. 마셜은 그 자리에서 그대로 무너졌.

주위의 구경꾼들 중에서 오직 한 사람만이 '오'라는 소리를 냈을 뿐이다. 계속 소리를 지르고 있는 프랑스 여자만 제외하면.

프레디는 총을 권총집에 집어넣었다. "정당방위였소. 그것도 아주 단순한."

그를 보석으로 꺼내준 사람은 헤이건이었다.

"정말 빨리 왔군. 비행기 타고 왔어?" 프레디가 경찰서를 나오면서 물었다.

"할 말이 그거밖에 없는 거야? 젠장, 프레디. 호텔에서 손님을 그냥 체포하게 내버려두다니 믿을 수가 없는 일이야."

"총알이 빗나갔거든. 누구한테 무슨 일이 있었을지 모르잖아. 그 개에 대해서는 몹쓸 짓을 했다고 생각해."

미망인인 그 프랑스 여자는 애완견 푸들을 데리고 산책을 나왔는데, 빗나간 총알이 강아지의 머리에 맞았다고 증언했다. 또 다른 문제가 된 건 코베트를 관통해 그 뒤에 있던 하얀 드소토 어드벤처의 그릴에 맞은 탄환이었다. 그 차는 1957년 인디애나폴리스 500마일 경주의 선도차였다. 마셜은 그 경주의 승자에게 거액을 주고 그 차를 샀다. 마셜은 영화팬들 사이에서 '체커드 패스트, 체커드 플러그'란 영화를 기획해 많은 돈을 번 것으로 알려져 있었다. 그 녀석이 프레디에게 싸움을 걸어온 이유는 디에나나 그녀와의 관계 때문이 아니었다. 그를 폭발시킨 건 자신의 값비싼 차에서 모락모락 올라오는 연기였다.

"빗나간 총알이 문제가 아니야. 프레디, 그 총들은…."

"그 총들은 깨끗해. 출처를 확인할 수 없을 거라고 네리가 그랬어."

"그 이상이야. L.A. 경찰이 그 총들을 FBI에 넘겨서 출처를 조사하고 있으니까."

"아니, 그 총들은 깨끗해."

두 사람은 헤이건의 뷰익에 올라탔다. 패밀리의 모든 사람들이 갑자기 점잖은 차를 타기 시작했다. 그들은 아무 말 없이 샤토 마몽까지 갔다. 호텔에서 프레디를 쫓아내지 않았을 뿐만 아니라 헤이건 역시 그곳에 방을 잡았기 때문이다. 그곳은 입이 무거운 직원들이 있는 곳으로 유명했다. 방값을 미리 내고 팁만 잘 주면 VIP로서 최고의 대접을 받을 수 있는 곳이기도 했다. 헤이건과 프레디는 사람들이 없는 열대 정원으로 들어갔다.

"주머니 속에 들어 있던 약들은 어떻게 된 거야?" 헤이건이 물었다.

"처방대로 받은 약이야. 시갈이 줬어." 그건 사실이었다. 적어도 거짓말은 아니었다. 프레디는 시갈에게 피가로를 보내 그 약들을 받아오게 했다. 줄스 시갈은 가족의 오랜 친구로, 지금은 코를레오네가에서 세운 병원에서 외과 과장으로 일하고 있었다.

"저들 말로는 그 약이 아스피린 병에 들어 있었다고 하던데."

"아스피린을 전부 버리고 그 병에 넣었어. 약을 옮겨 담을 때 그렇게 하면 안 된다는 법까지는 없을 텐데."

"모르겠어. 오래 전 일이기는 하지만 시갈은 의사 면허를 정지당한 적이 있어. 우리 병원에서 일하기 전에 말이야. 하지만 지금은…. 그래, 그 병원은 우리 이미지를 좋게 만들어주고 있지. 그런데 만일…."

"그럼 병원에 있는 다른 의사에게 말해 그 약 처방은 자기가 한 거라고 시키면 되잖아. 충분한 보상을 해주고. 형은 지금보다 훨씬 더 심각했던 문제들을 수백 번도 넘게 해결했잖아. 제발, 형. 아버지는 항상 형이 누구보다도 시칠리아인답다고 하셨어. 도대체 어떻게 된 거야? 의회활동인지 뭔지 하느라 그런 능력이 없어지기라도 했어? 그 자식이 무슨 짓을 했는지 말했잖아! 내 아내였어!"

"전화로 말했잖아. 하지만 현명한 짓은 아니었어, 프레디."

프레디는 인정한다는 듯 어깨를 으쓱했다. "마셜은 죽지도 않았고, 다친 데도 없어. 안 그래?"

"천만다행히도 그래. 그 친구는 괜찮을 거야. 얼굴에 난 상처는 또 다른 문제지만."

"아주 안 좋은 거야?"

"아주 안 좋아. 매트 마셜은 얼굴로 먹고 사는 친구야. 수입이 고정적이지 않고 유동적인 편이라고. 그것만으로도 우리 입장은 곤란해.

하지만 그것보다 더 큰 문제는, 너도 알다시피 그 친구가 영화를 찍고 있는 중이라는 거야. 그쪽 사람들은 마셜 없이는 영화를 끝낼 수 없어. 그런 문제들을 처리할 수는 있지만, L.A.는 우리에게 만만치 않은 곳이야. 시카고와 더불어."

"그 사람들과 평화협정을 맺었잖아. 그쪽에서는 날 알아. 나를 좋아하기도 하고. 그러니까 내가 달랠 수 있어."

"어쨌든 너 때문에 일이 너무 많아졌어."

"만일 테레사 형수에게 똑같은 일이 있었다면 형은 어떻게 했을 것 같아?"

"그야 나도 모르지. 나도 차를 부수고, 푸들을 죽이고, 대형 영화 제작을 망쳤을까?"

"최소한 테레사한테는 그런 일이 절대로 없을 거라는 대답은 안 하는군."

"테레사한테는 절대로 그런 일 없을 거야."

"빌어먹을. 형은 정말 손쓸 도리 없는 개자식이야."

"오늘 그 약은 얼마나 먹은 거야?"

"안 먹었어." 사실 그는 몇 알을 먹었는지도 몰랐다. "그냥 그 약들을 가지고 다녔을 뿐이야." 프레디는 그 방갈로에 가지 말았어야 했다. 그리고 수영장 옆으로도 가지 말았어야 했다. "이쪽 길이 전망이 좋아. 선셋 대로가 다 보이거든."

"알아. 나도 여기서 지내봤으니까. 너한테 이곳을 말해준 건 나잖아."

"그래서 형도 알고 있군. 이쪽 전망이 좋은 걸."

두 사람은 그 길을 따라 걸어갔다.

"물어보고 싶은 게 있는데, 형이 도청장치 이야기를 해주었을 때 케이가 화내지 않았어?"

"케이는 몰라."

프레디는 그 말이 맞을 거라고 생각했다. 마이클은 그 사실을 그녀에게 직접 말하지 않았다. 대신 헤이건이 전하게 만들었을 것이다. 마이클은 자기 여자를 잃은 순례자 같은 구석이 있었다. "케이는 영리해. 전부 알고 있을 거야. 지금 당장은 모른다 하더라도 조만간 형이 다 알려줄 거잖아."

"무슨 말을 하고 있는 거야?"

"난 형이 케이에게 달콤한 말을 속삭인다거나 무슨 짓을 했다고 한 게 아니야. 그저 사람들 모두 케이가 그런 일들을 알게 되는 통로가 형이라고 알고 있다는 걸 말한 것뿐이지."

"그건 이제껏 들은 이야기 중 가장 웃기는 얘기야."

"형은 내가 뉴욕의 콜마 같은 묘지사업 구상에 대해 말했을 때도 그렇게 말했어."

"묘지사업? 아직도 그 이야기를 하는 거야? 마이크가 말했잖아. 지금은 그런 일에 끼어들 때가 아니라고. 우린 그 어떤 골치 아픈 문제도 일으켜서는 안 돼. 그리고 스트라치 패밀리에 어떤 식으로든 도움을 받고 싶지도 않고. 지금은 뉴욕에 있는 모든 정치인들에게 도움을 청해야 할 때야. 당장 특혜를 받기 위해서는 엄청난 비용이 들어. 아무래도 어려운 일이 많이 있으니까. 나도 거기에 한몫했고."

모퉁이를 돌았을때 그들은 알프레드 히치콕과 마주쳤다. 그는 애니 맥권과 그녀의 에이전트와 함께 산책을 하고 있었다. 프레디는 헤이건을 '하원의원 헤이건'이라고 소개했다. 애니는 프레디에게 괜찮은지 물었다. 프레디는 그 이야기는 아주 길어질 것 같으니까 나중에 전화하겠다고 말했다. "아뇨, 조니는 여기 없어요. 그 사람, 지금 시카고에 있어요." 애니가 말했다. 히치콕이 그만 가자고 재촉하는 바람에 그들은 그 자리를 떠났다.

"어려운 일이 뭐야?" 다시 헤이건과 둘만 남자 프레디가 물었다.

"어렵지. 좀 봐봐, 지금 일이 어떻게 진행되어가고 있는지. 뉴욕에 있는 조직을 그대로 유지하면서 동시에 새로운 사업은 합법적으로 만들려고 하는 거잖아."

"그래서 내 사업 계획이 훌륭한 거야. 골치 아플 일이 아무것도 없어. 완전히 합법적인 사업이 될 거니까."

"프레디, 넌 두 가지 일을 동시에 할 수 없어. 일단 영화배우와 결혼한 덕에 대중들의 시선도 문제지만, 라스베가스에 있는 우리 호텔들의 연예사업 관리에, 직접 진행하는 텔레비전 쇼까지 시작했잖아. 그건 그렇고 쇼는 반응이 좋다고 하던데."

"고마워. 노력하고 있어."

"하지만 그 모든 일들을 하면서 동시에 뒤로 묘지사업 같은 걸 할 수는 없어. 다른 것보다 네 행동부터 먼저 정리하지 않으면 아무것도 할 수 없을 거야. 정신 차려, 응?"

경찰들이 약을 가지고 가버렸을 때만 제외하면 프레디는 어느 때보다도 정신을 바짝 차리고 있었다.

"그럼 지저분한 일들은 먼저 다른 사람보고 처리하라고 하면 되잖아. 로코라면 그런 일을 할 수 있을 거야. 그 친구가 안 되더라도 또 일을 깔끔하게 처리해줄 사람이 있잖아. 닉 제라치 같은. 모든 일이 합법화된 후에 내가 맡으면 되는 거지. 그게 내 계획이야, 형."

"그 따위 계획은 집어치워. 지금 네가 한다는 그 계획대로 하려면 어떻게 해야 하는지 알고나 있는 거야?"

"난 무슨 일을 해야 하는지 알고 있어. 그곳을 어떻게 만들어야 하는지도. 그런 곳이 어떻게 운영되고 있는지 알고 있으니까. 나한테 문제가 있다면, 형이 그 일을 못하게 한다는 거야."

헤이건이 뭔가를 말하려고 했다.

"무슨 말이든 해봐. 아무리 뭐라 그래도 날 말릴 수 있는 사람은 형이 아니라 마이크니까. 이런 젠장, 마이크는 나보다도 형을 더 많이 이용하고 있어. 우리가 나이도 많은데 말이야. 그런데도 그 애한테 휘둘리고 있어. 왜 그럴까?"

헤이건이 얼굴을 찡그렸다.

"형은 이탈리아 사람이 아니야. 그리고 같은 핏줄도 아니지. 그래, 좋아. 일이 좀 복잡하다고 쳐. 하지만 그렇다고 해서 형이 자동적으로 그 애의 심부름꾼이 될 이유는 없어."

"배은망덕도 유분수구나. 그런 이야기나 하는 걸 보니 차라리 널 좀 더 경찰서에 놔두는 편이 나았겠어. 어쩌면 감옥에 들어가는 편이 너한테는 약이 될지도 모르겠다."

"젠장, 그건 무슨 소리야?"

헤이건이 눈을 감았다.

"아무것도 아니야."

"제기랄, 난 지금 무슨 소리냐고 물었어."

"그래서 날 한 대 치기라도 하겠다는 거야, 프레디? 그래 덤벼봐."

"무슨 말을 하려는지 알아. 그냥 말해. 샌프란시스코에서 만났던 도둑 얘기를 하고 싶은 거지." 프레디는 패밀리 일을 시작한 이후 사람을 죽인 적이 없었다. 비트족인 딘은 그가 처음으로 죽인 사람이었다. 그 녀석은 프레디가 길거리에서 울고 있다가 찍힌 옛날 사진을 기억해내지 말았어야 했다. 당시 프레디는 그 일에 대해서는 아무것도 모르는 척 했다. 자기와 닮은 사람은 이 세상에 많이 있다고 딘에게 말했다. 하지만 그는 그 생각을 접지 않았다. 프레디는 베개를 눌러 딘을 질식사시킨 다음 옷을 입혔다. 그리고는 때려 죽인 것처럼 시체에다 주먹질을 했다. 좋은 친구였지만 딘은 도둑이라는 오명을 쓰게 되었다.

그런 식으로 맴돌아도 프레디를 동성애자라고 생각하는 사람은 없었다. 그건 그저 병이었다. 그 당시 프레디를 혼란스럽게 만든 건 모든 일을 처리하는 과정이 너무 쉬웠다는 것이었다. 그 상황에서 빠져나오기가 어려웠다면, 차라리 자신이 동성애자라는 것을 밝혔을지도 모를 일이다. "그런 식으로 날 쳐다보지 마. 말로 해."

"난 그 일에 대해 말하려고 했던 게 아니야. 샌프란시스코에서 있었던 일은 이미 오래 전에 기억에서 사라졌어."

"날 화나게 만들기 시작했어, 형."

"시작했다고?"

프레디가 주먹을 날렸다. 헤이건은 그 주먹을 왼손으로 붙잡고, 팔을 비튼 다음 프레디의 배에 있는 힘껏 주먹을 날렸다. 그런 다음에야 헤이건은 프레디의 팔을 놓아주었다. 프레디는 비틀거리다가 바닥에 쓰러져 거친 숨을 몰아쉬었다.

"정말 네가 싫어. 프레디가 여전히 헐떡거리는 목소리로 말했다.

"뭐라고?"

"우리 집에 들어오던 그 순간부터 넌 아버지의 총애를 받았어."

"이봐, 프레디, 지금 몇 살인데 그런 이야기를 하는 거야?"

"마이크는 엄마의 사랑을 받았지." 프레디의 숨소리가 한결 편안해졌다. "소니 형은 아무도 필요 없었어. 코니는 여자애였고. 난 네가 우리 집에 오기 전까지 아버지의 사랑을 독차지하고 있었어. 그거 알아? 생각이나 해봤어? 신경 써본 적 있어? 넌 내게서 모든 걸 빼앗아

갔어."

"그 따위 말은 네가 엉망으로 만들어 놓은 녀석한테나 가서 해."

"내가 말해봤자 그게 무슨 소용이야. 일이 어떻게 되든 넌 일을 처리하겠지. 마이크가 지시하는 일이라면 무엇이든 하니까."

"난 너희 가족을 위해 최선을 다하는 것뿐이야."

"웃기지 마. 넌 마이크에게 충성을 바치는 거야."

"지금 네가 무슨 말을 하고 있는지 잘 생각해봐, 프레디."

프레디는 자리에서 일어나더니 다시 공격했다. 헤이건의 두 번째 주먹이 프레디의 턱에 명중했고, 이번에는 아시아 재스민 꽃밭으로 나가 떨어졌다.

"이제 충분해?"

프레디는 자리에서 일어나 수염이 거뭇거뭇하게 자란 얼굴에 든 멍을 손으로 문질렀다. 그는 여러 차례 한숨을 내쉬었다. "그동안 통 못 잤어. 정말 자고 싶다는 것 외에는 아무 생각도 없어."

헤이건은 시가를 꺼내 불을 붙였다. 그리고는 한 모금 맛있게 피운 다음 프레디에게 손을 내밀었다. 프레디는 계속 바닥에 주저앉은 채 한참을 쳐다만 보다가 이윽고 손을 잡았다.

"시가 피울래?" 헤이건이 재킷 주머니에 손을 집어넣으며 물었다.

"괜찮아."

헤이건이 고개를 끄덕였다. "올라가서 아내를 만나봐, 프레디."

"이래라 저래라 하지 마. 그리고 디디는 거기 없어."

"그럼 어디에 있단 말이야? 오늘은 촬영도 없는데."

"디디가 방에 있다고?"

헤이건이 프레디의 어깨를 두드렸다. "사랑해, 프레디. 알고 있지?"

프레디가 어깨를 으쓱했다. "나도 사랑해, 형. 하지만 동시에…."

"이 일은 그만 덮자. 다 잊어버리는 거야."
"형제 사이니까. 그 외에는 다른 방법이 없잖아?"
헤이건이 고개를 치켜 들어 올렸다. 그럴 수도, 그렇지 않을 수도 있다는 것을 가리키듯이.
"어쨌든 형 반사 신경 좋더라. 주먹을 다 받아내고 말이야."
"커피를 많이 마셔서 그래."
"그때 안 막아줬으면, 형을 죽였을지도 몰라."
"어서 가봐. 올라가서 쉬어. 아무 일 없이 다 잘 될 거야."
(그 후, 그 사건은 시간이 걸리기는 했지만 헤이건의 말대로 되었다.)
디에나가 문 앞에서 프레디를 맞아주었다. 그녀는 그에게 키스를 계속해서 퍼붓고는 욕실에 뜨거운 물을 받아주었고 그가 물속에 들어가 있는 동안 면도도 해주었다.
그녀는 동시대에 가장 훌륭한 배우 중 한 명이었다. 그래서 프레디는 자신이 그녀를 보면서 정열을 느낀다거나 그녀를 위해 싸우고 싶은 열의가 모두 거짓은 아니라는 것을 확신하고 있었다. 두 사람이 같이 지내는 동안 침대에서 좋은 시간을 보낸 적은 없었음에도 불구하고.
"그래, 나 같은 놈하고 어떻게 끝을 낼 생각이야, 당신은?" 프레디가 물었다.
디에나가 왠지 행복하게 들리는 한숨을 쉬었다. "선물로 받은 물건에 흠을 내면 안 되지."
"여기서 뭐 하는 거야?"
"그냥 보는 거야. 가까이 가서 한 대 후려치려고. 난 그렇게 할 거야."
"아니, 당신은 그런 짓 못해."

"당신 말이 맞아." 그녀가 만족스러운 듯한 목소리로 말했다. 그리고 손으로 그의 머리를 있는 힘껏 물 속으로 밀어 넣으면서 말했다. "난 그런 짓은 못하지."

18

 그 해 3월, 닉 제라치의 아버지는 뉴욕으로 갔다. 아들이 클리블랜드를 떠난 뒤로 처음 찾아가는 길이었다. 당연히 그는 차를 직접 몰았다. 애리조나에서 수천 킬로미터 떨어진 거리를 혼자서 3일 만에 도착했다. 마지막까지 그는 운전기사 파우스토였다.
 그가 도착했을 때 가장 먼저 아들의 수영장이 보였다. 파우스토는 암울한 회한으로 가득 차 부글거리는 속을 참아내고 있는 것에 스스로 만족하고 있는 것처럼 보였다. 늘 피우던 체스터필드 킹즈가 다 떨어져 샬롯이 담배 한 보루를 건네주자 그는 좋다고 말했다. 그 담배는 여자들이 피우는 거였지만, 파우스토는 그 담배를 피우는 친구가 있어서 피워본 적이 있다면서 받아 넣었다. 그 친구가 콘치샤 크루즈냐고 묻는 듯 아들이 눈을 찡긋해 보였다.
 "잘 모르면 가만히 있어라. 담배 값은 얼마면 되겠니?" 파우스토가 지폐 클립*을 꺼내며 물었다.
 "괜찮아요, 아버지. 집어 넣으세요."
 "네가 부자라는 건 안다만 난 내 방식대로 할 거야. 알겠니?"
 "우린 그저 아버지가 즐겁게 지내셨으면 좋겠어요. 아시겠어요?"
 "날 즐겁게 해주는 일은 아주 많아. 그러니까 네가 하는 일에나 신경 쓰도록 해. 그리고 돈은 받아가거라. 내 돈이 싫은 게 아니라면."
 "집 안에서는 받고 싶지 않아요, 아버지. 아버진 우리 손님으로 오신 거예요."

---

* 접은 지폐를 끼우는 클립으로 지갑 대신 사용

"손님이라고?" 파우스토가 비웃듯이 말했다. "바보 같은 소리 하지 마라. 넌 정말 바보구나. 난 가족이야."

"오셔서 정말 기뻐요." 닉이 계속 돈은 거절하며 아버지를 끌어안았다. 파우스토도 아들을 같이 끌어안았고, 두 사람은 서로의 뺨에 키스했다. (다음 날 아침, 샬롯의 지갑 안에는 5달러가 들어 있었다)

뉴욕의 3월치고는 따뜻한 다음 날, 온 가족이 제라치가 즐겨 찾는 시내에 있는 이탈리아 레스토랑 팻시즈에 점심을 먹으러 갔다. 그곳에서 제라치 전용이나 마찬가지인 2층 테이블에서 식사를 한 다음 샬롯의 제안으로 순환선을 타고 도시 구경을 하기로 했다. 뉴욕의 전망을 내려다보는 것인데, 뉴욕에 사는 사람들도 새로운 곳을 볼 수 있어서 좋아하는 일정이었다. 특히 근심이 가득한 얼굴로 매일 물만 쳐다보며 지내는 파우스토 같은 남자가 오후 시간을 즐겁게 보내기에는 괜찮은 계획인 것처럼 보였다. 닉과 샬롯은 예전에 데이트 할 때 그 순환선을 탄 적이 있었지만, 딸들은 타본 적이 없었다. 이제 막 고등학교 1학년이 된 바브는 요즘 친구들과 어울려 다니느라 정신이 없는지 부두에서 친구들을 만나러 가버렸다. 바브보다 나이가 더 들어 보이지만 아직 열한 살인 베브는 할아버지 옆에 꼭 붙어서 엘리스섬에 대해 물어보았다. 그 섬은 소년 시절, 파우스토가 뉴욕에 있을 때 살았던 섬이었다. 그들이 루즈벨트섬에 도달하자 베브는 파우스토에게 시칠리아 사투리를 배우기 시작했다.

지루할 새가 없도록 순환선이 쉬지 않고 맨해튼 북쪽 끝을 지나 폴로 운동장을 지나칠 무렵, 한결 기분이 들뜬 파우스토는 아들 옆으로 다가와 뉴욕에는 사실 일 때문에 온 거라고 말했다.

닉이 얼굴을 찡그리며 고개를 들었다.

"유태인에게서 전갈이 있어. 좀 길어서 여기서 할 수 있는 얘기는 아니야. 트로이까지는 아직 멀었니?" 파우스토가 말하는 유태인은 빈센트 포를렌자를 말하는 것이었다.

"무슨 트로이요? 뉴욕의 트로이 말인가요?" 제라치는 아버지가 할 긴 이야기라는 게 그런 것은 아니라는 것을 확신하고 있었다.

"트로이의 헬렌은 커다란 말을 뜻하는 거지. 그래, 뉴욕의 트로이를 말하는 거야."

"아버지가 제게 그 이야기를 하시려면 트로이까지 가야만 하는 건가요?"

"꼭 트로이까지 가야 하는 건 아니야. 네 집도 좋고 네가 다니는 고급스러운 그 헨리 허드슨 사교 클럽이라는 곳도 좋아. 어디든 우리가 그 이야기를…."

"패트릭 헨리예요." 닉이 아버지의 말을 정정했다. 브룩클린에 본부가 있는 그의 사무실이었다.

"어디라도 좋아. 어쨌든 너한테 해야 할 말이 있다는 거다. 트로이에는 그냥 가고 싶은 거야. 괜찮지? 다 죽어가는 노인의 아주 작은 소망 하나 들어주지 못하는 거냐?"

"언제 돌아가시는 건데요?"

"태어난 날 이후로는 계속 죽어가고 있는 셈이지."

"적어도 제가 태어난 이후부터라고 말씀하실 줄 알았어요."

"네 자신을 과대평가한 모양이구나."

제라치는 아버지가 뉴욕주 북쪽 끝에 있는 트로이에 가고 싶어 하는 것은 그곳에서 닭싸움이 벌어진다는 이야기를 들었기 때문이라는 것을 알게 됐다. 뉴욕주의 북부 지방은 직·간접적으로 쿠에노 패밀리의 세력 아래 있었다. 파우스토는 항상 닭싸움을 좋아했는데, 오래 전에 영스타운에서 벌어졌던 시합에서 엄청난 돈을 날린 적도 있었다. 투손에도 닭싸움이 있었다. 그 시합들은 거의 멕시코인들이 주최하는 것이었는데 파우스토의 생각에 그들은 사기꾼들이었다.

"아버진 속고 계시는 거예요. 영스타운에 있던 닭들의 털에 코카인을 묻혀 놓은 거예요. 그 때문에 닭들의 모세혈관이 터질 만큼 팽창해서 엄청난 양의 피를 흘리게 돼죠. 거의 진 것처럼 보이다가 약 기운이 떨어지게 되면 그 닭들이 이기는 거죠. 발톱에 어떤 종류인지는 몰라도 독을 묻혀 놓은 닭들 말이에요. 그런 작자들이 닭이 약해 보이게 만들기 위해 쓰는 방법들은 다 기억할 수도 없을 정도로 많아요. 일단 이쪽 닭을 약해 보이게 만든 다음, 반대로 다른 쪽 닭을 건강하게 보이게 만들어서 상대를 죽이게 하는 거예요."

"넌 순진하구나. 멕시코인들은 더 나빠. 그 수법들이란 게 천재적이라는 건 인정할 수밖에 없지만 말이다."

두 사람은 다음날 오후 3~4시쯤에 출발해도 괜찮았다. 하지만 파우스토 제라치는 새벽 4시부터 일어나 지도를 보며 길을 익히고, 올즈 88의 엔진 상태를 살폈다. 그는 당연히 자신이 운전하겠다고 주장했다. 제라치의 차를 평소에 운전해주는 건 도니 백스라는 부하였다. 그가 단순히 차를 운전하는 수준이라면, 제라치의 아버지야말로 진정한 운전사였다. 누군가 뒤에서 그를 본다면 다른 모든 건 몰라도 그가 노인처럼 운전한다고 말할 것이다. 파우스토는 운전할 때면 커다란 선글라스를 쓰고, 운전대 위로 고개를 숙였고, 열 번 중 두 번은 장갑을 꼈다. 그리고 운전에 집중하기 위해 라디오도 켜지 않았다. 그는 항상 그렇게 운전하는 것을 좋아했다. 파우스토는 F1*선수라도 되는 것처럼 교통체

---

* 배기량 1500~3000cc의 엔진이 달린 경주용 자동차

중으로 꽉 막힌 로켓 88번가를 이리저리 빠져나가며 달리고 있었다. 너무 좁아서 도저히 들어갈 수 없을 것 같은 공간에도 끼어들면서 차선을 마음껏 넘나들며 달렸다. 의도적으로 부숴버린 자동차나 트럭, 또는 마리온이 자동차로 사람을 죽인 사고(유태인 포를렌자의 열 네살짜리 아들 마리온이 장난삼아 차를 몰다가 늙은 부인을 치어 죽인 사고를 덮어주기 위해서 그가 대신 뒤집어 쓴 적이 있었다) 때문에 대신 징역을 산 것 외에 파우스토 제라치는 사고를 낸 적이 없었다. 그는 경찰이 어디쯤 있을 거라는 직감이 뛰어났기 때문에 경찰에게 잡혀 차를 도로 한쪽에 대는 경우는 아주 드물었다. 그런 경우에는 즉시 전직 오하이오 고속도로 순찰대원이었음을 증명하는 배지를 보여주거나 그 배지 밑으로 반으로 접은 50달러짜리 지폐를 슬쩍 찔러주는 것으로 해결했다. 파우스토는 자동차의 글러브 박스 안에 항상 미리 접어놓은 지폐를 배지와 자동차 등록증 사이에 끼워 놓았다. 제라치는 열두 살이었을 때 그 돈을 가져간 적이 있었다. 파우스토는 닉을 엄청나게 두들겨 팼다. 사실 그 일을 빌미로 아들을 때리긴 했지만, 그 이면에는 아들이 '닉'이라고 이름을 바꿔 부르기 시작했다는 것(그 전까지는 '주니어'나 '파우스토'라고 불렀다)과 권투를 시작했다는 더 큰 이유가 있었다.

닉은 아버지가 나오기를 기다렸다. 무슨 이야기인지는 몰라도 언제든 때가 되면 이야기해줄 것이다. 그 일은 큰 일일 것이다. 그는 아버지의 분위기로 보아 아버지에게 적합한 임무를 받았다는 것을 알 수 있었다.

마침내 그들이 탄 차가 조지 워싱턴 다리를 건너 두 대의 대형 화물차를 추월하고 차의 방향을 바꾸자, 파우스토 제라치는 깊은 한숨을 쉬면서 포를렌자에게서 개인적으로 들은 이야기를 시작했다.

"듣고 있니?"

"귀는 잘 들려요." 닉이 자신의 귀를 잡아당기며 대답했다.

살 나르듀치는 포를렌자가 죽기를 기다리다가 지쳐버린 것이 분명했다. 하지만 그동안 나르듀치가 운동장을 채울 만큼의 사람을 죽였다고 해도 자기 두목을 죽일 용기는 없었다. 그래서 포를렌자를 면목 없게 만들어 그 자리에서 내려오게 만들기 위해 누군가를 시켜 비행기 사고를 고의적으로 일으킨 것이다. 그렇다. 바로 제라치가 몰았던 그 비행기 사고를 말하는 것이다. 사고 뒤에 병원에서 닉을 납치해 숨겨두었던 것도 모두 포를렌자가 무모하고, 약해 보이게 만들 의도로 벌인 일이었다. 그게 아니라 하더라도 최소한 그럴 의도는 있었을 것이다.

"하지만 생각해보렴, 에이스." 파우스토는 아들을 언제나 별명으로 불렀는데, 그 목소리는 날이 서 있었다. "네 두목한테 달려가진 말아라. 알겠니? 그 사람이 이 모든 일의 배후에 있으니까."

닉 제라치에게 그 일은 도저히 믿을 수 없는 일이었다.

"네가 왜 살아 있다고 생각했던 거지? 이 덩치만 큰 바보야. 네가 그 사고를 저질렀을지도 모른다고 생각하면서도 그들이 널 계속 살려준 거라고 생각했겠지? 수많은 녀석들이 너 같은 멍청이를 찾느라고 난리를 치고 있었을 때, 왜 그 두 명이 앞장서서 모든 일을 처리해주었다고 생각하는 거냐?"

거기에는 수많은 이유가 있었다. 마이클은 닉 제라치가 필요했다.

"비행기가 추락한 건 그냥 사고였어요."

파우스토는 한숨을 쉬었다. "사람들이 내가 천재 아들을 낳았다고 하던데 정말 이해할 수가 없다니까."

연방 항공국에서 일하는 남자들에 대해 전혀 생각하지 않았던 닉은 그제서야 그 일이 얼마나 쉬운 일인지, 그리고 그들에게 뇌물을 주지 않았을 수도 있다는 사실을 깨달았다. 그곳에 있는 사람들 중에는 박봉에 아무 힘도 없는 멍청이들이 있기 마련이고, 그들은 뜻대로 할 수 있는 법이다. 물속에 들어가 시체를 찾던 잠수자나 야간 수색자 중에 누군가가 그 범죄를 도왔을 수도 있고, 아니면 푼돈을 받고 생사의 문제에 대해 거짓말을 했을 수도 있을 것이다.

닉은 한참 동안 아무 말도 하지 않고 듣기만 했다. 아버지는 계속해서 말했다. 이제야 모든 것을 이해할 수 있었다. 누군가 비행기의 연료 탱크에 뭔가를 집어넣은 것이다. 돈 포를렌자는 라스베가스로 휴가를 떠난 어떤 남자가 갑자기 실종되었다는 보고를 받자 모든 사실을 알아차렸다. 그 어떤 남자는 정비공이었는데 진심으로 패밀리에 들어오기 원했던 자였다. 파우스토가 웃었다. "너한테 이렇게 은밀히 말하는 건, 그자들은 이 사실을 알고 있는 사람이 있다면 가만히 두지 않을 것이기 때문이야."

파우스토는 계속 시속 88킬로미터의 속도를 유지하고 있었다. 차의 모델명을 그대로 따르듯이.

"어쨌든 그 사람은 라스베가스에서 돌아오지 못했어. 그자보다는 높은 위치에 있어서 사교 클럽에도 출입하는 친구가 무슨 일이 일어난 건 아닌지 알아본 모양이야. 포를렌자는 그것을 알았을 때 모든 사실을 알아차린 거야. 정비공. 실종. 아마도…." 파우스토는 손으로 총 모양을 만들어 아들의 머리에 대고는 그대로 날려버리는 시늉을 했다. "그래서 포를렌자는 그 친구라는 자를 불러들였지. 이것저것 물어본 후, 다다다다. 그 친구는 모든 일을 다 알고 있었어. 나머지는 상상할 수 있겠지?"

"나머지는 상상할 수 있을 거라니, 뭘 말이에요? 그 친구라는 자도 샤그린 폭포 아래에 파묻힌 채 발견되었다는 거 말인가요?"

"잘난 아들아, 그 친구라는 자는 잊어버려. 이제까지 이야기를 요약해보자면, 네 두목과 살 나르듀치가 그 정비사를 시켜서 네 비행기 연료 탱크에 뭔가를 집어넣었다는 거지. 글로브 박스 안을 봐라."

닉이 아버지를 쳐다보았다. "어서 열어봐라. 때리지 않을 테니."

13년 전 파우스토가 닉을 때렸던 일에 대해 두 사람은 그 이후 한 번도 언급한 적이 없었다. 13년의 세월이 아버지와 아들 사이에 이런 얘기도 할 수 있게 만들어주었다. 보통 그렇게 되기 마련인 거다.

차의 다른 부분과 마찬가지로 글로브 박스 안도 깨끗했다. 배지와 접어 놓은 50달러짜리 지폐(닉은 건드리지 않도록 주의했다), 자동차 등록증이 단정하게 포개져 있었다. 그리고 흰 봉투 두 개와 자동차 안내서가 들어 있었다. 봉투 하나에는 자동차 정기 점검 카드가 들어 있었다. "그거 말고 다른 봉투를 열어봐. 거기 하나 더 있을 거다."

그 안에는 클리블랜드행 6시 출발 기차표가 들어 있었다. 제라치와 부하 다섯 명이 탈 수 있는 표였다. 혹시라도 그곳에 잠복하고 있을지도 모를 적들에 대비하기 위해서였다.

파우스토는 아들에게 어디로 가야 하는지, 그리고 돈 포를렌자와 만나기 위한 안전 조치로 어떻게 해야 하는지에 대해 세세하게 설명했다. 장소는 클리블랜드미술관의 전시실이었고 일반 공개가 끝난 뒤 접촉하게 되어 있었다. "예전에 나랑 같은 조합에 있었던 폴락 마이크 자이엘린스키를 기억하는지 모르겠구나."

"물론이죠. 기억해요." 폴락 자이엘린스키는 몇 년 동안이나 제라치 일가와 친하게 지냈다. 그는 닉의 여동생의 대부였고, 파우스토의 가장 친한 친구 중 하나였다.

"그래, 그렇다면 잘됐구나. 미술관에 9시 15분 정각까지 가. 장소는 그 생각하는 뭐라는 그 앞이다."

"조각상 말인가요?"

"그래, 조각상 말이다. 그 앞에서 만나면 돼."

"알겠어요."

"그 친구가 —조각상이 아니라 폴락 말이다— 그 자리에 있을 거야. 그 친구가 거기 있으면 아무 문제가 없다는 뜻이니까 그대로 들어가면 돼. 만일 폴락이 없으면 그대로 호텔로 돌아가는 거야. 그럼 로비에서 그 친구가 기다리고 있을 거다."

닉 제라치로서는 이 모든 것들을 받아들이기 어려웠다. 그렇다면 마이클의 동기는 무엇일까? 왜 그는 제라치를 죽이려고 했던 걸까?

"네가 무슨 생각하는지 알아. 넌 너무 순진해." 파우스토가 고개를 저으며 말했다.

"아버지가 어떻게 알아요?"

"그곳에서 얼마나 오랫동안 일했지?"

"말씀하시려는 핵심이 뭐예요?"

"내가 말하고 싶은 건 핵심이 없다는 거야. 아무 이유도 없이 누군가를 미치게 만드는 엿 같은 일도 이 세상에는 많아. 하지만 그런 일을 하기 위해서는 그 사람을 위해 일해줄 행동가와 동지가 필요한 법이다. 그 사람들 역시 대부분 그 이유는 모르지. 그들은 그저 그 일을 해줄 뿐이다. 네가 아직 죽지 않았다는 건 기적이야."

지금 같은 상황에서 트로이까지 오랜 시간을 가야 한다는 점과 그의 아버지가 말이 많은 사람이 아니라는 점은 다행이었다. 긴 침묵 속에서 제라치는 앞으로 자신이 무슨 일을 해야 하는지 알 수 있었다. 그는 한참을 고심한 끝에 결론을 내렸다. 일단 제라치는 아무에게도 알리지 않고 직접 조사해 그 사실을 입증할 수 있는 증거를 모을 것이다. 천천히 움직일 것이다. 그는 많은 것을 배웠다. 모든 각도에서 모든 움직임에 대해 생각할 것이다.

확실하게 알 수 있는 것은 한 가지였다. 그의 아버지가 말한 내용이 모두 사실이라면 닉 제라치는 마이클 코를레오네에게 죽음보다 더한 고통을 주기 위해 무슨 짓이라도 하겠다는 것이었다.

두 사람은 트로이에 도착했다. 닭싸움 장소는 낡은 얼음 창고였다. 정면에는 바가 있었다. 건물 뒤로는 도로 쪽에서는 보이지 않는, 자갈이 깔린 큰 주차장이 있었다.

"이런 곳이 있다는 건 어떻게 아셨어요?"

파우스토 제라치는 눈을 굴렸다. "넌 내가 뭘 하고 있는지, 여자와 잠자리는 몇 번이나 하는지 모두 알아야 속이 시원하지, 그렇지? 나는 내 몸도 잘 모른다."

제라치는 더 이상 대꾸하지 않았다. 두 사람은 차에서 내렸다. 아버지는 춥다고 불평했다. 파우스토는 클리블랜드에서는 추위라면 누구보다도 잘 견뎌내는 강인한 남자였다.

"여긴 뉴욕이고, 지금은 3월이예요, 아버지."

"넌 혈기가 부족해." 그럼에도 불구하고 파우스토는 잠시 멈춰 샬롯이 준 담배에 불을 붙였다. 잠깐 업신여기듯 낄낄거리며 웃더니 뭐라고 중얼거리면서 입구로 향했다.

"그게 무슨 뜻이예요?"

"내가 말했지. 공중전이란 실제로는 과학적인 살인이라는 것을 알 수 있다." 그는 노인치고는 굉장히 빠른 걸음으로 걸었다.

"그건 어떻게 아셨어요?"

"에디 리켄베커의 책에서 봤지. 그 친구가 한 말이야. 두고 갔더구나. 그 책 말이야. 제발 부탁이니 내가 그런 책을 읽을 리 없다는 듯한 눈으로 쳐다보지 말았으면 좋겠구나."

제라치는 그 책의 구절에 줄이 그어져 있었던 것을 기억해냈다.

안에 들어가자 모르는 사람이 제라치를 알아보고는 길을 내주었다. 그건 뉴욕에서는 흔히 있는 일이었다. 하지만 그의 아버지 눈에는 무척 좋아 보였을 것이다.

두 사람은 화장실에 갔다. "아까 그 문제 말인데." 파우스토가 소변기 위쪽 벽에 시선을 고정한 채 속삭였다. "그걸 내가 알아봐주길 네가 원한다면…." 그는 음경을 그대로 내놓은 채 아들 쪽으로 몸을 돌리더니 양손을 찰싹 부딪치며 말했다. "내일 해줄 수 있다."

제라치가 미소지었다. "고마워요. 아버지가 알아봐주실 줄 알았어요."

"그자를 만만하게 여기지 마라." 파우스토가 바지 지퍼를 올리며 말했다. "그 친구가 한창 때는 악마를 만났다는 사람들보다 더…."

"만만하게 보지 않아요." 제라치는 손을 씻고 화장실 문을 열며 아버지에게 말했다. "제가 먼저 걸게요."

그는 아버지가 샬롯의 지갑에 넣어 두었던 5달러로 돈을 걸었다. 그들이 처음 우리 속에서 봤던 커다랗고 못생긴 수탉 블루페이스가 10대 1로 이긴다는 데 걸었다. 그 닭은 우리 가득 똥을 싸놓았는데 파우스토 눈에는 그 닭이 설사를 하고 있는 것처럼 보였다. 그는 손가락으로 우리 바닥에 떨어진 똥을 집어 들어 냄새를 맡아보았다. 30초쯤 지나자 그 수탉이 갑자기 뛰어오르더니 상대의 경동맥을 걸어찼다. 파우스토가 예측한 대로 그 설사는 가짜였는데 실제는 사리염이었다.

제라치 부자는 50달러를 벌었다. 그들은 닭들을 여러 각도로 살펴본 뒤 다음 시합에서 어느 쪽에 걸지 결정했다. 닭 두 마리가 싸우기 시작했을 때 두 사람이 잔뜩 흥분한 것은 말할 것도 없었다.

19

페트 클레멘자는 가먼트 지구 외곽에 있는 식당에서 저녁식사를 하곤 했다. 클레멘자가 있는 방에는 그와 동행한 사람 외에는 아무도 앉을 수 없었다. 그 식당의 주인은 클레멘자의 아버지만큼이나 나이가 많았다. 클레멘자는 70대였다. 두 사람은 기억하기 힘들 만큼 오래 전부터 친구였다. 그 특별한 아침, 주인은 향수병에 걸려 있었다. 클레멘자는 주방에서 실크 양복 위에 앞치마를 두르고, 그의 친구를 위해 일하는 풋내기 직원들을 일렬로 세워 놓고 후추를 뿌린 달걀 요리와 양파 다지는(직원들이 미리 다져 놓은 양파는 그가 다진 것보다 100만 배는 더 거칠었다) 요령을 보여주었다. 그리고 클레멘자의 부하 두 명은 구석에 있는 철제 테이블 앞에 앉아 클레멘자가 전성기 때 어떻게 일했는지에 대한 이야기를 듣고 있었다. 그리고 비토 코를레오네와 어떻게 인연을 맺게 되었는지에 대한 이야기도 들을 수 있었다. 비토가 다른 사람의 이야기를 들어주는 일에 타고났다면 클레멘자는 타고난 이야기꾼이었다.

그 일은 5년에 있었는데 클레멘자가 금품강탈죄로 감옥에서 잠깐 들어갔다가 나온 직후였다(그 사건은 항소로 결과가 뒤집어졌다). 그는 테시오가 새로 샀다는 TV를 보러 갔다.

"술집에 있는 TV와 비교해보면 말이야, 그건 정말 자네들 거시기가 단단해질 만큼 화면이 선명하다니까. 금요일 밤이었는데, 테시오가 권투시합을 보여주겠다고 우리들 몇 명을 불렀어. 그곳에 가니까 남녀 한 쌍이 술을 마시고 있었고, 맘 좋은 도박꾼들도 두어 명 있더군. 테시오는 내부 정보를 빼내 시합 결과를 미리 알고 있었지. 그 덕분에 우리는 그 친구의 술수에 놀아나 모두 돈을 잃었어. 뭐, 좋은 자리에 앉아서

볼 수 있었으니까 그 값이라고 생각하면 된 거지. 그 자리에서 내가 모르는 사람은 한 녀석뿐이었어. 새로 온 아이였는데 다람쥐처럼 잘 돌아다니는 녀석이었지. 잘 모르는 사람한테도 이것저것 물어보더군. 그래서 내가 몇 마디 제대로 대답해줬지. 그랬더니 그 녀석이 하얗게 질려버리는 거야. 그러자 테시오가 말했어. '저 친구한테 물어봐. 그런 걸 다 어떻게 알게 되었느냐고.' 잠시 후에 내가 복도로 나오자 쌍권총 리치가 그 다람쥐 친구에게 무슨 이야기를 해줬냐고 묻더군. 잘은 모르겠지만, 아마도 내 묘비에 새겨질 이야기들을 해줬다고 대답했지. 첫 번째 시합이 시작되자, 테시오가 아나운서의 목소리를 도저히 참을 수가 없다면서 리치에게 TV 소리를 낮추라고 말했어. 그리고는 그 다람쥐 같은 친구에게 시합 중계를 해보라고 말했지. 그 녀석은 웃었지만 테시오는 권총을 꺼내 진짜 쏘기라도 할 것처럼 흔들었어. 그러자 그 친구는 오줌이라도 지릴 것 같은 표정이었지. '매디슨 스퀘어 가든에 오신 걸 환영합니다.' 그 친구가 말하자 TV에서 그 소리가 나오는 거야. 거짓말이 아니라니까. '검은 권투복을 입은 쪽은 누구지?' 테시오가 물었어. 다람쥐가 '검은 권투복을 입은 쪽은 우리의 뷰 잭입니다' 라고 하더군. 이번에도 TV에서 똑같은 말이 나왔어. 테시오는 미소를 지으며, 이번 아나운서도 마음에 들지 않는다고 했지. 그러자 리치가 그 친구의 셔츠를 찢어버리면서 이 자식이 무전기를 하고 있다고 욕을 퍼붓는 거야. 난 그때 처음으로 무전기를 봤어. 테시오의 새 TV를 통해 곧장 송신하도록 되어 있는, 정부에서 사용하는 구식 장치였지. 테시오는 그 녀석 옆으로 다가가 몸을 숙이더니 마이크에 대고 말했어. 파타 라 레게 트라바토 린간노. 아마 모든 법에는 허점이 있다는 뜻이었을 거야. 어쨌든 그 경찰 녀석은 이탈리아어를 알아들었는지 경찰은 죽이면 안 된다는 법에도 아랑곳없이 테시오가 자신을 죽일 거라고 생각해버린 모양이야. 그 녀석은 정말로 오줌을 쌌어. 그 때문에 무전기가 누전이 돼버린 모양이야. 다람쥐 녀석이 경련을 일으키면서 비명을 지르기 시작하더군. 분명히 말하지만, 틀림없이 그 녀석 불알은 다 타버렸을 거야!"

주방에 있던 모든 사람들이 웃었다.

그때 클레멘자가 갑자기 그릴 위로 쓰러졌다.

사람들은 클레멘자가 자신들을 좀 더 웃기기 위해서 일부러 그러는 거라고 생각했다. 하지만 바로 그 순간 거구의 클레멘자가 바람 빠진 타이어처럼 심장마비를 일으킨 것이었다. 그리고 그의 뚱뚱한 얼굴은 우지직 소리를 내며 타기 시작했고, 양복에도 불꽃이 옮겨 붙었다. 부하들이 달려가 클레멘자를 그릴에서 끌어내렸다. 그리고 바로 불을 껐다.

젠코 푸라 올리브 오일 회사의 창업멤버 중 마지막으로 남아 있던 클레멘자가 생을 마감했다. 그 회사의 사장은 비토 코를레오네, 지배인은 젠코 아반단도, 영업사원은 살 테시오와 페트 클레멘자였다.

호수 근처에 있는 클리블랜드 기차역에는 차에서 내리는 승객들을 쓰러뜨릴 만큼 차가운 광풍이 몰아쳤다. 닉 제라치가 쓰러졌고, 부하 두 명도 마찬가지였다. 에디 파라디스는 그때 팔이 부러졌다. 며칠 뒤에야 그 사실을 알아차리기는 했지만.

폴락은 생각하는 사람 옆에 있었다.

클레멘자의 장례식 바로 전날, 클리블랜드미술관이 문을 닫은 지 한 시간이 지난 뒤 제라치가 하얀 방으로 들어갔다. 방에는 빈센트 포를렌자와 그가 타고 다니는 휠체어 이외에는 아무것도 없었다. 포를렌자는 그 거대한 미술관 역사상 가장 많은 액수를 익명으로 기부했다. 그는 부하들을 불러 제라치에게 의자를 가져다주라고 했다. 하지만 제라치는 괜찮다고 고집을 부리며 계속 그 자리에 서 있었다. 포를렌자의 간호사와 다른 경호원들은 전부 긴 복도 끝에서 기다리고 있었다.

제라치도 처음에는 살 나르듀치의 차에 사고처럼 보이게끔 손을 대고 싶은 충동을 느꼈다는 것을 인정했다. 더도 덜도 말고 똑같이 갚아주고 싶은 충동이었다. 포를렌자는 나르듀치의 자동차에 폭파장치를 달아 흔적도 없이 날려버리자고 했다. 자동차 폭발은 중서부 패밀리들의 방식이었다. 그건 일을 덜어주긴 했다. 시체를 처리하기 위한 어떤 노력도 필요 없으니까.

그들은 나르듀치를 고문했을 때 얻게 되는 게 무엇인지에 대해서도 논의했다. 포를렌자는 죽은 정비공과 그의 친구인 부하에 대해 알아낼 수 있을 거라고 했다. 하지만 나르듀치는 그들에 대해 아무 말도 하지 않을 수 있었다. 그리고 그건 이미 확인하기 어려운 일이기도 했다. 나르듀치를 죽이는 방법으로 머리에 총알 두 방을 날릴 수도 있었고, 자동차에 폭탄을 장치할 수도 있었다.

하지만 제라치는 포를렌자에게 당분간은 나르듀치를 살려두자고 말했다. 무엇보다도 만일 나르듀치가 죽거나 실종된다면 마이클 코를레오네가 알아차릴 것이다. 그리고 나르듀치의 위치는 그다지 위협적이지도 않았다. 그는 포를렌자에게 직접적으로 무슨 일을 저지를 수는 없었다. 더군다나 제라치가 아는 한 콘실리에리가 자기 두목을 배신한 예는 이제껏 없었다. 그 일이 알려지면 클리블랜드 조직은 끔찍한 혼란을 겪게 될 것이다. 그러므로 나르듀치를 처단하는 일에 있어서 돈 포를렌자는 전혀 개입하지 않은 것처럼 해야 한다.

마이클 코를레오네는 또 다른 문제였다. 나르듀치를 죽이는 것 못지않게 괜찮은 방법이기는 했다. 하지만 그렇게 되면 무슨 일이 벌어지게 될 것인가? 대혼란이 일어나고 전쟁이 벌어질 것이며, 그 기간 동안 수백만 달러를 손해볼 것이다. 그들이 이긴다고 해도 지는 것이나 마찬가지였다.

이제부터 두 사람은 자신들을 배신한 자들에게서 감시의 눈을 떼지 않아야 한다. 그러면서 복수의 칼날을 내릴 수 있도록 새로운 힘을 쌓는 데 주력해야 할 것이다. 제라치는 이미 토니 스트라치와 그의 조직에서 일을 하고 있었다. 포를렌자는 파울리 포추나토와 연계를 맺었다. 클레멘자의 죽음으로인해 제라치는 임시로 뉴욕에 있는 코를레오네 패밀리의 조직을 이끌어나가고 있었다. 이제 그가 실질적인 조직의 우두머리가 되는 것이다. 5대 뉴욕 패밀리 중 세 번째가 되는 것이다.

그 다음으로는 시카고가 관건이었다. 루이 루소는 이미 밀워키, 탐파, L.A., 뉴올리언즈, 그리고 댈러스와 연계를 맺고 있었다. 제라치와 포를렌자가 그쪽과 손을 잡게 된다면, 마이클 코를레오네는 차라리 죽고 싶을 것이다.

마이클에 대한 최고의 복수는 더도 덜도 말고 딱 받은 만큼 하는 것이다.

그들은 마이클이 닉 제라치를 이용하려 했던 것과 똑같은 방식으로 프레디를 앞세울 것이다.

싸움에서 멀리 떨어진 곳에서 적들이 서로를 죽이는 것을 가만히 지켜볼 것이다.

그 일은 천천히 그리고 신중하게 진행될 것이다.

계획한 대로 모든 일이 끝나면 클리블랜드와 시카고, 다른 중서부 패밀리들이 다시 서부를 장악하게 될 것이다. 닉 제라치는 예전 코를레오네 패밀리를 이어받을 것이고, 뉴욕 근처에서 사업을 할 것이다. 그러기 위해서는 프레디가 마이클과 히만 로스 사이에 끼어들 필요가 있었다.

돈 포를렌자는 머리를 흔들었다. 그곳에는 늙은 돈보다도 더 생기 있어 보이는, 새로 도착한 조각상들이 가득 놓여 있었다.

"말해다오, 파우스토. 왜 프레디가 그래야 한다는 거지?" 포를렌자가 물었다.

파우스토. 제라치를 파우스토라고 부르는 사람은 포를렌자와 마이클 코를레오네밖에 없었다. 그 이름으로 불릴 때마다 제라치는 약간씩 놀라곤 했다. 진짜 파우스토인 아버지는 전혀 아들을 그 이름으로 부르지 않고 별명으로만 불렀다. 천재, 잘난 녀석, 에이스.

"비토 코를레오네가 총에 맞았을 때 뉴욕의 길바닥에 앉아서 울었던 친구지? 형인 소니가 그 자리를 물려받아 패밀리의 뜻을 거스르고 마약 거래를 시작하지 않았던가?"

돈 포를렌자는 자신의 대자가 미국에서 가장 큰 규모의 헤로인 거래를 담당하고 있다는 것을 모르고 있었다.

"확실하지는 않지만, 아마 그랬을 겁니다."

"비토가 총에 맞았을 때 소니에 대해서는 조금 들은 이야기가 있어. 하지만 프레디는 한 번도 보지 못했지. 그 친구가 일을 망칠 수도 있지 않을까?"

"먼저, 프레디는 술을 많이 마시고 또 믿을 수 없을 만큼 부부 사이가 좋지 않습니다. 그 친구는 몹시 힘든 상태입니다. 그렇기 때문에 우리는 그 친구가 스스로 걸어 들어올 수 있게 할 수 있습니다."

"스스로 걸어 들어온다?"

"비유적으로 표현하자면 그렇다는 거죠."

포를렌자가 어깨를 으쓱했다. "만일 그 친구가 스스로 걸어 들어온다면 자기 목을 자기가 다는 셈이 되겠군."

"그렇습니다. 틀림없이 그렇게 되겠죠. 어쨌든 거래를 하는 겁니다. 프레디는 뉴저지에 죽은 자들의 도시를 세우는 계획을 가지고 있습니다. 그 친구는 종교적인 환상을 좋아하거나, 뭐 그런 일에 관심이 있는 모양입니다."

"죽은 자들의 도시?"

"대규모 묘지사업이라고 할 수 있죠. 꽤 한참 전에 나온 이야기입니다. 마이클은 받아들이지 않았지만 그 결정이 아마도 옳을 겁니다. 프레디는 영화배우와 결혼했고, 서부에서 벗어나 어떻게 하든 새로운 사업을 하려고 하고 있습니다. 어떻게 보면 패밀리의 또 다른 세력 확장 같은 거라고도 할 수 있겠죠. 중요한 건 프레디가 자신이 천만 달러는 벌어들일 거라고 생각하는 사업을 제안했는데도, 마이클이 쿠바에서의 일이 너무 바빠서 그에게 시간을 내주지 않는다고 생각한다는 겁니다. 뿐만 아니라 프레디는 이름뿐인 자리에 앉아 있거나 매음굴이나 운영하는 일에 진력이 나 있는 상태이기도 하고요."

제라치는 이 이야기를 프레디 본인에게서 들었다. 그리고 더 이상 되돌릴 수 없는 상황이라는 것도 알고 있었다. 그 역시 패밀리에 반하는 짓을 하고 있었다. 젠장. 충성에는 두 가지 길이 있다. 닉 제라치는 이제껏 한 번도 불온한 생각을 품은 적이 없었다. 마이클 코를레오네가 자신을 죽이려 했다는 것을 알기 전까지는.

제라치의 기준에서 보면 복수는 배신과 같은 것이 아니었.

돈 포를렌자는 눈을 감은 채 아무 말 없이 한참 동안 앉아 있었다. 제라치는 그가 숨을 계속 쉬고 있는지 확인하기 위해 그의 가슴을 쳐다보았다.

"히만 로스는 코를레오네가의 오랜 협력자였습니다. 대부님보다 훨씬 오래 전부터 연계가 되어 있었죠. 하지만 로스와 마이클이 쿠바에서 시도하고 있는 거래는 규모도 클 뿐만 아니라 일종의 곤경에 처해 있는 상황입니다."

제라치가 포를렌자에게 가까이 다가갔다. 그는 목소리를 높였다. 혹시 포를렌자가 자고 있다면 깨울 수 있도록. "프레디를 이용해서 그 일을 망쳐놓을 수 있을 겁니다. 로스는 아직도 뉴욕에 정치적인 연줄이 많이 남아 있습니다. 만일 프레디가 이번 묘지 사업에 로스가 도움이 된다는 것을 알게 되면 서둘러 그자의 관심을 끌려고 할 겁니다."

포를렌자는 여전히 숨만 쉬고 있었다. 그는 손가락으로 무릎을 덮고 있던 담요를 살짝 끌어올렸다.

"다만 우리는 무슨 일이든 루이 루소를 거쳐서 해야 합니다. L.A. 친구들은 루소의 꼭두각시나 마찬가지니까요. 그자들 중에는 프레디와 친한 사람들도 많이 있습니다. 대부님은 무슨 일이든 루소에게 말을 전힐 때는 L.A.의 구시 시체로나 루소의 부하라고 할 수 있는 친구들을 통하셔야 합니다. 몰티 화이트슈즈나 조니 올라 같은 친구들이 좋겠죠. 비벌리 힐즈에서 프레디와 우연히 마주칠 수 있는 자들 말입니다. 프레디는 로스의 부하들에게 마이클에 대한 정보를 줄 겁니다. 대부님이 뉴욕에서 죽게 되면 보수가 생긴다고 프레디가 생각하게끔 만들기만 한다면, 그 친구는 제대로 걸려들 겁니다."

마침내 포를렌자가 고개를 들었다. "왜 내가 뉴욕에서 죽어야 한다는 건가?"

"분명히 말씀드리지만 어느 곳에서든 대부님이 죽는 일은 절대로 없을 겁니다."

포를렌자가 그를 보고 손을 흔들며 웃음을 터뜨렸다. "루소 녀석이 우리와 뜻을 같이 할 거라는 걸 어떻게 확신할 수 있지?"

"그렇게 되면 그자에게도 이익이니까요. 그게 가장 큰 이유입니다.

하지만 또 다른 이유로 거래 대상이 대부님이라는 데 있습니다. 루소의 꼭두각시이거나 적이 아닌 돈은 대부님밖에 없으니까요."

"어떻게 그런 생각까지 했나, 그래?" 포를렌자가 칭찬하듯 말했다.

"대부님 옆에서 무슨 일이든 사전 준비는 어떻게 하는지 배우면서 컸기 때문이죠. 잘 아시잖습니까."

포를렌자는 미소를 지었다. 물론 그는 알고 있었다. 포를렌자는 그 계획에 찬성하고 서약을 의미하는 키스를 했다.

일이 전부 잘못된다 하더라도 그 비난은 모두 루소에게 떨어지게 될 것이다. 또한 그 계획의 비밀이 새어나간다 해도 그 책임은 루소와 거래를 한 포를렌자가 지게 될 것이다. 제라치에 대한 언급은 어디서도 없을 것이다. 포를렌자는 대자를 보호하기도 하면서, 한편으로 모든 공적을 자신이 차지할 수 있었다. 제라치도 포를렌자가 비난 받는 일은 없기를 바라고 있었다. 제라치에게 그 책임이 떨어지는 것보다는 그 편이 나았다.

두 사람은 세부적인 일까지 장황하게 의논했다.

"절 믿으세요. 프레디는 정말 멍청한 녀석입니다. 그 친구는 자기 동생을 배신하면서도 자기가 도움을 주고 있다고 생각할 거예요." 이야기가 끝나갈 무렵 제라치가 말했다.

"믿으라는 말 같은 건 절대로 하는 게 아니다. 그럴 수 있는 사람은 없을 테니까."

"아, 그런가요?"

"날 믿어라."

제라치가 싱긋 웃었다. "절 믿으시잖아요. 안 그렇습니까, 대부님?"

"물론 난 널 믿지. 당연하지!"

"대부님은 제게 과분한 은혜를 베풀어주셨습니다. 그런데 아직 마지막 문제를 결정하지 않으셨죠?"

포를렌자는 입술을 오므리며 손바닥을 벌려 보였다. 말만 하라는 동작이었다.

"그 순간이 오면 쥐새끼 같은 나르듀치는 제 손으로 죽이고 싶습니다."

쥐새끼. 제라치는 마음 속으로 세상에 제럴드 오멜라라고 잘못 알려졌던 그 시체처럼 강 옆에 살 나르듀치의 시체를 던져 놓고, 강에 사는 쥐들이 그 시체에서 주르르 흘러내리는 모습을 그려보았다.

"솔직히 말하면 난 이미 네가 그 말을 할 줄 알고 있었다."

클레멘자는 비토 코를레오네의 오랜 친구였지만 코를레오네 가족 중 뉴욕에서 거행된 클레멘자의 장례식에 참석한 사람은 프레디가 유일했다. 카멜라는 병이 재발해 다리 쪽에 피가 뭉치는 바람에 이동을 할 수가 없었다. 마이클은 일이 있었다. 케이는 다른 사람들이 보기에는 남편을 보내고 안절부절 못하는 것 같았다. 코니는 두 번째 남편이었던 멍청한 회계사 에드 페데리치를 버리고, 모나코로 날아가 새로 사귄 유럽의 부자와 해변가에서 즐기고 있었다. 그러나 닉 제라치로서는 헤이건이 참석하지 않은 이유를 알 수가 없었다. 분명히 헤이건은 이 자리에 없었다. 그 외에 조직의 다른 사람들도 참석하지 않았다. 헤이건을 전쟁에서 절름발이가 되어 돌아온 뒤에 클레멘자의 지지를 받으며 한 단계씩 차례대로 밟고 올라와, 마침내 카포레짐이 될 수 있었던 로코 람포네마저 장례식에 오지 않았다. 프레디를 제외하고는 아무도 이 상징적인 의식에 달려오지 않을 모양이었다. 제라치는 프레디를 태우고 공항까지 가는 동안 그런 생각을 했다. 프레디는 자신은 클레멘자에게 마지막 인사를 하게 될 이번 기회를 절대로 놓칠 수 없었다

제5부 119

고 말했다.

눈보라가 몰아치는 길을 뚫고 장례식장으로 가는 도중에 프레디와 제라치는 브룩클린 식물원에 잠시 들렀다. 그곳은 테시오가 일에 대한 이야기를 할 때 가장 좋아하던 장소였다. 그건 제라치 역시 마찬가지였다. 그곳은 평일에는 사람이 거의 없어서 은밀히 이야기를 나누기에 좋았다. 더군다나 도청장치 설치는 불가능한 장소이기도 했다.

눈송이가 바닥에 쌓이기 시작했다. 10센티미터 혹은 그 이상 내린다는 예보가 있었다. 바위 정원은 울퉁불퉁한 모양이 마치 달 표면처럼 보였다. 몇 걸음 뒤로 제라치의 부하 네 명이 따라오고 있었다. 대마초 모모, 에디 파라디스, 그리고 두 사람(최근에 들어온 시칠리아인들로, 다른 잘난 척 하는 놈들 사이에서도 가차 없다고 평가받는 친구들)이 더 있었다. 다른 두 사람 —프레디와 함께 온 토미 네리와 제라치의 운전사 도니 백스였다. 도니 백스는 아내에게 총을 맞은 후 인공항문을 달고 다녀야 했다— 은 차 안에 남아 있었다.

"페트가 심장마비로 죽은 게 아니라는 이야기를 들었어." 프레디가 말했다.

"부검의 말로는 심장마비라고 하던데. 누군가 심장마비처럼 보이게 만들었다는 건가? 젠장. 내가 무슨 생각했는지 알고 싶나? 사람들은 TV를 너무 많이 봐. 그래서 머리들이 썩었어. 기분 나쁘게 듣지 말게." 제라치가 대답했다.

"전혀 그렇지 않아. 자네 말이 맞으니까." 떠도는 소문으로는 그 자리에 있던 사람들이 클레멘자를 그릴에서 끌어낸게 아니라 사실은 그를 밀어 넣어 바짝 구운 다음 저녁식사 자리에 내놓으려고 했는데, 다행히 클레멘자가 심장마비를 일으켜준 덕분에 일이 편해졌다는 소문도 있었다. 살인이 아닌지를 의심하는 부하들이 안팎으로 있었고, 살인 여부에 대한 논의가 끊이지 않았다.

다른 소문들도 덩달아 떠돌기 시작했고, 소문을 막을 길은 없었다. 많은 사람들이 클레멘자를 죽인 건 히만 로스라고 생각했다. 유태인 조직의 두목인 로스가 쿠바를 놓고 마이클 코를레오네와 한창 협상 중이었기 때문이다. 시카고의 루이 루소 역시 용의 선상에 올라 있었다. 하지만 제라치는, 정말로 살인이라면 그 범인은 클레멘자가 데리고 있던 레짐 중에 타탈리아와 연관되어 있던 로사토 형제일 거라고 단정지었다. 절감의 법칙*과 클레멘자의 다이어트로 보면 그의 사인은 단순한 심장마비였다. 부검의는 보통 사람보다 두 배는 큰 클레멘자의 심장을 보여주었다.

"헤이건은 이 모든 소문들이 말도 안 된다고 하더군." 프레디가 말했다.

"마이클은 뭐라고 하던가?" 제라치가 물었다.

"마이클도 헤이건의 말에 동의하더군. 내가 개인적으로 만나 그 일에 대해 이야기했거든."

아무리 모르는 사람이라도 그 말이 거짓말이라는 것은 알 수 있었다. 하지만 제라치는 내색하지 않았다. 프레디의 경호원은 예전 제라치의 이발사였다. 사람들은 그를 피가로라고 불렀다. 피가로의 사촌은 용접공이자 제조공으로 일했다. 제라치의 부하들은 창고에서 물건을 실어 나르는 척하면서 실제로는 뉴저지에서 온 마약으로 바꿔치기하곤 했다. 피가로와 그 사촌의 말에 따르면 프란체스카의 결혼식 이후 프레디는 마이클과 간신히 인사나 나누었을 뿐이었다.

---

* 일명 오컴의 면도날. 어떤 현상을 설명하는 데는 가장 단순한 가설로 시작해야 하며, 가설을 필요 이상으로 정립하지 말라는 것.

프레디는 경기라도 일으킬 듯이 온몸을 떨고 있었다. 그는 지난 12년간 서부에만 살아서 이런 추위는 견딜 수 없다고 말했는데 애처로운 일이었다. 그러나 진정으로 추위란 어떤 것인지 느껴보고 싶다면, 클리블랜드행 기차를 타면 된다. 하지만 좀 안 됐다는 생각도 들어 제라치는 프레디를 데리고 온실로 들어갔다. 난초 꽃이 가득한 온실 안에는 걸 스카우트 아이들이 들어차 있었다.

"어머님은 어떠신가? 좀 괜찮아지셨나?" 제라치가 물었다.

"강한 분이시니까. 이사는 좀 힘드셨던 모양이지만. 타호에 새로 지은 집이 예전에 아버지와 함께 살던 집보다 훨씬 더 좋아. 그래도 예전 집은 아버지와 어머니가 함께 지은 집이라 추억이 많아서 옮기기 싫으셨던 모양이야."

"자네 어머님이 우리 어머니 같은 분이시라면, 환경을 바꾸시는 편이 훨씬 나을 걸세." 제라치가 떨어지는 눈송이를 쳐다보며 성호를 그었다.

"날씨도 더 따뜻하니까 그렇겠지. 그건 그렇고 오렌지 난초는 처음 보는데." 프레디가 꽃을 가리키며 말했다.

걸 스카우트 아이들이 그 자리를 떠나고 온실에는 두 사람만 남았다.

"마이크가 정말 오고 싶어 했는데. 뭔가 큰 일이 있는 게 분명해. 그 애는 페트를 친삼촌처럼 사랑했으니까. 우리 모두 그렇지만."

제라치는 표정을 드러내지 않으려 하면서 고개를 끄덕였다.

"마이클은 어떻게 하는 것이 최선인지를 잘 알고 있을 테니까." 그는 마이클이 오지 않은 진짜 이유는 뉴욕 기자들이나 FBI에게 자신이 장례식에 참석하는 모습을 보이고 싶지 않아서일 거라고 추측하고 있었다. 그가 지금 가장 열중하고 있는 조직의 합법화가 아버지의 오랜 친구에 대한 신의와 사랑과 같은 감정보다 앞서기 때문이다.

"뭔가 큰일인가 보군." 제라치가 말했다.

"솔직히 말하자면, 나도 그 일이 뭔지는 잘 모른다네." 프레디가 대답했다.

그건 아마 사실일 것이다. 하지만 제라치는 좀 더 많은 것을 알고 있었다. 마이클과 로스는 자신들이 진행 중인 쿠바에 대한 협상이 무의미하다는 것을 알아차리지 못하고 있었다. 바티스타 정부는 곧 붕괴될 운명이었다. 그리고 시카고와 클리블랜드가 주도하는 중서부 패밀리들의 연합이라는 커다란 수레바퀴가 그들을 하찮은 톱니바퀴 정도로 만들 수 있다는 것보다 더 중요한 일은 없었다. 루이 루소는 반란군들과 거래를 하고 있었다. 만일 쿠바의 바티스타가 어느 정도 힘을 되찾는다 하더라도 로스와 마이클은 프레디 때문에 적으로 돌아서게 될 것이다. 그들의 거래에서 남는 것은 거래 그 자체뿐일 것이다. 루소와 그가 연합한 패거리들은 거래 조약들을 미리 준비해 놓을 것이다.

제라치는 문 앞에서 고개를 끄덕였다. 두 사람은 계속 걸었다. 제라치는 프레디에게 그들이 동부의 콜마라고 부르고 있는 사업에 대한 최신 정보를 주었다. 제라치는 스트라치 패밀리와 뉴저지에서의 그 사업에 대해 의논했고, 코를레오네 패밀리와 정면으로 접촉하기 어려운 어떤 인물이 묘지로 쓸 만한 대규모 늪지를 소유하고 있다고 했다. 제라치는 또한 시칠리아에서 헤로인을 들여오는 배에 대리석 판도 같이 실어오려고 하는데, 세관 검사를 통과하기에는 너무 무겁기 때문에 빠른 시일 안에 채석사업도 시작해야 할 거라고 말했다. "자네 쪽은 일이 잘 되어가고 있나?" 제라치가 물었다.

"걱정 없네. 다만 몇 가지 문제들을 해결하기 위해서 마이크와 의논할 일이 있을 뿐이야."

"아직도 의논이 다 끝나지 않았단 말인가?" 제라치는 놀란 척 하며 말을 이었다. "그래야만 일을 진행시킬 수 있으니까 말이지. 법규 개정이라든가 기타 여러 가지 일이 있지 않은가. 그쪽은 내 전공 분야가 아니라서 말이야. 물론 그런 문제들을 해결하려면 누구에게 부탁해야 하는지, 어떻게 해야 일이 잘 진행되는지는 알아. 하지만 다른 무엇보다도 자네가 마이클의 허락을 얻어야 한다고 생각해. 정치인들에게도 나보다는 마이클이 전화를 해주는 편이 나을 거야. 역시 문제는 그들이 어떤 반응을 보이느냐, 그리고 어떻게 설득할 수 있느냐 하는 거야. 어떻게든 투표까지 가지 않고도 일을 진행시킬 수 있도록 해야 할 거야. 프레디, 난 자네가 무슨 일이든 잘 할 거라는 건 알고 있지만, 혹시라도 마이클이 이미 우리가 진행시키고 있는 이 일에 대해서 다시 생각하자고 한다면 어떻게 할 텐가?"

"아니, 문제는 시기일 뿐이야. 마이크의 신경은 지금 온통 다른 일에 가 있어. 하지만 자네가 나와 한배를 타고 있다는 것만 알게 되면 모든 문제는 끝난 거나 마찬가지야. 마이크가 생각하기에 이런 일을 하는 데 나와 자네만한 적임자가 어디 있겠나? 자기 형과 가장 신뢰하는 부하인데 말이야."

제라치는 큰 손을 프레디의 어깨 위에 올려 놓았다. "마이크는 절대 그렇게 말하지 않을 거야, 프레디."

그건 어느 정도 위험을 감수한 무례한, 대답이었지만 제라치의 판단은 옳았다.

"내가 언제 마이크가 그런 말을 했다고 했나? 난 그 애가 그런 식으로 생각할 거라고 말했을 뿐이야."

"난 클리블랜드에서 온 무크족에 불과한 걸." 제라치가 프레디의 어깨를 잡은 손에 힘을 주자 프레디가 움찔했다. "그 일을 하겠다고 말한 건 나도 뭔가를 해보고 싶었고, 특히 다른 사람들에게 도움이 될 만한 일을 하고 싶었기 때문이야. 그리고 자네의 계획이 그럴 수 있는 기회라고 여겼고, 그래서 받아들인 걸세. 하지만 그 이상은 아니야. 난 자네와 한배를 탄 게 아닐세. 자네가 나한테 봐달라고 하는 것들만 볼 거야. 이상. 이제 됐지?"

프레디가 고개를 끄덕였다. 제라치는 그의 어깨를 놔주었다. 그들은 다시 걷기 시작했다. 해가 떴는데도 눈은 계속 내리고 있었다.

"난 이게 싫어. 해가 있는데도 눈이 오는 거 말이야. 뭔가 부자연스럽잖아. 마치 원자폭탄을 떨어뜨린 뒤부터 세상이 이상해진 것 같은 느낌이랄까."

"분명히 해두고 싶은 일이 있네, 프레디. 난 자네와 자네 동생 사이의 문제에 끼어들고 싶지 않아."

"나와 동생 사이에는 아무 문제도 없어."

"그렇다면 말을 바꾸지. 난 어느 편에도 설 수 없네. 어떤 경우라도 말이야."

"편 같은 건 없어. 이보게, 우린 무슨 일을 하든 같은 편이야. 다른 편이라고 말하는 사람이 있다면, 그건 나를 잘 모르고 하는 소리야. 마이크에 대해서도 모르고 하는 소리고."

"그대는 지나칠 정도의 이의를 제기하고 있소."

"그게 무슨 소리야?"

제라치는 엄지손가락을 두 사람이 나온 방향 쪽으로 불쑥 내밀었다. "셰익스피어 연극에 나오는 말이지. 이렇게 후원 쪽으로 나오면 항상 그 말이 생각나. 프레디, 자네도 지금 연기를 하고 있으니까 언젠가 셰익스피어를 배우게 될 걸세."

"대학 나온 티 좀 내지 말게. 클리블랜드에서 온 무크족에 불과한 친구, 자네가 나보다 잘났다고 생각하는 건가?"

"설마. 그럴 리가 있나. 그저 셰익스피어가 떠올랐을 뿐이야."

"나도 셰익스피어를 본 적이 있어. 그것도 이탈리아어로 공연하는 셰익스피어를 말이야."

"그래? 어떤 작품을 봤나?"

"뭔지는 잘 몰라. 대체 자네가 뭔가? 망할 놈의 영어선생이라도 되는 건가? 나한테 배워라 말라 하지 말게. 내가 뭔가 다른 일들을 많이 한다는 이야기를 듣게 될지도 몰라. 엉덩이 붙이고 앉아서 셰리를 홀짝거리며 내가 공연한 연극 목록을 만들고 있지는 않을 테니까. 난 연극을 했었어. 알겠나, 잘난 친구? 연극 말이야."

"그렇군."

그들은 계속 걸었다. 그는 프레디가 마음을 가라앉힐 때까지 기다렸다.

"이봐, 난 초조하다네. 알겠나? 난 마이클 모르게 무슨 일을 하고 싶지는 않아." 제라치가 마침내 입을 열었다.

"그 점에 대해서라면 걱정할 거 없어. 우리 조직은 무척이나 거대하니까 마이크 혼자서 그런 작은 일까지 일일이 다 알 수도 없을 테고, 알고 싶어 하지도 않을 테니까."

프레디가 정말로 그렇게 믿고 있다면, 그는 동생에 대해서 잘 모르고 있는 게 분명했다.

"마이크의 문제는, 무척 영리하지만 사람들과의 관계가 좋지 않다는 거지. 그 애는 사람들이 스스로 무언가를 하고 싶어 하고, 만들어내고 싶어 한다는 것을 이해하지 못해. 내 말은 온전한 내 것을 가지고 싶단 말일세. 내 흔적을 남기고 싶어. 만일 자네가 나와 같은 생각이 아니라면…"

"지금 그런 이야기는 아무 소용없네, 프레디. 내가 할 말은 이것뿐이야." 제라치의 판단은 옳았다. 프레디는 착한 사내였고, 자신이 무슨 짓을 하는지도 모르는 채 동생을 은전 30냥*에 배신할 수 있을 만큼 멍청했다. 그건 서글픈 일이었다. 그 모든 일에도 불구하고 제라치는 프레디를 정말로 좋아했다.

"다음 단계는 무조건 자네와 마이크가 뜻을 완전히 합쳐야 한다는 거지. 이제 이 이야기는 그만하세."

프레디가 어깨를 으쓱하더니 자기 신발을 내려다보았다.

"이 신발이 이런 진창에 적당하지 않다는 건 분명하군."

"그런 카우보이 부츠를 신지 말았어야지."

"카우보이 부츠라니?"

"난 자네 같은 남자들 대부분이 카우보이 부츠를 신고, 6연발 권총을 들고 다닌다는 생각이 들어. 차에다 대고 총을 쏘거나 강아지들한테 총을 쏘면서."

프레디가 웃었다. 그는 제라치가 이렇게 놀려대도 잘 받아넘겼다. 그런 점도 프레디가 정말 좋은 녀석이라는 것을 보여주는 또 하나의 증거였다. 그 모든 일에 프레디를 이용해야 한다는 점은 정말 안타까운 일이었다. "그 자동차 두 대를 다시 이 앞에 세워놔도 난 그렇게 똑같이 할 수 있어. 강아지가 총에 맞은 건 유감이지만."

"강아지 머리에 총알이 정통으로 맞았다고 하던데 사실인가?"

프레디가 슬프고 안타깝다는 듯 하늘을 쳐다보았다. "정말 깨끗하게 관통했지. 다시 하려고 하면 그렇게 정통으로 맞추기는 어려울 거

---

* 유다가 은전 30냥에 예수를 배신한 것을 빗댄 표현

야."

"이제 그만 가야겠군." 제라치가 차를 주차해 놓은 쪽을 가리키며 말했다. "지금 출발하지 않으면 늦을 거야."

"우린 많이 닮았어. 자넨 그걸 알고 있나?" 프레디가 물었다.

"칭찬으로 듣겠네." 제라치가 프레디의 목에 팔을 두르며 형제나 오랜 친구들이 하듯 장난스럽게 살짝 쳤다.

두 사람은 얼어붙은 연못 위에 걸쳐진 작은 나무다리를 건넜다.

"봄에 여기 오면 정말 보기 드문 멋진 벚꽃을 구경할 수 있을 거야. 분홍색보다 더 붉은 빛을 띤 아름다운 꽃이지." 제라치가 말했다.

"정말 그렇겠군."

"알고 있을지 모르겠네만, 늘 자네에게 물어보고 싶은 게 있었어."

"무엇이든 물어보게나, 친구."

"이런 질문해도 좋을지 모르겠지만 자네가 맡고 있는 소토 카포란 지위는 정확하게 무슨 책임을 맡고 있는 거지? 마이크가 자네에게 이야기해주던가?"

"진심으로 하는 소리야? 무슨 말을 하고 싶은 건가? 왜 지금 그런 걸 물어보는 거지?"

"아무도 제대로 알고 있는 것 같지 않으니까. 내가 이 자리에서 이런 이야기를 하는 건 나뿐만 아니라 많은 사람들이 대부분 자네 지위를 상징적인 것으로 여긴다는 걸 알았기 때문이야. 기분 상하지 않았으면 좋겠군."

"상징적이라고? 대체 누가 상징적이니 뭐니 그 따위 말을 한단 말인가? 나는 많은 일을 하고 있네. 어떻게 해야 그 모든 일들을 일일이 설명하지 않고도 내가 무슨 일을 하고 있는지 이해시킬 수 있는 거지?"

"나야 이해하고 있지. 그저 내 말은…."

"내가 예상하기로는 페트가 이제 저 세상으로 갔으니 아마 이제부터 뉴욕 북부 지방에서 열리는 패밀리들의 수뇌모임에 마이클과 함께 내가 참석하게 될 거야."

내가 예상하기로는? 이 말이 무슨 뜻인지 프레디는 모르고 있었다. 게다가 지금 같은 상황에서 그런 말을 한다는 것이 충격적이면서도 슬픈 일이었다. 아직 클레멘자의 시신이 땅에 묻히지도 않은 상황이라는 사실과 마이클이 프레디를 그런 존재로 생각해주지 않을 거라는 사실이.

"자넨 너무 많은 일을 하는 것 같아. 대단한 방송 일까지 말이야."

"뭘. 별 일 아닌 걸. 그저 지역 TV쇼일 뿐이야. 아무것도 아닐세. 별로 방해가 되는 것도 아니고, 어쩌면 그 일에 도움을 줄 수도 있겠지."

"난 그렇게 생각하지 않네. 자네의 쇼는 우리 조직이 범죄에 연루되어 있거나 희생자를 만들지 않는다는 것을 대중들에게 보여주기 위한 수단으로 쓰일 뿐이야. 다른 사업적인 부분에 대해서는 생각해봐야 할 걸세."

그들은 차로 돌아갔다.

"아무것도 걱정하지 말게. 마이크와 내가 모든 문제들을 해결해 버릴 테니까." 프레디가 말했다.

닉 제라치가 알고 싶은 건 다음과 같은 것이었다. 마이클이 원하는 것이 조직을 제너럴 모터스보다 더 큰 주식회사로 만들어 대통령이나 세력가들을 좌지우지하는 것이라면, 왜 조직의 운영은 골목 구멍가게처럼 하고 있는 것일까? 비토 코를레오네가 총에 맞았을 때 그 자리를 이어받은 것은 누구인가? 비토의 밑에 있던 사람들 중 가장 똑똑하고 경험이 풍부했던 테시오가 아니라 성질이 난폭한 장남이자 돌머리 소니였다. 왜? 그건 소니가 코를레오네라는 성을 가지고 있기 때문이었다. 프레디는 너무 약하기 때문에 주목받지 못하는 인물이었다. 그 당시에는 마이클이 형을 위해 만들어 놓은, 이름뿐인 부두목자리도 없었다. 헤이건은 자신은 이제 아니라고 생각하고 있을지라도 여전히 콘실리에리의 자리에 있었다. 미국 전체에서 이탈리아인이 아닌 콘실리에리는 헤이건이 유일할 것이다. 왜? 그건 마이클이 헤이건과 같은 집에서 자랐기 때문이다. 마이클 자신은 이 세계에 필요한 모든 능력을 가지고 있으나 결과적으로는 그가 그런 지위에 앉아 있다는 것이 가장 웃긴 것이다. 비토는 자기가 데리고 있던 카포레짐들과 의논도 하지 않고 마이클을 후계자로 삼아버렸다. 마이클은 그때까지 다른 사람을 위해 한 푼도 벌어본 적도 없고 부하들을 이끌어본 적도 없는 위인이었다. 레스토랑에서 두 남자를 처치한 그날 밤만을 제외하고는 자신의 능력을 입증해 보인 적도 없었다(그때도 세부적인 사항들은 모두 죽은 페트 클레멘자가 해결해주었다). 그 세 사람은 어떠한 능력도 입증하지 않은 채 패밀리에 가입한 유일한 인물들이었다.

결국 조직 전체는 다른 사람을 죽이라는 명령을 내린다거나 큰일을 도모할 수 있을 것 같지 않던 남자가 이끌게 되었다. 그래, 마이클은 영리했다. 그래서 그의 옆에 있던 샐리 테시오, 닉 제라치, 어쩌면 톰 헤이건까지도 이토록 오래 알아차리지 못했던 것일까? 마이클이 사람들이 생각하는 것보다 자신이 훨씬 영리하다고 생각하고 있고, 조직 전체가 그의 이기심에 좌지우지 되고 있다는 것을.

사실이다. 제라치는 마이클 코를레오네가 자신을 죽이려고 했다는 것을 알게 된 다음에야 그런 것들을 생각할 수 있었다. 그랬다. 그의 생각은 틀리지 않았다.

비록 그 당시에는 아무도 알아차리지 못했지만 페트 클레멘자의 장례식은 화려한 마피아 장례식으로서는 마지막이 되었다. 성 패트릭 성당은 제단과 복도를 방해가 될 만큼 가득 메운 수만 송이 꽃향기 때문에 숨을 쉬기도 어려울 정도였다. 성당 좌석에는 클레멘자의 마지막을 지켜보기 위해 모인, 신원을 밝힐 수 없는 판사들과 사업가들, 정치가들 수십 명이 앉아 있었다. 이런 장례식이면 으레 모습을 보이는 가수들과 연예인들도 보였다. 하지만 클레멘자의 인지도를 단순히 조문객의 숫자로만 알 수 있는 것은 아니다. 참석한 조문객들의 면면을 살펴보면 뉴욕의 한다 하는 사람들이 얼마나 많이 왔는지, 또 시칠리아를 포함한 그 외의 지역에서 거물들이 얼마나 참석했는지 알 수 있었다. 한 패밀리의 돈이 다른 패밀리 단원의 장례식에 참석하는 경우는 이번 말고는 없을 것이다. 이처럼 고위급 경찰들이 참석하는 일도 다시는 없을 것이다. 그리고 무엇보다 라 코사 노스트라에서 고위인사들이 많이 참석했다. 그 자리에는 사람들의 주목을 많이 받지는 못했지만 올리브 오일 수입업자도 있었고, 얼굴을 알아볼 만한 유명한 사람들도 많이 있었다. 하지만 클레멘자가 알고 지내던 가장 유명한 인물인 조니 폰테인은 그 자리에 없었다.

  제라치 부부는 살 나르듀치와 그의 아내, 그리고 아들 버디가 앉아 있는 바로 뒷좌석에 앉아 있었다. 버디는 레이 클레멘자와 함께 쇼핑센터를 짓는 일을 하고 있었다. 그건 모래의 성처럼 코를레오네와 포를렌자 조직이 합법적인 투자자로 참여하되 완전히 합법적으로 운영될 사업이었다(그 자금이 어디에서 나온 것인지는 관계 없었다. 비록 그 돈이 처음에 어디에서 나온 것이냐고 따지더라도 그 '처음'을 어떻게 규정할 수 있겠는가?). 살 나르듀치는 뒤를 돌아보고는 제라치를 한참 끌어안았다. 설교와 고인을 기리는 연설이 잠시 멈출 때마다 나르듀치는 특징적으로 연사의 마지막 말을 큰 소리로 따라 중얼거렸다. 샬롯은 클레멘자와 안면만 있는 정도였지만 그런 그의 행동에는 화를 냈다.

미사가 끝나자 나르듀치가 눈물을 흘리면서 뒤로 돌아 제라치를 쳐다보았다. "이런 일을 당하기에는 너무 젊었는데."

제라치는 장례식에 있는 다른 사람과 마찬가지로 엄숙하게 고개를 끄덕였다. 나르듀치와 클레멘자는 거의 동갑이었다.

메트로폴리탄 오페라단에서 왔다는 소프라노가 '아베 마리아'를 불렀다. 샬롯은 성호를 그으며 고개를 성당 뒤쪽으로 돌렸다. 떡갈나무로 만들어진 커다란 문이 활짝 열렸다. 운구하는 사람들이 한걸음씩 움직이기 시작했다. 클레멘자의 장미 나무관이 내리는 눈 사이로 서서히 사라져갔다.

20

 전문가들에 따르면 1950~60년대에 전성기를 구가하던 라 코사 노스트라에 오늘날 그 배신과 퇴락의 그림자가 드리워지게 된 것에는 여러 요소들이 있다고 했다. 상원과 하원에서 온갖 청문회가 열린 것과 FBI가 공산당에서 마피아로 관심을 돌린 것도 그 원인이 될 것이다. 또한 마피아 같은 사업 경향이 보통은 이민 1세대에서 시작해 2세대에 이르면 약화되고, 3세대에서 무너져 버리는 것도 그런 원인의 일부분을 차지하고 있을 것이다. 미국의 보통 시민들에게 법과 규칙이란 다른 사람들, 즉 속기 쉬운 사람들이나 지키는 것이라는 생각이 널리 퍼져 있었다(사람들이 그런 생각을 하게끔 마피아가 주도를 했고, 워터게이트 사건으로 인해 완전히 각인되었다). 그들은 '합법적'인 회사들을 운영하고 있는데 정부에 있는 권력을 가진 친구들 덕분에 수의계약으로 막대한 이익을 거두고 있었다. 대부분의 마피아들은 조직범죄 피해자 보상법에 무릎을 꿇어야 했고, 곳곳의 연방 검사들에게 무기 암거래로 고소당했다. 그 결과 갱의 단원들은 장기간 감방신세를 져야 했다. 미국의 지하세계가 위험에 빠졌다고 느껴지던 그때, 어떠한 곤경 속에서도 이 같은 유착관계에 대해서만큼은 침묵의 규율이 반드시 지켜져야 했다.

 그 비밀을 지키는 일이 다른 무엇보다도 중요다는 것은 말할 필요도 없다. 하지만 미국의 조직범죄를 한 방에 쓸어버릴 만큼의 엄청난 정보가 너무나도 일상적인, 그래서 미처 생각하지 못했던 출처를 통해 새어나가 버린 일이 발생했다. 그 일은 패밀리의 수뇌들이 뉴욕 북부에 있는 하얀 판잣집에서 모임을 갖기 한 달 전, 24개의 단풍나무 탁자를 맞춤 주문하는 데서 터졌다.

 만일 그들이 그 탁자들을 그냥 구입했거나 혹은 훔쳤거나 빌렸다면 착색제 냄새가 그렇게 독하지는 않았을 것이다. 그 냄새 때문에 창문을 여는 일도 없었을 것이다. 그랬다면 돼지 굽는 냄새가 오후 내내 판잣집 안으로 흘러들어오지도 않았을 것이고, 모두의 식욕을 돋우지도 않았을 것이다. 그랬다면 돈들과 콘실리에리들이 그 자리에 계속 남아 있지도 않았을 것이고, 다음 모임의 약속을 잡지도 않았을 것이다.

설사 탁자를 맞췄다고 하더라도 그 일을 플로이드 커비가 아닌 다른 목수에게 맡겼더라면 지금 우린 전혀 다른 미국에 살고 있을지도 모른다. 다른 목수였다면 냄새가 덜 나는 착색제를 발랐을 테니까. 무엇보다 커비가 뉴욕주 경찰의 사촌과 결혼한 것이 문제의 발단이었다. 크리스마스에 그 경찰은 그 탁자들을 주문받은 이야기를 들었고, 어떤 부류의 사람들이 무엇 때문에 그런 것을 주문했는지에 대해 생각했다. 그리고 그 경찰은 그 농가의 주인인 양조 회사 사장이 예전부터 그 지역 경찰에게 의심받고 있는 사람이라는 사실을 알게 되었다. 그 경찰과 파트너는 지역 주민 몇 명과 이야기를 나누었고 그런 일이 일상적으로 일어나는 일은 아니라는 것을 알아차렸다.

그 경찰은 그곳을 감시해야겠다고 작정했다. 하지만 만일 그가 최근에 이혼하지 않았더라면, 만일 그 농가 근처의 낡은 트레일러에 사는 여자와 가까운 사이가 되지 않았더라면, 그 결심이 정말 끝까지 지켜졌을지는 모를 일이다. 하지만 그 경찰과 여자는 데이트를 시작했고, 패밀리들이 그 다음 해 두 번째로 모임을 가졌을 때 두 사람은 결혼했다. 두 사람은 트레일러에서 나올 수도 있었다. 하지만 그 땅의 주인이 그녀인지라 계속 그곳에 있었다. 그들은 후에 그곳에 멋진 새 건물을 지을 계획이었다. 자갈이 깔린 도로로 천둥 같은 소리를 내면서 캐딜락과 링컨 자동차들이 줄을 지어 지나간 건 두 사람이 트레일러 안에서 사랑을 나누고 있을 때였다.

다시 한 번 말하지만 권력을 유지하기 위해서라면 때때로 아주 별 볼일 없는 힘이라 해도 통제할 필요가 있다. 그 경찰은 그 지역 모텔 직원에게 10달러를 찔러주고는 다른 주에서 온 이탈리아 이름을 가진 손님들의 예약이 있을 경우 바로 알려달라고 했다(그 역시 타고난 인종주의자였다). 그 덕분에 그는 다음 해 패밀리들의 움직임이 어떠한지 사전에 알 수 있었다.

그러나 거의 아무 일도 일어나지 않았다. 상관도 그 경찰과 파트너 이외에 다른 인력을 투입시키면서까지 조사해야 할 일이라고 생각하지 않았다. FBI의 누구도 그의 전화에 답을 해주지 않았다. 최후의 노력으로 그는 주류, 담배 및 화기 단속반에 연락했다. 마침 그와 통화한 요원은 젊고 의욕이 넘치는 사람이었다. 그 경찰은 그 외에도 기자들에게 전화를 걸었다. 다음 날, 그 경찰은 파트너와 함께 아내의 트레일러에 쌍안경을 들고 앉아 있었다. 고속도로 위에는 ATF* 요원 20명이 트럭 정거장에 회색 관용 시보레를 세워 둔 채 연락이 오기만을 기다리고 있었다. 시보레 뒤로는 취재기자들과 사진기자들이 빌린 차를 타고 대기 중이었다. 그 중에는 올버니에서 온 라디오 기자도 있었다.

그 다음에 벌어진 일을 찍은 사진이 미국의 모든 주요 일간지의 1면과 라이프지의 표지를 장식했다. 몇 년이 지난 뒤에도 대부분의 독자들이 그 사진을 기억할 수 있을 정도였다.

그들이 하얀 농가로 불시에 들이닥쳤을 때 그 안에 있던 70명 남짓의 남자들이 사방으로 도망가는 장면이 연출되었다.

실크 양복을 입고 하얀 중절모를 쓴 뚱뚱한 남자들이 숲속에서 연행

---

* 주류, 담배 및 화기 단속반

되는 광경을 찍은 사진들은 곧 바로 유명해졌다. 뚱뚱한 리코 타탈리아와 그보다 더 뚱뚱한 파울리 포츄나토는 수갑을 찬 채 절반쯤 씹어 먹은 돼지고기를 뱉어냈다. ATF 요원들은 몸을 숙인 채 3차선 도로의 방책 옆에서 각각의 차(일반인들이 알기로는 완벽하게 무장이 되어 있는 멋진 자동차)에서 내리는 디트로이트와 탬파, 캔사스시티의 돈들에게 총을 겨누었다. 처음부터 패밀리들의 모임을 주목했던 그 경찰은, 크고 둥근 얼굴을 양손으로 감싼 이그나지오 피그나텔리, 별칭 재키 핑퐁(별명 하고는! 세상에, 사람들은 왜 그런 별명을 좋아하는지!)의 옆에서 호수에 사는 눈알이 큰 물고기를 잡기라도 한 것처럼 싱글거리며 웃고 있었다.

그 남자들은 근처 경찰서로 끌려갔고 고소당했다. 그런데 무슨 죄로? 라는 문제의 소지가 있었다. 그들이 농가에 모두 모여 있는 것이 좋지 않아 보이긴 했지만, 그 자체로는 범죄라고 할 수 없었던 것이다. ATF 요원이 뉴욕 신문기자에게 말했다. "분명히 말씀드릴 수 있는 건 그 멋진 양복을 입은 이탈리아인들이 그저 돼지고기를 구워 먹기 위해 전국 곳곳에서 여기까지 온 건 아니라는 겁니다." 그건 그럴 것이다. 그렇다면 그들은 거기 모여서 무엇을 하고 있었을까? 아무도 몰랐다. 그들은 아무 말도 하지 않았다.

저명한 변호사들이 몰려들었다(전직 부(副) 검찰총장을 역임했던 변호사를 비롯, 필라델피아에 있는 대형 법률회사의 사장, 전(前) 네바다주 하원의원이었던 토마스 F. 헤이건 등). 그들은 미 헌법에 집회 자유의 권리가 보장되어 있는 점을 지적했다.

또한 구류 시 자신에게 불리한 증언은 거부할 권리가 있음도 함께 제기되었다. 결국 그들 중 몇 명만 법률 집행 방해죄로 고소당했다. 일고의 가치도 없는 웃음거리밖에 안 되는 죄명이었다. 수많은 주·연방 검사들의 노력에도 불구하고, 불시 급습의 결과는 시칠리아에서 온 3

명의 구류자에 대한 국외 추방으로 끝났다. 그 중에는 어릴 때부터 60년 이상을 미국에서 살아온 클리블랜드의 살 나르듀치도 포함되어 있었다. 그는 자신이 시민권이 없다는 것을 알지 못했을 뿐이라고 주장했다.

그러나 간접적인 결과는 엄청났다. 불시 급습에 대한 기사가 1면으로 미국 전역의 거리에 깔렸고, 많은 사람들이 처음으로 마피아와 '라 코사 노스트라' 라는 말을 듣게 되었다. 그 기사 덕분에 이제까지 생각지도 못했던 국제적인 조직범죄 신디케이트에 대해 생각하게 되었다. 수많은 기사의 표제로 신디케이트라는 단어가 사용되었다. 그건 미국인들의 귀에 익숙한 단어가 아니었다. 그 말은 언뜻 수학적으로 들렸는데 미국은 수학과는 거리가 먼 나라였기 때문이다.

사람들의 항의가 거세지기 시작했다. 그 남자들은 도대체 누구인가?

불시 급습 이전에도 관할 순찰 경관들, 서장들, 신세를 진 적이 있는 정치인들, 그리고 '맨헌트' 나 '스릴링 디텍티브' 의 필사들은 하얀색 농가에 모여 있던 사람들에 대해 FBI보다도 많은 것을 알고 있었다. 그들을 위해 일하는 존경받는 사람들부터 작은 동네 깡패들에 대해서까지.

이번 사태는 대략 마무리 되어가고 있었다.

현재 그 멋진 문제의 단풍나무 탁자 중 23개는 콜롬비아의 디트로이트 근처나 알려지지 않은 어딘가의 창고에 쌓여 있다. 당연히 마지막 탁자는 스미소니언박물관에 영구 전시되어야 할 것이다. 그 앞에 놓인 푯말에는 '이 탁자는 미국의 조직범죄를 한 번에 소탕하는 데 도움을 준 것입니다' 라고 쓰여 있어야 한다. 또 그 위에는 돼지의 두개골을 놓고, 그 옆에는 나란히 낡은 트레일러의 축소된 모형을 같이 진열해야 할 것이다.

그러나 그 탁자는 하얀색 농가에서 또 다른 하얀 집*으로 보내졌다. 1961년 이후 그 탁자는 대통령 집무실 근처에서 계속 사용되었다.

사실 그 당시 톰 헤이건은 정신없이 달려온 것이 아니었다. 그저 그렇게 보였을 뿐이다. 형사들이 네바다에 살고 있는 사람이 어떻게 그렇게 빨리 올 수 있었느냐고 물었을 때 헤이건은 자신은 뉴욕에 있었다고 대답했다. 사실 그는 종종 그렇게 했고, 따라서 그 말은 사실이었다.

헤이건은 그곳에 모인 사람들 중에 젊은 층에 속했다. 그는 언덕 아래까지 내려와 자갈이 많이 깔린 시냇물을 따라 시내까지 갔다. 그리고 저녁때까지 걸었다. 아무도 톰 헤이건처럼 보이는 사람을 찾지는 않았다. 농장 뒤에 주차되어 있는, 그가 타고 갔던 자동차는 죽은 사람의 이름으로 등록되어 있었다.

헤이건은 식당에서 점심식사를 마쳤다. 그런 다음 울워스**에 가서 가방을 사고, 지방 재판소가 어디 있는지 알아보았다. 그곳은 마을 하나를 더 지난 곳에 있었다. 헤이건은 다시 돌아와 저녁식사를 하고 택시를 잡았다. 평상시와 똑같이 손에 짐 가방을 들고, 여느 여행자와 똑같은 모습으로 군 행정 중심지에 있는 호텔에 들어갔다. 그리고 지방 재판소 근처에 있는 이발소까지 걸어갔다. 이발사가 머리를 다 자르고, 계산을 끝냈을 즈음 헤이건은 대략 사건이 어떻게 된 것인지를 모두 알 수 있었다. 그는 라스베가스로 전화를 걸었다. 그리고 호텔로 돌아와 낮잠을 잤다. 몇 시간 후 헤이건은 전화 소리에 잠에서 깼다. 타

---

* 백악관을 의미함
** 미국의 다국적 체인 소매점

호에 있는 로코 람포네가 건 전화였다. 헤이건은 가까운 경찰서까지 택시를 타고 갔다. 체포된 사람들 중에 마이클은 없었지만 호의를 보이는 뜻에서 패밀리와 가깝게 지내는 몇 사람에게 법률적인 조언을 해주었다.

1959년 미국 상원 분과위원회가 시작되기 전, 마이클 코를레오네는 맹세코 그 농장에 있지 않았다고 증언했다. 그는 불법적인 경찰의 행동에서 빠져나갔던 사람들 중에 없었다는 것은 의심할 여지가 없는 사실이라고 말했다.

엄격하게 말하면 마이클 코를레오네의 말은 진실이었다. 그와 헤이건은 애초에 차를 따로 타고 갔다. 여러 가지 볼 일도 있었고, 안전상의 이유도 있었다(비록 그들이 예전부터의 관습에 따라 안전에 대한 일종의 보험으로 보카치오 패밀리의 인질을 사막에 있는 창고에 데려다 놓긴 했지만 말이다. 물론 경찰의 급습에는 별다른 도움이 되지 않는 일이기는 하지만). 마이클이 아버지를 닮아 시간을 정확하게 지키는 편이었다면, 그도 틀림없이 다른 사람과 마찬가지로 앞다투어 언덕을 뛰어 내려와야 했을 것이다. 그랬다. 그는 그보다 더 비참한 상황에서도 탈출한 적이 있었다. 그때는 눈앞에서 총알과 폭탄이 이리저리 떨어지고 있었다. 하지만 그건 이미 12년 전의 일이고, 백만 대도 넘는 담배를 피워 없앴을 만큼 오래 된 일이다. 이번에도 그때처럼 잡히지 않을 만큼 멀리 달아날 수 있을지는 모를 일이었다.

다행이 마이클은 그 자리에 없었다. 평소처럼 늦게 왔기 때문이다. 사실 그의 지각은 유명했기 때문에 다른 사람들은 먼저 시작하곤 했다. 마이클은 방향등을 깜박거리며 자갈이 깔린 진입로에 들어서기 전에 덤불 속에서 어렴풋이 무엇인가 노란 것을 보았다. 그리고 그리 멀지 않은 곳에 낡은 트레일러가 서 있는 것도 보았다. 그는 운전대에 손을 올린 채 계속 앞으로 달렸다. 다음 진입로에서 차를 돌렸을 때, 후사경으로 경찰처럼 보이는 남자 두 명이 덤불 속에서 노란 방책 같은 것을 끌고 나오는 것을 보았다.

마이클이 타고 있는 차는 출시된 지 몇 년이 된 푸른색 다지로 경찰의 검문을 대비해 준비한 차였다(차의 종류나 검문에 대비하는 것은 전직 경찰 알 네리의 생각이었다). 마이클은 ATF 요원들이 그 차를 타고 있는 것을 여러 번 본 적이 있었다.

그는 운전대를 내리치며 고뇌에 찬 신음소리를 내뱉었다. 그 자리는 마이클이 패밀리들이나 위원회의 모임에 마지막으로 참석하려던 자리였다. 그는 은퇴를 계획하고 있었다. 그날 이후, 그는 쿠바에서의 계약이 확실해지기만 하면 합법적인 사업가로 완전히 변신할 수 있었다. 그는 다시 한 번 운전대를 내려쳤다.

진정하고 머리를 써야 해. 마이클은 생각했다. 그리고 담배에 불을 붙였다. 그는 몸을 뒤로 젖히고, 길게 숨을 들이마셨다가 내뱉었다. 경찰의 기습에서 그는 간신히 몸을 피할 수 있었다. 그건 모든 것이 끝났다는 것이나 마찬가지였다. 라디오로 진주만에 대해 들었을 때도 마찬가지였다.

마이클은 좁고 구불구불한 길이 어디로 이어지는지 알지 못했다. 햇살이 머리 위로 내리쬐고 있었지만, 자신이 어디로 가고 있는지 알 수 없었다. 교통신호와 법규를 조심스레 지키면서 계속 차를 몰고 갔다. 선택의 여지가 없었다. 위기를 모면했다는 확신이 들자 마이클은 집으로 가는 방향으로 차를 돌렸다.

프레디는 '오늘이 바로 내가 동생을 배신하는 날이 되겠군'이라는 생각 같은 건 전혀 없이 잠에서 깨어났다. 닉 제라치가 예측했던 대로 그는 그렇게 되리라고는 생각조차 못하고 있었다. 프레디는 자신이 무슨 일을 하고 있는지 그 일로 자신의 운명이 어떻게 될 것인지 알지 못했다. 샤토 마몽의 객실에서 눈을 뜬 그 앞에 샤워를 끝내고 나온 디에나 던이 서 있었다. 전날 밤, 잠든 프레디 옆에서 홀짝거리며 마신 술 냄새가 채 가시지도 않은 상태였다.

"자기야, 우리 한번 해볼까."

디에나가 그르렁거리는 목소리로 말하며 수건으로 프레디의 손목을 침대 기둥에 묶었다.

프레디가 아직 묶이지 않은 손으로 그녀를 밀었다.

"지금 뭐하는 짓이야?"

"한판 해보자고."

"이 시간에? 난 한 시간밖에 못 잤단 말이야."

그녀는 얼굴을 찡그리고는 수건을 옆으로 던졌다.

"내가 새로운 상대 배우와 일하게 된 첫날인데도 나랑 사랑을 나누고 싶지 않다는 거야?"

믿을 만한 정보통 윌리 모건에게 전해들은 바에 따르면, 디에나와 같이 공연하게 된 배우는 그녀에게 손을 대고 싶어 하는 부류의 남자가 아니었다.

그럼에도 그는 그녀가 원하는 대로 해주기로 했다.

"좀 더 힘 있게 움직여봐." 그녀가 말했다.

그가 위로 올라갔다. "듣기 좋은 소리는 아니군." 그는 디에나가 원하는 대로 해주기 위해 몸을 바짝 붙이며 노력했다. "가운데가 안 서는 걸 어떡하란 말이야."

"그럼 자세를 바꿔볼까?" 프레디가 대답하기도 전에 그녀는 이미 자세를 바꿨다. 디에나는 어떻게 해야 하는지 잘 알고 있었다. "그래도 엉덩이에다 하면 안 돼." 그녀는 몸을 엎드린 채 엉덩이를 들면서 말했다. "아침인데 처음부터 그건 싫어."

"나도 하고 싶지 않아. 제기랄." 프레디가 말했다. 왜 그녀와 하려고만 하면 이렇게 안 되는 걸까? 윌리 모건과 할 때도 프레디는 항상 박는 쪽이었다. 지난밤에도 아무 문제 없이 일을 끝냈다. 그런데 지금은 발기가 되지 않았다. 프레디는 넌더리를 내며 침대 위에 드러누웠다.

"정말 싫다." 그녀가 그의 중심을 만지면서 말했다. "아무 쓸모가 없잖아."

프레디가 그녀의 손을 밀쳐냈다.

"나한테는 쓸모 있어."

"당신이 술을 너무 많이 마셔서 그런 거야."

"당신도 그 부분에서는 할 말이 없을 텐데." 그가 대꾸했다.

두 사람은 나란히 누워 침실 천장에 달린 거울에 비친 모습을 쳐다보았다. 그 거울은 디에나가 호텔에 이야기해 특별히 부착한 것이다. 잠시 후, 디에나는 자위를 시작했다. 그녀의 움직임이 거칠었다. 프레디는 담배에 불을 붙이고, 그녀의 모습을 지켜보았다. 음란함이 느껴지면서 그도 흥분되기 시작했다. 프레디는 거울에 비친 대머리 남자의 동그랗게 나온 배와 아무 소용없이 허벅지 위로 축 늘어져 흐늘거리는 음경을 보지 않으려고 애썼다. 디에나는 침대 위에서 몸을 일으켜 엉덩이를 치켜 올렸다. 엉덩이를 완전히 내보인 채 이리저리 흔들기 시작했다. TV의 자연 프로그램에서 나오는 것과 똑같아 보였다. 그 후에 그녀는 그에게 키스했다. 프레디가 돌아누웠다. 두 사람은 그대로 누운 채 한참 동안 침묵을 지켰다.

"프레디." 마침내 디에나가 입을 열었다. "자기, 내가 알고 있다는 거 당신도 알았으면 좋겠어. 처음부터 알고 있었어."

"뭘 알고 있었단 말이야?" 프레디가 침대에서 일어나 소변을 누러 가면서 물었다. 그녀의 말이 무슨 뜻인지 이미 알고 있었음에도. 그는 분노가 치솟았다.

"여긴 헐리우드야. 연예계란 말이야. 알고 있잖아? 많은 사람들이 그런 사실을 감추려고 결혼을 하지. 그래. 그건 좋아. 내가 부탁하고 싶은 건 그냥 여기가 밤에 돌아왔을 때 따뜻한 곳이 되었으면 좋겠고, 같은 말일지도 모르지만, 어쩌면 좀 더 좋은…."

"젠장, 지금 무슨 말을 하고 있는 거야?"

"아무것도 아니야." 그녀가 한숨을 쉬었다. "잊어버려."

프레디는 손을 씻은 뒤, 욕실 문턱에 섰다.

"난 알고 싶어." 그가 주먹을 들어 올리고는 가볍게 문을 두드리면서 말했다. "어서 말해봐."

"지금 어쩌겠다는 거야? 날 때리기라도 하겠다는 거야? 아니면 또 강아지를 쏘아 죽이기라도 할 거야? 난 그저 당신이 어떤 상태인지 이해한다고 말했을 뿐이야. 이런 상황에서 용서라는 표현이 적당한지는 잘 모르겠지만…."

"대체 내가 무슨 짓을 했다고 용서한다는 거지?"

그는 그녀를 창문 밖으로 밀어버릴 수도 있었다. 디에나는 이제 인기도 한물 간 술주정뱅이 영화배우일 뿐이다. 그리고 사람들은 매일 창문에서 뛰어 내리기도 했다.

"정말이야. 잊어버려. 이런 얘기 꺼내서 미안해."

프레디의 형제들은 그녀에 대해 좋지 않게 생각했다. 프레디도 그걸 알고 있었다. 그들은 프레디가 약하다고 생각했다. 모든 사람들이 그렇게 알고 있었지만, 사실은 그렇지 않았다. 프레디는 강했다. 그녀를 창문 밖으로 던져버리거나 때릴 만큼 강한 건 아니었지만. 프레디는 숨을 가다듬고 나서 룸서비스를 주문했다. 룸서비스가 왔지만 프레디는 그녀의 얼굴에 그레이프프루트를 던지지는 않았다. 가만히 앉아 음식을 먹으면서 그녀가 나가기만을 기다렸다.

디에나가 나가는 소리가 들리자 프레디는 오렌지 주스 잔을 문에다 집어 던졌다.

그는 탁상용 등을 집어 들고, 텔레비전 화면을 깨뜨렸다. 그리고 바 뒤에 놓여 있는 술병들을 향해 초록색 유리 재떨이를 집어 던졌다. 그런 다음 칼을 집어 들고, 시간이 걸리기는 했지만, 소파와 의자, 베개, 침대, 커튼까지 갈기갈기 찢어 놓았다.

프레디는 발로 벽을 걸어차 많은 구멍을 만들었다.

특별한 이유는 없었다. 이 방에서 멀쩡한 건 디에나의 옷과 보석, 그 자신의 옷뿐이었다. 망가뜨릴 수 있는 건 모두 부숴버렸다. 사람들도 이 소리를 들었을 것이다. 하지만 아무도 그를 말리러 오지 않았다.

마침내 프레디는 총을 꺼냈다. 콜트처럼 좋은 것이 아니라 별 볼일 없는 싸구려 권총이었다. 그는 욕실로 들어가 비데에 대고 총을 쐈다. 비데는 사용하는 방법도 몰랐을 뿐만 아니라 그건 순전히 여자들을 위한 것이었다. 도대체 어느 누가 이렇게 비싼 방값을 내면서 방에 설치된 물건의 사용법을 몰라 자신이 바보 같다는 느낌을 받고 싶어 하겠는가? 비데 조각이 튀어 뺨에 상처가 났지만 그는 아픔도 느끼지 못했다.

프레디는 욕실 거울에 비친 자기 모습을 쳐다보았다. 그리고 거울에 비친 자신의 대머리에 총을 쏘았다. 그런 다음, 침실 천장에 달려 있는 거울에도 총알을 날렸다. 유리 조각들이 아래로 떨어지는 모습은 장관이었다. 지금까지 43년을 살아오면서 운이 좋았던 적은 한 번도 없었다. 앞으로 7년이 지나든 14년이 지나든 달라지는 일이 있을까?

프레디는 시계를 보았다. 이제 하루를 시작해야 할 시간이었다. 그는 1시에 줄스 시갈과 가능성이 보이는 투자자들과 함께 구시 시체로이 클럽에서 만나기로 되어 있었다. 프레디는 프론트에 전화를 걸어 아내가 지난밤 파티를 요란하게 벌인 모양이라고 말했다.

"당신네들도 피해 보상을 받아야 할 테니 그냥 나한테 청구서를 보내도록 해요."

직원은 프레디에게 총소리를 듣지 못했냐고 물었다.

"아, 그거요. TV 소리를 크게 해놓고 서부극을 봐서 그럴 거요."

프레디는 전화를 끊었다. 그리고 망가진 텔레비전을 발로 걷어찼다. 그는 물이 넘쳐 흐르고 있는 욕실로 들어가 수도꼭지를 잠갔다. 그리고 방 안을 둘러보았다. 끔찍할 만큼 엉망진창이 되어 있었다. 결국 그는 이곳을 이렇게 만드느라고 또 시간을 허비했다. 프레디는 지난 43년간의 인생을 이렇게 엉망진창으로 살아왔다. 그는 턱시도와 마리화나를 집어 들었다. 그리고 시체로이 클럽에 가기 위해 옷을 차려 입었다.

앵콜로 두 곡을 더 부른 뒤 J.J. 화이트 주니어는 땀에 흠뻑 젖은 채 관중들의 열화와 같은 기립 박수를 받으며 무대에서 내려갔다. 프레디와 줄스 시갈은 비벌리 힐즈의 변호사들인 자꼽 로렌스와 앨런 바클레이와 함께 무대 정면이 보이는 테이블에 앉아 있었다. 두 사람은 시갈의 친구로, 라스베가스에 있는 카지노의 주인으로 등록되어 있었다. 그 카지노의 실제 주인은 빈센트 포를렌자였다. 프레디는 젊고 매력적인, 이제 막 떠오르는 여배우 두 명에게 결혼한 변호사들의 상대가 되어 달라고 설득했다. 시갈의 상대는 루시 맨치노로, 예전에 소니 코를레오네의 정부였다. 여자들은 모두 화장을 고치러 화장실에 가 있었다.

피가로와 카프라도 옆 테이블에 앉아 프레디의 뒷모습을 지켜보면서 각자 여자들과 즐기고 있었다.

"마음에 들 겁니다, 박사님. 내 생각을 들어보면 말이요." 프레디가 자리에 앉으며 말했다.

"무슨 말을 하려는지 알 것 같아요. J.J.는 혼자서 노래 부르니 훨씬 좋군요. 백인들에게 아부하지도 않고 조니 폰테인에게 굽실거리지도 않고." 시갈이 말했다.

"내 생각에 연예인으로는 유태인이 최고인 것 같소. 우리한테는 그런 피가 흐르는 것 같아." 로렌스가 말했다.

그 말에 바클레이와 시갈이 웃음을 터뜨렸다. 백인이든 흑인이든 유태인과 결혼하면 개종해야 했다. 로렌스, 바클레이, 시갈은 모두 유태인이었다. 변호사들은 이름을 바꾸기는 했지만.

프레디가 얼굴을 찡그렸다. "J.J.는 물론 대단했어요. 하지만 난 그걸 말하려고 했던 게 아닙니다. 난 우리가 함께 할 수 있는 뉴저지의 새로운 사업 계획에 대해 말한 겁니다. 다른 사람이 무슨 일이든 할 수 있도록 만드는 비결은 그 일이 처음부터 자기 생각이었다고 믿게끔 만들면 된다는 거요."

"이제야 그걸 알았단 말이오? 나이가 몇인데." 시갈이 말했다. 몇 년 전만 해도 그의 머리는 회색이었다. 하지만 지금은 초콜릿 빛깔의 갈색이었다. 머리색보다는 밝았지만 얼굴 역시 가무잡잡하게 햇볕에 그을린 상태였다.

프레디는 억지로 미소를 지었다. "그러니까 요점은 내가 그 일들을 복잡하게 만들어 그 묘지사업에 대한 구상을 처음 떠올린 사람이 당신이라고 생각하게 만들 수도 있다는 거죠. 하지만 그렇게 하지는 않을 거요. 난 그쪽한테 뭔가를 팔려고 하는 게 아니오. 당신은 지금 이 일에 발을 담그고 싶지 않은 거잖소? 날 믿어도 괜찮소. 이 사업에 끼고 싶어 하는 사람을 백 명도 넘게 알고 있으니까. 하지만, 줄스. 당신은 내가 여자들과 골치 아픈 문제가 있을 때 많이 해결해줬소. 그러니까 적어도 당신한테 먼저 기회를 주고 싶었던 것뿐이오. 당신 친구들 역시 마찬가지고. 줄스의 친구라면 내 친구도 되니까 말이지. 난 그쪽과 관계된 클리블랜드 쪽에도 친구가 있소. 닉 제라치라는 친구죠. 모두 그 친구를 알고 있을 텐데 나와는 무척 친한 사이죠. 때가 되면 그 친구도 이 일에 참여할 거요. 정말이오. 그리고 그 유태인…." 포를렌자를 의미하는 것이었다. "그분도 잘 알고 있죠." 사실 프레디는 포를렌자를 본 적도 없었다. "간단히 말하면 그게 내가 계획하고 있는 사업이오. 알겠소? 이런저런 것들을 재지 않고 이 일을 함께 한다면 우린 많은 돈을 벌게 될 겁니다."

카프라는 같이 있던 여자의 머리카락에 얼굴을 파묻었다. 그는 영어 실력이 모자라 옆 자리에서 무슨 이야기가 오고 가는지 전혀 알 수 없었다. 반면 피가로는 제라치에게서 대략 무슨 일이 있을 거라는 것을 들었음에도 프레디의 대책 없는 이야기를 듣고 아연실색했다. 피가로는 이발사로 일할 때 제라치의 머리카락을 잘라주었다. 그가 패밀리와 인연을 맺게 된 것도 원래 테시오(또 다른 고객이었던)에 의해서였다. 피가로는 패밀리가 캘리포니아에서 네바다로 이주할 때 비토의 아들들이 모든 것을 망치고 있다고 확신했다. 패밀리의 힘의 근원은 뉴욕이었다. 피가로가 태어나고, 그의 충성심이 남아 있는 바로 그곳. 그는 무조건 닉 제라치의 부하였다.

클럽 저편에 있던 구시 시체로와 피가로는 서로 시선을 교환했다. 피가로가 고개를 끄덕였다. 구시는 몰티 화이트슈즈와 조니 올라에게,

이제 그들이 등장해서 프레디에게 자신들의 두목과 마이클 사이에 서로 이익을 얻을 수 있도록 협상을 하는 데 도와달라고 하라고 말했다. 구시는 자신이 하는 일이 어떤 해를 끼치는 일은 아니라고 알고 있었고, 피가로도 그저 프레디가 무슨 이야기를 하고 있는지 확인하는 거라고만 알고 있었다. 구시 시체로는 조니 올라와 화이트슈즈를 프레디에게 접촉시키라는 것이 재키 핑퐁의 생각이라고 알고 있었다. 핑퐁이 알고 있기로는 그건 루이 루소의 계획이었다. 그리고 루소는 빈센트 포를렌자의 계획이라고 알고 있었다.

"그건 어쩌면 썩 괜찮은 아이디어일지도 몰라요, 프레디. 하지만 괜찮은 아이디어뿐이라면 그건 풋내기의 아이디어라고 할 수 있죠." 시갈이 말했다.

프레디가 고개를 치켜들었다.

"그 아이디어가 가치 있는 것이 되려면, 일을 어떻게 해야 하는지를 알고 있어야 한다는 거죠." 시갈이 말을 이었다.

코를레오네 패밀리가 의료연합회 회장에게 도저히 거부할 수 없는 제안을 하지 않았더라면 결코 의사자격증을 돌려받지 못했을 이 유태인 의사 놈이 거드름을 피우며 프레디의 기분을 상하게 하는 이야기만 하고 있었다.

"어떻게 해야 하는지는 잘 알고 있으니까." 프레디는 거의 속삭이는 듯한 목소리로 말했다. 의식적으로 아버지와 동생이 누군가를 위협할 때의 모습과 비슷하게 보이도록 했다.

하지만 그 자리에 같이 앉아 있던 남자들이 그의 위협을 알아차린 흔적은 전혀 보이지 않았다.

"그러실 테죠. 하지만 우린 세부사항을 알고 싶습니다. 그 법규는 이 다음 번에는 통과가 불가능할지도 몰라요. 만일 당신이 그 법규를 통과시켰다 하더라도 기존의 공동묘지들과 관련 사업체들이 새 법규를 뒤집을 소송을 제기할 것이 분명합니다. 샌프란시스코에서는 그 문제를 어떻게 하는지 잘 모르겠습니다만. 아니, 사실 그건 문제라고 할 수 없겠군요. 그건 다른 주의 일인데다가 지난 세기에 만들어진 것이기도 하니까요. 지금 같은 상황이라면 당신은 나와 앨런 같은 사람에 대해서도 걱정해야 할 겁니다. 변호사들 말이예요. 당신이 이 일을 계속 진행시켜나가고 싶다면 나한테 솔직히 말해봐요. 앞으로 많은… 당신 같은 사람들은 뭐라고 하죠? 부리를 적셔줘야 한다고 하던가요?"

"당신 같은 사람들이라니?" 프레디가 되물었다.

로렌스가 어깨를 으쓱했다. 여자들이 자리로 돌아오고 있었다.

"거기엔 다른 문제도 있죠. 말해봐, 앨런." 시갈이 말했다.

"공동묘지라는 건 신뢰를 가진 동업자들만이 끝까지 유지할 수 있는 사업입니다. 다시 말하자면 현재 당신이 하고 있는 일은 사람들에게 너무 많이 알려져 있어요. 그래서 나도 당신이 이런 일을 하고 싶어 할 거라고는 꿈에서도 생각하지 못했죠. 물론 그렇다고 해서 그게 잘못되었다는 건 아닙니다, 코를레오네 씨. 하지만 이번 사업에는 먹을 수 있을 정도로 깨끗한 돈이 필요하다는 거예요." 바클레이가 말했다.

"그 부분이라면 걱정하지 마십시오." 프레디가 말했다. 그는 여자들 앞에서 그 이야기를 계속 하고 싶지 않았다. "모든 문제는 다 해결해 놓았으니까요." 사실은 전혀 그렇지 못했다.

여자들이 자리에 앉으며 각자 상대 남자들과 키스를 나누었다.

"그 이외에 당신이 수백만 구의 시체들을 주 경계 밖으로 옮기려는 부분에서 발생하는 문제들이나 뉴저지 안에서 그런 독점적인 사업을 하는 일이 불가능할 수도 있다는 그런 문제들까지는 언급하지 않겠소."

"시체들이라고요!" 루시 맨시니가 말했다.

프레디는 다른 남자들에게 더 이상 그 이야기에 대해 꺼내지 말라는 시선을 던졌다. 다른 여자들은 모두 눈길을 돌렸다. 루시의 얼굴이 앞에 놓인 싱가포르 슬링*보다 더 붉어졌다. 그녀 정도의 위치면 이런 대화에 끼어들지 않아야 한다는 것쯤은 잘 알고 있을 것이다. 하지만 루시는 분명히 알고 있으면서도 끼어들었다.

시갈이 프레디의 목에 팔을 두르고는 어깨를 두드렸다. "돈을 빨리 벌 수 있다는 계획이 그것이라면, 이제껏 내가 들은 것 중 최악이군요."

시갈이 친구들 쪽으로 팔을 내밀자 그들도 시갈의 말이 옳다고 프레디에게 말했다.

프레디는 자리에서 일어섰다. 그는 웨이트리스를 불러 사람들이 마실 것을 새로 한 잔씩 가져 오라고 말했다.

"숙녀 여러분, 잠시 실례해도 될까요?" 그는 잠시 자리를 비우는 것처럼 말했지만, 사실은 다시 그 자리로 돌아오지 않을 생각이었다. 경호원들을 따돌리기에도 좋은 방법일 뿐만 아니라 시내에서 놀기에 도 괜찮은 밤이었으니까.

그 건너편에서, 히만 로스 밑에서 일하고 있는 시칠리아인 조니 올라가 자리에서 일어나더니 프레디가 눈치 채지 못하도록 조심스럽게 그를 따라 화장실로 갔다.

어쩌면 그냥 집에 가는 편이 좋을지도 몰라. 프레디는 생각했다. 하지만 어느 집을 말하는 거지? 집이라니? 그는 지난 몇 년간 계속 호텔

---

* 브랜드나 위스키에 과즙을 넣은 음료

방에서 살았다. 아버지는 돌아가셨고, 어머니는 타호에 있다. 프레디도 그곳에 집을 가지고 있었다. 하지만 그건 집이 아니다. 그건 그냥 시골 호숫가 별장일 뿐이다. 낚시하러 가서 묵는 오두막집. 프레디 코를레오네는 도시에서 자랐고 살았다. 그래도 라스베가스에서는 참고 살 수 있었지만 타호는 어떨까? 생각만 해도 갑갑해서 숨이 막힐 것 같았다.

프레디는 구시 시체로를 보고는 그가 클리블랜드 패밀리일 거라고 착각했다. 프레디는 계산을 하려고 돈을 내밀었다. 구시가 너무 많은 액수라고 말하자 프레디가 대답했다. "부인에게 꽃이나 뭐라도 사다 주세요. 아니면 내일 미사 때 헌금 접시에 넣어주던가."

"내일 미사라고요? 정말 울고 싶게 만드는군요." 구시가 천 달러를 주머니에 집어넣으며 외쳤다.

소변기 앞에 선 프레디는 디에니가 돌아와서 그가 엉망으로 만들어 놓은 방을 보았는지 궁금했다. 갑자기 오싹하고 한기가 몰려왔다. 아마 오줌을 눈 탓이라 그런 것이겠지만.

프레디는 바지 지퍼를 올리고 몸을 돌리다가 조니 올라와 부딪혔다. 너무 심하게 부딪히는 바람에 올라의 모자가 떨어지고, 프레디는 엉덩방아를 찧었다. 화장실 담당자가 그 광경을 보고 급히 달려왔지만 이미 올라가 사과를 하면서 프레디가 일어날 수 있도록 도와주었다.

"이 상처도 저 때문에 생긴 거 아닙니까?" 올라가 프레디의 얼굴에 난 상처를 가리키며 물었다.

프레디가 고개를 저었다. "그냥 면도하다가 벤 겁니다."

"페데리코 코를레오네 씨, 맞으시죠? 전 조니 올라라고 합니다." 그가 손을 내밀었다. "우리 두 사람이 아는 친구가 몇 명 있을 겁니다. 그래서 늘 코를레오네 씨를 우연이라도 한 번 만나고 싶었습니다. 말 그대로 이렇게 만나게 되리라고는 생각하지 못했지만 말이죠." 올라가 싱긋 웃었다. "곧 다시 만나 뵙고 싶습니다만."

디에나는 벌써 돌아와 있을 것이고, 그가 해놓은 짓을 봤을 것이다. 만일 프레디가 도망가지 않고 그녀와 정면으로 맞서려고 했다면 그는 목숨을 건질 수 있었을 것이다.

"지금도 괜찮을 것 같은데요." 프레디가 말했다.

잠시 후, 그는 자기 차에 조니 올라와 몰티 화이트슈즈를 태우고 헐리우드 쪽으로 향했다. 그들은 무소 앤 프랭크 그릴로 들어갔다. 그곳은 사람들로 가득했지만 높은 칸막이에 둘러싸인 붉은 가죽의자가 있는 자리가 기적적으로 남아 있었다.

"여긴 내가 좋아하는 곳입니다. L.A.뿐 아니라 전 세계에서 마티니를 최고로 잘 만드는 곳일 겁니다. 흔들어서 섞는 게 아니라 살짝 저어주는 거죠. 그게 이탈리아식으로 마티니를 제대로 만드는 방법이랍니다." 프레디가 말했다.

만일 프레디가 그날 마티니를 조금만 적게 마셨거나, 그들이 앉아 있는 곳이 좀 더 개방된 자리였더라면 훨씬 나았을 것이다. 그랬다면 일이 어떻게 됐을지 누가 알겠는가? 프레디는 자신을 약한 남자라고 생각하지 않았다. 하지만 그 순간을 되돌아보면 그에게 약한 구석이 있다는 것은 확실했다. 올라와 화이트슈즈는 자기들의 대장과 프레디의 동생이 모종의 큰 거래를 하고 있는 것 같다고 설명했다. 그리고 그 거래가 어떤 내용인지 전혀 알 수가 없다고 말했다. 쿠바는 언급되지 않았다. 올라는 마이클이 교섭을 부당하게 이끌어가고 있다고 말했다. 좀 더 상태가 괜찮은 날이었다면, 프레디도 그 말이 로스가 마이클을 죽이고 싶어 한다는 것을 돌려서 말하고 있음을 알아차렸을지도 모른다. 하지만 프레디가 그 순간에 떠올린 것은 큰 형인 소니의 죽음이었다. 마이클은 모든 일을 부당하게 처리했다. 프레디는 얼굴에 표정을 나타내지 않으려고 애를 쓰긴 했지만, 설사 그날보다 상태가 좋았다 하더라도 그는 자신의 기분을 숨기는 데 능하지 않았다.

올라는 프레디가 몇 가지 일만 도와준다면 그들도 그를 위해 해줄 수 있는 일이 있을 거라고 말했다. 이를테면, 그리 중요하지 않은 것이라도 좋으니까 패밀리의 입장이라든가 자산에 대해 확인하는 일 정도만 도와주었으면 좋겠다고 했다. 대신 그들은 프레디를 어떻게 도와줄 것인지에 대해서도 확실하게 말하며 금전적인 이익도 있을 거라고 했다.

그때 화이트슈즈가, 프레디가 뉴저지에 계획하고 있는 죽은 자들의 도시에 대해 들은 적이 있다면서 대화에 끼어들었다.

"친구인 줄스 시갈이 하는 이야기를 얼핏 들은 것뿐입니다만, 아주 그럴 듯한 계획으로 들리더군요."

(1959년 3월 23일 프레드 코를레오네 쇼 중에서 [마지막 방송분])

프레드 코를레오네 : 신사숙녀 여러분, 오늘밤 우리 쇼에는 아주 특별한 손님 한 분을 모실 예정이었습니다만, 보시다시피 모시지 못했습니다. 그래서 원래 오늘 모시기로 되어 있던 손님 대신 다른 분을 모시기로 했습니다. 오늘 모신 분은 특별한 초대 손님이라고는 할 수 없습니다. 그저 이렇게 말씀드리죠. 아주 좋은 친구라고요. 전···. (고개를 숙이고, 양손으로 얼굴을 문지른다) 간단하게 말씀드리죠. 아무도 제가 일을 복잡하게 만드는 걸 원하지는 않을 테니까요. 모두들 아실지 모르겠습니다만, 제가 말씀드리고 싶은 건 오늘밤 초대 손님이 신문에서 예고했던 것처럼 디에나 던 양이 아니라는 겁니다. (무대 아래를 내려다본다)

더 이상 말할 필요는 없겠죠. 안 그렇습니까?

  감독 목소리 : (들리지 않는다)

  프레드 코를레오네 : 정말 아니라니까요. (카메라 쪽으로 얼굴을 돌린다.) 걱정하지 마세요, 여러분. 더 이상 왈가왈부하지 않고 바로 오늘 손님을 소개해드리도록 하겠습니다. 이 분은 훌륭한 배우로, 현재 조니 폰테인 씨를 비롯한 다른 스탭들과 함께 카지노를 터는 내용의 영화를 찍고 있답니다. 어서 모셔서 더 많은 이야기를 듣고 싶군요. 여러분 로버트 채드윅 씨를 모시겠습니다. (녹음된 박수소리. 녹음된 박수소리를 사용하는 것은 이번이 처음이었다. 비록 이전에도 방청객들 없이 녹화를 한 적이 몇 번 있었지만)

  로버트 채드윅 : (아무도 없는 방청석 쪽으로 손을 흔들며) 감사합니다, 여러분. 고마워요, 프레디.

  프레드 코를레오네 : 아뇨, 제가 감사드려야죠. 바비, 이렇게 급히 와주셨으니 제 생명의 은인이십니다.

  로버트 채드윅 : 괜찮아요. 정말입니다. 저를 디에나 던 같은 전설적인 배우 대신 불러주셨으니까 말이예요.

  프레드 코를레오네 : 비꼬시는 것 같군요. 그래도 달게 받겠습니다. 이건 농담이 아니라 정말로 궁금한 건데요, 당신처럼 잘 생긴 외모에, 고전적인 영국식 발음을 하는 뛰어난 주연배우가 왜 그렇게 생각하는지 모르겠네요. 영화에서 맡는 역도 대부분 제일 먼저 섭외가 들어오지 않습니까? 그렇죠?

  로버트 채드윅 : 많은 다른 배우들을 거친 다음에 제게 온 시나리오도 본 적이 있습니다. 그런 시나리오의 경우 페이지에 대사보다 커피 자국이 더 많이 남아 있는 것도 있죠. 하지만 분명히 말할 수 있는 건 먹고 살기 위해서는 어쩔 수 없는 일이라는 겁니다.

프레드 코를레오네 : 뭐라고요?

로버트 채드윅 : 먹고 살기 위해서라고 말했습니다.

프레드 코를레오네 : 죄송합니다. 정말 죄송합니다. 전 그저….

로버트 채드윅 : 괜찮습니다. 그보다 먼저 어머님 일에 대해 조의를 표한다는 말을 하고 싶군요. 제 어머니도 작년에 돌아가셨습니다만, 틀림없이 이 슬픔을 이겨낼 수 있으실 겁니다. 당신이 극복하지 못할 일은 이 세상에 아무것도 없을 겁니다.

프레드 코를레오네 : (얼굴을 찡그리며) 당신 말이 (눈을 감고 고개를 끄덕이면서 찡그린 얼굴을 폈다) 맞습니다. 물론이죠. 감사합니다.

로버트 채드윅 : 말씀드린 것처럼 전 정말로 그렇게 믿고 있습니다. 당신이 그런 인생관을 가지고 있을 거라고 말이에요. 당신이 방송에서 이런 얘기를 원하지 않는다는 건 알지만 부인과의 일이 잘되지 않은 것에 대한 안타까운 마음도 전하고 싶군요.

프레드 코를레오네 : 고맙습니다.

로버트 채드윅 : 두 가지 불운이 있었습니다만, 전 이 일을 계기로 프레디에게 행운이 올 거라는 것을 보증할 수 있습니다.

프레드 코를레오네 : 어떤 행운이 올까요?

로버트 채드윅 : (카메라를 쳐다보면서) 숙녀 여러분들, 줄을 서세요! 제 옆에 있는 이 남자가 다시 연애 시장에 나왔으니까요!

프레드 코를레오네 : 아직 그럴 때는 아닌 건 같은데요. 그것보다도….

로버트 채드윅 : 그건 그렇죠. 하지만 바다에는 늘 물고기가 많이 있어요.

프레드 코를레오네 : 모두들 그렇게 말하더군요. 그것보다 아주 행복한 결혼생활을 하고 계시다고 들었는데요.

로버트 채드윅 : 그렇습니다. 사실 이번 달로 결혼 7년이 되었죠.

프레드 코를레오네 : 대단한 여성이라면서요. 부인되시는 분이 지미 시아 주지사의 동생분이라고 들었습니다만.

로버트 채드윅 : 맞습니다.

프레드 코를레오네 : 다음 대선에서 대통령이 될 거라고 생각하십니까?

로버트 채드윅 : 마가렛 말인가요?

프레드 코를레오네 : 아뇨, 시아 주지사 말입니다. 아주 뛰어난 분이시잖아요.

로버트 채드윅 : 그렇습니다. 정말 그렇게 되기를 바라고 있어요. 사실 주지사와는 유치원 때부터 알고 지냈습니다만, 정말 훌륭한 지도자고 좋은 친구예요. 아시다시피 전쟁 영웅이기도 하고요. 그는 뉴저지를 위해 좋은 일을 많이 했습니다. 솔직히 미국이 필요로 하는 인물은 시아처럼 젊고 똑똑한, 사람들을 고취시켜 우주시대를 열어줄 그런 사람이라고 생각하고 있습니다. 지지연설을 하려고 하는 게 아니라 그저 물어봐서 하는 말이지만요.

프레드 코를레오네 : 뭐라고요? 아, 그럼요. 저도 그 의견에 동의합니다. 이 프로그램은 정치적인 쇼는 아니지만, 그래도 전 미국인이니까 자유롭게 제 의견을 피력할 수 있죠. 물론 우리 쇼에서 나오는 초대 손님이나 진행자가 이런 의견을 냈다고 한들 크게 문제가 되지는 않는 일이겠지만요. 어쨌든 계속 진행하도록 하죠. 이제 다른 얘기를 좀 나눠볼까요?

로버트 채드윅 : 저 역시 미국인이랍니다, 친구.

프레드 코를레오네 : 정말입니까? 제 생각에는….

로버트 채드윅 : 열두 살 때 미국인이 되었죠.

프레드 코를레오네 : 그건 정말 놀랄 만한 일이군요. 전 우리 쇼에서 당신과 폰테인을 비롯한 여러 친구들, 진 조단, J. J. 화이트 주니어 같은 분들에 대한 이야기를 듣고 싶습니다만.

로버트 채드윅 : 모리 스트레터와 버즈 프라텔로도 있죠.

프레드 코를레오네 : 그렇죠. 친구분들과 함께 카지노 무대에서 공연을 하고 계시죠. 제 입으로는 그곳이 어디인지 말하기가 그렇습니다만.

로버트 채드윅 : 카스바라는 곳에서 하고 있죠.

프레드 코를레오네 : 그곳에서 공연한 다음 또 하루 종일 영화 촬영을 하는 겁니까?

로버트 채드윅 : 그렇게 말씀하시니까 굉장히 바쁜 것처럼 들리지만 사실은 전부 허풍이죠.

프레드 코를레오네 : 나이트클럽 무대에서는 어떤 식으로 공연을 하고 있습니까?

로버트 채드윅 : (웃으며) 지독한 걸 하죠.

프레드 코를레오네 : 진짜로요?

로버트 채드윅 : 전 노래도 못하고, 춤도 추지 못하니까요. 제가 하는 건 무대 위에서 몇 잔 마시면서 음담패설을 이야기하는 정도니까요. 분명히 말씀드리지만 정말 혀-어-엉-퍼-언 없는 농담들이죠. 사람들이 웃어주긴 하지만요. 하는 사람이 정말 즐겁게 하면 그런 기분은 전염되는 법인 모양입니다.

프레드 코를레오네 : 좀 전의 이야기를 계속 해보고 싶습니다만, 먼저 광고가 나가야 할 것 같군요. 지금 찍고 계신 영화에 대해 물어보고 싶은데 말이죠. 제가 듣기로는 당신과 폰테인, 진, 버즈 등 친구들이 모두 나온다고 하던데요. 정말 라스베가스의 카지노들을 털 생각이 아

닌지 모르겠군요.

로버트 채드윅 : 그건 그냥 영화일 뿐이에요.

프레드 코를레오네 : 아뇨, 그러니까 그렇다는 건 잘 알고 있지만.

로버트 채드윅 : 그보다 프레디, '듀란고의 잠복'에서는 대단하더군요. 정말 소름이 끼칠 정도였어요.

프레드 코를레오네 : 감사합니다. 정말 당신이 그 커다란 범죄를 어떻게 성공시킬 것인지 궁금하다는 말을 하고 싶어요. 제가 궁금하게 생각하는 건 당신이 영화에서 보여준 범죄 방식은 현실적으로는 도저히 일어날 수 없는 것이어서 사람들의 웃음거리가 될까요, 아니면 현실에서 누군가 똑같은 식으로 모방 범죄를 일으킬 수도 있는 방법일까요?

로버트 채드윅 : 지금 절 놀리는 겁니까? 그게 질문인가요?

프레드 코를레오네 : (어깨를 으쓱하며) 타당한 질문이라고 생각하는데요.

로버트 채드윅 : 우리가 정말 어떻게 했는지 알고 싶다는 말인가요? 어떤 방식으로 했냐고요? 영화 속에서?

프레드 코를레오네 : 네. 무척 흥미로울 것 같아서요.

로버트 채드윅 : 그럴 수도 있겠죠. 하지만 그걸 지금 밝혀버리면 누가 이 영화를 보러 가겠습니까?

프레드 코를레오네 : 많은 사람들이 영화를 보러갈 겁니다. 어쨌든 누가 뭐라고 해도 시청자 여러분들도 어떤 식으로 범죄를 성공시켰는지 듣고 싶어 할 것 같군요. 그 강도 사건에 대해서 말입니다. 제 생각에는 가장 적당한 말 같은데요. 어떻게 생각하십니까? (녹음된 박수소리)

로버트 채드윅 : 멋지군요. 다만 문제가 있다면, 프레디, 당신은 좋은 사람이지만, 지금 이 자리에서 당신에게 하고 싶은 말은 정말 그런 일

이 생긴다면 내가 당신을 죽일 거라는 것뿐이오.

프레드 코를레오네 : (그를 쳐다보며 얼굴을 찌푸린다. 고통스러울 정도로 긴 침묵이 흐른다)

로버트 채드윅 : 입씨름이 되어버렸군. (바깥쪽에 대고 외친다) 신발 가져와요! 진한 회색에 묵직한 이탈리아 로퍼를. 치수는 12D로 가져다줘요. 계산서는 보내라고 하고.

프레드 코를레오네 : 저희들은 그만 물러가도록 하죠.

로버트 채드윅 : 우리 중 적어도 한 사람은 그렇게 될 거요.

이틀 뒤, 프레드는 타호 호수에 갔다. 어머니가 돌아가신 이후의 뒷정리를 하기 위해서이기도 했지만, 조카인 안토니와 낚시를 하기로 한 약속도 지키기 위해서였다.

안토니는 호숫가에 살고 있었지만, 정작 마이클은 낚시에는 아들을 절대 데리고 가지 않았다. 프레디 삼촌이 그를 데리고 가수곤 했는데 이제 여덟 살인 안토니는 프레디 삼촌을 많이 좋아했다.

그러나 낚시하는 것을 좋아하는 안토니였지만, 더 이상 낚시를 하러 가지 않았다. 부모가 헤어진 데에는 어느 정도는 자기 잘못도 있다고 생각하고 있었다. 만일 안토니가 좀 더 착한 아이가 된다면 더 이상 아무에게도 나쁜 일이 생기지 않을 거라고 생각했다. 이제 그와 어린 여동생은 더 이상 엄마와 함께 지낼 수 없게 되었다. 엄마는 멀리 떠났다. 안토니는 이곳에서 아버지와 함께 지내야 했다. 집에서 지내는 시간이 거의 없는 아버지와, 불과 몇 달 전에 마약을 한 남자들이 쳐들어와 총을 쏘아댄 무서운 이 집에서 말이다. 아는 사람이 보면 아직까지도 총알 자국을 찾을 수 있었다. 안토니도 어린 아이였지만, 그 총알 자국을 구별해낼 수 있었다.

엄마가 작별 인사를 하고 떠난 지 한 시간 후, 안토니는 프레디 삼촌과 알 네리와 함께 배를 타러 갔다. 알 네리는 안토니의 아버지를 위해 일하는 사람이었다. 네리는 자기를 알 삼촌이라고 부르라고 했지만, 그는 안토니의 진짜 삼촌이 아니었다. 안토니는 그건 옳지 않다고 생각했기 때문에 절대로 그를 알 삼촌이라고 부르지 않았다. 그런 짓을 하면 악마가 잡아간다고 주일학교에서 배웠기 때문이다. 아주 작은 장난만 해도 말이다.

　네리가 배의 시동을 걸었다. 프레디 삼촌은 지금 그들이 가려는 곳에서 물고기를 잘 낚는 있는 비법을 알고 있다고 했다. 안토니는 네리에게 그 비법을 알려주고 싶지 않았지만, 그가 물 위에서 너무 열심히 하는 것을 보고 뭐라고 불평할 수가 없었다. 안토니는 가엾은 작은 소년이 누릴 수 있는 최고의 행복을 누리고 있었다.

　그들이 다시 육지로 돌아오자, 코니가 선창가로 달려 나와 안토니에게 마이클이 르노로 오라고 했다고 전했다. 안토니는 불평하기 시작했지만, 프레디 삼촌은 표정이 굳어지면서 안토니에게 가보라고 말했다. 그 대신 삼촌은 내일 다시 오겠다고 약속했다. 소년은 어쩔 수 없이 고개를 끄덕이고는 더 이상 이유를 알려고 하지 않았다.

　코니 고모가 안토니를 집으로 데리고 갔다. 몇 달 전만 해도 모든 사람들이 그녀에 대해 안 좋은 이야기만을 늘어 놓았지만 지금은 안토니와 어린 동생을 매일 보살펴줄 사람이 코니뿐이었다. 안토니가 알기로는 고모는 자기 아이들도 제대로 키우지 못하는 사람이었다.

　집 안에 들어가자 코니 고모가 안토니에게 침실에 가 있으라고 했다. 그는 르노에 대해 물었다. 고모는 르노에 대해서는 자기도 잘 모르니까 그냥 가라고 대답했다. 안토니는 방으로 돌아갔다.

　침실 창문으로 소년은 네리와 프레디 삼촌이 배를 타고 어딘가로 가는 것을 보았다. 두 사람이 시야에서 사라지고 아무것도 보이지 않게 된 후에도 안토니는 계속 그 자리에 서 있었다. 안토니는 혼자였지만 울지 않았다. 소년은 자기 자신과 약속했다. 무슨 일이 있더라도 절대 울지 않기로. 언제나 착한 아이가 되어야 한다. 그러면 엄마와 아빠가 다시 서로를 사랑하게 될지도 모르니까.

 몇 분이 지난 뒤, 안토니는 총소리를 들었다. 그리고 조금 뒤 네리가 혼자서 보트를 타고 돌아왔다.

 안토니는 흐느끼기 시작했다. 그 뒤로 며칠 동안 안토니의 눈물은 그치지 않았다.

 부모가 이혼 소송을 하는 동안 소년은 자신이 본 것이 무엇인지를 아빠에게 직접적으로 물어볼 용기를 냈다. 마이클 코를레오네는 두 아이들에 대한 양육권을 요구하지 않았고, 엄마가 아이들을 키우는 것으로 결정되었다.

 타호 호수의 물은 너무 차가워서인지 시체가 떠오르면서 생기는 거품이 잘 생기지 않았다. 프레디 코를레오네의 시신은 발견되지 않았다. 그리고 프레디의 조카 안토니는 다시는 낚시를 하러 가지 않았다.

제6부

1920 ~ 1945년

21

아이들은 각자 자기 복을 타고 난다는 말이 있듯 마이클 코를레오네 역시 그랬다. 매우 가난한 그의 가족은 헬스 키친의 공동주택에서 살고 있었다. 길 한가운데로 철도 선로가 가로 놓여 있었고, 밤낮으로 도축되는 가축들을 가득 실은 화물열차가 덜커덕거리며 지나가곤 했다. 아이들은 그곳에서 카우보이 놀이를 하거나 말에 올라타 보행자들에게 길을 비키라고 큰 소리로 경고하며 놀았다.

큰 아들 소니가 태어난 뒤로 10년간, 카멜라는 고통스러운 유산을 네 차례나 경험했다. 겨우 살아남은 페데리코는 다섯 살이 될 때까지 아주 병약했다. 비토는 1주일에 6일을 양부모의 식품점에서 일했다. 그러다가 친구인 클레멘자와 테시오의 트럭 강탈을 돕게 되었다. 그러나 이웃사람들을 괴롭히던 파누치라는 자에게 자기 몫의 장물을 갖다 바쳐야 했다. 마이클이 태어나기 몇 주일 전 비토는 파누치를 죽였는데 그건 공공연한 비밀이 되었다. 그 덕분에 비토는 이웃사람들로부터 큰 존경을 받게 되었다. 엄밀히 말하자면 그때부터 그는 경찰과 불량배들로부터 가게 주인들을 보호해주고, 문제들을 해결해주기 시작한 셈이다.

마이클의 출생 그 자체는 그런 일들과 관계없이 아주 수월했다. 그는 아이보리색 피부에 길고 검은 속눈썹, 윤기 흐르는 머리카락을 가지고 있었다. 산파가 마이클을 찰싹 때렸을 때, 그는 숨을 깊이 들이마셨을 뿐 울지는 않았다. 산파는 발렌티노 영화에 나오는 소녀처럼 한숨을 내쉬었다. 가슴에 안긴 바로 그 순간부터 마이클은 엄마에게 가장 사랑스러운 아이였다. 아버지 비토는 문지방에 서서 마이클의 고상한 얼굴을 보자마자 성호를 그었다. 아기는 가리발디와 함께 싸웠던 비토의 아버지와 똑같이 닮은 모습을 하고 있었다. 비토는 무릎을 꿇고 기쁨의 눈물을 흘렸다.

다음 날, 비토는 자신의 아버지가 좋아했던 올리브 숲을 떠올리며 올리브 오일 사업을 시작했다. 테시오와 클레멘자가 판매원이 되었다. 금주법은 마이클이 태어나면서 세상에 가져다준 또 다른 행운이었다. 그들은 올리브 오일 배달 트럭에 다른 물건들을 실어 나름으로써 막대한 이익을 챙길 수 있었다. 그들은 이내 모두 부자가 되었다.

마이클의 유아기는 심한 열 증세 한 번 없이 무사히 지나갔다. 그는 걱정을 끼치지 않는 아기였다. 마이클을 아는 사람들은 누구나 그를 사랑했는데 아이가 필요로 하는 것을 모두 해주었기 때문에 야단스럽게 우는 일도 전혀 없었다. 마이클의 세례식은 거리에서 열렸는데 경찰조차 믿음직스러운 젊은 사업가인 비토를 위해 모든 편의를 봐주었다. 뉴욕에 사는 이탈리아인들은 모두 모인 것 같았다. 마이클의 대부는 테시오였다. 무뚝뚝한 성격의 테시오였지만 오후 내내 웃는 아기의 얼굴을 넋을 잃은 채 바라보고 있었다. 비토 역시 얼굴에서 웃음이 떠나지 않았다.

그로부터 1년 후, 마이클은 형들에게서 부모의 사랑을 빼앗아버린 독보적인 존재가 되어 있었다. 프레디는 아기의 요람에 쥐를 집어넣거나 다시 오줌을 싸는 등 퇴행스러운 행동을 하는 것으로 질투심을 보였다. 심지어 학교에 가서는 아직 아기인 자기 동생을 11번가의 화물열차의 제설 장치 앞에 갖다 버려 두 조각을 내버리겠다는 말까지 했다.

소니의 대처 방안은 좀 더 과감했다. 그는 비토의 애정을 독차지하고 있는 마이클에게 강력한 경쟁자를 붙여주기로 했다. 소니가 직접 고른 경쟁자는 부모가 알코올 중독으로 죽은 병약하고 지저분한 아이였다. 그는 열두 살인데도 거리에서 살면서 자기 힘으로 수완 좋게 생계를 이어가고 있었다. 그리고 그건 그의 무시할 수 없는 능력을 확인할 수 있는 기회이기도 했다. 그 아이가 바로 톰 헤이건이었다. 소니는 그 고아에게 침대를 양보하고 자기는 바닥에서 잤다. 누구도 그때 맺은 인연을 영원히 유지하자는 말은 하지 않았다. 하지만 그건 돈이 하는 다른 모든 일들과 마찬가지로, 말로 하지 않아도 이미 결정된 일이었다.

마이클이 최초로 기억하고 있는 것은 온 가족이 브롱스로 이사 가던 날이었다. 그때 그는 세 살이었다. 어머니는 현관 앞에 서서 이웃 사람들과 끌어안으며 작별 인사를 나누고 있었고, 아기였던 코니는 시끄럽게 울고 있었다. 톰과 소니는 새 아파트에 먼저 가 있었다. 마이클은 아버지와 운전기사와 함께 차 안에 있었다. 프레디는 골목 모퉁이에 서서 기차가 다니는 길을 쳐다보고 있었다. "무슨 문제라도 있니?" 비토가 소리쳤다. 프레디는 카우보이 놀이를 하고 싶었다. 소니는 적어도 백 번은 넘게 그 놀이를 했지만 프레디는 아직까지 한번도 해보지 못했다. 그런데 이제 그들은 다른 곳으로 이사를 가야 했다. 비토는 절망적인 프레디의 얼굴을 보았다. 그는 한 손으로 마이클의 손을, 다른 한 손으로는 프레디의 손을 잡고 좁은 길을 따라 내려갔다. 말을 탄 남자가 비토를 보았다. 그리고 잠시 후, 프레디는 말의 안장 위에 올라 탄 채 기차를 기다리고 있었다. 꽤 거리가 떨어진 곳에 있었기 때문에 비토는 마이클을 자신의 어깨 위에 태웠다. 프레디는 말에 올라 탄 채 선로를 건넜고, 사람들에게 조심하라는 소리를 지르면서 행복해 했다.

코를레오네 일가의 새로운 보금자리는 브롱스의 벨몬트 지구에 있는 붉은 벽돌로 된 8층 높이의 아파트 2층이었다. 아파트 자체는 초라했지만 새 냉장고도 있었고, 난방도 잘 됐으며 무엇보다도 가족 모두

가 살기에 충분했다. 비토는 그 전체 건물의 주인이었다. 너무 신중하게 행동해서 저녁식사 때까지 아무도 그 사실을 몰랐지만 말이다. 어린 마이클에게 벨몬트는 천국과 같은 곳이었다. 거리는 온통 스틱 볼을 하는 아이들과 손수레에 짐을 실으며 고함을 치는 어른들로 가득했다. 삶은 양파와 마늘을 익히는 냄새와 갓 구운 빵에서 올라오는 고소한 연기가 온 동네에 가득했다. 저녁식사 후엔 여자들은 보도에 의자를 들고 나와 땅거미가 내려앉을 때까지 온갖 잡담들을 나눴고, 남자들은 애정 어린 핀잔들을 큰 소리로 주고받곤 했다. 벨몬트에 사는 이탈리아인들의 수는 각자 떠나온 원래 고향 마을 사람들보다 많았다. 그들은 그곳을 떠나지 않고 오랜 세월 살아왔다.

코를레오네 일가가 살고 있는 아파트 밖으로는 철제 비상계단이 있었다. 몹시 더운 날 밤, 그 위에 누우면 불어오는 바람 덕분에 시원하게 잠을 청할 수 있었다. 그리고 브롱스 동물원 냄새가 아서 애비뉴까지 날아오곤 했다. "그만들 하렴. 그 동물원 말이냐? 그건 이탈리아인들이 만든 거란다. 너희들이 맡는 그 냄새는 바로 이탈리아인들의 노동의 결실인 거야. 어떻게 내 자식들이 신의 선물인 그 결실을 거절하는 거지?" 냄새 때문에 불평을 늘어놓는 아이들에게 비토는 이렇게 말했다. 그 뒤로 가끔씩 다른 아이들은 계속 그 냄새에 대해 불평을 늘어놓았지만 마이클은 더 이상 불평하지 않았다. 그 동물원에는 사자도 있었다. 마이클은 사자를 좋아했다. 코를레오네라는 이름은 사자의 마음, 곧 용감하다는 뜻이었다.

코를레오네 일가는 그곳의 새로운 성당에서 활동하기 시작했다. 처음에는 비토까지 성당에 나갔다. 프레디는 거의 매일 어머니와 함께 미사에 참석했다. 열 살이 되던 해 어느 날 그는 저녁식사를 하다가 자리에서 벌떡 일어나서는 그의 권투 코치이자 어머니가 가장 좋아하는 스테파노 신부님과 이야기를 나눈 끝에 신부가 되기로 결심했다고 선언했다. 가족들 모두 기뻐하며 축하했다. 그날 밤, 마이클은 비상계단에 앉아서 어머니가 프레디를 데리고 동네를 도는 것을 지켜보았다. 프레디가 돌아왔을 때 그의 얼굴에는 온통 립스틱 자국이 남아 있었다.

그 또래에는 누구나 그렇듯이 학교에서 서로 자기 아빠 자랑을 늘어놓을 때도 마이클은 나서지 않았다. 그는 이제껏 자랑 같은 걸 한 적이 없었다. 그럴 필요도 느끼지 못했다. 학교에서 가장 고약한 싸움대장조차도 마이클의 아버지가 얼마나 존경받는 사람인지 알고 있었다. 비토 코를레오네가 거리를 걸어갈 때면 사람들은 마치 왕을 만나기라도 한 것처럼 한 발자국씩 뒤로 물러서 고개를 숙였다.

마이클이 여섯 살이던 어느 날, 저녁식사를 하는데 누군가 문을 두드렸다. 페트 클레멘자였다. 그는 저녁식사를 방해한 것을 사과하고는 비토에게 딘 둘이 할 이야기가 있다고 했다. 잠시 후, 문이 잠긴 거실에서 비토가 시칠리아 방언으로 소리를 지르는 것이 들렸다. 마이클은 시칠리아 방언을 어느 정도 알고 있었지만 다 알아들을 정도는 아니었다. 하지만 아버지가 엄청나게 화를 내고 있다는 것은 분명했다. 어머니는 코니에게 올리브와 오징어를 먹이면서 아무것도 모르는 척하고 있었다. 톰이 싱긋 웃으며 고개를 저었다. "소니 녀석 때문이야." 톰이 말했다. 저녁식사 자리에 소니는 없었다. 같이 저녁식사를 하는 횟수가 점점 줄어 그리 특이한 일도 아니었다. 하지만 톰이 웃는 것으로 보아 소니에게 심각할 정도로 위험한 일이 일어난 것은 아닌 모양이었다.

그래도 마이클은 여전히 무서웠다. 오직 소니만이 아버지 비토 코를레오네의 유명한 인내심과 자제력을 무너뜨릴 만큼 아버지의 성질을 건드렸다. 불과 몇 년 뒤에는 마이클 자신도 그렇게 되긴 했지만. 아이들에 대한 비토의 사랑은 이루 헤아릴 수 없을 만큼 깊었다. 만일 죽은 사람이 말을 할 수 있다면 많은 사람들이 비토처럼 인내심과 자제력이 뛰어난 사람이 한 번 화를 내면 얼마나 무서운지 증명해줄 것이다.

"소니 형이 무슨 짓을 저질렀는데?" 마이클이 물었다.

"멍청한 시골뜨기 같은 짓을 저질렀지. 소니다운 짓이야." 톰이 대답했다.

톰과 소니는 포드햄 사립 고등학교에 다니고 있었다. 둘 다 다른 학생들 사이에서 눈에 띄는 존재였다. 톰은 테니스부에 들어 있었고, 우등생이었다. 그건 아마 그가 진짜 가족이 아니었기 때문인지도 모른다. 자신을 받아준 것에 대한 감사의 마음을 표현하고, 진짜 완벽한 아들이 되기 위해 그렇게 조용히 처신한 건지도. 그는 가장 영리하고, 성실하고, 예의바르게 행동했으며, 야심도 많았다. 그러면서도 겸손하기도 했다. 그는 비토의 취향에 가장 걸맞는 학생이었다. 또한 이탈리아어를 본토인들처럼 할 수 있었고, 모든 면에서 시칠리아인의 피를 가진 것처럼 행동했다.

한편 소니는 감독에게 소리 지른 후 미식 축구부에서 쫓겨났다(소니가 아버지에게 중재를 부탁했지만, 비토는 아무 말 없이 아들의 뺨을 한 대 때렸다). 그는 몰래 밀주를 훔쳐 마셨으며, 할렘에서 재즈를 듣기도 했다. 그뿐만 아니라 열여섯 살이 되었을 때는 이미 바람둥이로 유명했는데 그것도 또래 여자아이들만 상대하는 것이 아니었다.

"멍청한 시골뜨기 같은 짓이 뭔데?" 마이클이 톰에게 물었다.

"아 러바 포코 시 바 인 갈레라, 아 러바 탄토 시 파 카리에라." 작은 걸 훔치면 감옥에 가지만, 큰 걸 훔치면 직업이 된다는 뜻이었다. "소니와 그 애의 멍청이 친구 두 녀석이 권총 강도…."

"그만! 이제 그 얘기는 그만하렴!" 어머니가 손으로 코니의 귀를 막으면서 말했다.

거실 문이 열렸다. 아버지가 붉게 달아오른 얼굴로 몸을 부들부들 떨면서 나왔다. 누가 봐도 잔뜩 화가 난 것처럼 보였다. 그와 클레멘자는 아무 말 없이 나갔다. 코니가 갑자기 울기 시작했다. 마이클도 울고 싶었지만 꾹 참았다.

1년 후, 마이클은 그때 소니가 술집을 털었다는 것을 알게 되었다. 물론 소니는 모르고 한 짓이었지만 그 술집은 마란자노 패밀리의 보호를 받는 곳이었다. 그 강도 사건은 소니가 장난으로 저지른 짓이었다. 그날 밤 비토는 곧장 마란자노를 만나 일을 해결하고, 소니를 찾기 위해 클레멘자를 급파했다. 몇 시간 후, 외로움을 호소하는 듯한 어떤 유부녀 위에 올라타 있는 소니를 발견한 클레멘자는 그 자리에서 젠코 프라 올리브 오일 회사의 사무실로 소니를 끌고 갔다. 그곳에는 분노에 가득 찬 비토가 기다리고 있었다.

비토가 소니의 어리석은 짓에 대해 추궁하자 소니는 그 화를 피하기 위해 아버지가 파누치를 죽이는 걸 봤다고 말했다. 비토는 천천히 자리에 앉았다. 소니가 저지른 짓에 대해서는 더 이상 아무 말도 할 수 없었다. 그저 그때 파누치를 왜 죽여야만 했는지 설명하는 수밖에 없었다. 소니는 아버지에게 학교를 그만두고 패밀리 일을 하게 해달라고 했다. 비토는 마음을 누그러뜨리고 운명으로 받아들였다.

비토는 자신이 마땅히 해야 할 일을 했다고 믿었다. 이 세상은 그 같은 출신에게는 거의 기회를 주지 않으니까. 비토는 자식들의 인생은 다를 거라고 확고히 믿고 있었다. 그는 자기 자신과 약속했다. 아이들 중 누구 하나라도, 심지어 헤이건까지도 자신의 뒤를 잇게 하지는 않을 거라고. 그러나 그것이 비토 코를레오네가 지키지 못한 유일한 약속이 되었다.

 어쨌든 그때 마이클은 생전 처음으로 아버지가 이성을 잃을 만큼 화내는 모습을 보았고, 소니가 그 원인이라는 것을 알게 되었다. 잠시 후 비토와 클레멘자가 나가자 톰은 일부러 일을 만들어 문 쪽으로 나갔다. "뭐 필요한 건 없으세요, 어머니? 잠시 나갔다 올게요."

 어머니는 아무 말도 없었다. 그녀는 얼굴을 잔뜩 찡그리고 있었다.

 마이클은 톰을 따라 문을 나섰고, 계단에서 그를 따라잡았다. 두 사람이 거리로 나오자 밖에는 비가 내리고 있었다. 비가 너무 많이 오자 톰은 망설이며 유리문에 기대섰다. 마이클이 말했다.

 "무슨 일이 있었는지 말해줘, 형. 난 제대로 알고 싶어. 우린 가족이잖아."

 "그런 말은 대체 어디서 들은 거지, 꼬마야?"

 마이클은 자기가 지을 수 있는 가장 심각한 표정을 지어 보였다.

 톰이 어깨 너머를 흘깃 쳐다보았다. 가게 근처에 사람들이 몇 명 있었다. "여기서는 안 돼." 그리고는 몇 집 아래쪽에 있는 천막을 가리켰다. 두 사람은 그곳까지 같이 뛰었다.

 그때 헤이건은 열여섯 살이었고, 모든 것을 다 알고 있는 건 아니었다. 하지만 그는 소니에 대해서는 어느 정도 알고 있었으며, 비토를 숭배하고 있었다. 그 덕분에 그는 다른 사람들의 생각 이상으로 많은 것을 알고 있었다. 그날 밤, 라첼무토 정육점 앞에 있는 줄무늬 천막 아래에서 톰 헤이건은 마이클에게 자신이 알고 있는 모든 것들을 솔직하게 사실대로 이야기해주었다.

 그로부터 얼마 뒤, 소니는 비토가 어디를 가든 수행팀의 일원이 되었다. 그는 거의 매일 같이 집에 늦게 들어왔다. 집에 있을 때면 자신을 올려다보는 프레디를 맹목적으로 귀여워해주곤 했다. 마이클에게 있어 그런 식으로 우러러보는 대상은 톰이었다. 마이클의 일곱 번째 생일날, 톰은 테니스 스웨터를 선물로 주었다. 마이클은 그 스웨터를 목에 둘렀다. 톰이 입고 있는 것과 똑같은 식으로.

다시 몇 주가 더 지나자, 소니는 집을 나와 맨해튼 멀베리가 근처에 아파트를 얻었고, 톰은 뉴욕대학 기숙사에 들어갔다. 그들과 떨어지게 된 덕분인지 아니면 스스로 성숙했기 때문인지 열세 살이 된 프레디는 뜻밖에도 힘도 세고, 옆에 있는 아이들을 호령하는 위치에 서 있었다. 몸집이 작고 1학년인데도 미식축구부에서 가드를 맡았다. 몇 년 뒤에는 권투에 소질을 보여 작은 대회이긴 했지만 카톨릭청년연합 선수권 대회에서 우승하기도 했다. 그는 학년이 올라갈수록 스테파노 신부 밑에서 배우는 교리 공부에서 우수함을 보였다. 그리고 여전히 여자아이들을 만나면 수줍어하곤 했다. 그러나 그 수줍어하는 모습 때문에 오히려 여자아이들에게 더 인기가 있었다. 그가 신부가 되고 싶어 한다는 것을 알고 있는 여자아이들은 한층 더 프레디를 유혹했다.

마이클은 프레디가 변하기 시작한 것이 어느 시점인지 정확하게 집어낼 수가 없었다. 언제부터인지는 몰라도 프레디의 성격은 점점 더 어두워져갔고, 자부심은 음울한 자아도취로 변해버렸다. 그런 변화는 분명 서서히 일어난 것이겠지만 마이클이 보기에는 허약하기만 하던 프레디가 느닷없이 강한 남자가 되어버렸고, 일순 진지해졌다가 다음에는 하루에 몇 시간이고 방에 틀어박혀 있는 것처럼 보였다. 열여섯 살이 된 프레디가 신부가 되고 싶지 않다고 말했을 때, 그의 어머니를 제외한 모든 사람들이 그 결심을 당연하게 받아들였다. 프레디는 여자들을 만났다. 여자들은 그에게 아무런 해도 끼치지 않았기 때문이다. 그리고 이내 프레디 역시 아버지의 사업에 참여하게 되었다. 비록 비토가 그에게 맡긴 일은 주문을 받는다거나 커피를 나른다거나 올리브 오일을 나르는 것처럼 시시한 일뿐이었지만.

비토 코를레오네는 계속 교육의 중요성을 강조하고 있었고, 가끔씩 밤이면 마이클과 비상계단에 나란히 앉아 막내아들의 원대한 미래를 꿈꾸기도 했다. 비토는 다른 아이들과도 그런 대화를 나누었고 이제 막 콜롬비아 법대 대학원생이 된 헤이건이 고등학교를 졸업했을 때도 그런 대화를 나누었다. 마이클은 아버지를 존경하고 사랑했다. 하지만 그가 열여섯 살이 되었을 때 톰이 이야기해주었던 아버지가 속해 있는 지하세계로 들어가야 할 피가 자신에게 흐르고 있는 것은 아닌지 무서웠다.

마이클은 열한 살 때 이미 모든 것을 이해하고 있었다. 그 해 여름 마이클이 학교에서 집으로 돌아오면, 아버지는 구역을 돌 때 가끔씩 마이클을 데리고 가곤 했다. 물론 아무 사고도 없는 것이 분명한 날에만 그러했다. 비토는 주로 음식을 먹으러 다니는 것처럼 보였다. 다양한 사교 클럽들, 식당들, 커피숍들을 돌며 사람들과 악수를 하고, 이미 먹었다는 그의 말에도 사람들이 굳이 내놓는 음식들을 먹었다. 비토가 낮은 목소리로 무언가를 속삭이는 것만 제외하면 전혀 사업상의 일로 다니는 것처럼 보이지 않았다.

그러던 어느 날, 비토는 갑자기 젠코 푸라 창고에서 누군가를 만나야 한다는 연락을 받았다. 그는 마이클에게 밖에서 기다리라고 했다. 마이클은 자동차의 트렁크에서 야구공을 발견하고는 벽치기를 하려고 골목으로 들어갔다. 그가 골목에 들어갔을 때 이제껏 한 번도 본 적 없는 아이가 마이클이 하려는 것과 똑같은 놀이를 하고 있었다. 그 소년은 누가 봐도 분명한 아일랜드 외모를 갖고 있었다.

"여긴 내 골목이야." 마이클이 말했다. 그 말이 얼마나 상대방을 자극하는지 전혀 모르는 채.

"오, 이봐. 자기 골목을 가진 사람은 아무도 없어." 그 아이는 하얀 이를 반짝거리며 웃었다. 그건 시비를 거는 듯한 웃음이었지만 마이클은 여유롭게 받아들였다.

두 사람은 한참 동안 아무 말도 하지 않았다. 그들은 골목에 나란히 서서 각자 낡은 야구공을 벽에 대고 반복해서 던졌다. 비록 둘 다 타고난 야구선수감은 아니었지만 그래도 상대방을 이기려고 애썼.

아일랜드 소년이 숨을 몰아쉬고는 공을 던지는 걸 멈추더니 마침내 입을 열었다. "너도 알지 모르겠는데 여기 있는 트럭 전부가 우리 아빠 거야. 그게 무슨 뜻인지 알아?"

"이 중에는 우리 아빠 트럭도 있어. 게다가 여기 트럭들은 전부 젠코 푸라 올리브 오일이라고 쓰여 있잖아."

"리카야!" 그 소년이 캐서린 헵번처럼 발음했다. 미국식도 아니고, 그렇다고 영국식도 아닌 이상한 발음이었다. 마이클은 그 말이 술을 뜻하는 '리큐르'라는 것을 알아차렸다. "여기 트럭들에는 오늘 밤 뉴욕 사람들이 밤새 마시고, 뉴저지 사람들도 절반은 마실 수 있을 정도의 리카가 실려 있단 말이야."

마이클이 어깨를 으쓱했다. "올리브 오일이라고 쓰여 있잖아." 그도 그 트럭들이 대부분 술을 운반한다는 것을 알고 있었다. 예전에 안을 들여다 본 적이 있었으니까. "그런 식으로 말하는 건 대체 어디서 배운 거야?" 마이클이 물었다.

"나도 너한테 똑같은 걸 묻고 싶은 걸. 넌 이탈리아에서 왔지, 그렇지?" 아일랜드 소년이 말했다.

"난 너처럼 이상하게 말하지 않아."

"그래. 넌 확실히 그렇지 않지. 잘 들어봐. 넌 사람들이 이렇게 밀주를 팔고 있는데도 왜 경찰이 체포하러 오지 않는 건지 알고 싶지 않아?

어때?"

"넌 미쳤어. 이 트럭들에는 전부 올리브 오일이 실려 있다니까."

"그건 우리 아빠가 뉴욕에 있는 경찰한테 뇌물을 먹였기 때문이야!" 그 소년이 외쳤다.

마이클은 골목을 이리저리 둘러보았다. 아무도 소년의 말을 들은 사람은 없었다. 하지만 마이클은 아일랜드 소년이 그런 이야기를 이렇게 큰 소리로 떠들어서는 안 된다고 생각했다. "거짓말하지 마." 마이클이 말했다.

소년은 자기 아빠가 경찰들한테 어떻게 뇌물을 주었는지 자세히 설명했다. 그 아이는 그 일이 얼마나 어려운 것인지를 자랑스럽게 늘어놓으면서, 경찰들에게 주는 뇌물은 술을 팔아 이윤을 남기기 위해서는 꼭 필요한 지출이라고 했다. 아일랜드 소년이 엄청나게 상상력이 풍부하거나 아니면 사실대로 말하고 있는 것일 것이다. "네가 전부 지어낸 얘기지." 마이클이 말했다.

"내가 들은 바로는 너희 쪽 사람들은 더 해."

"그런 식으로 말하지 마. 넌 아무것도 모르고 있어."

"맘대로 생각해. 그건 그렇고 트럭에 가서 술병을 꺼내서 이리로 가지고 와. 나하고 나눠 마시자." 그 소년이 말했다.

그건 마이클로서는 생각도 할 수 없는 일이었다. 하지만 그는 고개를 끄덕이고는 트럭 쪽으로 갔다. 마침 프레디는 트럭에서 짐을 내리는 다른 사람을 돕고 있었다. 마이클은 그들에게 아버지가 부른다고 말했다. 두 사람이 그 자리를 떠나자, 마이클은 캐나다산 위스키 병을 꺼내 들고 골목으로 돌아왔다.

"난 네가 도망칠 거라고 생각했어." 아일랜드 소년이 말했다.

"잘못 생각한 거야. 넌 그저 나쁜 생각만 했겠지." 마이클이 술병의

뚜껑을 열고는 쭉 들이켰다. 목이 탈 것 같이 뜨거웠지만 당황한 모습을 티내지 않았다. "이봐, 넌 이름이 뭐야?"

"지미 시아야." 소년이 술병을 받아들면서 대답했다. 그도 크게 한 모금을 삼켰다. 그들은 마시자마자 기침을 하기 시작했다. 소년은 무릎을 꿇고 토하기 시작했다.

잠시 후 아버지들이 아이들을 잡으러 왔다. 금주법이 한창인 시기에 그것도 환한 대낮에 열한 살짜리 소년 두 명이 길거리에서 술을 마셨으니 아이들에게는 엄청난 대가가 뒤따랐다. 그 이후 소년들이 서로 이야기하는 일은 다시 없었다. 물론, 그건 두 아이의 인생이 평행선을 달린 결과이기도 했다.

금주법이 폐지되었다. 그리고 비토 코를레오네는 또 다른 기로를 맞이했다. 이미 가족들을 부양하고, 여생을 편안히 살 수 있을 정도로 재산을 모은 비토로서는 위험한 사업을 그만둘 수도 있었다. 하지만 그는 대신 뉴욕 지하세계의 우두머리인 살바토레 마란자노와 동업할 길을 모색하기 시작했다. 그 길이 비토 코를레오네의 운명이었던 것일까? 타산적인 기회주의를 노리는 간사한 행동이었던 것일까? 아니면 그저 그런 일을 충분히 할 수 있을 만큼 비토가 똑똑했기 때문이었던 것일까? 어쩌면 비토에게는 선택의 여지가 없었을지도 모른다. 소니와 프레디는 많이 배우지도 못했고, 별다른 기술도 없는 청년들이었다. 그 애들 마음대로 하게 내버려 둔다면 그들은 1년 안에 목숨을 잃을지도 모를 일이었다. 그렇다면 왜 비토 코를레오네처럼 영리하고 부유한 사람이 합법적으로 사업을 운영할 생각을 하지 않은 것일까? 그때 코를레오네 가족이 지금처럼 라스베가스로 이주할 여유가 있었더라면 틀림없이 비토도 합법적인 사업으로 돌렸을 것이다.

그때 그렇게 하지 않았더라면 어떻게 되었을까, 라는 것은 역사에서는 아무 소용없는 소리다.

마란자노는 비토 코를레오네의 이런 동업자 제의를 비웃었다. 그 결과 카스텔람마르세 전쟁이 일어났다. 마란자노의 동맹이었던 알 카포네가 비토 코를레오네를 죽이기 위해 뉴욕으로 부하 두 명을 보냈다. 그 중 한 명이 '얼음송곳' 윌리 루소로 장차 시카고의 돈이 된 루이 루소의 형이었다. 이때도 비토 코를레오네가 평소 중시 여기던 별다른 힘이 없는 사람들을 통제하는 능력은 유감없이 발휘되었다. 시카고에 있는 기차역 짐꾼이 마란자노 쪽 사람들이 어떤 기차를 타고 갈 거라는 정보를 보내왔고, 뉴욕에 있는 짐꾼이 그들을 루카 브라시 밑에서 일하는 기사가 모는 택시로 안내했다. 브라시는 그 남자들을 꽁꽁 묶은 다음 산 채로 소방수들이 쓰는 도끼로 그들의 팔과 다리를 잘랐다. 그리고 조용히 그들이 죽어가는 것을 지켜보았다. 그런 다음 그자들의 목을 잘랐다. 그 해의 마지막 날 밤, 테시오는 식당으로 가 마란자노에게 총을 쏘았다. 비토는 마란자노의 조직을 고스란히 접수했고, 지금 우리가 알고 있는 뉴욕과 뉴저지의 5대 패밀리로 모든 이해관계를 재조직했다. 그리고 그는 카포 디 투티 카피가 되었다. 모든 두목들의 두목이 된 것이다. 비토는 신문에 이름조차 실리지 않을 정도의 최소한의 학살로 그런 성과를 거두었다.

마이클 코를레오네는 어렸지만 아버지를 지키는 경호원들이 평소보다 많아진 것과 아버지가 밤에 외출하는 일이 많아진 것을 알아차렸다. 반면 그런 격동기를 거치면서도 브롱스에 있는 아파트에는 아무런 변화도 없었다. 그로부터 몇 년이 지나 당시의 상황을 알게 되자 마이클은 깜짝 놀랐다. 그가 기억하기로 그때는 가족들에게 아주 좋은 일만 있었다. 소니는 결혼했고, 톰은 법과 대학원을 졸업했다. 코니는 처음으로 조랑말을 가졌고, 마이클은 학급에서 반장으로 선출되었다. 프레디는 마음을 터놓고 종종 마이클을 데리고 시내 당구장에 가기도 했다. 마이클은 타고난 선수였다. 꿰뚫어 보는 힘이 있기라도 한 것처럼 당구대 위에서 일어나는 모든 상황을 알 수 있었다. 프레디 역시 꽤 잘하는 편인데다 타고난 사기꾼인지라 아주 뛰어난 고수들을 제외하면 다른 사람들의 수법 정도는 이미 몇 단계 앞서 예측할 수 있었다. 조용하고 침착해 보이는 소년과 믿지 않게 큰 소리로 떠들기만 하는 형, 이 두 사람을 과소평가했다가 당구에서 크게 진 사람들이 결국 판을 엎어 버렸다. 마이클과 프레디가 비틀거리며 돌아오자 소니는 동생들을 그렇게 만든 녀석들을 찾아내서, 114번가 한복판에서 그것도 한낮에 그들을 죽여 버렸다. 그 살인사건을 담당한 형사는 코를레오네 패밀리의 뇌물을 받는 자였다. 소니 대신 패밀리에 속한 악랄한 고리대금업자가 유죄 선고를 받았다. 마이클은 그 일에 대해 전혀 모르고 있었다. 그로부터 몇 년 뒤 그 일을 재미있게 생각하고 있었던 소니 본인으로부터 사건의 전말을 듣기 전까지는.

그 뒤로 10년 이상 평화가 유지되었다. 미국이 대공황에 빠지고, 전쟁에 참가하는 어려운 시기였지만 비토 코를레오네는 계속해서 권력과 부를 쌓아나갈 수 있었다. 그는 수백만 달러의 현금을 주고 깜짝 놀랄 만큼 넓은 부지를 매입해 이제 저 세상으로 떠난 이들을 위한 장대한 무덤을 만들기 위해 시칠리아에서 석수들을 데리고 왔다. 그때까지도 코를레오네 일가는 계속해서 조용히 살고 있었다.

그런 평화가 유지되고 있던 어느 날, 마이클이 고등학교 기하학 수업시간에 칠판 앞에서 문제를 풀고 있을 때 갑자기 누군가 교실 문을 두드렸다. 프레디였다. 그는 선생님에게 집에 급한 일이 생겼다고 말했다. 프레디는 마이클이 차에 탈 때까지 더 이상 아무 말도 하지 않았다. "아버지가 그자들이 쏜 총에 가슴을 맞았어. 의사들 말로는 괜찮을 거라고 하지만…." 프레디가 말했다.

마이클은 형의 이야기를 간신히 알아들었다. 차는 여전히 학교 정문 앞에 불법 주차되어 있었다. 하지만 마이클에게는 차가 깊은 구덩이로 떨어지고 있는 듯한 느낌이 들었다. "누가 쏜 거야?"

"별 볼일 없는 놈이야. 아일랜드 갱 녀석인데 아버지가 하는 일과 자기들이 벌이는 사소한 세력다툼과는 차원이 다르다는 것도 모르는 놈이지. 믹이라는 그 멍청한 자식이 거리 한복판에서 아버지한테 걸어오더니 총을 쐈어. 그 즉시 우리가 그 녀석을 처리했지."

"아버지가 대상이었던 거야?" 세력 다툼? 갱? 이제껏 마이클에게 이런 이야기를 해준 사람은 아무도 없었다.

"뭐라고? 이런, 젠장. 미키, 바보 같은 소리하지 마." 프레디는 시동을 걸고 차를 출발시켰다.

"어디로 가는 거야?"

"집에. 병원은 너무 복잡해."

복잡하다는 건 돌려서 말한 것이다. 마이클은 무엇 때문에 그런 건지 알지도 못했고, 알려달라고 조르지도 않았다.

카멜라는 아이들 앞에서는 의연하게 행동하고 있었지만 마이클은 어머니가 어떤 마음인지 잘 알고 있었다. 모두 잠자리에 들었을 때 마이클은 침실 벽을 통해 어머니의 기도 소리를 들을 수 있었다. 어머니는 마이클이 잠들 때까지 기도하고 있었는데 그가 깨어났을 때도 여전히 기도하고 있었다. 그는 서둘러 부엌으로 나가 가족들을 위해 아침식사를 준비했다. 힘든 어머니를 조금이라도 도우려는 마음에서였다. 카멜라는 마이클을 부엌 밖으로 내쫓았지만 그래도 그를 꼭 끌어안아 주고는 마이클이 알아들을 수 없는 라틴어로 뭐라고 중얼거리기 시작했다.

잠시 후 프레디가 이제 병원에 가자고 말했을 때 마이클은 거절했다.

"아버지는 괜찮으신 거지? 그렇지?"

"그럼."

"그렇다면 난 아버지가 집에 돌아오시면 그때 뵐 거야."

어머니가 고개를 떨구었다.

"오늘 시험이 있어요. 아버지가 괜찮다고 하시니까 전 학교에 갈게요."

카멜라는 마이클의 뺨을 어루만지며 그가 얼마나 착한 아이인지 아버지가 정말 자랑스럽게 여기실 거라고 말해주었다.

다음 날 아침에도 마이클은 병원에 가는 걸 거부했다. 프레디는 어머니에게 코니를 데리고 차에서 기다리라고 말했다. 그런 다음 마이클을 옆으로 끌고 가 무엇 때문에 그러느냐고 따졌다.

"나도 몰라. 아무것도 아니야."

"아무것도 아니라니? 어서 말해보라니까."

"아버지는 아마 집으로 돌아오실 거야."

"아버지가 뭐? 너 뭐가 잘못된 거 아니야?"

"잘못된 건 없어. 아버지는 범죄자야. 그러니 총에 맞을 수도 있지. 이제껏 이런 일이 없었다는 건 아버지가 그저 운이 좋아서였을 뿐이야. 형들도 마찬가지고."

프레디의 주먹이 마이클의 뺨에 정통으로 날아왔다. 마이클은 아버지가 좋아하는 안락의자 위로 쓰러졌다. 그러면서 뭔가 둔탁한 소리를 들었다. 인어상이 섬 한가운데 놓인 커다란 자기 재떨이가 깨지는 소리였다. 재떨이가 깨져 중앙에서 정확하게 두 동강이 나 있었다.

그래도 마이클은 병원에 가기를 거부했다. 프레디는 포기했다. 재떨이를 붙인 접착제가 마르자 붙인 흔적도 거의 나지 않았다.

비토가 퇴원하는 날, 카멜라는 새벽부터 일어나 남편의 퇴원을 축하하는 저녁 만찬을 준비했다. 가족이 모두 모였다. 소니와 막 결혼한 산드라, 톰과 약혼녀인 테레사까지. 비토는 약해졌다기보다는 지친 듯이 보였다. 그는 특히 마이클에게 신경을 쓰는 것처럼 보였다. 마이클이 그동안 병원으로 찾아오지 않은 것에 대한 언급은 전혀 없었다.

저녁식사가 시작되어 음식들이 차례대로 나오기 시작하고, 여러 번 축배의 잔이 돌자 아직 어린 마이클의 가슴에서는 분노가 치밀어 올랐다. 그의 열여섯 번째 생일이 얼마 남지 않은 때였고, 그는 아버지와 같은 일을 해야 할지도 모른다는 것이 두렵기만 했다. 그의 아버지가 이끌고 있는 세계가 평화롭고 풍요롭다고 할지라도 아버지를 죽임으로써 이익을 얻을 수 있다고 생각하는 사람들이 너무나 많았기 때문에 결코 안전하다고 할 수 없었다. 마이클은 그의 가족을 진심으로, 마음 깊이 사랑하고 있었다. 하지만 그와 동시에 가족으로부터 벗어나고 싶기도 했다. 그 아파트에서도 그 동네에서도, 그 도시에서도, 그러한 삶 속에서도. 자신이 어디로 가고 싶어 하는 건지는 알지 못했다. 왜 그런 생각이 드는지 정확한 이유도 몰랐다. 나이를 먹고 연륜이 생겨야만 인간이 자신의 행동에 어떠한 신성한 이유를 갖다 붙이려고 노력하는 것이 어리석은 짓임을 알아차릴 수 있는 법이다.

카멜라가 코니에게 식탁을 치우고 디저트를 가지고 오자는 의미로 고개를 끄덕이자 마이클이 스푼으로 와인 잔을 땡그랑 울렸다. 그리고 자리에서 일어섰다. 마이클은 저녁 내내 한 번도 축배를 들지 않았다. 마이클은 오직 아버지만 쳐다보면서 그를 향해 그대로 포크를 집어 던졌다. 두 사람의 시선이 마주쳤을 때, 아버지는 옅은 미소를 지었다.

얼굴에 상처를 입은 채로 미소를 짓고 있는 아버지를 보자 마이클의 분노는 한층 더 끓어올랐다.

"커서 아버지 같은 어른이 되느니 차라리 죽어 버리겠어요." 마이클이 와인 잔을 들어 올리며 말했다.

식탁 위를 두꺼운 모직 장막이 뒤덮어 버리기라도 한 듯, 그 자리에는 망연자실한 침묵이 흘렀다. 마이클은 자리에서 일어난 순간부터 다른 사람은 눈에 들어오지 않았다. 그 자리에는 오직 아버지와 마이클, 두 사람뿐이었다.

비토는 마지막 남은 치킨 스콜로피니* 조각을 먹고는 포크를 내려놓았다. 그리고는 냅킨을 들어 올려 얼굴을 닦더니, 거의 우아하다고 할 정도의 동작으로 냅킨을 다시 내려놓았다. 그리고 이제껏 가족에게는 한 번도 보인 적이 없는 차가운 눈빛으로 막내아들을 쳐다보았다.

마이클은 목이 죄어드는 기분이었다. 그는 와인 잔을 꽉 붙잡았다. 그는 여전히 그 자리에 서 있었다. 그리고 아버지가 그를 보고 웃거나 마이클의 말에 대해 뭐라고 한마디라도 할 때를 대비하고 있었다.

하지만 아버지는 계속 아들을 응시하고 있었다.

마이클은 온몸에 한기가 도는 것을 느꼈다. 다리가 떨리기 시작했다. 와인 잔을 잡은 오른손의 관절이 하얗게 되는 느낌이었다. 잔이 깨졌다. 와인과 피, 깨진 유리조각이 식탁 위로 떨어졌지만 그 누구도 입을 여는 사람이 없었다. 마이클은 움직이지 않으려 애써보았지만 몸의 떨림을 막을 수 없었다.

마침내 아버지가 자신의 와인 잔을 들었다.

---

* 얇게 썬 고기를 기름에 튀긴 이탈리아 요리

"네 뜻대로 되기를 기원해주마." 아버지의 목소리는 거의 속삭이는 것처럼 들렸다. 그는 잔을 비우고는 소리 없이 식탁 위에 내려놓았다. "행운을 빌어주지." 여전히 마이클에게서 시선을 거두지 않은 채 그가 말했다.

마이클의 무릎이 휘청거렸다. 그는 자리에 앉았다.

"네 엄마를 생각해서 그건 깨끗이 치워줬으면 좋겠구나." 아버지가 깨진 유리 조각들을 가리키면서 말했다.

마이클은 아버지의 말에 따랐다. 코니와 어머니가 자리에서 일어나 식기들을 치우고 디저트를 가지고 왔지만, 그 누구도 말하지 않았다. 스폴리 아텔라*와 커피가 식탁에 놓이자 오직 스푼이 달그락거리는 소리와 과자를 씹는 소리만 들릴 뿐이었다. 마이클은 냅킨으로 피가 나는 손을 닦고는 고개를 숙인 채 디저트를 먹었다. 프레디조차 그 분위기를 바꾸기 위한 어떤 노력도 하지 않았다.

코를레오네 가문의 다른 자식들은 감히 아버지에게 대항할 엄두를 내지 못했다. 소니는 충성스러운 개처럼 아버지의 뜻에 따랐다. 프레디는 비굴할 정도로 아버지의 인정을 받고 싶어 했다. 친자식은 아니었지만 톰 역시 프레디처럼 비토의 인정을 받기 위해 열심이었고, 결국에는 그 뜻을 이루었다. 비토가 죽을 때까지 코니는 유일한 딸로서 얌전히 자신의 위치를 즐기는 데 여념이 없었다. 가장 가족들의 사랑을 많이 받았던 마이클만 유별나게 아버지에게 반항할 생각을 하고 있었다.

---

* 얇은 파이 반죽에 크림, 초콜릿, 설탕에 절인 과일, 향료 등을 끼워서 구운 나폴리식 과자

그건 착한 이탈리아인 아들의 반항이었다. 그는 어머니에게는 전혀 반항하지 않았다. 마이클은 그동안 어머니를 통해 아버지가 막내아들인 자신의 남성다움에 대해 걱정을 많이 한다는 이야기를 들었다. 가족들을 곤란하게 할 생각은 없었다. 그는 부모의 뜻을 드러내 놓고 거부하진 않았지만 실상 마이클이 하는 모든 일은 아버지에게 맞서기 위해 계산된 행동이었다.

이를테면 프레디가 처음으로 아버지가 마이클의 남성다움에 대해 물어봤다는 이야기를 해주었을 때, 마이클은 더 이상 만나는 여자들을 아파트에 데려오지 않았다. 그건 그의 가족에게 진짜 여자친구가 있는 것을 비밀로 하기 위해서였다. 소니가 열일곱 번째 생일 선물로 매춘부를 불러주겠다고 했을 때, 마이클은 자기 여자친구가 그런 걸 좋아하지 않을 거라고 대답했다. 그러자 소니가 물었다. "여자친구가 있었어?" 그 뒤 바로 마이클은 일요일 저녁식사 때 가슴이 큰 금발미리 여자를 데리고 왔다. 지난 몇 달간 불규칙적으로 만나던 여자였다. 그때부터 마이클은 2주에 한 번씩 집에 새로운 여자를 데리고 왔다. 모두 이탈리아 여자가 아니었다. 한 번은 아버지가 그 점에 대해 이야기를 하자 마이클은 어머니를 사랑하지만 이 세상에 어머니 같은 여자는 절대로 있을 수 없을 거라고 했다. "그 부분에 대해서는 앞으로는 관여하지 않으마." 나중에 아버지가 마이클에게 속삭였다. 그건 분명히 아들의 선택을 허락한다는 의미였다. 마이클은 그 뒤로 코니의 결혼식에 케이를 데려오기 전까지 7년 동안 여자를 데리고 오지 않았다.

마이클은 콜롬비아대학과 프린스턴대학 두 곳에 지원해 모두 합격했다. 마이클은 톰이 법대 대학원을 다닌 콜롬비아로 갔는데 첫 학기가 절반 가량 지났을 때 마이클은 아버지가 그 대학에 익명으로 엄청난 액수를 기부했다는 사실을 알게 되었다. 그는 톰과 프라자호텔에서 만나 점심을 먹으면서 학교를 그만두겠다고 말했다. 그리고 학교를 그만둔 뒤에 톰과 테리사와 함께 지낼 수 있는지 물었다. 톰은 월스트리트에서 일하고 있었는데 테리사와 함께 시내에 있는 아파트에서 살고 있었다. "개인 교습을 받아봐. 첫해에는 많은 학생들이 힘들어하지."

"난 전 과목 A를 받게 될 거야." 마이클이 말했다. 그리고 왜 학교를 그만두고 싶은지 그 이유를 말했다.

"다른 학생들의 아버지들도 학교에 후원금을 낼 수 있다면 그 애들도 그럴 수 있겠지."

"다른 사람은 상관없어. 난 내 실력으로 인정받고 싶은 거니까."

"넌 너무 고지식해. 옆에서 봐주기 힘들 만큼."

"그러니까 어떻게 할 거야? 형이 테리사 형수한테 물어봐줄 거라고 알고 있을게."

톰은 고개를 저으며 테리사에게 말하지 않을 거라고 했다. 마이클이 인생 최대의 실수를 저지르고 싶어 한다 해도 톰은 그를 막을 수 없었다.

그 학기가 끝나고 마이클은 전과목 A를 받았다. 그러나 그는 학교를 그만두고 직장을 찾기 시작했다. 일이 뜻대로 되지 않자 좌절한 마이클은 어느 날 저녁 결국 톰과 식사를 하다가 뉴욕시립 칼리지에서 수업을 받을 수 있을 만큼의 돈을 빌려줄 수 있는지 물었다. 톰은 그에게 콜롬비아대학으로 돌아간다면 돈을 빌려줄 수 있다고 말했다. 그러자 마이클은 입을 다물어버렸다.

"그건 노인들이나 하는 방법이야." 톰이 말했다. 그리고 잠시 기다렸지만, 마이클은 그 말이 무슨 뜻인지 묻지 않았다. "그렇게 입 다물고 있는 거 말이야."

마이클은 아무 말도 하지 않았다. 테레사가 저녁식사 식탁을 치울 때까지 더 이상 아무도 말을 하지 않았다.

"타고난 환경에서 너는 벗어날 수는 없어." 톰이 말했다.

마이클이 웃었다. "여긴 미국이야. 형도 혈혈단신 고아였잖아? 누구든 자신의 환경에서 벗어날 수 있어."

잠시 톰의 눈에서 분노가 일렁거렸다. 그는 마음을 가라앉혔다. "넌 돈을 원하지. 네가 필요하다는 그 돈이 어디서 나오는 건지는 너도 알아야 해. 내 능력 밖의 일이니까."

마이클은 함정에 빠졌다는 느낌이 들었다. 그는 패밀리의 일에 참여함으로써 아버지의 기대를 저버릴 수도 있었다. 아버지가 원하는 것은 마이클이 학교로 돌아가 공부를 열심히 해서 의사나 변호사, 교수가 되는 것이었다. 아버지는 마이클이 전적으로 다른 길을 가기를 원했다. 하지만 그렇다면 어떤 길을 가야 보이지 않는 아버지의 손길에서 완선히 벗어날 수 있는 것 일까? 대부분의 길에는 표시가 없는 법이었다. 그런데도 그들은 아스팔트 위에 투광조명을 비추고, 옆에는 튼튼한 난간을 설치해 놓았다.

그는 어디로 가야 하는 걸까?

아버지는 롱아일랜드에 집을 지었다. 봄이 되면 가족들은 이사를 할 예정이었다. 아직 열여섯 살밖에 되지 않은 코니는 물론이고, 프레디 역시 그 집에서 계속 같이 살 예정이었다. 소니와 산드라는 쌍둥이 딸을 데리고 바로 옆집에 살기로 되어 있었다. 새 집의 청사진에는 '마이클의 방'이라고 이름 붙여진 방도 있었다. 그걸 보았을 때, 마이클은 열여섯 살 때쯤 저녁식사 자리에서 아버지가 하는 일에 대해 비판했을 때와 똑같이 숨이 막히는 것 같았다.

마이클은 젊음이 주는 방황 속에 빠져 있었다. 그가 아는 것이라곤 자신이 하고 싶지 않는 일뿐이었다. 회피하는 인생이란 점수를 잃지 않으려고 애쓰는 스포츠 팀과 같다. 나무 한 그루 없는 땅에 착지하려고 애쓰는 스카이 다이버와도 같다. 실적이 전혀 없어서 헛간에서 자야 하는 외판원과 마찬가지다. 낙원에서 모든 자유를 누렸지만 선악과만은 먹을 수 없었던 벌거벗은 두 연인과 다를 바 없었다.

결국 마이클 코를레오네는 1930년대에 의욕을 잃었던 수많은 다른 젊은이들과 똑같은 선택을 했다. 군속 관리 부대에 입대한 것이다.

군대에 들어온 남자들은 대부분 인생에서의 유리한 점이나 기회라는 것이 전무했는데, 그들은 마이클로서는 그때까지 알 수 없었던 절망적인 가난에 대해 이야기하곤 했다(그의 부모 역시 그와 비슷한 환경을 극복했다는 이야기를 들었음에도). 마이클은 버몬트의 위누스키강 계곡에 배치되었다. 그는 수많은 나무들을 잘라내고, 엄청난 양의 흙을 퍼날랐다. 다른 이탈리아인들과 달리 마이클은 아무런 불평 없이 맛없는 음식을 먹었다. 사람들은 끊임없이 그의 이름을 잘못 불렀지만, 마이클은 누구에게도 제대로 부르라고 말하지 않았다. 마이클은 야간학교에서 가르치는 일을 돕는 것에 자원했고, 얼마 지나지 않아 부대의 교육 프로그램을 맡아 운영하게 되었다. 그는 수백 명의 사람들에게 읽는 것을 가르쳤다. 그곳에 있는 이탈리아인들 다수가 마이클과 같이 일하기 시작했을 때 이탈리아어를 가까스로 읽는 정도였다. 다른 사람들과 마찬가지로 마이클도 30달러를 월급으로 받았으며, 그 중 22달러는 자동적으로 가족에게 송금됐다. 그날 밤 마이클은 잠자리에 누워 매달 그 돈을 받을 때 아버지가 어떤 표정을 지을지 떠올려보았다. 지금 생각해보면 아내가 된 여자들, 케이(두 번째 아내이자 처음으로 사랑했던 여자)와 아폴로니아(첫 번째 아내, 두 번째로 사건 여자)에게 구애했던 시간만이 마이클 코를레오네에게 가장 행복했던 시간이었다.

그가 주둔한 곳에는 천여 명의 군인들이 있었다. 대부분은 한두 세대 전에 유럽에서 이주해온 사람들이었다. 그런 그들을 하나로 단합시킬 수 있는 건 미국인이 되었다는 자부심뿐이었다. 그 자부심이 그들로 하여금 임무를 수행하고, 함께 지낼 수 있게 해주었다. 독일이 체코슬로바키아에게 공격을 당했을 때도 독일에서 온 사람들은 체코인이나 슬로바키아인인 동료에게 어떤 증오심도 느끼지 않았다. 이탈리아의 알바니아 침공과 소련과 핀란드의 전쟁만큼은 위누스키 계곡의 민족주의자들에게도 분노를 불러 일으켰지만 그래도 그들이 가장 걱정하는 것은 앞으로 무슨 일이 일어날지, 그리고 그 일로 미국이 어떤 영향을 받게 될 것인지에 대한 것이었다.

"앞으로는 모든 것이 달라질 거야." 어느 날 밤, 조 루카델로가 말했다. 그 역시 강사 일을 하고 있었다. 두 사람은 교실로 쓰는 건물의 문을 잠그기 위해서 마지막까지 남아 있었다. "이탈리아인들 말이야. 조금만 기다려봐."

조는 뉴저지의 캠던 근처의 제노아에서 온 친구였다. 그는 건축가가 되고 싶어 했지만, 주식 시장 붕괴로 그의 가족은 모든 것을 잃어버리고 말았다. 지금 그는 옹벽과 간단한 방공호를 설계하고 있었다. 바짝 마르긴 했지만 영리한 조는 부대 안에서 마이클과 가장 친한 사이였다.

"나도 같은 생각을 했어." 마이클이 대답했다. 만일 미국이 유럽 전쟁에 휩쓸리게 된다면 이탈리아 혈통을 가진 모든 사람들이 의심받게 될 것이다.

"독일인 친구들처럼…."

"그래, 자네 말이 맞아." 마이클이 말했다.

"웃지 말게. 난 지금 무솔리니를 죽일 계획을 짜고 있는 중이야."

"이봐, 어떻게 그런 일을 하겠다는 거야?" 마이클이 웃으면서 말했다.

"어떻게 하겠다고는 말하지 않았어. 계획을 짜고 있는 중이라고 말했지."

조는 보기 드문 친구였다. 직접 몸으로 움직이는 기지 넘치는 계략가였다. 보통 때의 그는 현실적인 편이었다. 하지만 이상적인 기질도 가지고 있었다.

"무솔리니가 있는 근처 5킬로미터 안쪽으로는 접근할 수 없을 텐데. 그 누구도 말이야."

"그 문제에 대해 생각해봐. 자네도 역사책 같은 걸 많이 읽었지. 어떤 영웅이나, 악당, 왕, 어떤 조직의 지도자든 모두 누군가의 손에 죽고 말았잖아."

조는 진지했다. 마이클도 가만히 생각해보니 조의 말이 맞다는 걸 인정할 수밖에 없었다. "자넨 무솔리니를 죽이고 나면 히틀러도 죽이겠다고 할 것 같은데."

"이게 꿈같은 생각이라는 건 나도 알아. 난 바보가 아니니까. 정말로 그런 짓을 저지르겠다는 건 아니야. 그저 아무것도 하지 않은 채 세상이 이렇게 되어가는 것을 지켜보고 있기가 힘들어서 그런 거지." 조가 말했다.

그 점에 대해서는 마이클도 동의했다. 고대부터 내려오던 북부 이탈리아인과 남부 이탈리아인의 반목도 그들의 우정이나 무솔리니에 대한 멸시를 나누는 데는 아무런 영향을 미치지 못했다. 그들은 전쟁이 일어날 것을 걱정하고 있었고, 그와 동시에 전쟁이 일어나기를 바라기도 했다. 전쟁이 일어나면 무솔리니를 무너뜨릴 수 있을 것이고, 그와 동시에 미국 시민들의 눈에 자신들의 존재를 각인시킬 수 있는 기회가 될 수 있기 때문이다.

그리고 또 우스티카 문제가 있었다. 무솔리니는 히틀러와 함께 독일, 이탈리아, 일본의 연합을 체결했고, 시칠리아로 군대를 보내 마피아로 의심되거나 잘 알려진 자들을 모두 잡아다가 우스티카라는 작은 섬에 가두라고 명령했다(비토는 무솔리니도 다른 자만심이 넘치는 압제자들처럼 때가 되면 물러나게 될 거라고 생각했다). 마이클과 조는 우스티카에 감금된 사람들에 대해서도 이야기를 나누었다. 그들은 감금된 사람들의 편을 들어줄 미국인이 별로 없다는 것을 안타깝게 생각했다. 마이클은 아버지가 그쪽 사람들과 관련되어 있다는 것을 밝히지 않았다. 조는 그저 코를레오네 일가가 올리브 오일 수입을 하는 것으로 알고 있었다. 엉망진창인 주방에도 마이클 가족이 수입하는 상표의 올리브 오일 통이 있었다.

1940년 6월, 이탈리아가 연합국과의 전쟁을 선포했을 때 조 루카델로는 계획을 세웠다. "우린 캐나다로 가는 거야."

"캐나다에는 왜?"

조는 잘라낸 신문 기사를 꺼냈다. 그 기사는 로열 캐나다 공군에서 미국인 조종사 경력자를 구하고 있다는 내용이었다. 1차대전 때 캐나다 공군의 에이스로 "캐나다의 에디 리켄베커"로 명성을 날린 빌리 비숍이 그들의 훈련을 개인적으로 지켜볼 거라고 했다.

"정말 대단하군. 하지만 우린 비행기를 조종할 줄 모르잖아." 마이클이 말했다.

조는 갖은 수단을 동원해 방법을 찾았다. 그에게는 로드섬에서 온 폴란드계 유태인 친구가 있었다. 그 친구는 군속관리부대의 조종사로 산불이 났을 때 물을 운반하거나 그들이 주둔하고 있는 부근에 벌레가 몰려 있는 지역에 살충제를 뿌리는 일을 했다. 조는 그 친구에게 조종

기술을 가르쳐달라고 부탁했고, 그들 세 사람은 오타와까지 함께 갔다. 조는 마이클과 자신을 위해 면허증을 위조했다. 세 사람 모두 한 번에 허가가 났다. 이틀 후, 빌리 비숍이 막사로 걸어와 마이클 코를레오네를 만나고 싶다고 했다(그는 코를레오네라는 발음을 정확하게 했다. 뭔가를 암시하고 있듯이). 그는 마이클에게 조종사 자격증을 보여달라고 했다. 몇 달 뒤면 독일 공군에 맞서 비행기를 몰아야 할 그들 중에는 자격증이 없는 사람들도 많았고, 일부는 농약 살포 비행기를 몰거나 곡예비행을 했던 자들이었다. 자격증은 핑계였다. 마이클은 아버지가 자신이 여기에 있는 것을 알아차린 것이라고 생각했다. 그곳에서 위조 면허증을 들켰다가는 조 역시 쫓겨날지도 모를 일이었다. "죄송합니다. 면허증을 가지고 있지 않습니다." 마이클이 빌리 비숍에게 말했다.

마이클은 버스를 타고 부대로 돌아와 원래 있던 자리로 복귀했다. 6개월 뒤, 그는 아버지의 깜짝 생일파티를 위해 뉴욕으로 가는 버스에 타고 있었다. 그때 운전기사가 켠 라디오에서 진주만에 대한 뉴스가 나왔다. 마이클은 운전기사의 어깨를 흔들어 라디오 볼륨을 높였다. 마침내 버스가 목적지에 도착했다. 마이클은 버스 터미널에서 타임 스퀘어까지 걸었다. 그곳에는 이제 전쟁에 나가 적들을 죽여야 한다고 큰 소리로 떠드는 남자들로 가득 차 있었다. 마이클은 미국 육군 항공대로 가서 다른 남자들과 함께 줄을 서서 기다렸다. 하지만 장교 한 명이 걸어 나오더니 줄 서 있는 사람들 중에 키가 178센티미터 미만인 사람은 다른 쪽에 가서 지원하라고 말했다. 마이클의 키는 그 조건에서 3센티미터 가량이 모자랐다. 해군 역시 그의 꿈을 펼칠 수 있는 곳이었다. 다른 곳보다 용맹스런 최정예 전투 부대로 가입 조건이 엄격하고, 명예를 무엇보다도 신성하게 여겼다. 해군에서도 키를 조건으로 내세웠으나 지원자의 사기를 좀 더 높이 샀다. 마이클은 자신의 자원입대 서명을 받은 해군 중위과 시선이 마주쳤을 때 뭔가 통하는 것을 느꼈다. 마이클은 택시를 잡아타고 아버지의 집으로 갔다.

비토 코를레오네가 가장 총애하는 자식이었던 그는 깜짝 파티의 마지막 손님이었다.

그는 마이클이 전쟁에 참가한다는 소식에 담담한 반응을 보였다. 자식을 사랑하고 걱정하는 아버지다운 질문들만 던졌을 뿐이다. 그러나 말로 하진 않았지만, 비토가 찬성하지 않는다는 건 분명했다.

그로부터 며칠 뒤, 정부는 미국 내의 이탈리아계 시민들을 모아 놓고는 전쟁포로로 취급했다(제빵사인 엔조는 거의 2년을 뉴저지의 감옥에서 보내야 했다). 게다가 이탈리아식 이름을 가진 미국 시민 4천명 이상이 체포되었다. 테레사 헤이건의 부모도 체포된 사람들 중에 속했다. 다행히 그들은 고소당하지 않고, 곧장 풀려나오긴 했지만. 수백 명의 사람들이 법적인 항의도 제대로 하지 못한 채 몇 달 몇 년이고 감옥에 갇혀 있어야 했다. 심지어 아무런 죄도 없이 고소당하기까지 했다.

크리스마스 전에 정부는 이탈리아계 미국인이 전쟁 관련 산업에 참여하는 것을 제한한다는 칙령을 발표했다. 미국 전역에서 근면하고, 법을 잘 지키던 미국인 부두 노동자들과, 공장 직원들, 일반 사무직 타이피스트들이 그 자리에서 해고되었다.

바로 그때 마이클은 파리스섬에서 깨진 굴 껍데기로 뒤덮인 주차장을 파충류처럼 기어가고 있었다.

미국 인구의 4퍼센트가 이탈리아 출신이었다. 그들 중 10퍼센트의 사상자가 나오게 되어 있었다.

정부가 마이클 코를레오네에게 제공한 것은 전부 너무 컸다. 철모도, 군복도, 그리고 그가 서 있는 오지의 밀림조차도 너무 컸다. 간신히 마이클의 얼굴을 알아볼 수 있을 정도였다. 그는 해군이 된 것을 자랑스럽게 여기고 있었고, 자신이 보고 싶었던 것이 무엇인지 알게 되었다고 가족들에게 전했다. 하지만 어머니는 짧게 깎은 머리와, 군복이라기보다는 예복처럼 보일 정도로 하얀 몸에 맞지 않는 셔츠의 막내아들을 사진으로 본 순간, 솟구치는 눈물을 참을 수가 없었다. 그녀는 3일 동안 울음을 그치지 않았다. 어머니는 그 사진을 벽난로 위에 올려놓았다. 그리고 그 앞을 지나칠 때마다 매번 눈물을 흘리곤 했다. 하지만 그 누구도 감히 사진을 치울 수는 없었다.

파리스섬에 주둔한 마이클 코를레오네의 소대는 총 47명으로, 전원이 동부 출신이었는데 정확하게 남부 출신과 북부 출신이 반반씩이었다. 마이클은 남부에 온 건 처음이었다. 그는 미국인들의 지역감정보다 더 심한 이탈리아 북부와 남부의 경쟁 심리를 알고 있었다. 그리고 그 모습이 얼마나 비슷한지 알고는 깜짝 놀랐다. 남부 이탈리아 출신으로 북미에서 자란 마이클로서는 양쪽의 모습을 모두 볼 수 있었다. 그들의 논쟁거리는 끝이 없었다. 음악의 경우, 남부 출신들은 북부 출신들이 컨트리 뮤직이라고 부르는 음악을 좋아했다. 북부 출신들은 콜 포터, 조니 머서의 음악처럼 춤을 출 수 있는 멋진 음악들을 즐겼다. 비록 마이클이 조니 폰테인과 알고 지낸 사이였지만 폰테인의 음악에 대한 수많은 논쟁 속에서 어느 편도 들 수가 없었다. 그런 사소한 싸움들을 하는 동안 잠시나마 진짜 적에 대해서는 잊을 수 있었다. 그러나 군사 훈련 담당관을 보고 난 후, 그들은 자기들끼리 싸운 것을 후회했다. 진짜 적은 군사 훈련 담당관이었다. 그들은 가장 두려운 상태에서 이곳에 도착했다. 그리고 전투에 나갔을 때 자신들이 임무를 실패할까봐 무서웠다. 하지만 한 시간 후, 그 무엇보다도 그들을 두렵게 만든 건 브래드쇼 하사였다. 조용하고 능력 있는 군인이었던 마이클은 대부분의 시간을 군사 훈련 담당관이 언젠가는 자신을 죽일 지도 모른다고 생각하며 보냈다. 그날 밤, 마이클은 땀을 흘리며 누운 채 신병 훈련소의 시스템이 얼마나 훌륭한 것인지에 대해 생각하기 시작했다.

부대가 이탈리아 출신을 정예부대에 제외시키고 있는 것 같다는 마이클의 의심은 같은 소대에 있는 이탈리아 출신인 다른 군인을 만났을 때 사실로 밝혀졌다. 뉴욕에서 온 토니 페라로는 마이너리그 야구 선수로 포수였다. 그는 땅딸막한 몸집에 머리 위가 벗겨지는 중이었다. 마이클처럼 그 역시 진주만 습격 소식을 듣고 자원한 것이었다. 하지만 그가 정말 원하는 일은 이탈리아로 가서 무솔리니를 죽이는 것이었다.

토니와 마이클은 소대 안에서 가장 키가 작았다. 그들은 걸음이 느리고, 사격수로서도 서툴렀지만 PI에 도착했을 때는 다른 사람들보다 신체적 상태가 훨씬 좋았다. 그들이 해군 신병 훈련소에 대해 들은 모든 이야기는 사실이었다. 모두들 쓰러지고 먹은 것을 토했다. 피를 토하는 경우도 있었다. 마이클은 그것을 즐기는 법을 배웠다. 브래드쇼 하사였다면 무릎 깊이까지 빠지는 모래 위를 8시간씩 진군시켰을 것이다. 그런데 다른 군사 훈련관들이 4시간만 시키고 막사로 돌아가라고 할 때면 아쉬운 기분이 들 정도였다. 신병 훈련소 생활이 끝났을 때 하사는 소대 안에서 처음으로 연설을 했다.

소대 안의 모든 해군은 그 하사를 좋아했다. 많은 해군들이 전혀 부끄럽지 않은 눈물을 흘렸다.

마이클은 눈물을 흘리지는 않았지만 하사에 대한 악감정은 남아 있지 않았다. 그리고 새삼 그가 얼마나 자신에게 많은 영향을 주었고, 또한 얼마나 대단한 존재였는지에 대해 감탄했다.

그로부터 몇 달 뒤 토니 페라로는 이름도 없을 만큼 작지만 군사상 중요한 위치에 있는 어떤 섬을 지키다가 일본 저격수가 쏜 총에 심장을 맞고 죽었다.

해가 뜨기도 전에 군인들은 라이플총을 집어 들고 세일러 백을 어깨에 짊어졌다. 그리고 정차된 트럭 옆에 일렬로 차렷 자세로 섰다. 남부 억양이 심한 하사관이 이름을 부르면서 보직을 정해주었다. 마이클이 예측한 대로 하사관은 코를레오네를 제대로 발음하지 못했다. 마이클은 하사관이 말한 발령지에 충격을 받았다.

엘리옷 부대. M1 라이플, 보병대. 마이클 코를레오네는 태평양 연안으로 가게 된 것이다.

이탈리아를 해방시키겠다는 그의 꿈은 산산조각 났다. 하지만 마이클이 할 수 있는 일이 뭐가 있겠는가? 하원의원한테 편지 쓰는 일? 애초에 배치가 이렇게 된 것도 하원의원이 손을 썼을 가능성이 컸다 (말할 것도 없이 아버지의 부탁으로).

마이클은 아무것도 내색하지 않았다. 해군은 가라는 곳에 가야 했다.

남부 출신 하사관은 이미 엘리옷 부대로 가는 트럭에 올라 탄 채 마이클에게 손을 내밀었다. "승선을 환영하네, 이태리 소년!" 그가 마이클을 끌어올려주며 말했다.

그들은 샌디에고로 향했다. 마이클은 자신을 이태리 소년이라고 부른 의도를 알고 있었다. 하지만 그 도발에 넘어가지 않았다. 그들은 첫 번째가 해군이었고, 두 번째가 미국인이었다. 어디에 가든 그 사실은 변하지 않았다.

마이클은 이제껏 서부에 가본 적이 없었다. 그는 기차를 타고 가는 내내 창문으로 보이는 풍경에 매료되었다. 창밖으로 보이는 전경은 그가 무엇을 위해 싸워야 할 것인지를 느끼도록 해주었다. 그는 미처 모르고 있었던 드넓고 장대한 미국땅의 아름다움을 보았다. 서쪽으로 들어가면 갈수록 나타나는 바위가 많은 비현실적인 풍경에 마이클은 한층 더 빠져 들어갔다.

그들은 사막 훈련 부서에서 멈췄다. 거기는 라스베가스에서 30킬로미터 가량 떨어진 곳으로, 몇 달 전에 문을 열었다는 커다란 카지노가 있었다. 그날 밤, 마이클은 맨손으로 토끼를 잡아, 차가운 시냇물에 씻어 질긴 고기를 먹었다. 마이클처럼 앞날을 내다볼 줄 아는 사람의 눈에는 틀림없이 보였을 것이다. 언젠가 독일, 이탈리아, 일본군들과 대영제국, 소련 연합이 모두 무너지게 되는 날이 오면 이 자리에 있는 미국의 제강 공장들을 비롯한 공장들은 모두 문을 닫거나 동남아시아로 옮겨가고, 이 자리에는 카지노들이 번성하게 될 것이라는 것을.

마이클은 샌디에고에서 몇 주 동안 강연을 듣고 훈련을 받았다. 백병전과 수영 테스트, 온갖 마무리 교섭들에 관한 것이었다. 하지만 마침내 보직을 받았을 때 그의 마음은 다시 무거워졌다. 마이클이 맡은 건 무기한의 보초임무였다.

기회가 생기자 마이클은 공중전화를 찾아 헤이건에게 전화를 걸었다. 헤이건 가족은 저녁식사 중이었다. 아기 우는 소리도 들렸다.

"형한테 물어볼 게 있어. 거짓말할 생각하지 마. 바로 알 수 있으니까. 우리 사이에 절대로 그런 일은 없을 거라고 생각하지만."

"뭘 물어보고 싶은 건지는 모르겠지만 그런 식으로 말할 거면 물어보지 마." 톰이 대꾸했다.

혈기왕성한 마이클은 질문을 안 할 수 없었다. 그에게 조금만 더 시간이 있었더라면 자신이 하려는 질문에 이미 톰이 대답했다는 것을 알 수 있었을 것이다. "내 보직에 아버지가 손을 쓰신 거야?"

"어떤 일을 맡았는데?"

마이클이 목소리를 내리깔았다. "난 경찰이 되려고 군대에 들어온 게 아니야."

"너 경찰이었어?" 헤이건이 되물었다.

마이클은 전화를 끊었다. 며칠 뒤 마이클은 어깨에 라이플총을 메고 해변을 순찰하다가 부두에 이르렀을 때 그가 정말 맡고 싶었던 보직을 받은 남자들을 보았다. 그러나 마이클은 일본군들을 죄다 죽여버리겠다며 자랑하던 그 사람들을 다시는 볼 수 없었다.

순찰을 하면서 가장 안 좋은 건 시민들이 등화관제를 지키는지 살피는 것이었다. 사람들은 각자 자신의 상황이 특별하다고 여겼고, 그것이 그들이 등화관제를 지킬 수 없는 이유이기도 했다. 마이클은 그렇게 거드름을 피우는 사람들의 얼굴을 개머리판으로 한 대 후려갈기고 싶었지만 그보다 더 좋은 방법이 떠올랐다. 그 문제로 역시 별다른 수를 찾지 못하고 있던 부대장은 마이클의 제안이 아주 좋다고 여겼다. "이탈리아인 친구에게서 그런 말이 나올 줄은 미처 몰랐군. 자넨 정말 장교감이야."

마이클은 두 사람을 데리고 도시 북부 해안 옆에 있는 기름 저장 시설로 갔다. 그곳에는 커다란 기름 탱크가 두 개 있었는데 안이 비어 있었다. 훈련용으로 그 안에 폭탄을 설치했다. 그것을 적당히 이용하면 불평 많은 시민들도 조용히 시킬 수 있을 것이다.

다음 날, 신문과 라디오에서는(익명의 제보자는 마이클이었는데 부대장인 양 가장했다) 기름 탱크가 일본군에 의해 폭발했는데, 등화관제를 지키지 않은 시민 때문에 위치가 노출되었기 때문이라는 뉴스가 나왔다.

그 이후 등화관제는 훨씬 잘 지켜졌다.

마이클은 엘리엇 부대의 지도부와 접촉을 해서 보직을 새로 받으려고 애를 썼다. 그는 조종사 훈련에 지원했다. 전쟁이 시작될 당시만 해도 조종사들은 대학 졸업장이 있어야 했다. 하지만 규칙이 바뀌어 대학 입학 점수가 117점 이상이면 지원이 가능했다. 마이클은 시험에서 130점을 받았지만 허가가 떨어지지 않았다. 킹 제독의 사무실 밖에서 네 시간 동안 기다린 끝에 마이클은 자신의 뜻을 전달할 수 있었다. 제독은 개인적으로 알아봐주겠다고 약속했다. 제독은 유럽 전역으로 보내줄 수 있을 거라고 낙관적으로 이야기했지만 어떤 소식도 오지 않았다. 마이클이 그곳에서 보낸 1년은 10년처럼 느껴졌다.

마침내 제독의 사무관이 제독의 서명이 들어간 서류를 그에게 건네주었다. 마이클은 그 사무관의 음악 취향을 알아차리고는 그와 그의 아내가 헐리우드 원형극장 앞좌석에서 조니 폰테인의 공연을 볼 수 있게 해주었다.

며칠 뒤, 마이클은 전투 대대로 재배치되었다.

그는 화려한 색으로 칠해진 정기 여객선을 대포에 어울리는 잿빛으로 칠한 전투함에 올랐다. 지난 몇 주일 동안 수많은 군인들이 그 배를 탔다. 그들은 목적지가 과달카날이라는 것도 알지 못한 채 출항했다.

지난 몇 달간 계속 전투가 이어졌고, 아직도 일본군 순찰정이 밤이면 해변에 착륙했다. 그리고 지하 터널에 숨어 있는 수백 명의 사람들을 포함해서 저항 세력도 건재했다. 하지만 전투는 완전히 끝났다.

과달카날 해변은 탱크와 지프, 수륙양용견인차 등 불에 타 버린 온갖 종류의 탈 것들이 내버려진 고물 집적소가 되어 있었다. 하지만 마이클이 그곳에 도착했을 때 가장 먼저 본 것은 하얀 모래사장 위로 푸른 코코넛 나무들이 서 있는 정경이었다. 그에게 그곳은 열대 낙원처럼 보였다. 여자들이 없긴 했지만.

마이클은 히긴스 보트에 있는 화물 그물에서 내렸다. 멀리서 포격 소리가 들렸지만 착륙한 뒤 그에게 총을 쏘는 사람은 아무도 없었다. 해변에 도착했을 때 그는 뭔가 부드러운 것을 밟고 넘어졌다. 그는 자리에서 일어나 수목 한계선까지 달렸고 철조망과 썩어가는 시체 더미를 넘었다. 이제껏 한번도 맡아보지 못한 악취가 났다. 불에 타고 썩어가는 시체 냄새가 코끝에서 목구멍까지 차올랐다. 마이클은 지나온 길을 뒤돌아보고 자신이 밟은 것 역시 시체라는 것을 알아차렸다.

일본군들이 남긴 시체는 썩거나 바닷물에 쓸려갔다. 그로서는 장례식장을 제외하고 시체를 본 건 처음이었다.

새로 온 부대원들을 반갑게 맞이해준 해군들은 모두 한결같이 지저분한 턱수염을 하고 있었고 지친 것처럼 보였다. 그들은 거의 말이 없었다. 갑자기 깨끗한 군복을 입은 채 큰 소리로 떠들어대며 새로 도착한 군인들이 그들에게는 카우보이와 인디언 놀이를 하는 꼬마처럼 보였다. 섬에 있던 군인들은 전사였다. 마이클이 그들을 따라 첫 번째 정찰에 나갔을 때 나뭇잎에 옷깃이 스치는 소리만 들려도 총을 쐈다. 그들은 히죽히죽 웃으며 밀림 사이를 뚫고 지나갔다. 그들이 몸을 숙이면, 마이클도 따라 숙였다. 그러면 2초 후, 정확하게 추적자가 나오거나 총알이 날아오거나 폭탄처럼 그의 목숨을 앗아갈 만한 뭔가가 날아왔다.

과달카날에서의 이틀 째 날, 마이클은 활주로 근처에서 보초를 섰다. 비행기가 다가오는 소리가 들렸다. 네이비 헬켓*이 연기를 뿜어내며 나무 위를 스치며 떨어졌다. 조종사는 100미터 가량 떨어진 곳에 불시착했다. 비행기에 불꽃이 일기 시작했다. 마이클은 조종사를 구하기 위해 있는 힘을 다해 달려갔다. 바로 그때, 자리가 꽉 찬 지프 두 대가 앞에 섰다. 차에 타고 있던 마이클의 소대장인 할 미첼이 그에게 자리로 돌아가라고 소리쳤다. 불꽃은 너무 뜨거웠다. 소방차도 왔지만 소용이 없었다. 갖고 있는 장비로는 모닥불이나 끌 수 있을 정도였다. 마이클은 조종석 안을 들여다보았다. 조종사는 그 안에 갇힌 채 비명을 지르다가 마이클을 보자 차라리 총이라도 쏴달라고 애원했다. 마이클이 라이플을 잡았지만 하사관의 명령이 없으면 쏠 수 없었다. 비명소리는 이내 그쳤다. 마이클 역시 너무 가까이 서 있는 바람에 치료를 받아야 할 정도로 화상을 입었다.

과달카날에서 승리는 1주일 정도 지나면서 확실해졌다. 오랫동안 전투에 참전했던 대부분의 해군들이 휴가를 받아 집으로 돌아가거나 뉴질랜드로 휴가를 갈 수 있게 되었다. 새로 온 부대가 뒤에 남아 섬을 지키기로 했다. 과달카날은 지도상에서 보면 그저 점 하나에 불과했지만 길이 170킬로미터에 너비 32킬로미터 가량의 섬으로 숲이 우거진 험한 지형이었고, 지난 몇 달간의 전투로 인해 섬이 온통 파괴되어 있었다. 동굴들은 차마 말로 할 수 없을 정도였는데 말 그대로 악

---

* 2차대전 당시 공중전에서 맹위를 떨친 미국의 전투기

몽 같았다. 시체들 때문에 갈라진 틈마다 오물이 가득했고, 3센티미터 정도의 사람을 무는 개미들과 너구리 크기만한 쥐들이 득실거렸다. 해군들은 도베르만을 데리고 네 명씩 조를 짜 동굴 안으로 들어갔다. 마이클은 처음에는 그 개들을 무척 좋아했지만, 시체에 장치해 놓은 부비 트랩에 그 중 두 마리가 걸려 죽자 더 이상 개들에게 애정을 줄 수 없었다.

마이클은 동굴 속에서 거의 다 죽어가는 바짝 마른 일본군 한 명을 사로잡았다. 그는 그 일본군이 일어날 수 있도록 부축해주었다. 그러자 일본군이 마이클의 사냥용 특수 칼을 가리키며 말했다. "칼." 그리고는 자신의 배를 칼로 찌르는 동작을 해보였다. 마이클은 그 군인에게 칼을 주지 않았다. 그 일본군은 안심한 것처럼 보였다.

동굴 안에 들어간 군인들의 행동에서 마이클은 처음으로 착복 광경을 보았다. 죽은 일본군의 시체에서 전리품을 빼내가는 속도가 시계를 꺼내 시간을 확인할 새도 없을 만큼 빠르다는 것을 알았다. 막사로 돌아오면 그런 물건들을 여기저기서 판매하는 모습이 보였다. 그리고 그 중에서도 가장 좋은 물건들은 전투를 끝마치고 섬을 떠날 때 해군들이 가지고 갔다. 하지만 진취적인 사람은 길을 찾는 법이다. 마이클 같은 경우에는 찾아낸 길이 원주민들이었다. 가정에서도 유용하게 쓰일 것 같은 도구는 쉽게 팔 수 있었다. 마이클은 그 물건들과 신선한 물고기를 교환했다. 모든 해군들은 변변치 못한 식생활로 특히 교전 지역에서는 더 심했다. 그래서 그들은 물고기를 끌어안고 나타난 동료를 환영했다.

어느 날 아침, 마이클은 잠에서 일어났을 때 커다란 쥐 한 마리가 담배를 주고 원주민에게 얻어온 새끼 앵무새를 꿀꺽 삼켜버리는 것을 보았다. 그 쥐를 텐트에서 쫓아내면서 밖에 나왔을 때, 코코넛 나무 두 그루 사이로 이제껏 본 것 중 가장 커다란 거미줄이 쳐져 있는 것을 보았다. 그 거미는 갈매기를 잡았다. 거미줄에 잡혀 꼼짝도 하지 못하는 갈매기를 거미가 먹어버린 것이다. 그리고 또 다른 개 역시 죽었다. 그렇게 며칠이 지났다. 그들이 마지막 동굴을 폭파하고 부대 기지로 돌아오려 했을 때, 마이클은 바닥에 떨어져 있는, 크레파스로 그려진 그림들을 보게 되었다. 어떤 일본군이 여가시간에 그 그림을 보다가 떨어뜨리고 간 모양이었다. 마이클은 기분이 이상했다. 그는 그림을 자세히 보기 위해 몸을 숙였다. 그림이 여러 장 있었다. 맨 윗장에 있는 것은 하늘을 나는 비행기를 보고 사람들이 손을 흔들어주는 장면으로 비행기의 한쪽에는 미 해군의 깃발이 그려져 있었다. 비어 있는 자리에도 식기를 가져다 놓은 가족의 저녁식사 식탁, 그리고 공주 그림과 조랑말 몇 마리를 그린 그림도 있었다. 그 그림들은 모두 어린 소녀가 아빠에게 그려 보낸 것일 것이다. 그리고 아마도 그 그림을 받아본 사람은 자신이 어찌할 수 없었을 전투에서 죽었을 것이다. 마이클은 그림의 먼지를 털어내고, 가지런히 모아 놓았다. 그리고는 동굴을 폭파해도 좋다는 신호를 보냈다.

그는 기지로 돌아와 시칠리아가 해방되었다는 소식을 들었다. 그 자신의 목숨이 위태로운 경우가 아니라면 다시는 적군을 죽이지 않겠다고 결심했다.

다른 부대들과 비교해보면 마이클의 대대는 과달카날에서 편하게 지낸 셈이었다. 그저 주위 섬들에서 소규모 접전만 있었을 뿐이었다.

하지만 펠렐리우섬은 다른 달랐다. 처음 그곳에 갔을 때, 그들은 거의 다 죽을 뻔한 상황을 맞았다.

마치 서부로 향하는 이동 농업 노동자처럼 전함에 군수물품을 실어 나르고 있었다. 갑판 가득 사람과 기계 그리고 방수포로 덮어 높이 쌓아놓은 잡동사니들을 가득 실었다. 날씨는 견딜 수 없을 만큼 더웠다. 낮에는 40도가 넘었고, 밤에도 30도가 넘었다. 그 섬에는 모두가 묵을 수 있는 시설이 없었다. 결국 그들은 부두나 트럭 아래, 어디든 그늘이 있는 곳에서 잠을 청할 수밖에 없었다. 마이클 역시 잠을 자는 척 할 뿐 실제로 잠을 이루지는 못했다. 심지어 노련하고 경험 많은 고참들조차도 안색이 좋지 않았다.

바로 그 순간 펠렐리우섬이 연기와 불꽃으로 뒤덮이기 시작했다. 전함들이 섬을 둘러싸고 16인치 폭탄을 날리기 시작하자 화물 열차가 지나가는 것 같은 소리가 들렸다. 순양함들은 그보다 작은 박격포를 맞았다. 이내 펠렐리우섬에 총성이 뒤덮이더니, 귀가 멍멍해질 만큼 큰 천둥 같은 소리가 울려 퍼졌다. 마이클은 그 소리만으로도 자신이내리눌리는 것처럼 느껴졌다. 배 전체가 흔들렸다. 온통 디젤유 냄새가 났다. 마이클의 부대는 뱃전 아래 묶어 놓은 수륙양용 비행기와 히긴스 보트 위로 올라갔다.

그들은 곧장 전투 한가운데로 뛰어들었다. 총탄이 여기저기에서 날아왔다. 연기 때문에 앞이 제대로 보이지 않는 상황이라 마이클은 조종사가 어떻게 방향을 잡고 운전을 하고 있는지 상상조차 할 수 없었다. 마이클은 수륙양용 비행기가 산호에 스치고 있는 것처럼 느꼈다. 미첼 하사관이 큰소리로 해변가 공격 명령을 내렸다. 마이클은 뛰어내려 달리기 시작했다. 연기가 가득하고 대혼란이었다. 그는 고통에 찬 비명소리를 듣고 자기 근처에 군인들이 쓰러져 있는 것을 알아차렸다. 하지만 마이클은 계속해서 고개를 숙인 채 앞으로 향했다. 같이 달려온 해군 두 명도 쓰러진 나무 뒤에 몸을 숨겼다. 해변가를 오르내리던 수륙양용 비행기들이 폭발했고, 여기저기서 불이 났으며, 드문드문 기관총에 맞아 비틀거리는 사람들도 보였다. 마이클은 적어도 100명이 넘는 동료들의 죽음을 눈앞에서 목격했다. 그가 좋아하고 믿었던, 설령 좋아하지는 않았더라도 최소한 신뢰는 했던 동료들이었다. 하지만 마이클은 아무것도 느끼지 못했다. 모든 게 흐릿했다. 그 역시 목에 총상을 입은 상태였다. 상처는 심하지 않았지만 피가 계속해서 흘러내렸다. 코네티컷에서 왔다는 행크 보겔송이라는 하사가 옆에 다가와 괜찮으냐고 물어볼 때까지 마이클은 아무 생각도 할 수 없었다.

전투 중에 무슨 일이 일어났는지 제대로 아는 사람은 아무도 없었다. 저 멀리 어딘가 뒤쪽에는 총을 어디로 겨눠야 하는지도 모르는 이 전투의 책임자인 대령도 있었다. 마이클은 그가 누군지도 몰랐고, 그 역시 마이클에게 눈길 한 번 주지 않았을 것이다. 하지만 그런 대령이 마이클을 이번 전투의 소모품으로 쓰기로 결정했다. 마이클 개인이 선택할 수 있는 문제가 아니었다. 이건 전쟁이었다. 그리고 마이클은 맹세했다. 펠렐리우에서 그가 해야 하는 일은 어떻게든 죽지 않기 위해 노력하는 것이라고. 영리해서도 용감해서도 아니었다. 마이클은 그날 죽은 천여 명보다 단지 운이 더 좋았을 뿐이다.

해변가에 도착한 충분한 병력들은 섬 안쪽으로 진격할 수 있도록 돌 더미와 파편들을 쌓아올리고 반격을 시작했다. 적들의 공격이 느슨해지기 시작했지만 마이클은 여전히 그날 밤 내내 꼼짝도 할 수 없었다. 일본군이 결사적인 공격을 감행하지 않았기에 마이클로서는 훈련받은 것처럼 적들을 일망타진할 만한 기회를 잡을 수가 없었다.

날이 밝아오자 미첼 하사관은 대부분의 총탄이 날아오고 있는 산등성이를 기습하기로 했다. 마이클과 다른 10명의 군인들이 그 작전에 투입되어 50미터 가량 떨어진 곳에 있는 덤불과 관목이 나 있는 쪽으로 달려갔다. 그곳에 도착하기도 전에 두 명은 사망했고, 두 명 이상이 부상당했다. 미군의 탱크가 산등성이의 반대편에서 진격해오면서 대포를 쏘았다. 그러자 더 이상 총격이 없었다. 이제 그들이 산등성이의 꼭대기에 도달하기까지는 20미터 가량이 남아 있었다. 미첼 하사관은 자동 라이플을 든 세 명과 화염 방사기를 든 두 명을 산꼭대기로 보냈다. 그들이 총과 화염 방사기를 쏘자 일본군들도 다시 반격을 시작했다. 미첼 하사관은 보겔송과 마이클에게 부상자들을 뒤로 끌어내는 일을 도우라고 했다. 마이클이 그들을 엄호하는 동안, 보겔송와 미첼은 부상당한 군인 한 명을 마이클이 서 있는 곳까지 데리고 왔다. 그들이 또 다른 병사를 구하려 할 때 80밀리미터 박격포가 날아와 부상병은 죽고, 보겔송와 미첼까지 부상당하고 말았다.

나중에 상사들과 라이프지의 기자가 마이클에게 그때의 상황을 물었을 때 마이클도 어떻게 자신이 부상당한 동료를 구출하고 그 자리에서 살아남을 수 있었는지는 설명할 수 없었다. 아마 박격포 때문에 생긴 산호빛 먼지로 시야가 가려져, 적들은 보병은 모두 죽었다고 생각해서 탱크에만 집중하고 있는 동안 마이클이, 적들이 벙커를 날려버렸기 때문일 것이다. 마이클은 화염 방사기를 쓰는 법에 대한 훈련을 받지 않았다. 그저 아무 생각 없이 화염 방사기를 집어 들고 발사한 것이 산등성이를 몽땅 태워버렸다.

그때 마이클의 오른쪽에 있던 동굴에서 적이 기관총을 쏘자, 그는 다리에 총을 맞는 것을 느꼈다. 그는 쓰러지면서 몸을 보호하기 위해 산꼭대기로 기어 올라가 몸을 숙인 채 누워 있었다. 살 타는 냄새와 네이팜 냄새는 끔찍했다. 마이클은 넓적다리에는 총알이 박히고, 또 장딴지에 총알이 관통하는 부상을 입었다.

마이클의 오른쪽에서 얼굴까지 화상을 입은 여섯 명의 적군이 나타났다. 피부가 거의 다 날아간 상태였는데 근육이 마치 과학책에 나오는 것처럼 다 드러나 있었다.

마이클은 남은 일본군들이 전부 동굴에서 나올 때까지 20분 동안 꼼짝도 하지 않고 누워 있었다. 위생병이 마이클을 발견했을 때 그의 온몸은 피로 뒤범벅이 되어 있었다. 마이클에게는 그때의 20분이 평생보다 더 길게 느껴졌다.

그는 어떻게 하와이로 돌아오게 되었는지 기억할 수 없었다. 의식을 되찾은 마이클이 가장 먼저 한 생각은 어머니가 걱정할 거라는 것이었다. 그는 어머니에게 긴 편지를 썼고, 간호사에게 부탁해 뭔가 선물이 될 만한 것과 같이 부쳐달라고 했다. 그 간호사는 하와이의 지도가 새겨진 컵을 골랐다. 카멜라는 아들이 집으로 돌아온다는 소식과 함께 선물과 편지를 받자 그 컵에 와인을 가득 채운 뒤, 번쩍 들어 올리면서 기도를 들어준 성모 마리아에게 감사드렸다. 그 뒤로 그녀는 마이클의 사진을 올려놓은 벽난로 앞을 지나칠 때마다 미소를 지었다.

마이클과 할 미첼은 둘 다 건강을 회복했다. 행크 보겔송은 운이 나빴다. 바로 옆에 있던 위생병에게 마이클에게 자기 시계를 주고 싶다고 한 뒤 숨을 거뒀다. 그 시계를 받은 마이클은 보겔송에 대해서는 잘 몰랐지만, 그의 부모님께 행크가 얼마나 용감했는지, 그리고 시계를 돌려드리고 싶다는 편지를 썼다. 행크의 부모님은 고맙지만 시계는 마이클이 가지고 있는 것이 좋겠다는 답장을 보냈다.

병원에 있는 동안, 마이클은 예전에 조종사 훈련에 지원한 것이 통과되었음을 알게 되었다. 그리고 소위로 승진했다. 하지만 그 승진은 그저 상징적인 것일 뿐이었고, 마이클은 비행학교에 가지 않았다. 그것이 마이클의 첫 번째 전쟁의 끝이었다.

마이클은 제대하기 직전에 라이프지 기자로부터 인터뷰 제의를 받았다. 마이클은 그 일도 아버지가 관여되어 있을지도 모른다고 생각해서 뜻은 고맙지만 사람들 앞에 나서고 싶지는 않다고 말했다. 이미 그는 훈장을 받았고, 더 이상의 관심은 원치 않는다고 했다. 하지만 킹 제독이 마이클에게 군사들의 사기를 돋우는 데 도움이 될 테니 인터뷰를 하라고 말했다.

잡지에 실린 사진에서 마이클은 몸에 딱 맞는 군복을 입고 있었다. 그 기사는 미군들 사이에서 엄청난 반향을 몰고 왔다. 표지는 오디 머피가 장식하고 있었다. 앞 페이지에는 미국의 장래 대통령감인 제임스 K. 시아에 대한 기사가 실려 있었다.

제7부

1961년 1 ~ 6월

22

 닉 제라치는 중개인을 통해 마이클 코를레오네를 만나러 오라는 전갈을 받았다. 제라치는 썩 괜찮은 장소를 알고 있다면서 브룩클린 식물원에서 만나자고 제안했다. 하지만 마이클은 사람들의 눈이 너무 많다고 전해왔다. 마이클은 새 대통령의 취임식 하루 전에 정권 인수팀과 만나기로 되어 있었다. 그런 상황에서 그가 또 다른 문제를 일으킬지도 모를 위험을 감수할 리가 없었다. 이렇게 되면 틀림없이 리무진 안에서 만나게 될 것이다.
 틀림없다. 그들은 나를 죽일 것이다.
 이런 상황을 이끌어내기 위해서라면 어떤 장소를 말하더라도 선택의 여지가 없었다. 그것이 이 생활의 일부라는 것을 제라치는 이미 오래 전부터 알고 있었다. 잘난 놈을 끌어들이자면 그것도 그 놈이 영리한 경우는 변호사가 재판을 준비할 때처럼 치밀해야 한다. 예측가능한 모든 질문에 대비해 어떤 질문이 나오더라도 최선을 다해 응해야 한다. 만일 전혀 예측하지 못한 질문을 받는다면 고맙다는 인사는 받지 못할 테지만 그냥 도망치는 것이 최선의 방법이다.
 부하들을 데리고 타도 괜찮겠냐고 묻는다면 틀림없이 의심을 받게 될 것이다. 그건 안 된다. 총이나 칼을 가지고 가는 것도 위험하다. 만일 몸수색이라도 당한다면 당장 들키고 만다. 설사 들키지 않는다 해도 결정적인 순간에 숨겨 놓은 무기를 꺼낼 충분한 시간이 있을지는 알 수 없는 일이다.
 그는 오전 내내 1번가에 있는 술집 구석 자리에서 도니 백스와 에디 파라디스, 대마초 모모와 함께 기다렸다. 그 외에도 그와 관계 있는 친구들 몇 명이 밖에서 대기하고 있었다. 그 덕분에 술집에 아침을 먹으면서 한 잔하러 오는 동네 사람들의 얼굴은 겁에 질려 있었다. 이곳의 주인은 코를레오네 패밀리의 단원이기도 한 권투선수 엘우드 쿠식이었다.

제라치는 마이클을 죽이려고 시도한 적이 있었지만 깨끗이 뒤로 물러서야 했다. 그 당시 포를렌자를 통해 쿠바에서의 일이 어떻게 진행되고 있는지를 루소가 알 수 있도록 프레디를 이용했다. 그런 다음에는 제라치가 손가락 하나도 댈 필요가 없었다. 프레디는 자신이 마이클을 배신하고 있다는 것도 알지 못했다. 누가 봐도 쿠바에서의 일은 불안정해 보였고 성사되지 않을 것으로 보였다. 하지만 마이클은 자신을 합법적인 사업가로 만들어줄 수 있는 수백만 달러의 돈에 눈이 멀어 자신의 친형을 죽이는 상황까지 몰고 갔다. 그 일로 마이클의 아내는 아이들을 데리고 멀리 떠나버렸다. 또 그는 두 사람의 카포를 잃었다. 둘 다 제라치의 경쟁자였던 로코와 프랭키 팬츠는 쿠바에서의 일로 싸우다가 결국은 목숨을 잃었다. 제라치는 진실로 죽음보다 가혹한 운명을 마이클에게 안겨주었다.

제라치는 기다리는 동안 마이클이 그때 일을 어떻게 알게 되었는지 생각했다. 그는 당황스러웠다.

두 시간 후, 창문 옆에 서 있던 도니 백스가 마이클의 리무진이 도착했다는 신호를 보냈다. 제라치는 대마초 모모와 에디 파라디스를 옆에 데리고 보도를 가로질렀다. 그는 준비가 되어 있었다. 딸들의 얼굴이 떠올랐다. 그리고 차의 손잡이를 잡았다.

"잘 있었나, 파우스토."

"돈 코를레오네, 여행은 괜찮았습니까?" 제라치는 혼자 차에 올라타 마이클의 맞은편에 앉았다. 그와 마이클을 제외하고 차 안에 있는 사람은 운전대를 잡고 있는 알 네리뿐이었다.

제라치가 대마초 모모를 보고 고개를 끄덕이자 그가 차문을 닫아주었다. 네리가 시동을 걸었다.

"굉장했지. 자네도 다시 조종을 하면 좋을 텐데. 새로 생긴 비행기들도 제대로 이용할 수 있게 말이야."

"언젠간 그렇게 되겠죠." 제라치가 대답했다. M. 콜버트 시아 대사가 마이클에게 감사의 선물로 보낸 것 중에 새 비행기도 있었다. "하늘을 나는 꿈을 꾸곤 합니다. 재미있는 건 그 꿈이 악몽이 아니라는 거죠. 하지만 잠에서 깨어나면 비행기를 다시 탄다는 건 아직 상상도 할 수 없어요. 조종하는 것이 아니라 승객으로도요. 그건 그렇고, 축하드립니다. 내일이면 백악관으로 입성하겠군요."

"백악관에는 정권 인수팀이 들어가는 거지. 나야 수많은 고문 중 한 명일 뿐이니까."

지난 수년 동안, 코를레오네 패밀리는 시아를 위해 많은 일을 해주었고, 더욱이 대통령에 선출될 수 있도록 물심양면으로 도왔다. 그 대가로 마이클 코를레오네는 그 자리를 받아냈다. 제라치는 마이클이 새 행정부의 어느 누구와도 얼굴을 맞대는 일이 없을 거라는 것을 확신했다. 그는 명목상으로만 참여하는 것으로 되어 있었다. 마이클이 원한 것은 자신과의 약속에 대한 신뢰뿐이었다.

"정말 이렇게 될 거라고 생각했습니까? 이탈리아인이 백악관에 들어가는 것말입니다."

"확신이 있었지."

제라치는 자리를 바꿔 앉았다. 이제는 네리가 그를 죽이려면 차를 세워야만 한다. 마이클은 그런 일을 직접 할 사람이 아니었다. 그들이 제라치를 죽일 거라면 지금 그를 어딘가로 데리고 갈 것이고, 그곳에서 기다리고 있는 사람들이 처리할 것이다. "모든 일이 잘 되기를 바랍니다, 돈 코를레오네."

"마이클이라고 부르게, 알겠나? 우린 오랜 친구 사이니까, 파우스토. 게다가 이미 난 은퇴했으니까 말이야."

"그 이야기는 들었습니다." 마이클에 대해서는 지난 몇 년간 제자리걸음이었던 사업을 합법화시키는 일이 시아의 당선 이후로는 가속화될 거라는 소문이 돌았다. "하지만 우리 일에는 은퇴란 게 없지 않습니까? 무슨 일이 있어도 '살아서 들어왔지만 죽어서야 나갈 수 있다'라고 했죠? 우리 모두 그렇게 맹세했습니다."

"나도 그 맹세를 했지. 그리고 그 맹세는 지킬 거야. 나는 언제나 아버지가 만든 패밀리의 일부가 될 테니까. 하지만 그 맹세도 나와의 관계라고 보게 되면, 우리 아버지 연배 사람들 중에서 일부는 애리조나나 플로리다로 옮겨간 사람도 있어. 우린 그들에게 아무것도 묻지 않았지."

"이제 이 일은 어떻게 되는 건지 설명해주십시오. 이런 저런 얘기들을 많이 들었습니다만, 그저 소문이라고만 여기고 있었으니까요."

"간단하네. 자네도 알고 있겠지만, 난 클레멘자와 테시오에게 일이 제대로 되었을 때 각자 패밀리를 갖도록 해주겠다고 약속했지. 테시오는 우리를 배신했고, 클레멘자는 죽었지만 그 약속은 여전히 남아 있어."

"오그니 프로메사 아언 데비토란 말인가요? 우리 아버지가 늘 하시던 말씀이었죠."

"정확하군. 오늘 난 그 빚을 갚을 셈이야. 모든 면에서 볼 때 뉴욕에서 최고는 자네야. 오늘부터 나는 더 이상 자네가 하는 사업에 관여하지 않을 것이고, 그 일에서 들어오는 수입 역시 받지 않을 걸세. 이제 나는 물러났어. 앞으로는 나 역시 자네를 돈이라고 부르는 사람 중 하나가 될 거야. 돈 제라치, 축하하네."

그렇지, 난 이제 죽었으니까. 제라치는 이렇게 생각했다. "감사합니다. 그것뿐인가요?"

"달리 뭐가 있겠나?"

본의 아니게 제라치는 네리를 흘긋 쳐다보았다. 그들은 지금 79번가의 서쪽에 있는 센트럴 파크 쪽으로 가고 있었다. 네리는 앞만 똑바로 보고 있었다. "영광입니다. 분에 넘칠 정도로."

"자넨 그럴 자격이 있어."

제라치는 반지가 없는 오른손을 내밀었다. "이럴 줄 알았다면 반지를 샀을 겁니다."

"내 걸 가지게. 교황의 축복을 직접 받은 반지지." 마이클은 손에서 반지를 뺐다. 사파이어가 커다란 다이아몬드 주위를 감싸고 있는 세련된 고급 반지였다.

제라치는 자기를 죽이려는 남자에게서 반지 같은 걸 받을 수는 없었다. 그렇지 않은가? 더군다나 교황한테 직접 축복을 받은 반지라니?

"농담입니다. 어떻게 그 반지를 받겠습니까? 이미 너무 많은 걸 받았습니다." 제라치는 커다란 오른손을 들어 보였다. 권투 장갑을 끼지 않고 주먹을 꽤나 날린 탓에 손가락마다 마디가 굵게 잡혀 있었다. "그리고 이 손가락에는 맞지도 않을 테고요."

"그건 미처 생각 못했군." 마이클이 웃으며 반지를 다시 자기 손가락에 밀어 넣었다.

"이런 말을 아는지 모르겠군요. 큰 손엔…."

"큰 반지." 마이클이 대꾸했다.

"맞아요. 마이클, 정말 믿을 수 없는 소식이군요. 꿈이 이루어졌어요."

"자넨 모르고 있었나?"

"물론 알고 있었죠. 하지만 위원회에서 문제가 있다고 들어서요."

"정보망이 꽤 좋군. 위원회에서는 내게 계속 자리를 지켜달라고 했네. 난 반대했지만 위원회의 결정도 무시할 수는 없지. 난 위원회에나 자네한테나 고문 자격으로 남게 될 거야. 이 이야기는 비밀로 했으면 좋겠군. 자네가 카포로 누군가를 임명할 때는 반드시 위원회의 승인을 받아야 할 거야. 일단은 다른 것보다 나와 관련된 문제들을 정리하라고 충고해주고 싶군. 자넨 노빌리오를 그 자리에 두고 싶겠지, 안 그런가?"

"그 문제는 좀 더 생각해봐야겠습니다." 쌍권총 리치는 클레멘자의 조직을 이어받았다. 제라치가 리치에 대해 알고 있는 건 모든 게 다 좋았다. 예를 들자면 그는 현재 뉴욕 패밀리들이 시멘트 사업에 있어서 독점권을 얻을 수 있도록 도와주었으며, 포트로더데일*에서도 꽤 큰 영향력을 행사하고 있었다. 그럼에도 선뜻 그를 카포로 삼겠다고 대답하지 않은 이유는 그 친구가 그다지 똑똑하지 않기 때문이다. 이유를 솔직히 말하자면 그랬다. "돈 자리를 제게 물려준다면 리치가 화를 내지는 않을까요?"

"자네가 그 친구를 제거해야 할 만큼? 그가 그렇게 화를 많이 낼 거라고 생각하는 건 아니겠지?"

"그 친구를 제거하겠다는 뜻으로 말한 건 아닙니다. 그저 그 친구가 이 소식을 듣고 어떤 반응을 보일지 궁금할 뿐입니다."

"그 일이 그 친구한테 그렇게 의외는 아니었을 거야."

---

* 플로리다주 남동부 대서양 연안에 있는 휴양 도시

"그 친구한테 얘기했나요?"

마이클이 고개를 저었다. "공식적으로는 안 했지. 하지만 그게 문제라면, 그 친구한테 말해줄 수는 있다네."

"그렇게 된다면 일이 잘 해결될 겁니다." 제라치와 리치는 떠도는 소문에 대해서 이야기를 나눈 적이 있었다. 리치는 제라치가 새로운 돈이 되는 모습을 본다면 무척 기쁠 거라고 말하면서 위원회의 승인을 받을 수 있게 돕겠다고 했다. 아마 그는 진실을 말했을 것이다. "리치는 아주 좋은 친구니까요."

"자네의 조직에 대해서 난 어떤 것도 간섭할 생각이 없네. 그저 나한테 먼저 말만 해주면 좋겠군."

"그렇게 하겠습니다."

"자네에게 조언을 해주긴 하겠지만 그렇다고 내가 자네의 콘실리에리로 일하겠다는 건 아니야. 내가 원하는 또 다른 삶이 있으니까. 내 과거가 그 미래에 끼어드는 걸 원하지 않아."

"알 것 같습니다." 제라치는 전적으로 마이클을 이해할 수는 없었지만 그렇게 대답했다. "그렇다면 제 뜻대로 해도 되는 겁니까?"

"전부 자네한테 달렸지."

"괜찮다면 톰 헤이건을 콘실리에리로 삼고 싶습니다."

"유감이지만 그건 곤란하네. 톰 형은 변호사로서 앞으로도 내 일을 해줘야 하니까."

그건 좋은 징조였다. 마이클이 그렇게 하라고 했다면 그건 제라치를 그 자리에서 죽이겠다는 뜻일 테니까.

"그냥 한번 해본 말입니다. 당신은 언제나 최고의 사람을 옆에 두고 있으니까요."

"자넨 날 좋아하지 않지. 안 그런가, 파우스토?"

제라치는 재빨리 그 상황에서는 거짓말을 하는 것이 사실대로 말하는 것보다 위험하다는 결정을 내렸다. "그건 그렇습니다. 좋아하지 않아요. 무례를 범하려는 뜻은 없습니다. 다른 사람들은 어떤지 모르겠지만요."

"그렇지만 자넨 날 두려워하고 있지."

"두려움은 논리의 적이죠. 하지만 그 말이 맞습니다. 사실이 그러니까요. 죽음보다 더 두려워요. 당신이 무슨 말을 하고 싶어 하는지 알고 있습니다. 그렇지만 난 준비가 되어 있습니다. 지금 그 말이 무엇을 의미하고 있는지도 알고 있습니다. 우리 조직은 당신 가족들의 희생으로 만들어졌죠. 저도 제 모든 걸 걸겠습니다. 전부 다 말입니다."

마이클은 제라치의 무릎을 애정 어린 손길로 툭 쳤다.

그들은 브로드웨이의 주택가로 들어섰다.

로코 람포네가 맡았던 조직을 어떻게 할 것인지에 대해서는 아무런 언급도 없었다. 2년 전 로코가 마이애미에서 스스로 목숨을 끊은 뒤, 그 자리는 여전히 비어 있었다. 대신 네바다에서 일하는 알 네리나 네리의 조카 토미, 피가로, 그 외에 그들이 데리고 있는 부하 4~5명이 관리하고 있었다. 만일 이 거래에 그들도 포함이 되어 있다면 마이클은 그렇다고 말했을 것이다. 특히 이 자리에 알 네리가 있는 걸로 봐서는 제라치가 그 조직까지 손에 넣을 운은 아닌 모양이었다. 망할 네바다 같으니라고.

제라치는 턱을 문질렀다. "몇 대 맞을 소리일지도 모르겠습니다만 아직 잘 모르겠습니다. 정말 이제 이 사업이 필요하지 않습니까? 네바다에 있는 카지노 두 개만 운영하는 걸로 만족할 수 있겠어요?"

마이클이 고개를 끄덕였다. "충분히 물어볼 만한 사안이야. 난 우리 가족에게 조직에서 손 떼겠다고 약속했고, 계속 그 약속을 지킬 걸세.

사실 별 일 없었다면 이미 2년 전에 모든 일이 정리됐을 거야. 사실 네 바다의 카지노와 쿠바에 있는 카지노, 그 외에 여러 가지 부동산들이 있다면 백 년도 넘게 유지할 수 있을 왕국이라고 할 수 있지. 하지만 그때 공산주의자들이 쿠바를 장악하는 바람에 우린 모든 것을 잃어버렸어. 그때 우리에게 닥친 불행은 조직 전체를 위해 합법적인 사업에서 그만큼 필요한 자금을 만들어낼 수 있어야 한다는 것과 내가 은퇴할 수 없다는 것을 뜻했지. 하지만 2년 만에 지미 시아가 대통령으로 당선되는 덕에 모든 것이 변했어. 쿠바에서 합법적인 도박으로 들어올 수 있었던 수입을 잃었다는 것은 끔찍하지만 이제는 뉴저지에 영향력을 미칠 수 있게 되었으니까. 우린 뉴저지의 주지사를 대통령으로 만들어주었으니 말이야. 하지만 무엇보다도 가장 중요한 건 자네가 스트라치 패밀리와 맺은 협정은 양쪽 모두에게 이득이라는 것이겠지. 내가 기억하는 한 애틀랜틱 시티에 합법적인 도박장을 만드는 것에 대한 이야기가 있었어. 그래서 그 계획이 실현될 때까지 난 위원회에 남아 있을 생각이야. 아마도 1년 이내에 이루어지겠지. 그렇게만 되면 그곳은 우리 차지야. 우리 해안과 불과 160킬로미터 가량 떨어진 곳에 세워진 공산주의 국가가 얼마나 오래 갈 수 있겠나? 러시아만 아니었다면 우린 그곳을 빼앗긴 즉시 되찾을 수 있었을 거야. 쿠바와 다른 공산주의 국가들과의 차이점은 쿠바는 자본주의를 접하기에 너무나도 가깝게 있을 뿐만 아니라, 이미 그런 기미가 있다는 걸세. 앞으로 2~3년 정도 기다리면 쿠바에서의 사업 역시 되찾을 수 있을 거야. 그렇게 되면 시아 정부가 원래의 주인들에게 모두 돌려주도록 일을 추진할 거라고 믿고 있네. 중요한 건, 만일 충분한 자금의 여유를 확보하지 못한다면 루이 루소의 방해를 뿌리치고 우리가 그 카지노를 운영하지 못하게 될 수도 있다는 거야. 그런데 우리에게는 아직 그런 자금이 없어. 부득이

한 일이기는 하지만 우리는 경제적인 면을 생각하고 사람들과의 관계도 절충해가며 일을 해나가야 하겠지. 뭐, 그래도 몇 분 차이로 늦는 것보다는 1년 빠른 것이 낫겠지만 말이야."

"그리고 뇌물은 누구누구에게 주는 겁니까?" 제라치가 물었다. 코를레오네 패밀리의 엄청난 재산은 다방면의 사람들에게 뇌물을 주어 관계를 유지시키는 역할을 하고 있었다. "경찰이나 노동조합 사람들은 꽤 알고 있고, 판사나 지방 검사도 약간은 알고 있습니다만 우리 조직을 위해 필요한 사람들에 대해 절반도 모르고 있습니다. 아, 정치인들을 빼먹었군요. 제가 아는 건 소문뿐입니다."

제라치는 뉴욕에 있는 패밀리의 실질적인 책임을 맡고 있었지만 그런 연줄이 있는 사람들은 모두 마이클과 헤이건이 담당하고 있었다.

"톰이 자네에게 연락할 걸세. 대통령 정권 인수 기간 동안에 말이야. 내가 조직을 아버지로부터 물려받았을 때, 아버지와 톰한테 설명을 듣는 일만 해도 6개월이 걸렸으니까."

"미국이라는 거대한 나라가 다른 지도자로 넘어가는 데도 불과 2개월이면 되는데 제 경우는 6개월이면 다 이해할 수 있을 겁니다."

마이클이 큰소리로 웃었다.

"정말 더 이상 판사나 경찰들을 이용하지 않으실 겁니까? 그런 것들을 포기한 건가요?"

"내가 그런 말을 한 적 있는가? 난 그저 자네가 운영하는 사업에서 나오는 수익이 더 이상 필요 없다고 말했을 뿐이야."

"그렇죠. 알겠습니다. 은퇴한 거니까요."

"그렇게 단순한 일이 아닐세, 파우스토. 대통령이 정권을 이어받는 과도기 동안에는 지금까지보다 더 많은 사람들에게 뇌물을 줘야 할 거야."

그러니까 자기는 이렇게 은퇴하지만, 그런 다음에도 원하는 것은 무엇이 가지겠다, 이 말씀이군. 제라치는 생각했다.

"그리고 위원회의 지위 말인데요. 그 지위도 저한테 넘겨주는 겁니까? 아니면 지금까지처럼 당신이 가지는 건가요?"

"그 문제는 나한테 맡기게. 자네도 결국엔 위원 자리를 얻을 수 있게 될 테니. 먼저 조직부터 정비해 놓으면, 그 다음부터는 위원회에서 알아서 해줄 거야. 그 부분에 있어서는 아무 문제없을 테니 걱정하지 않아도 좋아."

두 사람은 좀 더 세부적인 다른 문제들에 대해서도 의견을 나누었다. 차는 공원을 가로 질러 렉싱턴 애비뉴를 따라 내려가기 시작했다. 그곳에서는 이웃들 때문에 도저히 살인을 저지를 수 없다. 그들은 제라치를 죽일 작정은 아닌 모양이었다. 마이클은 아직까지도 형이 패밀리를 배신한 배후에 누가 있는지 알지 못했다. 하지만 제라치에게 더 이상 기회는 없었다.

"좀 특별한 경로를 통해 알게 된 것이 있는데 당신도 알았으면 하는 일입니다. 그들이 당신 형을 죽이려고 했다는군요."

"누가 우리 형을 죽이려고 했다는 건가?"

"루이 루소 말입니다."

"우리 형들은 모두 죽었어."

"예전에 말입니다. 지금에서야 알게 되었지만."

"어느 형 말인가?"

마이클이 제일 먼저 걱정한 '우리 형'은 헤이건을 의미하는 말이었다. 그런 다음에야 우리 형들은 죽었어, 라고 대답 했다는 사실에 제라치는 실망했다. "프레디 말입니다. 그런데 실패하자 루소도 손을 뗀 모양이더군요. 노동절을 기억하십니까?"

제라치는 노동절에 있었던 일에 대해 더 이상 말할 필요도 없었다. 마이클이 고개를 끄덕였다.

"클레멘자의 아들 결혼식 날, 프레디는 캐나다에 있는 모텔에 묵었습니다. 어떻게 말해야 할지 모르겠습니다만 다른 남자와 같이 말이죠. 루소의 부하들은 프레디가 자신이 저지른 일에 수치심을 느끼고 자살한 것처럼 보이게 만들려고 했던 모양입니다. 그러니까 몇 가지 사실들만 제외하면 그 모든 일이 계획적이었다는 말이죠."

마이클의 무표정한 얼굴에 알아차릴 수 있을 정도로 미묘한 변화가 보였다.

"먼저 루소의 부하들이 모텔로 갔을 때, 프레디는 이미 그 자리를 떠나고 없었습니다. 하지만 다른 그때까지도 벌거벗은 채 침대에 남아 있었습니다. 영업일을 하는 좋은 직업에 아내와 아이들까지 있는 남자였죠. 그 다음으로 루소의 부하들이 방문을 열자 그 남자가 총으로 그 녀석들을 쐈어요. 그 총은 콜트제인데 제조번호가 남아 있지 않았습니다. 아닐 수도 있겠지만 그 총은 프레디 것일 수도 있어요. 피가로의 말에 따르면 그 여행에서 프레디가 총을 잃어버린 건 사실이었으니까 말입니다. 더군다나 프레디는 콜트 총을 좋아했죠. 어쨌든 그 모텔에 남아 있던 남자는 루소의 부하 중 한 놈을 죽이고, 다른 한 놈에게는 부상을 입혔습니다. 그 다음날, 누군가 간호사를 클로로포름으로 마취시켜버린 뒤 부상당한 녀석의 목을 찢고, 눈에는 칼을 손잡이까지 들어가게 푹 찔러 놓고는 사라져버렸어요. 그리고 또 다음 날, 모텔 방에 남아 있던 그 남자는 변호사를 만나러 간다고 나갔죠. 그 뒤로 아무도 그를 보지 못했다고 합니다. 그 뒤 그의 아내 앞으로 그 남자의 잘린 손목이 우편으로 배달되었죠."

"그러니까 자네 말은 루소가 자신이 저지른 일을 숨기기 위해서 그런 짓을 저질렀다는 거로군."

"그렇습니다."

"그렇다면 그들은 어째서 프레디를 다시 노리지 않은 거지?"

"우리 패밀리를 곤경에 빠뜨릴 생각이었던 거죠. 프레디가 소토 카포로 임명된 뒤, 곧장 호모라는 것이 밝혀졌으니까요. 뭐, 프레디가 정말 그렇다는 말은 아닙니다. 아시겠죠? 그저 그런 일이 있었다는 것을 알려드린 것뿐입니다."

마이클이 고개를 끄덕였다.

"만일 그자들이 프레디가 자살한 것처럼 보이게 만들어 놓았다면 정말 모든 일은 끝났을 겁니다. 복수도 할 수 없었을 테고, 아무것도 하지 못했겠죠. 우리 조직은 피해를 입고, 그자들은 이익을 얻었을 겁니다. 그 녀석들은 라스베가스에 목숨을 걸고 있는데다 그곳이 자기들 거라고 생각하고 있으니까요. 하지만 그 뒤에 아시는 대로 사고가 있었죠. 비행기 사고 말입니다. 그 계획은 더 이상 필요하지 않았어요. 적어도 잠깐 동안은 말이에요. 입증할 수는 없지만 이런 이유로 프레디의 비극 뒤에는 루소가 있는 게 분명합니다. 프레디는 L.A.에서 많은 시간을 지냈고, 그 친구가 우리를 배신한 곳도 L.A.였으니까요." 제라치가 눈썹을 치켜 올리며 어깨를 으쓱했다. "L.A.는 시카고의 세력권이나 마찬가지 아닙니까?"

마이클이 자기 형을 죽이라는 명령을 내린 것은 패밀리 안에서는 더 이상 비밀도 아니었다.

"자네는 어떻게 그렇게 많이 알고 있는 거지?

"사람이 있습니다. FBI 안에요."

"FBI 안에?" 마이클이 강한 인상을 받았다는 듯이 반문했다. 제라치는 국장에게 좀 문제가 있긴 하지만 FBI만큼은 결백할 거라고 생각했다.

"L.A.에서 개를 총으로 쏴서 죽인 일 때문에 프레디가 체포된 적이 있지 않습니까? 그 총 역시 콜트였는데 제조번호가 지워져 있었죠. FBI 연구실에서는 산성약품을 써서 그 번호를 알아낼 수가 있답니다. 캐나다 윈저에서 발견된 총도 마찬가지였고요. 그자들은 그 두 개의 총이 모두 르노에서 들여온 것으로 실제로는 존재하지 않는 사람들에게 팔았다는 것을 밝혀냈습니다. 다행히 제럴드 오멜리는 걸리지 않았지만요. 아, 그리고 한 가지 더 있습니다."

제라치는 외투 주머니에서 비장의 무기를 꺼냈다. 라이터였다. 밀란에서 만들어진 보석이 박혀 있는 것으로 '1954년 크리스마스'라고 새겨져 있었다. 제라치는 그것을 마이클에게 던졌다.

"알아보시겠습니까?"

마이클의 얼굴이 달아올랐다. 그는 작지만 깨끗하게 다듬어진 손으로 라이터를 뒤집더니 움켜쥐었다. 라이터가 보이지 않을 정도로 꼭.

"모텔에 있었던 남자가 그 라이터는 같이 있던 남자가 남겨 놓고 간 것이라고 했답니다. 전 이 이야기를 듣고 심한 분노를 느꼈어요. 만일 루소를 손봐주길 원한다면 말하세요. 제가 처리할 테니까. 전력으로 상대할 겁니다."

마이클이 고개를 창문 쪽으로 돌렸다. 몇 블록을 지나는 동안 그는 라이터를 쥔 손으로 턱을 가볍게 두드리고 있었다.

제라치는 거짓말을 했다. 사실 FBI에 아는 사람 같은 건 없었다. 그는 콜트 총이 모두 같은 중개인에게서 나왔다는 이야기를 들었고, 그것이 맞을 거라고 기대했다. 그 라이터는 모텔의 남자를 죽인 살인범이 가져 온 것을 루소를 통해 받은 것이었다.

하지만 루소를 처치하겠다는 말은 진심이었다. 제라치는 지난 5년간 조직을 평화롭게 이끌어왔다. 군자금도 많이 모았다. 지난 몇 년간 시칠리아인 카포 디 투티 카피인 체사레 인델리카토가 그에게 헤로인과 마약을 제공해주었을 뿐만 아니라 부하들까지 모아주었다. 제라치는 이제 부시윅과 니커보커 애비뉴 위쪽에 있던 베트남인들을 비롯해서 중서부 전역의 피자가게에서 일하는 합법적인 이민자들을 끌어 모아 부하로 받아들였다. 그들은 평소에는 피자 반죽 기계를 돌리거나 평범한 일들을 하면서 제라치의 호출이 있기를 기다렸다. 케노샤, 클리블랜드 하이츠, 영스타운 같은 곳에서 몇 년 동안이나 법을 잘 지키고 좋은 이웃으로 살아가면서 누군가를 손봐줘야 할 때는 '휴가'의 명목으로 가고, 그런 다음 다시 집으로 돌아온다. 아무도 그들을 120킬로미터 가량 떨어진 곳에서 죽은 깡패와 연결시키지 않았다. 만일 쌍권총 리치의 능력이 보이는 것처럼 정말 뛰어나다면, 코를레오네 패밀리가 시카고 일단을 다시는 일어서지 못하게 만들 수 있을 거라고 제라치는 확신했다. 그렇게 되면 그들은 다시 뉴욕 패밀리의 뜻을 따를 것이다. 제라치는 낭연히 프레디가 마이클을 배신하도록 조종한 것이 자신이었다는 증거를 없앨 것이다. 마이클이 여기서 동의만 한다면(더불어 위원회에 그 일에 대해 대답을 해준다면) 후환을 제거하기 좋은 기회였다.

"그렇게 생각해줘서 고맙지만 이미 말했다시피 난 은퇴했어." 마침내 마이클이 말했다.

자동차가 멈췄다. 그들이 처음 출발했던 1번가에 있는 대마초 모모의 술집 앞이었다. 제라치는 마이클이 정말로 자신의 제안에 대해 오랫동안 생각을 하고 있었던 건지 아니면 그저 제라치가 내리는 순간까지 기다렸다가 대답을 한 것인지 궁금했다.

제라치는 왼손을 들어 손바닥을 밑으로 한 채 가슴 한복판 위에 올렸다. 그리고 오른손으로 그런 왼손을 받쳐 올렸다. "퀴 소토 논 시 피오베." 당신은 지금 이 자리에서는 비를 맞지 않습니다. "언 지오르노

마즈라이 미소그노 디 미." 언젠가는 날 필요로 할 겁니다.

오래된 말들이었다. 테시오가 그를 지켜주겠다는 서약을 할 때 이렇게 말했다. 마이클도 그의 아버지로부터 틀림없이 이런 말을 들은 적이 있을 것이다.

"고맙게 받아들이겠네, 파우스토."

"그런 말 마십시오."

마이클이 미소지었다. 제라치는 온몸에 소름이 끼치는 것을 느꼈다.

"내가 자네를 죽일 거라고 생각하는 모양이군. 안 그런가?"

"전 언제나 모든 사람들이 날 죽일 거라고 생각하고 있습니다. 습관이란 무서운 것이죠."

"그래서 자네가 지금까지 살아 있는 건지도 모르지."

그 말은 무슨 뜻으로 받아들여야 하는 걸까? 그것이 이제껏 아무도 제라치를 죽이지 못한 이유이거나 아니면 마이클이 지금 그를 죽이지 않는 이유라는 것일까? 제라치는 정확한 의미를 물어볼 수 없었다.

"마이클, 제가 무엇 때문에 당신이 날 죽일 거라고 생각하겠습니까? 이미 말했듯이 당신은 은퇴했는데 말이죠. 새로운 삶에 행운이 가득하기를 기원하겠습니다."

마이클은 여전히 라이터를 든 손에 주먹을 쥔 채였다.

두 사람은 서로의 뺨에 키스하고 끌어안았다. 그리고 제라치는 리무진이 떠나는 모습을 지켜보았다. 그가 술집 안으로 들어왔을 때 어떻게 알았는지 30~40명의 부하들이 모여 있었다. 닉 제라치는 그들에게 손을 흔들며 2층으로 올라갔다. 그리고 구석에 놓여 있는 커다란 가죽 의자에 몸을 묻었다. 부하들이 따라 올라왔다. 제라치는 결혼반지를 빼내 오른손 새끼손가락에 옮겨 끼었다. 그러자 부하들이 줄을 서서 그 반지에 키스했다.

23

 "폰테인 씨, 시아 행정부에서 직책을 주겠다는 약속을 받으셨나요?"
 컨스티튜션 홀 로비에는 기자들이 가득했다. 조니 폰테인은 수십 명의 음악과 영화계의 스타들과 함께 단 위에 있는 탁자 앞에 앉아 있었다. 내일이면 이곳에는 좀 더 많은 무대가 있을 것이다. 그들은 역사를 만들어가고 있었다. 지미 시아 대통령의 취임 축하파티를 위한 공연에 출연해달라는 요청에 거절한 연예인은 아무도 없었다. 만일 러시아가 지금 워싱턴에 폭탄을 떨어뜨린다면 미국에는 아마 쇼 사업이라는 것은 남아 있지 못할 것이다. 학교용 연극, 록 뮤직, 남성들을 위한 괴기영화나 도색영화 정도나 남아 있게 되려나.
 "직책이라고요? 전 그저 살롱 가수일 뿐이라 그런 직책을 가져본 적은 없습니다만." 조니가 짐짓 놀란 척 하며 대답했다.
 회장 안에 잔잔한 웃음이 터져 나왔다. 그는 사람들이 그 대답을 긍정이라고 받아들이기를 원했다. 대사는 폰테인을 위해 자리를 준비해 놓았다고 말했다. 지금 같은 연단에 서 있는 리타 듀발이 라스베가스에 있는 폰테인의 집에서 평소의 모습과는 전혀 다르게 덤벼들고 있을 때 지미 본인이 직접 찾아왔다. 그리고 폰테인에게 이탈리아 대사로 가 달라는 제안을 했다. 그게 아니면 푸른 하늘과 여자들이 득실거리는 작은 열대 낙원과 같은 곳은 어떻겠느냐는 이야기도 했다. 그 이야기를 할 때쯤 조니와 지미는 이미 취한 상태였다.
 "폰테인 씨처럼 마피아와 관계있는 것으로 소문이 나 있는 분이 대통령 취임 기념파티 공연 연출을 맡게 되면, 아무래도 시아 정권에 대해 무슨 말이 나오지 않을까요?" 누군가가 큰 소리로 물었다.
 조니는 놀랄 수 밖에 없었다. 어떻게 저 망할 자식의 입을 틀어막지?

그 질문을 던진 것은 뉴욕의 신문기자였다. 조니는 예전에 그 기자를 구타한 적이 있었다. 법정까지 가지 않고 만 달러로 합의를 보았다.

그때 대통령 당선자의 매제인 보비 채드윅이 마이크 앞으로 몸을 내밀었다. "지금 조니 폰테인과 같은 사람이라고 했나요? 실례지만 혹시 천왕성에서 온 특파원이십니까? 그렇다면 이곳 방식이 익숙하지 않으시겠죠. 하지만 여긴 지구입니다. 조니 폰테인에게 그런 식으로 말하는 사람은 아무도 없죠."

그가 그렇게 말하자 장내에는 웃음이 일었지만 이내 그 웃음은 가라앉았다. 그리고 다른 기자들까지도 모두 조니 폰테인이 그 질문에 대답하기만을 기다렸다. 만일 여기가 나이트클럽이나 레스토랑이었다면 조니는 그저 눈썹을 치켜 올리고는 그 망할 기자 녀석을 밖으로 쫓아내라고 하면 그만이었을 것이다.

"정평이 나 있다는 게으른 신문기자들이 쓸 말이 별다르게 없을 때 쓰는 단어죠. 몇 가지 알려드릴까요? 이 나라에는 이탈리아 출신이 5백만 명이나 있습니다. 미국 상원에서 2년 전에 내놓은 자료에 따르면, 마피아와 관련된 사람은 대략 4천명 정도라고 하더군요. 기자 양반, 좀 더 잘 알 수 있게 계산을 해줄까요? 그러니까 약 1,300대 1의 확률이라는 거요. 당신이 곰에게 잡혀 먹힐 확률과 같단 말이오. 그런데도 당신처럼 이름에 모음이 들어간 고집쟁이가 매번 내게 마피아냐고 물어보죠."

"폰테인 씨는 마피아입니까?"

그러자 조니가 그 기자에게 막말을 했다. "정말 대답할 만한 가치도 없는 무식한 질문이군."

그때 연단 끝 쪽에 앉아 있던 유명한 영국 배우, 올리버 스미스 크리스마스 경이 입을 열었다. "제가 틀릴 수도 있겠지만, 소위 마피아라

일컬어지는 사람들은 나이트클럽을 가지고 있고, 제 친구인 조니 폰테인은 그런 곳에서 노래를 부르기 때문에 혼동하고 있는 부분이 있는 게 아닐까요? 나이트클럽 가수가 나이트클럽이 아니면 어디서 노래를 부르겠습니까?"

"올리가 잘 지적해주었어요. 예전에 대형 밴드에서 활동하던 시기가 끝났을 때…." 조니 폰테인이 말했다.

"그렇다면 죽은 비토 코를레오네가 폰테인 씨의 대부라는 것도 사실이 아닌가요?" 그 기자가 물었다.

그런 종류의 대부는 아니었지, 이 멍청한 자식아. "그분은 제 세례식에 와주셨습니다. 맞아요. 우리 부모님의 친구셨죠."

"시아 대통령 당선자도 범죄조직과 연관이 있습니까? 2년 전에 상원에 불려가 증언했던 마이클 코를레오네도 이번 정권 인수팀에서 일하는 것으로 알려져 있는데요." 또 다른 기자가 물었다.

"왜 마이클 코를레오네에 대해 그런 식의 질문을 하는 거죠? 그보다는 코를레오네 씨의 병원에서 치료받고 있는 수많은 아픈 아이들이나 그가 베푸는 자선 사업에 대해 물어보는 게 나을 겁니다. 이봐요, 기자 여러분. 지금은 우리나라를 위해서 가장 흥분된 시간입니다. 우리는 여러분들에게 시아 대통령을 100퍼센트 지지한다고 분명히 말할 수 있습니다. 그러니 이제는 그런 질문들보다는 취임 기념파티에 대해 질문하시는 편이 나을 겁니다. 안 그렇습니까?"

"폰테인 씨는 뉴욕에서 성장하지 않았습니까? 그런데도 시카고의 루이 루소나 로스앤젤레스의 이그나지오 피야텔리와 친하게 지내고 있죠?" 그 망할 기자 녀석이 소리쳤다. 저 자식은 '피그─나텔리'를 '피야텔리'로 발음하고 있었다. "이번에 새로 나온 폰테인 씨의 레코드 표지에 보면 피야텔리의 여동생이 주주로 참가하고 있더군요. 제가 궁금한 건 폰테인 씨가 그렇게 옮길 수 있는 건지입니다."

"내가 이 자리에서 내려가는 것을 원하지 않는다면 기자 양반도 좀 더 예의범절을 지켜줬으면 좋겠군요." 조니가 말했다.

"여기서도 내게 한 방 날릴 겁니까? 그게 마피아식 표현이죠? 그렇죠? 한 방 날린다는 것 말입니다."

"젠장, 내가 그딴 걸 어떻게 안단 말이야?" 조니가 말했다. 모든 사람들이 분명히 알고 있었지만 그건 중요한 게 아니었다.

장내가 웅성거리기 시작했다.

"도대체 내가 그걸 어떻게 안단 말입니까?" 조니가 다른 말로 고쳐 말했다.

케이는 남편을 떠난 뒤, 네바다를 떠나 메인주에 있는 일류 기숙학교에서 일자리를 구했다. 그녀와 아이들은 학교 안에 있는 작은 벽돌 사옥에서 살았다. 마이클은 그런 점을 못마땅하게 여겼지만 케이에게는 직업이 필요했다. 경제적인 이유 때문이 아니라 마이클과 떨어져서 자신의 정체성을 되찾기 위해 꼭 필요한 일이었다. 그녀는 타호 호수에서 수천 킬로미터 떨어진 학교들에만 지원했다. 케이는 마이클과 아이들의 양육권 문제로 심하게 싸우지 않기만을 바라고 있었고, 그래서 그가 불시에 그녀가 있는 학교로 찾아와 아이들의 교육을 위해서는 아이들을 이곳으로 보내는 편이 낫겠다는 말을 했을 때는 깜짝 놀랐다. 케이는 무엇이 그의 마음을 변하게 했는지 알 수 없었다. 마이클은 그저 자신이 아이들을 이혼을 하지 않기 위해 담보로 잡고 있었다는 것을 알아차렸을 뿐이며 아이들이 정말로 필요로 하는 것이 무엇인지를 알았기 때문이라고 했다. 그녀는 그 말을 믿고 싶었다. 케이는 마이클에게 냉철한 이성보다는 좀 더 자신의 마음의 소리를 듣는 데 집중하라고 말하고 싶은 충동을 참아야 했다. 그는 어쩌면 애초에 이 모든 문제의 근원이 자신에게 있다는 것을 모르고 있는 건지도 몰랐다.

마이클은 안토니와 메리를 자주 보지 못했다. 대신 아이들을 만나게 되면 비행기에 태워 뉴욕으로 와 주말 동안 굉장히 활동적인 시간들을 보냈다. 스케이트를 타고, 마차를 타러 가기도 했다. 미술관이나 영화관에 가기도 했고, 동물원에도 가는 등 무리하게 많은 것들을 했다. 그래서인지 아이들은 집에 돌아오면 녹초가 되곤 했다. 이제 일곱 살이 된 메리는 아빠를 숭배하다시피 하고 있었기 때문에 그 뒤 몇 주일간은 뉴욕에서 보냈던 시간에 대해 끝없이 이야기를 늘어놓곤 했다. 막 아홉 살이 된 안토니는 아빠에 대해서 거의 말을 하지 않았다.

마이클이 너무 바쁘다면서 케이에게 이번에는 그녀가 아이들을 데리고 뉴욕으로 와달라고 했을 때, 그녀는 그렇게 할 수는 없다고 대답했다. 그가 케이에게 취임 축하파티에 대해 말하면서 같이 가자고 청했을 때 그녀는 거질했다. 케이에게 워싱턴은 좋지 못한 기억이 많은 곳이었다. 비록 그녀도 마이클이 어떻게든 메리와 안토니를 데리고 갈 수 있는 방법을 찾아내기를 바라고 있었다. 그렇다고 메인주까지 마이클의 부하가 찾아와 아이들을 뉴욕까지 차로 데리고 가는 것은 안 될 일이긴 했지만.

케이가 줄스 시갈에 대한 이야기를 들었을 때 모든 것은 변했다. 그는 네바다에 있을 때 케이의 주치의였다. 그녀는 네바다로 이사 간 친구에게 줄스를 추천해줬는데 그가 이미 1년 전에 총에 맞아 죽었다는 사실을 알게 되었다. 신문 기사에 따르면 강도 사건에 희생된 것이라고 했다.

무도회가 열리는 날, 케이는 에식스 하우스의 센트럴 파크가 내려다보이는 객실에서 기다리고 있었다. 아이들은 TV를 보고 있었다. 이제 아이들에게 더 이상 가정이란 것은 없었다. 꼼짝도 하지 않고 있는 아이들을 지켜보면서 케이는 자신을 위해서는 차라리 잘 된 일일지도 모른다는 생각을 했다. 그녀는 시계를 보았다. 마이클이 이번에도 늦었다. 어떤 일도 변하지 않는다.

마침내 문 앞에서 소리가 들렸다. 마이클과 알 네리가 방으로 들어왔다.

"왜 아직 옷을 입지 않은 거지?" 마이클이 안토니를 가리키며 물었다. 그는 이미 턱시도를 갖춰 입고 있었다.

"그 따위 파티 같은 데는 안 갈래요." 안토니가 말했다.

케이는 안토니가 정장을 벗고, 학교에 갈 때 입는 푸른 셔츠에 치노 바지로 갈아입은 것을 미처 알아차리지 못하고 있었다.

메리가 침대에서 껑충 뛰어 아빠에게 안겼다. "난 갈 거야! 나 예쁜 공주 같지 않아요? 무도회에 가는 거니까."

"정말 예쁘구나. 진짜 공주 같은 걸. 이리 와라, 안토니. 너도 가야지. 가보면 좋을 거야."

케이가 안토니에게 정장으로 다시 갈아입으라고 하자 아이는 투덜거리면서 옷을 와락 움켜쥐고는 무거운 발걸음으로 욕실로 들어갔다. 네리는 소파에 앉은 채 TV에서 나오고 있는 만화 영화를 아주 재미있다는 듯이 보고 있었다. 메리는 빙글빙글 돌면서 드레스를 자랑스럽게 보여주었다. 케이는 시간을 확인하고는 딸에게 TV를 좀 더 보라고 하면서 아빠와 둘이서 할 말이 있다고 했다. 그리고 그녀는 마이클을 이끌고 침실로 들어간 뒤 문을 닫았다.

"드디어 했어, 케이. 아버지에게 물려받은 위험한 사업에서 완전히 은퇴했단 말이야. 예전에 당신에게 사업을 모두 합법적인 것으로 바꿀 거라고 약속했었지. 이제 그 약속을 지켰어."

그녀는 얼굴을 찡그렸다. "10년 전에 한 약속이잖아요." 케이는 그것이 자신을 돌아오게 만들려는 서투른 책략이라고 생각했다. 여전히 그녀는 아이들을 위해서 마이클의 말이 사실이기를 바라고 있긴 했지만. 머지 않아 그는 누군가에게 살해당하거나 감옥에 가게 될 것이다. 그렇게 되면 안토니와 메리에게 어떤 영향을 미칠지에 대해 케이는 생각했다. "당신을 위해서는 잘된 일이네요, 마이클. 정말 그렇게 생각해요."

"당신 정말 대단해, 케이. 메인에서 선생 일을 하다니 말이야. 정말 당신하고 잘 어울리는 일이야."

"마이클, 묻고 싶은 게 있어요. 사실대로 말해줬으면 좋겠어요."

그러자 순식간에 마이클은 평상시의 무표정한 얼굴로 돌아왔다.

"당신이 줄스 시갈을 죽였나요?"

"아니."

전혀 주저힘이 없었다. 그냥 아니, 라고만 했다. 하긴 어떤 거짓말쟁이가 그렇다고 대답하겠는가?

"당신을 믿을 수가 없어요."

"당신한테 예전에 말했을 텐데. 내가 하고 있는 일에 대해서는 묻지 말라고."

"이건 당신 일이 아니라 우리 일이예요. 당신은 나 때문에 시갈 박사를 죽였어요. 그렇죠? 왜냐하면…"

"더 이상 말하지 마. 듣고 싶지 않으니까." 적어도 지금은 그의 얼굴에 표정이 드러났다.

"낙태 때문이죠. 그때처럼 날 또 때릴 건가요?" 케이가 낙태했다고 말했을 때 마이클은 그녀를 때렸다. 그리고 그것으로 두 사람의 결혼생활이 끝났다. 그때도 마이클 때문에 워싱턴에 와 있었는데 여기와는 다른 호텔이었다.

"아니, 케이. 때리지 않아."

"만일 그 강도 사건이 당신 작품이라면…."

"그 일에 대해서는 더 이상 얘기하고 싶지 않아."

"당신은 줄스가 그렇게 하지 않았다는 걸 알았어야 해요."

"케이, 그만해. 우리 둘 다 알고 있잖아. 그때 당신은 그런 일이 있었을 때 그 의사를 찾아갔어. 우리 병원에 있는 그 사람에게 말이야."

"그렇다고 내가 유산했는지 알아보기 위해 진료 기록을 다 뒤질 필요는 없었죠."

"그래, 그건 그렇지. 당신은 낙태를 하려고 라스베가스로 날아갔고, 당신을 진료해준 의사는 마침 프레디 형이 사고를 칠 때마다 낙태를 전담해준 의사와 같은 사람이었다는…."

그녀는 누군가 손으로 힘껏 위를 쥐어짜는 것 같은 느낌이 들었다. "제발, 마이클. 난 알고 있어요. 알고 있단 말이예요. 당신이 무슨 짓을 했는지. 그래서 난 화가 많이 났어요. 늘 무서웠죠. 당신한테 무슨 일이 일어날지도 모르는 두려움 속에서 살아야만 한다는 것이. 하지만 그때 나한테 있어서 당신보다 더 무서운 존재는 없다는 것을 알아버렸어요."

"난 우리 가족을 지킬 뿐이야. 우리 가족을 위해서라면 어떤 일이라도 할 수 있어."

"마이클, 당신은 우리가 결혼하기 전에 이미 다른 의미의 가정을 이룬 적이 있었죠. 하지만 당신한테는 첫 번째 아내가 두 번째 아내였어요. 난 세 번째였고."

"당신한테는 아무 일도 일어나지 않을 거야. 우리 아이들도 마찬가지고. 절대로 아무 일도 없을 거야."

"잠깐만요, 마이클. 네바다에 있는 우리 집은 공격당했어요. 마치 교전 지역에 있는 표적물처럼. 아폴로니아에게 일어났던 일 같은 건 다시는 없을 거라고 약속했죠? 그때 우리는 천만다행히 산산조각 나는 걸 면했을 뿐이예요."

"케이."

"그리고 당신은 무슨 뜻으로 절대로 아무 일도 없을 거라고 말하는 거예요? 보호라는 것은 대체 뭐고, 합법적인 사업가가 될 거라면서 폭력배들에게 명령을 내리는 건 또 뭐죠? 나는 알고 있어요. 당신은 자신이 정말 변했다고 내가 믿기를 바라겠지만 대체 어떻게 변했다는 거죠? 자신을 합법적인 사람이라고 부르면서 실제로 당신이 하는 일은 전혀 변한 게 없어요."

마이클은 그녀에게서 시선을 떼지 않은 채 주머니에 손을 집어넣었다. 순간 케이는 그가 총이나 칼을 꺼낼까봐 무서웠다. 마이클은 담배를 꺼내 물고는 불을 붙였다.

"이제 다 한 거야?"

"당신은 이해하지 못해요. 난 당신이 싫어요. 마이클, 난 결코 우리 아들을 죽이지 않았어요. 라스베가스로 간 건 미술관 건립을 위한 기금 모금 행사를 돕기 위해서였어요. 그리고 바로 내가 유산했다는 것을 알았죠. 그 일이 있은 후 2주 동안 난 당신한테서 어떤 말도 듣지 못했어요. 그것도 2주 동안이나. 어떤 여자도 그런 상황을 혼자 이겨낼 수는 없어요. 그때 난 당신을 떠나기로 결심했죠. 다른 이유들도 있고, 훨씬 큰 이유들도 있었어요. 하지만 그때 우리가 이야기한 것이 결정적이었어요. 난 당신이 절대로 이혼해주지 않을 거라는 걸 알고 있었어요. 그래서 낙태했다고 한 거예요. 당신이 상처받게 하고 싶었고, 그래서 거짓말을 했어요. 그때 어떤 표정을 지을지 보고 싶었어요. 그리고 당신이 어떻게 할지 알고 싶었는데 그때 당신은 날 때렸죠."

마이클은 아래로 약간 숙인 채 고개를 끄덕였다.

"줄스 시갈은 내 주치의였어요, 마이클. 당신이 정말로 그 일을 누군가 때문이라고 생각했다면, 특히 그 사람 때문이었다고 생각했다면 말이에요. 라스베가스에서 누구보다도 당신이 어떤 위치에 있는지 잘 알고 있는 그 사람이 정말 나를 낙태시켜줄 수 있을 거라고 생각했단 말이예요? 시갈은 그런 짓은 할 수 없어요. 난 잘 모르지만… 당신 허락 없이는 담뱃불도 붙이지 않았을 사람이라고요. 난 이제껏 아무리 험하고 무서운 악몽을 꿔도 당신이 부하들을 보내 그런 짓을 할 거라고는 생각하지 못했는데 말이죠."

"이제 떠나야 해. 그만 갈게." 마이클이 말했다. 그리고 돌아서서 방을 나섰다. "가자, 메리, 안토니. 비행기 타러 가고 싶은 사람?"

메리가 타고 싶다고 소리를 질렀다. 안토니는 아무 말도 하지 않았다. 아이들은 이내 엄마에게 키스하며 작별 인사를 했다. 아무도 텔레비전을 끄지 않았다.

케이는 무너지듯 침대에 주저앉았다. 그녀 자신도 살인에 공범인 셈이었다.

그녀는 자기 자신을 비난할 생각은 없었다. 살인자는 마이클이었다. 그녀는 그와 사랑에 빠졌었다. 마이클이 그녀에게 전쟁에서 있었던 일을 이야기해주었을 때, 그럼에도 불구하고, 아니, 그 때문에 더 그를 사랑했다. 케이는 그가 식당에서 두 남자를 죽였다는 것을 알고 있었다. 그리고 더 많은 사람들을 역시 많이 죽였다는 것을 알고 있었지만, 그저 모르는 척 했을 뿐이다. 그녀는 마이클과 결혼했다. 그리고 개종했다. 이혼이 금지되어 있는 가톨릭으로. 그리고 참회하면서 살인자인 남편을 사랑하며 계속 같이 살아보려고 애를 썼다. 그녀가 끝내 지쳐

버린 건, 톰 헤이건이 찾아와 타호 호수에 짓고 있던 집에 불을 지르고, 불도저로 밀어버린 이유가 FBI에서 달아 놓은 도청장치를 제거하기 위해서라고 했을 때였다. 그녀는 진심으로 생각했다. 더 이상은 못해. 하지만 아니었다. 케이는 계속 버텼다. 그녀는 집을 새로 지었다. 기관총을 든 남자들이 들이닥쳐 총을 쏘고, 아이들이 죽을 뻔 한 다음에는 케이도 그 집을 떠났지만, 그래도 마이클 옆에 남아 있었다. 아기를 잃었을 때 남편은 그녀를 포기했다. 그리고 마이클은 케이를 때렸고 자기 형을 죽였다. 그녀는 몇 년 전에 있었던 일 때문에 아무 죄 없는 사람의 목숨을 잃게 만들었다.

TV에서는 뉴스가 나오고 있었다. 대통령이 취임 선서를 하는 모습이었다. 케이는 화면을 쳐다보았다. 수많은 사람들의 모습이 스쳐 지나가는 중에 헤이건 부부의 모습도 보였다. 케이는 그 자리에 머리를 대고 누웠다. 그리고 울면서 깊이 잠들었다.

24

 잔뜩 부풀어 오른 가슴을 간신히 가려주는 분홍색 파티복을 입은 채 프란체스카는 슈퍼맨 잠옷을 집어 들었다. 그녀는 두 번째 아이를 임신하고 있었는데 6개월 째였다. 이제 두 살이 된 첫째의 이름은 윌리엄 브루스터 반 알스데일 4세였는데 모두들 소니라고 불렀다. 프란체스카는 캐피탈 힐에 있는 아파트에서 어질러진 상자들 사이로 돌아다니는 소니를 쫓아다니고 있었다. 그 애는 크리스마스 선물로 프란체스카의 동생인 프랭키가 준 금빛 노트르담 미식축구 헬멧을 제외하고는 벌거벗은 채였다. 그녀는 남편의 듀얼 기어 자동차의 소리가 들리자 부엌 창문으로 내다보았다. 그러다가 남편의 터무니없이 비싼 차에서 어떤 여자가 내리는 것을 본 프란체스카는 갑자기 멈춰 섰다. 그녀는 잠옷을 떨어뜨렸다. 저 여자는 베이비시터가 아니다. 바로 그녀였다. 그 여자.
 프란체스카는 싱크대에 몸을 기대었다. 하지만 아니었다. 그 여자가 아니었다. 다시 보니 그녀는 열다섯 살 정도 된 베이비시터였다. 남편이 시아 행정부에서 일하다가 만나서 바람이 난, 플로리다에서 왔다는 그 여자는 아니었다. 빌리가 푹 빠져 있는 여자는 프란체스카가 가지지 못한 금발머리에 나긋나긋한 몸매를 가지고 있었다.
 "준비 다 됐어, 프란시?" 빌리가 문을 열고 불렀다.
 소니가 정신없이 기뻐하며 아빠를 향해 전속력으로 달려가다가 그만 빌리의 가랑이에 그대로 머리를 박고 말았다. 빌리는 신음소리를 내며 의자에 쓰러졌다. 프란체스카는 아이를 붙잡아 잠옷을 입힌 다음 소니를 베이비시터에게 안겨주며 몇 가지 주의사항을 알려주었다. 소니를 봐주러 온 아이는 빌리가 알고 있는 하버드 법과 대학원생의 여동생이라고 했다.

"당신 정말 대단한 걸. 멋있어." 빌리가 자동차문을 열어주며 말했다.

프란체스카는 자신이 거대한 분홍 암소처럼 보인다는 사실을 잘 알고 있었다. 그녀는 외형은 멋있지만 차체는 너무 낮아 불편한 차에 올라타기 위해 애를 써야 했다. 빌리는 그 사실을 알아차리지 못한 것 같았다. 프란체스카가 자리에 앉자 그는 몸을 숙여 그녀에게 키스했다. 처음에는 가볍게 시작했다가 이내 열정적인 키스로 변했다. 키스가 끝나자 빌리는 그녀에게 고맙다고 말했다. 고맙다니?

지난 몇 주일 내내 이런 식이었다. 그녀의 엄마는 그 일에 대해서는 잊어버리라고 말했다. 남자들은 애인을 가지기 마련이란다. 왜 유부남의 50퍼센트만이 아내를 놔두고 바람을 피우고 있다는 조사 결과가 나왔는지 아니? 엄마가 물었다. 나머지 50퍼센트는 거짓말을 했기 때문이지. 그러니까 그런 사실을 알았을 때 깜짝 놀란 척만 하면 되는 거야. 만일 네가 조금쯤은 모르는 척 해준다면 네 남편도 죄책감을 느끼게 될 거고 네 비위를 맞추려고 할 거다. 프란체스카의 엄마는 이렇게 말했다.

반대로 프란체스카의 동생은 그를 죽여 버리라고 했다. 원래 캐시는 빌리를 좋아하지 않았다. 하지만 동생은 역시 엄마가 아니었다(캐시 자신이 유럽 문학으로 박사 학위를 따는 동안, 런던에서 남자친구들을 여러 명 만들었음에도 불구하고). 엄마가 된다는 것은 엄마가 아닌 사람이 봤을 때는 상상조차 할 수 없을 만큼 커다란 변화를 겪는 것이다. 무엇 때문에 프란체스카가 이혼을 해야 하는가? 그리고 왜 아이들 둘을 혼자서 키워야 되는가? 지금까지는 그녀의 엄마가 해준 충고가 적절하게 먹혀 들어갔다. 하지만 프란체스카는 요 근래 깊어진 남편의 사랑을 믿지 않았다. 그의 온갖 참회의 표현에도 불구하고 그녀가 그의 외도를 알았다는 것을 알린 이후로 두 사람은 두 번 정도밖에 사랑을 나누지 않았다. 프란체스카가 임신 초기 때만 해도 빌리는 그 사실에 더 강한 충동을 느껴 항상 사랑을 나누고 싶어 했다.

"내가 일하는 사무실도 구경할 수 있을 거야, 우리 애기." 빌리가 말했다. 취임 연설 직후에 대통령의 친동생이자 신임 법무장관인 대니얼 브렌든 시아가 소집한 회의가 있을 예정이었다. 선거기간에 비해서 빌리가 일하는 시간이 줄어든 것은 좋은 징조가 아니었다(물론 시간이 짧아진 대신 더욱 집중적으로 일에 헌신하는 건지도 모르겠지만). "작지만 대니와 같은 층에 있어."

"그 사람을 대니라고 부르는 거야?" 그녀는 날 지금 우리 애기라고 불렀어? 라는 말도 하고 싶었다.

"그렇게 불러달라고 했어." 빌리는 자랑스럽다는 듯이 자기 가슴을 쳐보였다. 예전과 달리 프란체스카는 남편의 그런 동작을 더 이상 높이 평가하지 않았다.

"법무장관을 그냥 이름으로 부르다니." 그녀는 놀랐다. 빌리는 그 여자한테도 우리 애기라고 불렀을까? "당신이 자랑스러워."

다른 건 어찌되었든 그건 사실이었다.

"대니는 미국 역사상 세 번째로 젊은 법무장관이지. 하지만 일하는 걸로 봐서는 지금까지 장관들 중 최고라고 해도 될 정도야. 영리함과 무자비함이 믿을 수 없을 만큼 조화를 이루고 있다니까. 불평하자는 게 아니야."

"내 생각에도 그 사람은 법무장관 일에 적임인 것 같아."

무도회에 가는 길에 그들은 몇 군데 대사관과 호텔에서 벌어지는 파티에도 잠깐씩 들렸다. 마법처럼 정말 빌리는 어디로 가야 하는지를 알고 있었고, 관리인이 있는 주차장이 어디 있는지도 알고 있었다. 또한 파티 주최자들의 이름을 알고 있었고, 또 사람들 틈에서 그들을 찾아내곤 했다. 프란체스카는 건물로 들어갈 때마다 소변을 누러 갔다. 언제나 그랬다. 마치 방광에 트럭이라도 들어 있는 것 같았다. 그리고 번번이 화장실 가는 방향을 잘못 찾곤 했다. 그녀는 고급 맨션들에 압도당했다. 특히 프랑스 대사관의 경우 전율까지 느껴질 정도였다. 그리고 이 이야기를 들으면 캐시가 얼마나 부러워할지 생각했다. 그녀는 가는 곳마다 유명인과 권력자들을 만났다. 하지만 동시에 프란체스카는 비참하기도 했다. 낯선 사람이 너도 나도 손을 뻗어 그녀의 배를 만졌는데 빌리는 결코 그 사람들에게 지저분한 손을 거두라는 말을 하지 않았다. 서 있기도 힘들 지경이었다. 그리고 프란체스카는 자신은 이런 장소에 어울리지 않는다고 느꼈고, 그건 결혼생활을 하는 내내 느꼈던 감정이기도 했다. 임신은 접어두고라도 —물론 결코 제쳐 놓을 수 없었다. 뱃속의 아이는 점점 더 커지고 있었으니까— 아무도 그녀 같지 않았다. 여자들은 모두 키가 컸고, 육감적인 몸매에 높이 올린 머리는 스프레이로 완벽하게 고정한 와스프족처럼 보였다(다른 말로 하면 남편과 바람났던 그 여자처럼). 또는 알이 굵은 진주를 몸에 두른 채 조심스러우면서도 생기 넘쳐 보이는 전형적인 워싱턴 정계의 부인들처럼 보였다.

파티마다 화장실에 갈 때를 제외하면 빌리는 그녀의 옆에 있었다. 같은 사무실 안에서 애인을 바라보기만 하고, 본능을 참은 채 일을 해야 하는 빌리를 보는 것은 고통스러운 일이었다. 그렇다고 해서 프란체스카가 그에게 하고 싶은 일은 무엇이든 하라고 말할 정도는 아니었다.

마침내 두 사람은 컨스티튜션 홀에 도착했다. 그리고 계단을 올라가고 있을 때 큰 소리로 프란체스카의 이름을 부르는 귀에 익은 목소리가 들렸다. 그녀는 몸을 돌렸지만 그 소리가 어디서 들려오는지 알 수가 없었다.

"비-보이! 비-보이!"

프란체스카의 기분이 갑자기 좋아졌다. 마이클 삼촌과 메리였다. 그녀는 결혼식 이후로 그들을 한 번도 보지 못했다. 벌써 3년도 넘었다. 삼촌은 10년은 더 나이 들어보였다.

프란체스카는 계단을 내려와 메리를 끌어안으며 다정하게 말했다. "하마터면 못 알아볼 뻔 했는걸. 너무 커서 말이야."

"언니도 크네." 메리가 프란체스카의 배를 쓰다듬으며 말했다. 메리는 그녀와 사촌지간이었다. 메리는 만족할 때까지 프란체스카의 배를 어루만졌다. "우리 둘 다 같은 색깔 드레스를 입었네? 여기 아기가 들어 있는 거지? 그렇지? 난 똑똑해. 벌써 일곱 살이니까."

마이클이 자기도 배를 만져봐도 괜찮을 지 물었다.

"그럼요." 프란체스카가 대답했다. 그리고 메리를 보며 말했다. "정말 똑똑한 걸. 여기 아기가 들어 있단다. 아주 큰 아기인 것 같아."

그때 아기가 발로 걷어차자 마이클이 환한 표정으로 조금 주춤거렸다. 프란체스카는 안토니가 마이클 뒤에 서 있는 것을 알아차렸다. 그녀는 몸을 숙여 안토니도 끌어안았다. 안토니는 아무 말 없이 미소만 지었다. 그들 뒤로 경호원인 듯한 남자가 긴 외투를 입은 채 서 있었다.

"우리 오빠는 말을 별로 안 해. 하지만 머리가 나빠서 그런 게 아니야. 오빠는 노래를 부를 땐 무슨 말이든지 다 하니까. 멋진 무도회에서 사람들이 노래도 부르는지 혹시 알아?" 메리가 물었다.

"넌 머리가 나빠." 안토니가 분명하게 말했다.

"여기서 삼촌을 만나기를 기대했어요. 언제 오셨어요?" 프란체스카가 물었다.

마이클이 시계를 쳐다보았다. "15분 전쯤?"

"워싱턴에 오래 계실 거예요? 짐 정리가 다 끝난 건 아니지만 우리 아파트에 와주신다면 정말 기쁠 거예요."

빌리와 마이클은 서로를 한참 쳐다보다가 결국 빌리가 먼저 고개를 돌렸다. 두 사람이 얼굴을 마주한 것은 결혼식 이후 처음이었다. 그 결혼식 때 빌리는 아주 웃긴 행동을 했었다. 프란체스카는 빌리의 정치적인 미래에 그녀의 가족이 어떤 영향을 미쳐줄 것인지를 잘 알고 있었다. 모든 결혼에는 금기시 되는 이야기가 있는 법이라고 프란체스카는 생각했고, 그들 사이에도 그런 것이 하나가 있었다. 그 정도면 두 사람은 운이 좋은 편이라고 할 수 있지 않을까.

"다음에 오면 밤에 한 번 들리도록 하지. 정권 인수팀의 업무가 끝나야겠지만 말이야. 그래도 앞으로는 일 때문에 자주 오게 될 거야."

빌리는 경호원에게 손을 내밀었다. "빌리 반 알스데일입니다."

"예전에 만났었죠." 알 네리가 말했다. 하지만 그가 한 말은 그게 전부였다.

"꼭 오세요, 마이크 삼촌. 잠깐이라도 시간 내서 저희 집에서 아침식사라도 같이 해요." 프란체스카가 말했다.

"정말? 우리 엄마가 아침식사가 제일 중요한 거라고 했는데." 메리가 말했다.

"넌 아침에 치즈밖에 안 먹잖아." 안토니가 말했다.

"그건 노래에 나온 말이지. 난 뭐든지 다 먹어. 아빠, 우리 가는 거죠?"

마르그리트 듀발은 붉은 란제리를 입은 열 명의 여자들과, 몸에 딱 붙는 카우보이를 흉내 낸 가죽 바지를 입은 열 명의 마른 남자들과 함께 무대에 올라 '캐틀 콜' 음반의 춤과 노래를 재현해냈다. 그리고 매음굴이 불타는 장면에서 그 유명한 외설적이면서도 환상적인 모습을 완벽하게 재현했다. 리타는 프랑스 부인이자 보안관의 절친한 친구 역을 연기했다. 작은 역할이었지만 같이 공연한 사람들의 도움으로 토니상 후보가 될 수 있었다(그와 동시에 지금 대통령이 된 남자와 잠을 같이 잤다는 소문도 돌았다).

조니 폰테인은 무대 끝 쪽에 서 있었다. 그날 행사를 위해 특별히 밀란의 최고 디자이너가 만든, 보라색 새틴으로 안감을 댄 하얀 케이프에 줄무늬 턱시도를 입고 있었다. 그는 버번처럼 보이지만 실제로는 꿀에 탄 차를 술잔에 따라 한 모금씩 마시고 있었다.

"사랑스럽고 재능 넘치는 우리의 듀발 양께서 루소와 잤다는 이야기가 들리던데." 버즈 프라텔로가 고개를 저으며 감탄한 듯한 목소리로 말했다. 그와 도티는 다음 차례였다.

조니는 리타를 지미 시아와 루이 루소 모두에게 소개했다. 하지만 폰테인은 취임 축하파티를 위한 공연에 그녀도 출연한다는 이야기는 하지 않았다. 배우 선정은 그의 소관이었다. 대사가 여러 제안들을 했지만 조니는 그를 무시했다. 리타는 지금보다 더 큰 스타는 될 수 없을지도 몰랐다. 하지만 그녀는 다행히 토니상 후보로 올랐다. 그녀는 폰테인에게 행운을 가져다주는 여자였다. 그가 리타를 만난 건 폰테인 블루로 활동하기 전, 어느 날 밤 할 미첼이 세 명이서 놀아보라며 그녀를 불러주어서였다. 그때 리타는 프랑스 쇼걸로 애쓰고 있을 때였다. 그때 이후로 조니 폰테인은 토요일 저녁마다 그녀와 만났다. 심지어 애니 맥그웬과 같이 남쪽으로 갔을 때조차 주말에는 아카풀코에서 리타와 함께 보냈다. 그후 조니는 알코올 중독자 탐정으로 출연한 영화로 골든 글러브상을 받기도 했다. 모든 일이 너무 잘 풀리고 있었다.

무대 위에 만들어진 매음굴은 이제 불꽃 속에 있었다. 관객들은 그 광경에 무척이나 열중하고 있는 것처럼 보였다.

"저 사람 좀 봐." 프라텔로가 앞자리 중앙에 앉아 있는 대통령을 가리키며 말했다. 그는 아내의 손을 잡은 채 다리를 높이 들어 올리고 있는 매춘부 역의 배우들을 쳐다보며 웃고 있었다. "난 오늘 이 나라의 지도자에 대해 좀 더 많은 걸 알게 된 것 같아. 저 사람도 예쁜 매춘부들을 좋아하는 모양이네."

"단추 같은 걸 누르려면 쉴 때도 있어야지." 조니도 동의했다.

버즈는 그만의 독특한 곁눈질을 하며 코웃음을 쳤다. "어떤 단추를 말하는 거야?" 버즈가 묻자 조니가 갑자기 웃음을 터뜨렸다.

"좀 물어보고 싶은 게 있는데 말이야. 자넨 나와 같은 고향 출신이잖나. 늘 같은 무대에서 노래도 불렀고. 그러니까 내가 아는 사람은 자네도 다 알 거야. 그런데 왜 그 망할 기자 놈들이 자네한테는 마피아냐고 물어보지 않는 거지?" 조니가 물었다.

"자넨 디리운 기니인이 부슨 뜻인지 모르나? 이탈리아 신사는 그저 방을 떠나면 되는 거야."

"난 지금 심각해."

"난 재미있는데. 누가 웃긴 깡패 얘기라도 들었다고 하던가?" 버즈가 대답했다.

"자네에 대한 얘기도 들었어. 재미있지 않을 거야."

"난 자넬 좋아하네, 이탈리아 친구."

조니가 이런 식으로 이야기를 나누는 사람은 많지 않았지만 버즈는 달랐다.

"이보게, 자넨 카지노의 지분을 가지고 있잖나. 카지노를 가질 만큼 잘난 놈이 또 누가 있겠는가?"

"그런 사람은 많아. 자네도 알고 있잖아."

"나야 알지. 하지만 다른 사람들은 그걸 어떻게 볼까? 이보게, 나도 그 얘긴 들었어. 어제 자네가 기자에게 한 얘기 말이야. 자네는 제대로 처신한 걸세."

"난 자네에 대한 기사는 읽은 적이 없어."

"우리가 이 이야기를 하고 있는 동안에도 자넨 아마 내가 1년 내내 판 것보다 훨씬 더 많은 음반을 팔고 있을 거야. 자네가 새끼손가락을 구부리기만 해도 어떤 여자든 자네 집으로 따라가고 싶어 해. 게다가 자넨 영화 스타잖나. 그것으로도 모자라서 자넨 매춘부나 좋아하는 친구가 대통령이 되는 걸 도와줬어. 대통령은 자네에게 빚이 있지. 자넨 지금 정상에 있어. 그러니 집에 들어앉아 자네를 끌어내리기를 꿈꾸는 자들도 있는 거겠지. 그러니까 그 일은 잊어버리게. 자넨 오래 살아야지."

지미 시아는 미국을 고쳐시킬 수 있는 미래를 보여준 것으로 유권자들의 표를 얻었다. 그 혼자만의 힘으로 된 것은 아니었다. 폰테인은 그를 도와 열심히 일했고, 다른 많은 사람들도 그랬다. 여전히 폰테인은 지미가 대통령이 된 것을 자랑스럽게 여겼고, 대통령의 최측근이라도 된 것 같은 큰 기대를 품고 있었다. 조니는 이미 라스베가스에 있는 저택을 재정비해 본채를 넓히고, 손님들과 대통령 경호팀을 위한 방갈로를 지었다. 지금은 두 번째 풀장과 헬리콥터 착륙대를 만들고 있었다. 지미는 그 집이 서부의 백악관이 될 것 같다고 말했다.

이제 뮤지컬은 장대한 끝을 맞이하고 있었다. 무대는 가짜 연기로 가득 찼고, 리타는 드레스를 찢었다. 그녀는 보디 슈트를 입고 있었다. 장내 가장자리에 있는 싸구려 좌석에 앉아 있던 사람들이라면 그녀의 벗은 몸을 봤다고 주장할지도 모를 일이지만, 조니 폰테인이 서 있는 곳에서 보면 리타의 멋진 몸을 가리고 있는 것은 언급할 필요도 없을 만큼 조잡한 복장일 뿐이었다.

"기자들이 내게는 마피아냐고 묻지 않는 다른 이유를 알고 있나?" 버즈가 물었다.

"그게 뭔데?" 조니가 뒤로 물러나 무대 위로 올라갈 준비를 하면서 되물었다.

"난 마피아가 아니기 때문이야."

"그건 무슨 소리지?"

버즈는 고개를 숙였다. "제가 기분을 상하게 해드렸다면 죄송합니다." 그는 무릎을 꿇고, 조니 폰테인의 오른 손을 잡았다. 그리고 애니 맥그윈이 두 사람의 짧은 결혼생활 동안 그에게 준 도장 반지에 키스했다. "용서해주십시오, 대부."

예전에 빌리는 프란체스카에게 그녀의 가족이 마피아냐고 물은 적이 있었다. 그가 플로리다주립대를 졸업하기 전날이었다. 두 사람과 함께 주지사 클럽에서 저녁식사를 하던 빌리의 부모가 이내 언성을 높이며 술에 취해 싸우다가 각자 따로 나가버린 날이었다. "난 자기 가족이 좋아." 그녀가 무표정한 얼굴로 분위기가 조금이라도 밝아지기를 바라면서 말했다. 하지만 그 기대는 빗나갔다.

"적어도 우리 부모는 마피아는 아니니까."

"지금 그걸 농담이라고 하는 거야?"

"모르겠어." 그의 얼굴 표정이 밝아졌다. 빌리는 만나는 순간부터 그런 질문을 하고 싶었던 것처럼 마침내 질문을 던졌다. "너희 가족은 마피아야?"

"대체 지금 무슨 생각을 하고 있는 거야? 이탈리아 사람이 전부 마피아라는 거야? 우린 피자를 먹고 토마토를 짓이겨서 먹긴 해. 그렇다고 우리가…."

"이탈리아 사람 전부가 그런 건 아니지. 난 그저 너희 집에 있는 남자들이 마피아 단원이 아니냐고 물은 것뿐이야."

"물론 아니야." 프란체스카는 냅킨을 던졌다. 그리고 자리에서 일어나 빌리의 입가를 한 대 후려치고는 밖으로 나갔다.

그녀는 가족이 마피아였다는 것을 알고 있었다. 캐시가 그 사실을 확인해줬다. 하지만 프란체스카는 거짓말을 하려는 것은 아니었다. 하지만 그녀가 걱정하고 있는 것은 빌리의 질문 뒤에 숨어 있는 의도였다. 프란체스카는 빌리가 그녀가 이국적으로 보였기 때문에 자신과 사귀고 있는 건 아닌지 두려웠다. 빌리는 언제나 새로운 것과 다른 것을 찾아다녔다. 외국영화를 본다거나 최신 유행 음악을 듣는다거나, 프렌치타운의 카페에서 시(詩)를 읽거나 텔헤시의 흑인들을 찾아다니곤 했다. 한 번은 악어와 싸우는 법을 배우겠다며 여섯 시간이나 차를 타고 세미놀족*의 거주 지역에 간 적도 있다. 그러다가 몇 주만 지나면 뭔가 새로운 취미를 찾아내곤 했다. 머리 모양만큼은 거의 변하지 않았지만.

빌리는 그저 진짜 마피아 가족이 어떻게 크리스마스를 보내는지 경험해보고 싶어서 온 것뿐이야. 캐시가 이렇게 말한 적이 있었다.

그날은 무더운 밤이었다. 프란체스카는 울지 않기 위해 계속 달렸다. 모든 것은 끝났다. 잘 된 일이다. 그는 그녀에게 첫사랑이었지만 무슨 상관인가? 마지막 사랑은 아닐 텐데. 그는 가을이면 하버드 법과대학원에 입학할 예정인 반면 그녀는 이곳에 남을 것이다. 그 문제도 해결책이 없었다. 게다가 그는 바보였다. 사기꾼이었다. 그래서 때리고 싶었다. 아까 빌리를 때렸을 때, 보통 여자들이 누군가를 때릴 때 나

---

* 플로리다에서 살다가 오클라호마로 옮겨 살고 있는 아메리카 인디언

는 것과는 달리 굉장한 소리가 났다. 프란체스카는 아직도 손이 얼얼했다. 그런 기술은 프랭키 덕분이었다. 동생이 고마웠다.

빌리가 대통령 취임식날 여러 파티들을 돌아다니면서도 제대로 길을 찾아내는 신기한 능력은 텔헤시에서의 그날 밤에도 유감없이 발휘되었다. 그녀는 목적지도 없었다. 프란체스카는 언덕 아래로 내려갔다. 그곳은 낯선 주택가였다. 그녀가 길을 잃어버렸다는 사실을 알아차린 바로 그 순간 차 한 대가 천천히 그녀 옆에 서는 소리가 들렸다. 빌리가 모는 썬더버드였다. 그는 어디로 가야 하는지 알고 있었다.

"와우, 굉장한 주먹이었어!" 빌리는 조금도 상한 곳이 없는 하얀 이를 드러내며 웃었다. 프란체스카가 자신을 향해 한 방 날렸을 때, 그는 그녀가 이국적이고 새롭게 느껴졌다. "사랑해, 권투선수."

"도대체 너는 네 가족이 돈을 어떻게 모았다고 생각하는 거야? 엄청난 재산을 가진 사람들의 뒤에는 다 범죄가 있는 법이야." 프란체스카가 말했다. 그녀는 캐시가 공부하고 있는 프랑스 작가의 책을 읽은 적이 있었다. 아마 발자크였을 것이다.

"그렇겠지. 그 지긋지긋한 사람들은 무슨 짓이라도 할 수 있으니까."

그 지긋지긋한 사람들이란 빌리의 아버지와 할아버지를 말하는 것이었다. 그의 가족에 대해 그런 식의 이야기를 들으니 정말 이상했.

프란체스카는 차에 올라탔다.

두 사람은 그날 밤 내내 사랑을 나누었다. 하지만 그날 저녁의 사건은 두 사람의 관계에 그다지 큰 변화를 가져다주지 못했다.

서로 떨어져 있는 젊은 연인의 연애란 멜로 드라마적 요소가 있는 법이다. 열 페이지 가득 쓴 편지나 슬금슬금 기어 나오는, 상대방에 대한 의심, 눈물 젖은 전화통화 등. 적어도 프란체스카 쪽에서는 그랬다.

그러나 빌리는 하버드에서 밥 먹고 잠잘 시간도 없을 정도로 바쁘기 때문에 편지를 쓴다거나 전화 통화할 시간이 없다고 했다. 그녀에게 보낸 엽서에는 뉴욕에 있는 법률회사에서 연수 계획이 잡혔기 때문에 여름방학 때도 플로리다 남부에 있는 집으로 돌아오지 못할 것이라는 내용이 타자로 쳐져 있었다. 프란체스카는 룸메이트인 수지로부터 폭스바겐을 빌려 밤새 캠브리지로 달려갔다. 직접 만나 이 혼란스러움을 끝낼 작정이었다. 그날 밤 그녀는 자연스럽게 빌리와 잤다. 그리고 집에 돌아왔을 때 이전보다 더 큰 혼란에 빠져버렸다. 임신한 사실을 알게 되었기 때문이다.

빌리는 그녀가 낙태하기를 원했다. 그는 팜비치에 있는 의사에게 예약까지 해놓았다.

프란체스카는 그 생각만 하면 견딜 수가 없었다. 하지만 그녀도 아기를 정말로 원한 것은 아니었다. 빌리와의 결혼은 불가능했다. 심지어 그는 결혼에 대한 가능성조차도 내비치지 않았다. 프란체스카가 유일하게 믿고 있는 캐시에게 그 일에 대해 이야기하자 캐시는 지구상에 남자가 빌리 하나만 남았다 하더라도 절대로 그와 결혼해서는 안 된다며 격분했다. 프란체스카로서는 절대로 받아들일 수 없는 일이었지만.

그런데 스카이 다이빙을 하던 빌리의 다리가 부러졌고(그걸로 그의 새 취미는 끝났다), 병원에 있는 동안 갑자기 마음을 바꿨다. 프란체스카의 입장에서는 그가 왜 심경의 변화를 일으켰는지 알 길이 없었다. 빌리는 퇴원하는 날 바로 비행기를 타고 날아와 그녀에게 청혼했다.

프란체스카는 미칠 듯이 기뻐하며 청혼을 받아들였다.

목발을 짚은 채로 빌리는 7월에 프란체스카와 결혼식을 올렸다. 프란체스카는 빌리의 턱시도가 찢어진 것을 보고 당황했고, 그는 금세 수선할 수 있을 거라면서 프란체스카를 안심시켰다. 그녀는 많은 일들에 안절부절못하고 있었다. 아무래도 임신한 신부라 더 그랬을 수도 있었지만. 그러나 그녀를 많이 당황하게 만든 건 두 가지가 더 있었다. 신부 입장 때 누가 자신의 손을 잡아줄 것인가 하는 문제였다. 목발을 짚은 빌리와 나란히 들어가는 건 너무 비참했다. 하지만 다른 방법이 없기도 했다. 누가 그녀의 아버지의 자리를 대신해줄 수 있을 것인가? 어린 동생들과 함께 들어갈 수도 없었고, 스탠도 싫었다(여전히 엄마와 약혼만 한 채 결혼은 안 한 상태였다). 프레디 삼촌은 마이클 삼촌보다 나이가 많았다. 그녀는 프레디 삼촌에 대해서는 많이 알고 있었다. 그러나 마이클 삼촌과 있으면 항상 긴장되곤 했다. 그는 전쟁 영웅이었으며, 멋진 외모를 가지고 있었고, 턱시도가 아주 잘 어울렸다. 그녀는 캐시와 코니 고모를 통해 마이클 삼촌의 어두운 비밀 몇 가지를 알고 있었지만 그럼에도 불구하고 그녀가 상상했던 모습에 어울리는 사람은 그뿐이었다. "아빠도 원하실 거야." 그녀는 캐시가 분명히 반대할 거라는 걸 알고 있으면서도 들러리를 선 캐시에게 말했다. "분명히 그러시겠지." '분명히 그러시겠지'라는 말을 듣는 사람이 위축될 만큼 캐시보다 더 냉소적으로 말할 수 있는 사람은 없을 것이다. 그러나 캐시는 이렇게 말했다. "달리 누가 있겠어?"

마이클 삼촌은 잔뜩 긴장한 프란체스카의 손을 잡고, 제왕처럼 당당하고 품위있게 식장에 들어갔다. 그는 그녀에게 아버지가 계셨으면 자랑스러워 하셨을 거라고 말한 뒤, 이 자리에는 틀림없이 소니도 와서 지켜보고 있을 거라고 했다. 다행히 마이클은 식장 안에 들어서기 한참 전에 그 말을 해주었다. 그래서 두 사람은 눈물을 흘리며 신부 입장을 하지 않아도 되었다. 마침내 교회 본당 입구 앞의 홀에 섰을 때 마이클은 그녀의 팔을 붙잡으며 걱정하지 말라고 말했다. 그리고는 어깨를 으쓱해 보였다. "이제 네 인생의 쉼터로 들어가는구나."

프란체스카는 웃었다. 정말 꼭 들어맞는 말이었다.

그녀는 행복한 마음으로 식장에 들어갔다. 마이클이 그녀의 손을 빌리에게 넘겨줄 때 프란체스카는 눈물이 고여 있는 삼촌의 얼굴을 보았다.

식이 끝나고 두 사람이 함께 걸어 나올 때, 그녀는 빌리를 꼭 붙잡아 주었다. 그 덕분에 그는 목발 없이도 간신히 걸어 나올 수 있었다. 빌리는 피로연에서는 춤까지 췄다. 원래 춤을 잘 추지는 못했는데 다리를 다친 것이 변명이 되었다.

두 사람은 보스턴으로 이사했다. 법과 대학원을 끝마친 빌리는 월스트리트에서 들어온 일을 거절하고, 플로리다 대법원의 판사 밑에 서기관으로 들어갔다. 그래서 프란체스카는 학교가 있는 텔헤시로는 돌아가기가 어려웠다(프란체스카는 수지 킴벨의 졸업파티에서 젊은 여자가 중국의 선교사 자리를 얻는 것이 얼마나 힘든지에 대해 들었다). 하지만 그녀는 이제 가족이 있었고, 자신은 행복하다고 진심으로 생각했다. 적어도 빌리가 일을 그만두고 지미 시아를 위해 플로리다 선거본부에서 일을 시작하기 전까지는 말이다. 빌리는 거의 집에 들어오지 않았다. 결국 프란체스카는 그가 선거운동만 하는 것은 아니라는 사실을 알게 되었다.

그 여자에 대해 어떻게 알게 되었을까? 프란체스카도 코를레오네 가문의 여자였다. 가족 안에서 수없이 반복되어지는 좌우명이 있었다. 코를레오네 가문 사람들을 반복해서 속이는 것은 불가능하다. 그건 하나의 원리였다. 그녀 역시 남자가 바람을 피면서도 가장 두려운 상대였다. 하지만 프란체스카는 다른 무엇보다도 남편이 더 이상 그녀를 좋은 여자가 아니라고 생각하게 될까봐 두려워했다.

어네스트 헤밍웨이는 하얀 수염을 기른 좋은 아버지가 아니었다.

그는 잃어버린 세대*를 대변하지도 않았다. 또한 되먹지 못한 사기꾼들에 의해 성차별주의자로 무시당해도 될 만큼 하찮은 사람이 아니었다. 헤밍웨이가 며칠의 오후 시간을 투자하는 것만으로 세상에 큰 공헌을 할 수 있는데 반해 사기꾼들은 평생을 애써도 그에 미치지 못하기 때문이다. 헤밍웨이의 초기 작품들은 위대했다. 후기 작품들은 별로였지만.

아인슈타인은 천재들을 대표하지 않았다. 피카소는 여자나 밝히는 가무잡잡한 대머리가 아니었다. 모차르트는 무서운 아이가 아니었다. 버지니아 울프와 실비아 플러스는 가혹한 남성 주도권에 비극적으로 대항한 것이 아니었다. 마하트마 간디와 마틴 루터 킹은 백인들이 편안하게 떠받아들여도 괜찮다고 생각할 만큼 만만하고 별 볼일 없는 유색 인종이 아니었다. 베이브 루스는 핫도그나 먹으며 아픈 아이들이 있는 병원에 찾아가는 뚱뚱한 굼벵이가 아니었다. 그렇다. 마피아는 소니 리슨에게 뇌물을 주었고, 그 덕분에 무하마드 알리는 헤비급 세계 챔피언이 될 수 있었다. 그러나 알리는 자신의 힘으로 이겼다고 믿었다. 그리고 그는 무엇보다도 암흑세계에서 가장 비열한 놈의 엉덩이를 차버릴 수 있는 남자였고, 그걸 시(詩)로 만들 수 있는 남자였다.

조니 폰테인은 좋은 배우였다. 자신도 그 사실을 알고 있었다. 또한 그는 유용하게 쓸 수 있는, 부러울 정도로 커다란 성기를 가지고 있었다. 폰테인은 사막의 휴양지였던 라스베가스를 미국에서 가장 빠른 속도로 성장하는 도시로 변화시키는 데 일조했다. 그는 이민자의 아들이었으며, 아메리칸 드림의 상징이었다. 폰테인은 큰 성공을 거두었다.

---

* 1차대전 중 또는 그 직후에 성년이 되어 전쟁과 사회 격변기를 겪으며 정서적인 안정을 잃은 세대를 뜻함

그는 미국인의 매력을 창조해냈다(그것도 백인 지역에서).

큰 거래도 있었다. 폰테인이 선거기간 동안 시아에게 재키 핑퐁으로부터 받은 개인적인 선물이라며 50만 달러가 든 가방을 준 것과 뭐가 다르겠는가? 핑퐁은 그 돈 자체와는 아무런 관련이 없었다. 조니는 그저 가지고 왔을 뿐이다(어쨌든 그는 선물을 많이 주는 사람들이 있는 세상에서 살고 있었으니까. 조니는 그 돈을 회계사에게 맡겨 세금을 줄일 수 있었다. 폰테인은 그 뒤에 그 회계사에게 롤렉스를 선물로 보냈다). 폰테인은 선거기간 동안 수백만 달러를 모았다. 그런데 라스베가스에 있는 시카고 소유의 카지노와 사창가에서 나온 50만 달러의 돈을 숨겼다고 해서 무슨 문제가 되겠는가? 웨스트 버지니아에서 이미 그 일을 끝냈던 누군가와 다를 것이 뭐가 있으며, 더군다나 그 돈을 받은 사람이 지미 시아가 당선되는 데 도움이 되도록 사용하기만 한다면 무슨 상관이란 말인가?

폰테인은 리타 듀발을 루이 루소와 지미 시아 두 사람에게 소개해주었다(그녀가 아직 인기를 얻기 전인 1956년에 프레디에게 소개했던 것은 말할 것도 없다). 그 뒤에 좋은 일이 생긴 것은 그녀지 조니 폰테인이 아니었다.

한 번은 보안관의 대리가 조니 폰테인을 찾아온 적이 있었다. 보안관의 아내와 조니가 잠을 잔 후에 하필 그 보안관이 사막에서 원인 불명의 살인을 당한 채 발견되었다는 것이다. 그래서 어떻게 하란 말인가? 폰테인은 수많은 유부녀들과 관계를 맺었다. 매일 사람들은 사막에서 원인을 알 수 없게 죽어간다. 끔찍한 진실과 일반적인 사실 사이의 인과 관계를 증명할 수 있는 것은 아무것도 없다.

분명히 폰테인은 비토 코를레오네의 대자였다. 그리고 마이클과 같이 일을 하기도 했다. 그는 또한 루소, 안토니 스트라치, 구시 시체로 등과 그 외에도 많은 사람들과 친분이 있었다(예를 들면 M. 콜버트 시아 대사 같은). 폰테인은 소위 범죄 패밀리의 일원이 아니었다. 그는 그저 자기가 힘들 때 옆에서 지켜주었던 사람들과 계속해서 좋은 관계를 맺고 있는 것뿐이었다.

어쩌니 저쩌니 하고 떠들어 대도 결국 조니 폰테인은 가수였다. 세상은 다시는 그를 그렇게 보지 않을지도 모르지만.

폰테인은 자기 자신을 살롱 가수라고 불렀다. 1950년대 후반과 1960년대 초반에 발표한 노래들이 미국의 명곡이 된 후에도 자신을 그렇게 불렀던 것은 뻐딱한 태도나 솔직하지 못한 농담으로서가 아니라 시칠리아인다운 겸손함에서였다.

제임스 시아의 취임 기념 무도회에서 보여준 공연 역시 그런 맥락의 하나였다.

그 유명한 줄무늬 턱시도를 다른 사람이 입었더라면 틀림없이 촌스럽게 보였을 것이다. 그러나 폰테인은 너무나도 자연스럽게 그 옷을 소화해내어 20세기 유행의 새로운 장을 열었다. 저녁 내내 그는 나이트클럽에서 보여주곤 하던 장난꾸러기 같은 모습은 간 데 없고, 요즘 활동 반경을 넓힌 쇼 비즈니스의 대가다운 매력적이면서도 재미있는 모습을 보여주었다. 폰테인은 듀엣곡을 부를 파트너를 불렀고, 대개 엘라 피츠제럴드가 화음을 맞추었다. 두 사람은 아카펠라로 조용히 '공화국 군가'를 불렀다.

폰테인은 자신의 노래는 세 곡만 불렀다. 그 자리는 자신의 권위를 보여줄 만한 자리가 아니었다. 그의 노래들은 이상하게도 남자들의 입장에서 보면 희망을 주는 노래도 아니었고 모든 것을 참고 견뎌야 하는 삶에 지친 실패자들을 위한 성가도 아니었다. 지금 같은 자리에 어울리지 않았다.

처음에는 폰테인 혼자에게만 조명이 비쳐졌다. 그의 옆에 있는 의자에는 모자가 놓여 있었다. 음악이 흘러나오기 시작하고, 피아노와 드럼 소리가 울렸다. 서서히 음악소리가 잦아들기 시작하더니, '너의 것이 되어야 한다'라는 노래가 시작되기 전에 멈췄다. 폰테인은 마이크를 멀리 잡고, 고개를 똑바로 들어 천장을 올려다보며 노래하기 시작했다. 그 노래를 부르는 동안 폰테인은 마이크의 위치를 옮기며 음색을 달리했다. 노래에 맞춰 찰리 파커가 트럼펫을 불어주었다. 엄청난 소리가 울려 퍼졌다. 조니 폰테인은 뭔가 달랐다. 그는 정녕 훌륭한 가수였다.

관중들이 박수갈채를 보내기 시작했다. 폰테인은 모자를 높이 들어올리고는 우아하게 걸어 나왔다. 동물처럼 난폭하게 구는 콜 포터로서는 상상도 할 수 없을 정도였다. 폰테인이 앞으로 다가오자 관중들이 자리에서 모두 일어났다. 폰테인은 무일푼으로 성장한 소년이 세상 모든 것을 다 가진 뒤, 그것을 확인하는 듯한 표정으로 사람들을 둘러보았다.

그러는 동안 시아가 선거운동을 할 때 공식적인 주제곡이었던 '큰 꿈'의 반주가 흘러나오기 시작하자(월리 모건이 가사를 새로 쏜), 조니 폰테인은 그 열광적인 순간을 진정한 영웅에게 바쳤다. 그는 진지해 보였다. 전주가 시작되는 동안, 뒤에 있는 커튼이 올라가더니 그날 뮤지컬에 출연했던 배우들이 나와 그 노래를 함께 불렀다. 카메라가 관중들을 비추자 모든 사람들이 일어선 자세로 그 노래를 함께 부르고 있었다. 대통령이 영부인에게 키스했다. 폰테인은 대통령 부부를 향해 모자를 높이 던졌다. 대통령은 그 모자를 받아들고 머리에 썼다. 모자는 그에게 꼭 맞았다.

25

"아저씨 이름은 빌리죠? 예전에 비-보이라고 불렀었는데. 애기가 없을 때 프란시 언니하고 쌍둥이인 캐시 언니가 아저씨를 그렇게 불러서 처음에는 나도 그게 이름인 줄 알았어요. 그땐 너무 아기였거든요. 물론 태어난 뒤긴 했지만." 메리가 말했다.

"그렇게 불러도 좋아." 빌리가 모두에게 아파트를 구경시켜주며 말했다.

프란체스카는 새벽 4시에 일어나서 부엌에 있던 짐 상자들을 풀어 놓고 식료품 가게에 갔다. 그리고는 아침식사 준비를 했다. 그녀는 너무 지친 상태였다. 아기가 발길질을 너무 많이 해서 밤에 잠을 잘 수가 없었기 때문이다.

"이제 준비 다 됐어요. 너무 어질러져 있죠? 이틀 전에 이사 왔거든요. 빌리, 이제 집 구경 시켜드리는 건 그만두고 식사나 해요. 소니, 당장 이리 와! 손님들 오셨어!"

프란체스카의 아들은 TV 앞에서 일어나더니 곧장 달려와 헬멧을 쓴 머리를 안토니에게 박았다. 소니는 이제 겨우 세 살을 넘겼을 뿐이었다. 안토니는 아홉 살이었는데 그래서인지 잘 받아주었다. 마이클 삼촌은 안토니는 참을성이 많으니까 괜찮다고 말했다. 이제까지 프란체스카는 마이클 삼촌과 할아버지가 닮았다는 걸 알아차리지 못하고 있었다. 하지만 삼촌의 지치고 신경질적인 눈매가 할아버지와 많이 닮았다는 것을 알아차렸다.

"이 아이가 소니구나. 난 네 작은 할아버지 마이크란다. 꽤 힘이 센걸? 안 그러니?" 그가 소니를 안아 올리며 말했다.

프란체스카가 눈동자를 굴렸다. "소니는 그 헬멧을 안 벗으려고 해요. 밤에 잘 때도 절반쯤은 쓰고 잘 걸요? 다 프랭키 때문이예요. 크리스마스 때 프랭키가 소니에게 미식축구를 가르쳐줬거든요."

빌리는 마치 마이클이 소니를 떨어뜨릴 거라고 생각하기라도 하는 것처럼 왠지 모르게 그에게서 시선을 떼지 않았다.

"좋은 선생님이군." 마이클이 대답했다. 프랭키는 대학 2학년이었는데 노트르담의 라인 배커*로 활약하고 있었다.

"넌 미식축구 같은 거 좋아하니?" 빌리가 안토니에게 물었다.

안토니가 어깨를 으쓱해 보였다.

"나도 그래." 빌리가 소년의 머리를 헝클어뜨렸다.

"오빠는 그렇게 하는 거 싫어해요." 메리가 말했다.

"괜찮아." 안토니가 말했다.

메리가 직접 안토니의 머리를 가지런하게 해주려 하자 안토니가 동생의 손을 밀쳐냈다. 마이클은 소니를 자리에 앉히고, 한쪽 팔로 메리를 안아 올렸다. 그리고 다른 손으로는 안토니를 잡았다.

"사과해." 마이클이 말했다. 아이들은 즉시 얌전해졌다. 그는 정말 놀라운 아빠였다.

"괜찮아요. 아직 꼬마들이잖아요. 틀림없이 삼촌도 저 나이 때는 우리 아버지나 큰 삼촌, 코니 고모하고 더 심하게 싸웠을 거예요. 저 같은 경우는 동생을 죽이지 않은 게 다행이었다니까요." 프란체스카가 말했다.

"좋은 아파트구나." 마이클이 말했다.

그곳은 백 년도 전에 지어진 건물이었다. 맨션이었던 것을 커다란

---

* 미식축구에서 스크럼 라인의 후방을 지키는 선수

아파트 네 채로 분리한 것이었다. 그들이 사는 1층은 연회장이었는데 지금처럼 거실과 식당, 주방으로 바뀌었다. 나무로 된 바닥은 소니가 장난감을 아무리 엉망으로 흩어놔도 충분한 공간이 남을 정도였고, 복도에는 영구적으로 변하지 않는 대리석이 깔려 있었다. 프란체스카는 그 집이 좋았다. 지금까지 그녀는 지어진 지 20년 이상 된 곳에서는 살아본 적이 없었다. 확실히 이곳은 우아함은 있었지만 어느 정도 색이 바래기는 했다. 하지만 프란체스카는 하루에도 몇 번씩 쳐다보고 걸어다니며 자신이 살게 된 집에 경이로움을 느끼곤 했다.

그런 생각을 하던 그녀는 문득 창밖으로 알 네리가 여전히 차 안에 앉아 있는 것을 보았다. "기사분도 들어오시라고 하세요. 시장하실 거예요." 프란체스카가 모두에게 앉으라고 권하며 말했다.

"그 친구는 이미 먹었을 거다. 아침 일찍 일어나니까." 마이클이 대답했다.

프란체스카는 사실 아침식사에 대해서는 크게 걱정하지 않았었다. 그러나 이번에는 빌리와 세 아이들은 놔두고라도 마이클 삼촌이 있었기 때문에 신경이 쓰였다. 그녀는 소시지가 좋지 않아서 미안하다고 말했다. 이사 온 지 얼마 안 되서 어느 가게를 가야 가장 좋은 것을 구할 수 있을지 몰랐기 때문이다. 하지만 다른 사람들은 모두 소시지가 좋다고 생각하는 것 같았다. 프란체스카가 찾던 롤빵은 구하지 못했지만 다른 음식들은 모두 훌륭했다. 다만 한 가지 아쉬운 것은 임신한 상태라 그녀가 젤리 도넛밖에 먹지 못한다는 것이었다.

프란체스카는 다른 것보다 케이 숙모에 대해 무슨 말을 해야 할지 고민하고 있었다. 그녀는 어떻게 그런 일이 있을 수 있는지 이해할 수가 없었다. 코를레오네 가문은 가톨릭이었다. 하지만 몇 년 전에 코니 고모(에드 페데리치와 결혼한 뒤에 1년도 되기 전에 이혼해버렸다)가, 그리고 이번에는 마이클 삼촌이 이혼했다. 엄마와 스탠이 결혼하지 않는 것도 뭔가 이유가 있는 것이 분명했다. 게다가 빌리의 일도 있었다. 프란체스카는 걱정스러웠다. 그녀로서는 아이들과 그렇게 멀리 떨어져 산다는 것은 생각할 수도 없을 만큼 끔찍한 일이었다.

"케이 숙모님에 대해서는 들었습니다." 빌리가 갑자기 불쑥 말했다. 프란체스카는 남편의 둔감함을 존경해야 할지 한 대 때려야 할지 판단이 서지 않았다.

마이클은 짧게 고개만 끄덕였다.

프란체스카는 식탁 위로 팔을 내밀어 안타깝다는 듯 삼촌의 팔을 꼭 잡았다.

"저는 어린 시절 내내 부모가 이혼할 거라는 생각을 하며 컸습니다만, 숙부님과 케이 숙모님 같은 경우에는…." 빌리가 말했다.

프란체스카는 식탁 아래로 그의 발을 걷어찼다.

"당신은 이런 거 절대 모를 거야." 빌리가 말했다. 그리고는 다시 마이클에게 물었다. "안토니와 메리는 얼마나 자주 만나러 가시나요?"

그런 말을 당사자 앞에서 직접하는 것은 한 대 때리는 것이나 마찬가지였다.

"그렇게 자주는 못 만나고 있지. 이번에 사업을 새로 정비하는 중이라서 시간이 별로 없군." 마이클이 대답했다.

"아빠는 새 비행기를 가지고 있어요! 이제부터 그 비행기를 타고 구경시켜준다고 했어요." 메리가 말했다.

안토니는 자기 접시에 놓인 도넛도 다 먹지 못했으면서 젤리 도넛을 하나를 더 가져 갔다.

"뉴욕에는 사업상 필요해서 작은 아파트가 하나 있을 뿐이야. 아이들이 언제라도 와서 같이 지내려면 좀 더 큰 집으로 옮겨야 될 것 같아." 마이클이 말했다.

"전 본가는 뉴욕에 있는 거라고 생각했어요. 네바다로 옮기긴 하셨어도." 프란체스카가 말했다.

"6년이나 됐으니까. 거의 4년을 타호에서 살았지만. 라스베가스와 타호에 집이 있지. 두 군데 다 내가 쓰기에는 너무 크지만, 안토니와 메리에게는 집이라고 할 수 있으니까. 아이들에게는 그곳이 집이야." 마이클이 대답했다.

"요즘은 다를 걸요? 훨씬 이사들을 많이 다니니까요. 당신도 봐. 우리 결혼한 지 3년 됐는데 주소가 세 번이나 바뀌었잖아." 빌리가 말했다.

"근데 웃기지. 난 계속 플로리다에 살았는데도 지금도 뉴욕에 있는 집을 우리집이라고 생각하니까. 대학은 그쪽에서 다녔어야 했는데. 캐시처럼 말이야. 그 애는 돌아가는 걸 원했어." 프란체스카가 말했다.

"그랬다면 우린 만나지 못했을 거야." 빌리가 말했다.

프란체스카는 고개를 들었다. 그는 정말로 그녀를 만나지 못했을지도 모른다는 상상이라도 하듯 진짜로 풀이 죽어 있었다. 그런 모습에는 프란체스카도 감동하지 않을 수 없었다.

"당신은 내 운명이야." 그녀가 빌리의 뺨을 가볍게 두드리며 진심으로 말했다. "프란시와 비-보이는 나무 밑에 앉아 있었네. 오빠, 나랑 같이 이 노래 부르자." 메리가 말했다.

"아빠, 메리에게 그만하라고 하세요." 안토니가 말했다.

마이클이 커피 잔을 들어올렸다. "사랑을 위하여." 그가 말했다.

그 순간에 가장 어울리는 말이었다.

아이들은 사소한 말다툼을 멈추었고, 모두 잔을 들어 올렸다. 프란체스카는 모두가 사랑이란 걸 느끼고 있다고 생각했다. 그러나 오직 빌리는 아니었다. 그는 마음이 내키지 않는다는 듯 토스트를 들어 올리고 있었다.

마이클이 떠날 때가 되자 프란체스카는 경호원을 위해서 음식을 싸주었다.

프란체스카 가족은 현관 앞 대리석 계단에 서서 마이클의 차가 떠나는 것을 지켜봤다. "당신은 항상 우리 가족을 좋아한다고 말했잖아." 그녀가 빌리에게 말했다. 소니는 테디 베어 인형을 미식축구공처럼 끌어안고 그 자리에서 뱅글뱅글 돌고 있었다. "그런데 우리 삼촌은 왜 싫어해?"

두 사람은 그동안 너무 많은 것들을 무시하고 지내왔다. 왜 그런 금기사항들은 없어지지 않는 걸까?

하지만 빌리는 아무 말도 하지 않았다. 그는 도로 쪽으로 나가지 말라고 소니를 불렀다. 사실 그렇게 도로 쪽으로 나간 것도 아니었는데도 빌리는 아이를 안아들고 집으로 들어왔다.

그날 밤, 소니가 잠든 후에 프란체스카는 잔뜩 지친 몸으로 침실로 들어갔다. 빌리가 그녀 자리에 파일들을 잔뜩 쌓아 놓고 있었다. 그는 자기 자리에 기댄 채 서류를 읽고 있었다.

"난 소파에 가서 자란 말이야?"

깜짝 놀란 빌리는 그녀를 쳐다보고는 즉시 그 파일들을 바닥으로 밀어버렸다. 그녀가 침대에 올라가자 빌리는 불을 끄고는 신호를 보내기 시작했다. 서두르지 않고 조심스럽게 그녀의 부은 발과 등 위에서 머뭇거리고 있었다. 프란체스카는 너무 지쳐 그냥 자고 싶었지만 그가 그녀의 잠옷을 벗겨내자 몸을 남편 쪽으로 돌렸다. 빌리의 혀가 프란체스카의 입술 사이로 깊숙이 들어오자 그녀는 나지막하면서도 가쁜 숨을 몰아쉬었다.

"괜찮아?" 그가 물었다.

"입 닥치고, 빨리 해줘." 그녀가 말했다.

잠시 후, 몇 분인가 흐른 뒤 프란체스카는 지금까지의 모든 걱정거리들을 다 잊어버릴 수 있었다.

땀에 젖은 채 숨을 몰아쉬며 그녀는 다시 한 번 절정을 느낄 수 있었다. 빌리는 햇빛에 그은 팔을 그녀의 산만한 하얀 배 위에 올려 놓은 채 쉬고 있었다. 두 사람은 한참 동안을 그렇게 누워 있었다.

아기가 발길질을 시작했다. 이전보다 훨씬 심했다.

"왜 당신 삼촌을 좋아하지 않느냐고 물었지?" 빌리가 물었다.

"그냥 잊어버려. 그리고 아무 말도 하지 않았으면 좋겠어." 프란체스카가 말했다. 어쨌든 그녀도 이미 알고 있는 사실이었다.

프란체스카는 다시 배가 수축되는 고통을 느꼈다.

"와, 방금 느꼈어. 발로 걷어차는 걸!" 빌리가 말했다.

그녀는 고통을 참으려고 입술을 꽉 깨물었다. 한결 편안해지기 시작했다.

"내가 스카이 다이빙하러 갔다가 다리 부러졌던 거 기억해?"

"물론 기억하지." 프란체스카는 천천히 숨을 쉬며 대답했다.

"거짓말이야. 난 스카이 다이빙 같은 거 해본 적이 없어."

다시 배가 수축되자 그녀는 엉덩이를 들썩였다. 이번에는 좀 더 짧았다.

"그럴 거라고 생각했어. 내가 아기를 가져서 그렇게 된 거라고 생각했지."

그날 밤, 프란체스카는 가족의 불길한 역사를 이어받은 희생양이 되었다. 친할머니는 늘 그 일에 대해 말하려 하지 않았지만 적어도 네 차례의 유산 경험이 있었다. 외할머니도 예전에 유산한 아기를 기리기 위해 해마다 7월 22일이면 미사에 가곤 했다. 프란체스카의 엄마와 두 명의 이모들도 같은 일로 고통 받았다.

3개월 일찍 조산으로 태어난 프란체스카의 아기는 살아남기 위해 애를 썼다. 그러나 겨우 하루를 살고 죽고 말았다. 아기의 이름은 증조모의 이름을 따서 카멜라라고 지었다. 프란체스카는 아기를 롱아일랜드에 있는 가족 공동묘지에 묻힌 할머니 옆에 묻기를 원했지만 빌리는 찬성하지 않았다. 그는 아기가 플로리다에 묻혀야 한다고 생각했다. 그러나 아기를 잃은 슬픔으로 빌리는 이전에 있었던 모든 일들을 다 뉘우치고 있었기에 결국 자신의 주장을 강하게 펼치지 못하고 프란체스카의 뜻대로 하기로 했다.

마이클 삼촌이 모든 장례 비용을 다 지불해주었다. 프란체스카는 빌리가 그 돈을 거절할 거라고 생각했지만, 다행히 그는 거절하지 않았다. 그녀는 삼촌의 호의를 무시하지 않은 것이 기뻤다. 눈보라 속을 뚫고 달려간 공동묘지에서 장례식은 간소하게 열렸다.

빌리의 부모는 오지 않았다. 프란체스카의 쌍둥이 동생 캐시 역시 오지 않았다. 그저 그런 슬픈 일이 있어서 유감이라는 전보만 런던에서 보내왔을 뿐이다. 남동생 프랭키는 미식축구팀의 봄 합숙훈련에 참가하지 못하게 됐지만 아무런 불평을 하지 않았다. 막내인 칩 역시 자신의 열여섯 번째 생일파티를 못하게 됐는데도 아무 말 하지 않았다. 가족이란 그런 존재였다.

가족묘지는 전통적인 이탈리아식 공동묘지로 죽은 사람의 얼굴을 대리석 기념비 위에 새겨 놓은 곳이었다. 프란체스카는 떠나기 전에 이미 저 세상으로 가버린 사람들의 차가운 얼굴에 키스했다. 카멜라 할머니, 비토 할아버지, 안젤리나 할머니, 카를로 고모부, 그녀의 아버지인 소니. 프란체스카는 아버지의 웃고 있는 눈을 쳐다보며 생각했다. 다음에 또 올게요, 아빠.

실종된 프레디 삼촌은 죽은 것으로 간주되었지만 아직 얼굴을 새겨 놓지는 않았다. 아기 카멜라의 얼굴 역시 새겨 놓지 않았다. 새겨 놓을 수가 없었다. 아기는 삶이란 걸 누리지 못했다.

마이클 삼촌은 분명 바쁠 텐데도 일찍부터 와서는 늦게까지 머무르면서 많은 위로를 해주었다. 그녀의 엄마도 아기를 잃은 슬픔에 대해서는 삼촌이 해준 것 같은 위로는 해줄 수 없었을 것이다. 식사 후에 안토니와 메리와 함께 놀고 있는 소니를 보고 있자니 그들이 같이 있어주는 게 얼마나 다행스런 일이었는지 느낄 수 있었고 아이들이 내뿜는 활기찬 기운에 프란체스카도 기운을 낼 수 있었다.

빌리가 아기의 죽음을 받아들이는 것을 힘들어하고 있었기에 그 일에 대해 말하기조차 어려웠다.

프란체스카는 남편을 탓하지 않으려고 애써야만 했다. 남편 탓을 하는 것은 비이성적인 일이라는 것은 알고 있었다. 하지만 일이 이렇게 된 것도 어쩌면 그녀가 소니를 임신했을 때 그가 낙태를 원했기 때문에 받게 되는 벌인지도 몰랐다. 애초에 프란체스카와 결혼할 마음이 없었는데, 마이클 삼촌이 다리를 부러뜨려 결국에는 결혼할 수밖에 없었다는 걸 태연히 말하는 남자를 어떻게 좋은 사람이라고 생각할 수가 있겠는가?

그리고 프란체스카가 빌리를 쳐다볼 때마다 그는 소위 진짜 마피아 장례식에 참석하는 동안 경찰이나 FBI에게 사진을 찍히지나 않을까 걱정하는 것처럼 보였다. 그것까지는 억지일 것이다. 빌리가 무슨 생각을 하는지까지는 알 수 없었으니까. 하지만 그들 모두 사진이 찍혔다. 악마들. 인정이라고는 없는 개자식들. 프란체스카는 매일 삼촌의 얼굴에, 그리고 아버지의 얼굴에 드리워져 있던 우울함을 이해하기 시작했다.

아기를 땅에 묻은 바로 그날, 그녀는 모든 상황을 알게 되었다. 빌리가 자기 부모의 돈으로 시아의 선거 본부에 들어가서 법무장관의 사무실에 일자리를 얻은 것은 바로 그녀의 가족들을 파멸시키기 위해서라는 것을.

정말 바보 같은 일이었지만 프란체스카는 그 순간 바로 깨달았다. 그녀는 이성적으로 생각할 수가 없었다. 거의 제정신을 차릴 수 없을 정도로 감정적이 되었고, 호르몬은 머리에서 발끝까지 미친 듯이 돌기 시작했다. 그런 짓을 한 사람은 빌리였다. 그가 무슨 잘못을 저질렀든 —사실 잘못을 저지르지 않는 사람이 누가 있을까?— 프란체스카가 진정으로 사랑했던 사람이었다. 지금까지도.

예전에 그녀가 빌리에게 그의 집안이 재산을 모은 것 뒤에는 범죄가 연루되어 있을 거라고 비난했을 때 빌리가 냉정하게 했던 말이 있었다. 그 지긋지긋한 사람들은 무슨 짓이라도 할 수 있으니까. 그는 이렇게 말했었다. 그리고 그 말은 농담이 아니었다. 왜 빌리는 프란체스카의 가족이 하는 일에 대해 그토록 걱정이 많았던 것일까? 그녀는 이 질문에 캐시가 어떤 대답을 할지 알고 있었다. 우리가 이탈리아인이니까. 그리고 캐시는 새로운 대통령의 아버지가 비토 할아버지와 사업을 같이 했다는 사실을 알아냈다. 밀주 사업이었다. 그러나 그런 범죄는 더 이상 존재하지 않았다. 지금도 그리고 앞으로도 결코 범죄로 취급될 수 없는 일이었다. 하지만 그럼에도 불구하고 범죄는 범죄였다. 그들의 다음 세대인 제임스 K. 시아는 백악관으로 입성했고, 마이클 코를레오네(코니 고모가 술이 깬 다음에 들은 이야기라 이전보다는 훨씬 믿을 만하다는 캐시의 말에 따르면)는 모든 종류의 범죄 활동에서 손을 씻었다고 했다. 하지만 그는 여조카 딸의 장례식에 참석한 것만으로도 여전히 무자비한 경찰들의 추적의 대상이 되고 있었다. 왜? 그건 우리가 이탈리아인이기 때문이었다.

몇 주일 후, 장례식이 끝난 뒤 기운을 서서히 차려가고 있던 프란체스카는 유럽으로 전화를 걸었다. 깊은 잠에 빠져 있던 동생을 전화로 깨운 뒤 네가 오지 않아서 얼마나 서운했는지 모른다고 말했다.

"장례식도 한 거야? 난 그냥 단순히 유산한 건 줄 알았는데."

"단순히 유산이라니? 어쨌든 그 애는 살아 있었어."

"지금 여기가 몇 시인 줄 알아?"

"어떻게 너는 우리가 장례식을 했다는 것도 모를 수가 있어? 내가 아기 카멜라를 보내야 했을 때…."

"이름까지 지어줬어? 이런, 언니. 그것에 할머니의 이름을 붙였단 말이야?"

그것?

프란체스카는 전화를 끊어버렸다.

대통령 취임 백일이 지난 후, 지미 시아가 라스베가스까지 올 수 있다고 말을 한 것은 아니었음에도, 조니는 엄청나게 바쁜 일정 사이에 짬을 내어 당장 라스베가스로 돌아갔다. 그리고 대통령이 당장 내일 방문하기라도 하는 것처럼 새로 증축한 저택의 상태를 둘러보았다. 조니는 직원 열 명을 더 고용했는데, 그 중에는 전직 대통령 경호팀에서 일했던 사람도 있었다. 그들은 끊임없이 예전 동료들에게 연락해 대통령이 서부에 체류할 때 필요한 것이 무엇인지, 부족한 건 없는지를 확인했다. 이제 손님용 방은 교묘하게 판벽에 출입구를 만들어 사무실로 쓰이는 방과 연결되게 만들었고, 또한 옷장 바닥에 연결된 계단으로 비밀리에 출입이 가능하게 만들었다. 그 통로로 빠져나가면 대통령 경호팀의 허락 아래 아무도 모르게 여자가 들어갔다가 새로 만든 지하 차고를 통해 빠져나갈 수 있게 되어 있었다. 루이 루소가 카스바에 방을 잡고 리타 듀발을 대기시켜 놓긴 했지만 만일을 대비해 조니는 적어도 헐리우드에서 잘 나가는 세 명의 섹스 여신에게 대통령을 편안하게 잘 모시라는 주의를 미리 해두었다. 대니 시아는 이미 애니 맥그윈의 뒤를 봐주기 시작했다. 애니 맥그윈은 예전에 조니와 결혼한 적이 있었다. 그래서 조니는 두 사람 모두에게 같이 오든 따로 오든 오기만 한다면 언제라도 환영이라고 분명히 밝혔다. 그는 한 명당 5만 달러씩 주고 L.A. 최고의 요리사 몇 명으로부터 언제라도 부르면 만사를 제쳐놓고 달려오겠다는 약속을 받아냈다. 조니는 마약을 하지 않았지만 보비 채드웍과 대통령은 코카인을 했다. 그래서 구시 시체로를 통해 최고 품질의 약을 미리 구해놓기도 했다.

조니의 일은 상업적으로 가장 정점에 서 있었다. 그는 자신의 음반에 대한 소유권을 가지고 있었고, 그렇지 않은 것도 루이 루소와 재키 핑퐁에게 자금을 공급 받아 자신의 소유로 만들었다. 그는 그 상태를 오래 유지하기 위해 변호사와 회계사들을 모아 관리하게 만들었다. 자신의 영화 제작사와 코를레오네의 투자사 역시 모두 같은 식으로 했다. 그렇게 하면 두 회사 모두 큰 이익을 벌어들일 거라는 걸 그는 알고 있었다. 그의 음반은 미친 듯이 팔려나갔고, 내셔널 레코드에서 받던 인세의 세 배가 넘게 벌어들였다. 그는 회사 경영을 맡기기 위해 내셔널 레코드에서 일하던 필리 오른스테인을 고용했는데 필리가 같이 일을 하기 시작한 뒤로 골든 레코드는 더욱 더 쌓여갔다. 심지어 조니의 회사에서 만든 조악한 영화들조차 개봉만 하면 극장은 관객들로 가득 찼다(그 중 흥행이 안 된 영화도 있었다. 조니의 회사에서 만든 영화 중 1959년에서 1962년 사이 유일하게 흥행이 되지 않은 것은 '뒤긴 목뼈'인데 올리버 스미스 크리스마스가 불치병에 걸린 변호사로, J.J. 화이트 주니어가 백인 소녀를 강간했다는 누명을 쓴 작은 술집의 흑인 가수로 나온 영화였다. 지금은 고전에 속한다). 조니 조니가 주식을 사면 그 주식 값은 올랐다. 그가 땅을 사더라도 같은 현상이 벌어졌다. 20퍼센트의 지분을 가지고 있는 타호 호수에 있는 카지노 구름의 성은 또 어땠는가? 그곳은 신경 쓸 필요도 없었다. 매일 수많은 풋내기들이 모여들어 자신들의 주머니를 털었다. 확실히 대통령과 친하게 지내는 건 좋은 일이었다. 조니에게 있어서는 특히 더.

조니는 취임식 이후로는 시아의 동생과도 말을 할 수가 없었다. 물론 그는 그런 사정을 이해하고 있었지만, 시아의 행정부가 출범한 지 백일이 되기 며칠 전, 더 이상 참지 못하고 예전에 받았던 개인 번호로 전화를 걸었다. 비서가 전화를 받아 연결을 시켜주지 않았다.

"그럼 메모를 부탁드려도 될까요?"

"물론이죠, 폰테인 씨."

"여기서 달아난 새는 그곳에 도착하기 전에 떨어진다. 사랑을 담아서, JF. 이대로 정확하게 전해주십시오."

쿠바 망명자들이 모여 소규모지만 용감하게 쿠바를 침공했던 사건이 사실은 미국 정부가 뒤에서 손을 쓴 거라는 뉴스가 그날 늦게 흘러나오기 시작했다. 조니는 경솔하게 그런 메모를 남긴 것이 불안해졌다. 은퇴한 대통령 경호원은 조니에게, 비서에게 전화를 걸어 그 메모를 없애버리라고 말하는 건 소용없는 짓이라고 말했다. 만일 그 전화에 통신 기록이 남아 있다면 그 기록도 계속 남아 있을 거라는 것이다.

이내 최악의 상황은 지나갔다. 어쨌든 전임 대통령이 승인한 전체적인 계획이 있었고, 지미 시아 대통령이 멈추기에는 이미 너무 많이 진행되어 버렸다. 그러자 콜버트 시아는 대통령이 서부로 첫 번째 여행을 할 계획이라고 전갈을 보냈다. 그는 대통령이 라스베가스에서 멀지 않은 곳에 새로운 국립공원을 만드는 안에 서명했고, 그곳에서 연설을 하기를 원한다고 했다. 대통령은 몇 군데 들려야 하는 일정이 있었지만—저녁 뉴스에 나와 소년들을 위해 기분 좋은 미소를 지어주는 일 외에도—이번 여행의 주된 목적은 휴가가 될 것이라고 했다.

그건 사실이었다. 심지어 대통령의 정적조차도 쿠바 문제를 해결한 것에 대해서는 인정하고 있었다. 이제 젊고 매력적인 대통령은 미국 역사상 가장 인기 있는 스타의 자리에 올라 있었다. "당연한 일이지만, 제가 돕겠습니다." 조니가 말했다. "괜찮으시면 좀 일찍 오시죠. 부인과 함께 오시거나 아니면 혼자 오셔도 좋습니다. 원하시는 만큼 지내다 가세요."

"아내라고!" 대사가 너털웃음을 터뜨리며 말했다. 그는 비벌리 힐즈에 있는 폰테인의 집에 몇 번 온 적이 있었는데, 노인치고 그렇게 여자를 밝히는 남자도 보기 드물었다.

며칠 뒤, 대사가 경호원들을 데리고 찾아왔다. 그는 벌거벗은 채 풀장에 앉아 끊임없이 장거리 전화를 걸었다. 거의 하루 종일 그의 목소리가 들렸다. 대사는 여기저기 잠깐씩만 얼굴을 비치고는 조니가 그를 위해 준비한 고급 매춘부 중 하나를 골라 방으로 올라가버렸다. 그는 결코 시내에 나가 쇼를 보거나 도박을 하지 않았다. 테니스조차 치지 않았다. 대사가 테니스를 치고 싶어 할지도 모른다고 생각해서 폰테인이 테니스장에 불까지 켜놓았음에도.

음식과 야채를 실은 트럭들이 대통령의 임박한 방문에 대비해 줄을 지어 도착했다. 대통령이 서부로 여행을 떠나기 하루 전, 조니는 배달된 물건을 풀장 옆에 있는 대사에게 보여주기 위해 수레에 담아 끌고 갔다. 가로 1미터 20센티미터, 세로 90센티미터의 두꺼운 청동 명판으로 '대통령 제임스 카바나우 시아, 여기서 잠자다'라고 쓰여 있었다.

"대체 이게 뭔가?"

"어떻게 생각하십니까? 전 지미가 머무를 방에 침대 머리맡에 이걸 걸어둘 생각입니다. '잠자다'라는 말을 쓰긴 했지만, 전혀 무례한 의도는 없습니다."

대사가 얼굴을 찡그렸다. "너무 크다고 생각하지 않나?"

"자, 보세요, 콜버트. 가장 크고 최고로 좋은 겁니다. 제 친구들에게는 충분한 가치가 있죠."

대사는 고개를 저었다. "존, 아무래도 뭘 오해한 것 같군. 지미는 오지 않을 거야."

조니가 웃음을 터뜨렸다. "농담하지 마세요. 내일 몇 시쯤 도착하는지 아세요? 시간에 맞춰 준비해 놓으려고요."

"자넨 귀가 먹었나? 이 멍청한 친구야, 그 애는 오지 않아. 난 지미가 온다고 말한 적 없네. 자넨 날 이곳에 초대했고, 그래서 온 것뿐이야. 지미에게는 지금 해결해야 할 문제가 너무 많아. 그 애는 연설을 하러 오는 거지 휴가로 오는 건 아니라네. 설사 휴가를 간다 해도 라스베가스나 이런 집, 그러니까 자네 집 같은 곳에서 지내는 건 그리 좋은 생각이 아니지."

"우리 집이 뭐가 문제라는 겁니까? 지금 무슨 말씀을 하시는 거죠?"

하지만 폰테인은 이미 이 상황을 이해하고 있었다.

"이제까지 자네가 해준 수많은 일들에 대해서 우리가 얼마나 고맙게 생각하고 있는지는 잘 알고 있을 거야." 대사가 말했다.

"그 말은 인연을 끊자는 소리로 들리는군요."

"내가 오해하게 만들었다면 미안하네. 차라리 쿠바의 그 망할 자식을 욕하게나. 그 작자가 우리 애를 곤란하게 만들었어. 지금 우리는 그

치들에게 어떻게 복수할지 방법을 찾아보고 있는 중이지. 자네 같은 이탈리아 친구들은 틀림없이 이해해줄 거야. 그렇지? 복수 말이야."

쿠바의 그 망할 자식이 이런 엄청난 무례한 행동과 무슨 관계가 있단 말인가? "이 많은 음식들을 무엇 때문에 준비하고 있었다고 생각한 겁니까?"

"그걸 내가 어떻게 알겠는가?" 대사가 자리에서 일어서며 두 팔을 활짝 벌렸다. 수건이 땅에 떨어지면서 벌거벗은 몸이 적나라하게 드러났다. 그는 키는 컸지만, 몸집은 빈약했다. 왜 이 늙은 염소 같은 노인이 여기 있는 내내 이렇게 쭈그러든 음경을 바람에 흔들리게 내버려두기로 한 건지 조니는 이해할 수가 없었다. "내가 여기 어디에 자네의 일정표라도 숨겨 놓은 것처럼 보이나?"

조니 폰테인은 고개를 저었다. 그는 솟구쳐 오르는 활화산 같은 분노를 억지로 삼켰다. 조니는 그 명판을 그 자리에 놔둔 채 몸을 돌려 안으로 들어갔다. 그는 대통령의 아버지를 피범벅이 되도록 때리는 일은 감히 생각조차 할 수 없었다. 기분 같아서는 전화를 몇 통 걸어 콜버트 시아의 잠자리에 성병이 걸려 있는 여자를 보내달라고 하고 싶었다. 하지만 그보다 더 좋은 생각이 떠올랐다. 그는 그저 그 늙은 멍청이를 경멸하며 피하기만 하면 됐다.

다음 날 아침 대사는 작별인사도 없이 일찍 떠났다.

밖에서 조니는 시칠리아인의 냉정함을 보여주기 위해 침묵으로 일관했다. 심지어 세미 트레일러를 빌려 직원들에게 음식을 실으라고 했다. 그리고 기사에게 로스앤젤레스에서 가장 빈곤한 지역에 있는 무료 식당으로 가라고 지시한 뒤, 익명으로 기증하라는 것을 강조했다.

대통령은 연설을 했다. 조니 폰테인은 텔레비전으로 그 모습을 지켜보았다. 나라의 미래를 위해 이렇게 열심히 일하는 사람에게 화를 내기는 힘들었다.

하지만 연설 끝에 기자가 나와 대통령은 다음 주까지 말리부에서 보낼 거라고 말했다. 프린스턴 시절의 친구이자 ―기자의 표현에 따르면― 존 아담스 대통령의 직계 후손이라는 변호사의 집에서 휴가를 보낼 예정이라고 했다.

폰테인은 그 광경을 보고 도저히 믿을 수가 없었다.

이 멍청한 친구야.

폰테인은 텔레비전을 끄고 건설 인부들이 일했던 현장으로 나갔다. 그곳에는 일꾼들이 사용한 TNT폭탄 한 상자가 있었다. 두 번째 수영장을 만드는 데 바위에 구멍을 내기 위해 사용한 것이다. 지금은 두 개 밖에 남지 않았다. 이제껏 폰테인은 폭탄 같은 것을 터뜨려본 적이 없었지만 너무 화가 나서 무섭지도 않았다. 적어도 그가 첫 번째 폭탄에 불을 붙였을 때 빠르게 타들어가는 심지를 보기 전까지는. 폰테인은 폭탄을 헬리콥터 착륙대 한가운데로 던졌다. 모래와 주먹 크기의 시멘트 덩어리가 비처럼 쏟아졌다.

이 멍청한 친구야.

두 번째 폭탄을 던지자 헬리콥터 착륙대에 꽤 커다란 구멍이 생겼다.

26

톰 헤이건은 티 타임* 때문에 이른 시간에 컨트리클럽에 도착했다. 그는 식당에 들러 평소 습관대로 커피 두 잔을 시켰다. 여기서는 아무도 커피를 더 주지 않았다.

"헤이건 씨." 누군가 불렀다.

헤이건이 돌아보았다.

"대사님."

그는 노인이 앉아 있는 자리로 다가가 손을 내밀었다. 콜버트 시아가 경호원들과 함께 앉아 있었다. "이렇게 뵙게 되어 정말 반갑습니다." 대사가 비밀리에 조니 폰테인의 집에서 지냈지만 네바다에서 벌어지는 일은 헤이건이 모르는 건 거의 없었다. "라스베가스에는 무슨 일이십니까?"

"이곳 대학에 극장을 지어달라는 신청이 재단으로 들어와서 살펴보러 왔다네. 라스베가스에 대학이 있었다는 사실도 놀랐는데 하물며 극장이라니. 그래서 직접 와서 내 눈으로 확인해보려고 말이지. 앉게나."

그는 재수 없는 개 같은 인간이었다. 하지만 대사였다. 헤이건은 웨이터에게 커피를 이쪽으로 갖다달라고 하고는 자리에 앉았다. "시간이 별로 없습니다. 티 타임이 일러서요."

대사가 찻잔을 들어올렸다. "티를 마시는 데 이른 시간은 없는 법일세."

헤이건이 미소를 지었다. "전 커피를 더 좋아합니다. 여기 회원이셨

---

* tee time : 골프 예약 시간

습니까?" 헤이건이 물었다.

대사는 진력이 난 듯 보였다. 마치 닭과 잠을 자본 적이 있냐는 엉뚱한 질문이라도 받은 것처럼.

"아드님은 정말 대단한 일을 하고 계신 겁니다. 전 워싱턴에 그리 오래 있지는 않았지만 그곳에서 일을 하는 것이 얼마나 힘든 일인지는 알고 있습니다. 특히 이번 일 같은 경우는 미국의 국민들의 일상에 아주 중요한 일이었으니까요."

헤이건의 말을 빌미삼아 대사는 아버지로서의 자부심으로 그 일(쿠바 해방)에 대한 자랑을 지루하게 늘어놓기 시작했다. 헤이건의 말은 진심이었다. 지금 그의 아이들은 시아 대통령의 사진을 로큰롤 가수들과 영화배우들의 사진, 예수의 초상과 나란히 걸어 놓았을 정도였다. 대통령으로 선출되고 나서도 지미 시아의 미숙함은 걸림돌이었다. 그러나 헤이건이 놀란 것은 지미 시아가 너무나 빠르게 훌륭한 지도사의 노습을 갖추게 되었다는 점이다. 그는 마이클이 비토의 뒤를 이어받을 무렵 자신의 지도를 받았던 때를 떠올렸다.

헤이건은 두 번째 잔을 비웠다. 이제 그만 가야 할 시간이었다. "얼마나 계실 겁니까?"

"사실은 돌아가는 길이라네. 급한 약속 두 건을 처리한 다음에 캘리포니아의 이 사막 지옥을 떠나야 겠지."

"조만간 저와 테니스 시합을 하셔야 할 텐데요."

"테니스 시합이라니 무슨 소린가?"

"잊어버리셨나 보군요. 그럼 대통령께 안부를 전해주십시오. 무슨 일이든 필요하다면 도움이 되도록 노력하겠다고요."

"그러지."

일을 할 때나 가족을 대할 때 톰 헤이건이 보여준 인내심은 골프를 칠 때는 적용되지 않았다. 그는 가능하면 항상 카트를 빌렸다. 지금 그는 공이 있는 곳으로 다가가서 자세를 잡은 뒤 힘껏 쳤다. 일단 한 번 치고 난 다음에는 그 샷은 잊어야 한다.

헤이건은 자기가 원하는 곳으로 공을 날릴 수 있을 정도의 실력이 있었지만 지금은 뜻대로 되지 않았다. 같이 골프를 치는 파트너 한 명이 나일강의 상류라도 찾는 위대한 탐험가라도 되는 것처럼 그의 7번 아이언을 가지고 땅을 파헤치고 있었기 때문이다. 그냥 커스텀 클럽을 가지고 치면 되잖아! 헤이건은 카트 운전대를 두드리면서 생각했다. 망할, 비탈로 떨어져 버렸군.

"이런 세상에, 비탈로 떨어져 버렸잖아!" 헤이건이 외쳤다. 그가 자기 공을 찾는 데 10초 이상 걸리는 건 드문 일이었다. 헤이건은 벌점을 얻으며 공을 찾아 올렸다.

"찾았군!" 마이클이 외쳤다. 그도 콜버트 대사가 이곳에 와 있다는 이야기를 들었다. 의도적으로 폰테인의 집에 대통령의 방문을 계획했다가 취소해 버린 일도 알고 있었다. 콜버트 홀의 설립 제안에 대한 이야기가 완전히 거짓이라는 뜻은 아니었다.

"형은 핸디캡 받아도 상관 없잖아. 조금 더 시간을 들여서 공을 쳤더라면, 그렇게 비탈로 떨어지지는 않았을 거야." 마이클이 충분히 시간을 들여 공을 날릴 준비를 하며 말했다.

"잊어버려야지. 핸디캡 하나 더 없은 셈 치면 되니까." 헤이건이 대답했다. 현재 그의 핸디캡은 6으로, 같이 골프를 치고 있는 네 명 중 가장 적었다. 할 미첼은 15였고, 마이클은 최대 20까지 나왔다. 마이클의 친구인 조는 빌린 클럽으로 시합을 하고 있었는데, 운이 좋았는지 전반 9홀에서 100타 이내였다. "너나 잘해. 그 놈의 공 빨리 치고 가자."

옆에 있는 카트에 앉아 있던 할 미첼은 고개를 저으며 큰 소리로 웃었다. 다른 상황이었다면 헤이건은 마이클에게 감히 이런 식으로는 절대 말하지 못했을 것이다. 하지만 게임을 할 때는 충분히 가능했다. 톰은 여전히 마이클에게는 형이었고, 마이클에게 테니스를 가르쳐주던 시절과 그다지 변한 게 없기 때문이다. 그래서 다른 사람들이라면 몰라도 지금 같이 골프를 치고 있는 다른 두 사람은 이런 광경을 보고도 놀라지 않았다. 두 명 모두 톰만큼이나 오래 전부터 마이클과 알고 지낸 사이이기 때문이다. 미첼과는 전쟁 이후부터 알고 지냈고, 조 루카델로는 그보다 더 오래 전에 마이클이 군속관리부대에 있을 때부터 알고 지낸 사이였다. 필라델피아에서 왔다는 조는 굉장히 마른 몸에, 커다란 옷을 걸치고 안대를 하고 있었다. 라스베가스에는 휴가 차 온 것으로 모래의 성의 손님이었다. 헤이건이 그를 만난 건 이번이 처음이었다.

"마이클 말로는 캐나다 공군에 같이 있었다고 하던데." 미첼이 말했다. 조는 평지에서 네 차례의 퍼팅으로 그 코스를 끝냈다. 다음 코스로 가는 도중에 그들은 얘기를 나누었다.

"왕립캐나다공군이죠, 미첼 씨." 조가 눈을 찡긋하며 대답했다.

"하사관이라고 부르시오. 내 친구들은 모두 그렇게 부르니까."

"그렇게 하죠, 친구."

"하사관은 우리를 본 적 있을 텐데. 비행 훈련을 받고 있을 때는 그 작은 비행기조차 거의 조종할 줄 모르는 풋내기 두 명이 붉은 남작*이라도 격추시킬 수 있을 거라는 꿈에 부풀어 있었지." 마이클이 말했다.

"젊었으니까. 자넨 그럭저럭 했지 않나. 어쨌든 붉은 남작도 그릇된

---

* 독일 귀족. 1차 세계대전 당시 독일군의 선봉에 서서 엄청난 전과를 올렸던 조종사 만프레드 폰 리흐트호벤의 별명

전쟁의 희생자라고 할 수 있지. 정말 훌륭한 조종사였는데. 최고의 실력을 가진 사람이었으니까."

"그릇된 전쟁이라." 마이클이 중얼거렸다.

프레디의 일 이후 마이클은 지금처럼 기분이 가라앉을 때가 많았다. 그건 헤이건 역시 마찬가지였다. 콘실리에리로서 그는 언제나 자신이 반드시 해야 하는 일이 있다고 믿고 있었고, 실제로 그들에게 했다. 예전에 헤이건이 그들에게 한 일에 대해서는 절대로 말할 수 없었다. 그 일은 잊어야만 했다. 자신이 믿고 있는 일과 실제로 한 일 사이에 조금이라도 소신이 부족하다면 악몽에 시달릴 여지가 충분했다.

기운을 내자. 이미 벌어진 일은 잊어버려야지.

헤이건은 체면을 세웠다. 그가 힘차게 친 공은 캔자스 로터리 클럽 쪽으로 250미터 이상을 곧게 날아갔다.

"당신이 무슨 일을 하는지 잘 모르겠군요, 조." 다음 홀로 가는 도중에 미첼이 말했다. 카트 두 대는 나란히 길 위를 달리고 있었다. "아직도 파이왓(piwot)을 하고 있나요?"

"아주 웃기네요. 정말 재미있는 사람이라니까. 카지노를 운영하고 있다는 건 알고 있지만, 아무래도 코미디언인 것 같다는 생각이 들 정도예요." 조가 대답했다.

미첼은 조종사(pilot)란 뜻으로 말한 것이었다. 헤이건은 그 말이 해적(pirate)이라는 발음으로도 들린다는 것을 알아차렸다. 그는 조에게 그런 게 아니라고 말해서 미첼을 곤란하게 만들고 싶지 않았다. 그리고 헤이건은 마이클과 시선을 맞출 수가 없었다. 한참 어색한 시간이 지났지만, 아무도 그 말이 무슨 뜻인지 알지 못하는 것 같았다.

그 순간 헤이건은 처음으로 조 루카델로가 정말로 군속관리부대에 같이 있던 친구인지, 아니면 다른 패밀리에서 온 사람인지 궁금해졌다.

"파이와트(piwate)가 아니라, 파이왓(piwot)를 말한 거요." 미첼이 고함치면서 팔로 비행기 모양을 만들어 보였다. 그가 몰고 있는 골프 카트는 거의 모래밭 쪽으로 길을 벗어나고 있었다. "프웬* 말이오."

"아, 알았습니다. 미안해요. 음, 그건 아닙니다. 전쟁 직후에는 동부에서 비행기를 조종했죠. 하지만 지금은 하지 않아요." 조가 대답했다.

"그건 전쟁에서 그렇게 된 거요? 눈 말이오." 미첼이 물었다.

"어느 정도는 그렇죠."

어느 정도는 그렇다? 헤이건은 걸어 나와 드라이버를 잡았다. 전혀 이상하게 들을 말이 아닐 수도 아니었다. 전쟁에 참가했던 군인들 중에는 전쟁에 대해 농담처럼 말하는 사람들도 많았으니까. 헤이건은 군인은 아니었지만, 그런 사람을 세 명이나 알고 있었다. 미첼은 그 대답을 별 뜻 없이 받아들인 모양이었다.

헤이건이 공을 티에 올려놓았다.

"그렇다면 와인 관련 일을 하고 있는 거요?" 미첼이 물었다.

"이것저것 합니다. 그 일을 하다보면 여러 가지 다른 일들도 생기기 마련이죠. 그런 건 잘 아시죠? 난 대부분 쉽고 편안한 물건들만 다루는 편입니다. 노래 가사에 나오는 것처럼."

헤이건은 공 앞에서 뒤로 물러섰다. 그는 티에서 한 타를 치기 위해 정신을 집중했다. 골프 예절을 어기면서까지 그가 엿들을 만한 얘기도 없었다. 무슨 말이든 자기 하고 싶은 대로 떠들어도 신경 쓸 필요가 없다. 조는 무슨 이야기든 계속 저런 식으로 말할 것이다. 마이클은 회사

---

* 'planes'를 잘못 발음한 것. 위에서 보듯이 할 미첼은 l이나 r발음을 w로 해서 나오게 된 에피소드

의 주주들을 만나기 위해 이곳에 왔고 조는 휴가로 왔다고 했다. 그 말은 조가 또 다른 패밀리의 일원이라는 뜻은 아닐까? 헤이건은 언제나 마이클이 제라치를 두목으로 만들고 뒤로 물러난 것이 단순히 그가 법을 준수하는 일반 시민이 되기를 원해서라기보다는 뭔가 다른 것이 있을 거라고 추측하고 있었다. 만일 마이클이 진심으로 은퇴한 거라면 왜 아직도 모든 일들에 관여하고 있겠는가? 위원회는 또 어떻고? 위원회에서는 마이클이 물러나면 기뻐할 것이다. 마이클은 여전히 그곳에 남은 이유를 자기 자신과, 가족과, 사업상의 이익을 지키고 보호하기 위해서라고 말했다. 어쩌면 마이클은 코를레오네 패밀리의 가장 귀중한 재원이 되어준 부정직한 돈벌이에서 발을 빼고 싶었기 때문인지도 모른다. 그게 아니면 조라는 인물과 함께 뭔가를 하기 위해서인지도 모른다.

헤이건은 공을 칠 자세를 취했다.

그는 마이클이 난해하고 재기 넘치는 수수께끼를 만든 것이라고 믿고 있었다. 예전에 비토가 구상하고 헤이건이 즐겁게 풀던 것과 같은 방식의(그 때문에 헤이건은 마이클과 함께 일을 하면서 화가 나기도 했다. 그 문제를 풀 때도 있고, 이해하지 못할 때도 있었기 때문에). 늘어진 오렌지색 살사벨트 바지를 입은 해적이 과연 이 모든 문제의 열쇠인 걸까? 헤이건은 더 이상 조 루카델로를 주시하지 않았다. 마이클은 조가 자신과 같이 군속 관리부대에 함께 있었다고 말했고, 헤이건은 표면적으로는 그 이야기를 받아들였다. 조는 자신이 필라델피아 외곽의 저지에서 왔다고 말했지만, 헤이건은 필라델피아 사람에 대해서는 정말 몰랐다. 그들에게는 자신들만의 것이 있었다. 비록 뉴저지가 앞장서고 있긴 했지만. 대통령은 뉴저지 출신이다. 마이클은 지금까지는 대사의 엉덩이에 닿을 정도로 고개를 숙이며 간도 쓸개도 다 빼주었다. 하지만 이번 일에 그 일까지 전부 연관시킬 필요는 없다. 동부 항공? 저 잘난 척하는 놈은 그렇게 말했지만, 전화 몇 통이면 톰 헤이건이 이 문제를 풀 수 있게 도와줄 수 있을 것이다.

아직 골프복도 갈아입지 않은 채 톰 헤이건은 사무실에 불을 켰다. 사무실은 라스베가스 프리몬트 근처의 신발 가게 윗층에 있었다. 그는 책상에 앉았다. 젠코 아반단도가 쓰던 접뚜껑이 달린 책상으로 예전 비토 코를레오네의 집에서 옮겨온 것이었다. 헤이건의 현재 위치에서는 누군가의 신원을 확인하는 일은 보통 서너 통의 전화로 해결이 되었다. 시간도 별로 걸리지 않는 일이었다. 평소 기준으로 봤을 때 한 시간 정도면 충분할 것이다. 헤이건이 가지고 있는 정보는 조 루카델로가 모래의 성에 남긴 신상 기록과 아침에 골프를 하는 동안 알아낸 몇 가지였다. 조 루카델로는 전화 번호 3개에, 20개도 넘는 직업을 가지고 있을 것 같았다. 헤이건은 시간을 확인했다. 그리고 시간을 적은 뒤 전화를 걸었다.

그리고 네 시간이 지났지만 헤이건의 손에 남은 것은 아무것도 없었다. 동부 항공에서는 그런 이름을 가진 사람이 일한 적이 없다고 했고, 왕립 캐나다 공군은 물론, 군속관리부대에조차 그의 이름은 없었다. 루카델로의 지문은 미국 어디에도 등록되어 있지 않았다. 그는 자동차, 보트, 총, 어느 것도 소유 등록이 되어 있지 않았으며, 법률상 소송에 휘말린 적도 없었다. 루카델로는 세금조차 내지 않았다. 신분을 위조한 것이 분명했지만, 아무리 가짜 신분이라고 하더라도 이것보다는 많은 것이 남아 있어야 했다. 헤이건이 말할 수 있는 건 조 루카델로라는 자는 없다는 것이다. 그는 아침 내내 외눈박이 유령과 골프를 친 셈이었다.

결국 오후 내내 아무것도 알아내지 못한 헤이건은 대사의 이야기를 확인했다. 대부분이 사실이었다. 대사는 조니와 함께 지내다가 떠났고, 대학에서 사람들을 만난 것도 사실이었다. 그 이야기를 전해준 사람은 시아가 그 건물을 지어주기로 마음이 기울어진 것처럼 보였다고 했다. "대사는 속을 알기 어려운 사람이야. 그래도 일이 잘 되길 빌어주지." 헤이건이 말했다.

그는 다시 시계를 보았다. 옷을 갈아입고 미술관 개관식에 참석하려면 시간이 빠듯했다.

헤이건은 재빨리 호텔로 가서 그날 저녁을 위해 준비한 옷으로 갈아입었다. 늦을까봐 걱정했지만, 오히려 평소보다 일찍 미술관에 도착할 수 있었다. 개관식까지는 20분 이상 남아 있었다. 미술품 구입 위원회의 회장이 된 테레사는 이번에 전시되는 작품의 화가를 마중하러 공항으로 나간 뒤라서 자리에 없었다. 지친 듯 보이는 안내원은 헤이건이 벨벳 로프 안쪽으로 들어오는 것을 손으로 막으며 너무 조급해하지 말라고 말했다. 그때 미술관장이 서둘러 다가와 헤이건에게 사과하며 환대해주었다.

헤이건이 이제껏 들어본 적이 없는 화가의 작품 전시회였다. 하지만 그는 테레사가 짓궂은 유머감각을 발휘하여 이 작품들을 제안했을 것이라는 점을 감안하며 작품들을 감상했다. 헤이건은 미소를 짓지 않을 수 없었다. 그녀는 미술사 학위를 가지고 있었고, 취향은 추상화 쪽이었다. 위원회의 자리를 차지하고 있는 대부분의 여자들은 미술에 대해서는 전혀 몰랐지만, 자기들이 좋아하는 것은 무엇인지 잘 알고 있는 이름 있는, 목장주들의 아내들이었다. 그 여자들은 슬퍼보이는 듯한 인디어들을 그린 유화를 좋아했다. 이번 전시회의 제목은 '고양이들, 자동차들과 만화들 : 앤디 워홀의 팝 아트'였다. 자동차라는 것은 잡지

광고에서 오려낸 듯한, 똑같은 모양의 스포츠카들이 다양한 색상으로 단정하게 줄을 지어 있었다. 여기서 만화는 뽀빠이와 슈퍼맨을 얼룩지게 확대한 것이었다. 푸른빛이 나는 털을 가진 고양이는 사랑스러웠지만 빨간 눈에 초록색 털을 가진 고양이는 섬뜩한 느낌을 주었다.

마침내 줄이 걷어졌다. 여전히 테레사는 오지 않았다. 드문드문 관객들이 들어오기 시작했다.

"멋진 차군." 마이클이 자동차를 가리키며 말했다. 그는 거대한 부동산 회사의 대표로서 다른 주주들과 함께 모습을 드러냈다. 알 네리와 다른 경호원들과 함께였다. 그들은 개관식 이후에 모래의 성 회전 연회장에서 엔조 아구엘로가 준비한 저녁식사를 하면서 모임을 가질 예정이었다. "전부 다른 색상이라 고르기 힘들 것 같긴 하지만."

"그 점이 중요한 것 같은데." 헤이건이 대답했다.

마침내 테레사가 도착했다. 같이 온 하가는 연분홍빛을 띤 금발 머리카락에 붉은 렌즈의 안경을 쓴 가무잡잡한 얼굴의 연약해 보이는 젊은 이였다. 미술품 구입위원회 여자들이 그를 향해 우르르 몰려들었다.

"조라는 친구는 괜찮아 보이더군." 헤이건이 말했다.

"그 친구는 내가 만난 최고의 사람 중 한 명이야."

"정말이야?"

"오후 시간은 잘 보냈어?"

그건 좋은 의미로 하는 말이 아니었다.

어떻게 마이클이 보난자 빌리지에 있는 블랙잭 딜러에 대해서까지 알고 있는 걸까. 헤이건은 항상 경계심을 늦추지 않았다. 도청장치를 꽃 사이에 숨겨둔 걸까? 아니면 전화기 속에?

"아무것도 알아내지 못했지?"

조 루카델로. 지금 마이클은 그에 대해 이야기하고 있었다. "그저 전화 몇 통 걸어봤을 뿐이야. 다른 서류 작업하는 김에. 하지만 그 질문에 대한 대답은 맞아. 아무것도 알아내지 못했어."

"내 친구인 조에 대해서 궁금한 게 있었다면 왜 나한테 물어보지 않은 거야?"

"그냥 호기심이 생겼을 뿐이야."

마이클이 와인 잔을 초록색 고양이를 향해 들어올렸다. "호기심을 위하여." 말은 그렇게 했지만 마시지는 않았다.

"뭔가 숨기는 거라도 있는 거야?"

"그런 건 없어." 마이클이 시칠리아어로 바꿔서 말을 이었다. "형이 무슨 생각을 하고 있는지 알고 있어. 또 무슨 일을 하는지도 알고 있고. 그게 형이 유능한 변호사인 이유겠지."

"그자가 속한 패밀리는 어디야? 필라델피아의 눈지오와 접촉해보니까…." 헤이건도 시칠리아어로 물었다.

"왜 조가 우리와 같은 일을 하는 사람일 거라고 생각하는 거지? 그 친구 이름이 이탈리아식이어서? 그렇다면 형한테 실망이야."

"이탈리아 이름을 가지고 있어서가 아니야. 지금 누구와 얘기하고 있다고 생각하는 거야?"

"봐봐, 괜찮아. 조에 대해 알고 싶은 건 전부 그 친구가 자기 입으로 말할 테니까." 마이클이 다시 영어로 돌려 말했다. "게다가 전부 형이 알고 있어야 할 필요도 있는 내용들이니까. 어쨌든 오늘 자정에 내 방에서 그 친구와 같이 만나는 걸로 해."

테레사는 화가를 둘러싼 사람들 틈에서 빠져나와 남편과 마이클이 있는 쪽으로 곧장 다가왔다. "어때요?"

"근사하군요." 마이클이 대답했다.

"몽상적이야." 이번에는 헤이건이 말했다.

그녀는 어린 꼬마라도 되듯 남편을 끌어안았다.

"나도 이건 싫어. 하지만 믿어봐. 이 작품은 틀림없이 유명해질 테니까. 저 사람도." 테레사가 말했다.

"비행기가 연착한 거야?" 헤이건이 하사관처럼 팔을 벌려 아내를 끌어안으며 물었다. 그 모습에 마이클도 미소를 짓지 않을 수 없었다.

테레사가 고개를 저었다. "저 사람이 갑자기 차를 세워달라고 하더니 스트립가를 걷기 시작하는 거야. 그러다가 대형 차양 하나를 보더니 그 자리에서 꼼짝도 하지 않고 쳐다보기 시작했어. 세상에, 난 정말 모르겠어. 그러다가 다시 걷기 시작했는데, 이번에는 선물가게 진열대 앞에서 또 그러는 거야. 그리고 사창가 전단지란 전단지는 전부 받았어. 수백 장도 더 받았을 거야. 물론 작품 재료로 사용하려는 거겠지만, 결국 그걸 누가 들었는지 알아? 나야."

"정말?" 헤이건이 물었다.

"그런데 저 사람은 여자를 좋아하지 않는 것 같아." 테레사가 들으라는 듯이 크게 말했다.

헤이건은 마이클 쪽으로 시선을 돌렸다.

"어쨌든 저 사람은 지금 사람들을 모아놓고 미래에 대해 이야기하고 있어. 미국이 전부 라스베가스가 될 거라나? 라스베가스처럼 된다는 게 아니고, 라스베가스가 될 거라고. 여기서 세 시간 동안 있을 거야."

마이클이 어깨를 으쓱했다. "그걸 빨리 알아차린 사람도 있군."

저녁 모임 후, 그들이 마이클의 방에 가자 조 루카델로는 이미 그곳에 와 있었다. 여전히 오렌지색 바지를 입고 있었지만 셔츠는 벗은 채 바에 앉아 혼자 카드놀이를 하고 있었다.

"톰! 와줬군요. 어서 이리 와요." 조가 마치 자기 방이라도 되는 듯 말했다. "마이클 말로는 나한테 관심이 있고 있었지만 많은 걸 알고 싶어 한다던데, 좀 우쭐해지던 걸요."

톰은 미술관 개관식 이후 계속 마이클과 함께 있었고, 마이클이 조에게 그런 이야기를 전할 만한 시간이 없었다.

알과 토미 네리가 그들을 따라 방으로 들어왔다. 마이클이 두 사람에게 고개를 끄덕이자 그들은 옆에 붙어 있는 다른 방으로 들어가 문을 닫았다.

"마이클이 그런 말을 하던가요?" 헤이건은 방안을 둘러보다가 어쩐지 그곳이 무척 낯익다는 사실을 알아차렸다. 당구대가 있었다. 그곳은 프레디가 결혼하기 전에 쓰던 방이었다. 실내장식은 새로 했지만, 당구대는 똑같은 자리에 놓여 있었다. 마이클은 텔레비전을 켜고 볼륨을 높였다. TV 역시 새것이었다. 프레디는 이 방에 사는 내내 조용한 것을 참지 못해 텔레비전을 항상 켜놓고 지냈다. 하지만 지금 그들이 텔레비전을 켠 것은 그 방에서 하는 이야기를 누군가 도청하지 못하도록 하기 위한 예방책이었다. 토가를 입은 사람들이 등장하는 옛날 영화가 나오고 있었다.

조는 한손에는 뚜껑을 딴 페르노 병을, 다른 손에는 아직 열지 않은 잭 다니엘을 들어 보이며 눈썹을 치켜 올렸다. 헤이건은 혹시라도 안대 뒤가 보이는지 주의 깊게 살폈지만 헛수고였다.

"난 됐어요. 이봐요, 무례하게 굴고 싶지는 않지만, 난 오늘 길고 힘든 하루를 보내는 중이요. 그런데 아직도 끝나지 않았소. 그러니까 어서 말해주지 않겠소? 당신이 누구인지 말이오." 헤이건이 말했다.

"저 친구는 조 루카델로야." 마이클이 당구대에 공을 올려놓으면서 말했다. "그건 정말이라니까."

"비록 지난 15년 동안은 조 루카델로로 지내지 못했지만." 조가 인정했다.

"아, 그래요? 그렇다면 당신은 누구죠?"

"아무도 아니예요. 그러니까 누구도 될 수 있죠. 마이크와는 내가 조 루카델로일 때 알게 되었어요. 처음 만났을 때를 돌이켜 보면 말이죠. 어젯밤 호텔 숙박부에 기재되어 있는 기록 말고 내가 누구인지 알아본다고 해도, 어디에도 나에 대한 기록은 없었을 거예요. 몇몇 사람들은 젊은 남자에 대해 기억하고 있을 지도 모르죠. 하지만 그게 다예요."

"그래요. 당신은 유령이더군요."

조가 웃었다. "독특하네요. 톰! 당신은 정말 따뜻한 사람이예요."

그때 마이클이 당구공을 첫 큐에 흐트러뜨리는 요란한 소리에 헤이건은 앉아 있던 의자에서 떨어질 정도로 깜짝 놀랐다.

순간 그의 머리를 스치는 생각이 있었다. 유령과 비슷한 게 뭐지? 스파이. 조는 CIA의 스파이였다.

"정말 아무것도 안 마실 거예요? 꽤 놀란 것 같은데." 조가 물었다.

"형은 커피를 많이 마셔." 마이클이 2번 공을 성공시켜 연속 득점했다. 그는 계속해서 당구를 쳤다. "자넨 믿을 수 없을 거야. 톰은 커피를 갤런으로 마신다니까."

"그렇게 마시면 죽어요." 조가 말했다.

헤이건은 의자를 마이클 쪽으로 돌렸다. "대체 어떻게 된 거야? 그동안 전혀 모습을 보이지 않다가 갑자기 휴가라면서 나타난 이 외눈박이 사내는 지금…."

"회사에 다니고 있죠." 조가 말했다.

"우리가 무엇 때문에 이 사람을 믿어야 하는 거지? 확인해보지도 않고."

마이클이 구석에 놓인 두 개의 공을 필요 이상으로 세게 쳤다.

"형은 지금 너무 멀리 갔어." 마이클이 시칠리아어로 말했다. "모든 걸 너무 심하게 비약하고 있다고. 왜 내가 저 친구와 오랫동안 만나지 않았다고 생각하는 거야? 내가 형한테 한 말은 그저 조와 군속관리부대에서 만났다는 것뿐이었어. 왜 형은 내가 저 친구가 누구를 위해 일하는지 확인하지 않았다고 단정하는 거야? 그리고 왜 우리와 사업에 대해 의논하기 위해 온 것이 아니라 그저 들렸을 수도 있다는 생각은 하지 않는 거지?"

헤이건이 얼굴을 찡그렸다. 우리? 그리고 어떻게 헤이건이, 이 문제에 있어서는 마이클도 마찬가지지만, 조가 시칠리아어를 알아듣지 못할 거라고 확신할 수 있단 말인가?

마이클은 큐대를 세워 한 줄로 놓여 있는 3번 공을 쳐낸 다음, 능숙하게 공을 쳤다. "형은 상원 청문회에서 내 변호사였지." 마이클이 영어로 말했다. "형은 변호사로서는 최고야. 하지만…."

3번 공이 옆 구멍으로 들어갔다.

"난 운이 좋게도 형 말고도 다른 대비책을 가지고 있었다는 거지."

"대비책이라고 하면 좀 과장이야." 조가 바에 펼쳐 놓았던 카드를 모으며 말했다. "그냥 보험이라고 하는 편이 맞을 겁니다. 친구들은 친구들을 돕는다. 톰, 당신은 정말 능력이 뛰어나요. 우리가 나설 필요가 전혀 없었으니까."

많은 일이라니?

마이클이 큐대를 내려놓았다.

조가 그동안 있었던 일을 이야기하기 시작했다. 조가 마이클에게 연락을 해온 건 뉴욕의 농가에서 기습공격을 당한 지 얼마 되지 않아서였다. 그때 FBI는 깡패 두목 검거 작전을 세웠고, 그 결과 그들은 소위 마피아에게 좀 더 많은 압력을 가할 수 있었다. 두 사람은 빌리 비숍이 마이클에게 조종사 자격증을 보여달라고 했을 때, 마이클이 조를 지키기 위해 자격증이 없다고 대답하던 그날 이후 만나지 못했다. 그 후 조는 레마겐*에서 격추당한 뒤, 포로수용소에서 탈출해 미국 정보부에 합류하게 되었다. 그리고 다른 일들이 계속 이어졌다. 유럽에서는 할 일이 많았다. 그런 뒤 지난 몇 년간은 고향인 미국으로 돌아와 활동하고 있었다. 그러니까 한마디로 말하자면, 조는 마이클이 자신을 위해 해준 일에 대한 고마움을 계속 간직하고 있었고, 가능하면 친구를 도와주고 싶었다는 것이다. 그는 여러 가지 방법을 동원해 마이클이 감옥에 가는 일이 없도록 지켜주었다. 그 일이 알려지더라도 FBI에서는 누가 그랬는지 밝혀낼 수 없었고, 심지어 무슨 일이 일어났는지조차 모르는 경우가 많았다. "그 방법이 뭔데?" 마이클은 알고 싶었다. "방법 같은 건 없어." 조가 대답했다. "우린 FBI처럼 제보자를 찾지 않아. 자네의 조직 안에서 문제가 생길 일은 전혀 없을 거야. 우리가 원하는 건 그저 현금을 운반해주거나 도움이 되는 일을 해주는 것이니까." 만일 마이클이 누군가를 골탕 먹이고 싶다면 언제라도 자신들이 마이클이 시킨 것을 눈치 못채게 해줄 수 있다고 조는 약속했다. 아니라고만 말하면 모든 문제는 끝났다. 조는 노예계약을 원하거나 지독하게 뭔가를 요구하지 않았다. 그저 지나가는 장사꾼에 불과했다.

헤이건은 지난 3년간 있었던 모든 일들을 되돌아보았다. 어떻게 된 일인지 궁금했지만 참았다. 지금 그런 생각을 할 때가 아니었다.

"그렇다면 갑자기 나를 여기로 데리고 오라고 한 이유는 뭐죠?" 헤이건이 물었다.

---

* 독일 서부 라인란트팔츠주의 도시

"조가 제안을 하나 해왔어. 그래서 난 형의 조언이 필요해. 아주 큰 건이야. 우리가 앞으로 열두 계단을 올라가기 위해서는 한 계단 뒤로 물러서야 하는 일이지. 만일 우리가 그 일을 받아들인다면 형의 전적인 도움이 필요해." 마이클이 말했다.

"제안?"

마이클이 당구 큐대를 들어 조를 가리켰다. 그런 다음 한 큐에 들어가는 건 불가능할 것으로 보이는 네 개 공의 각도를 계산하기 시작했다.

조가 헤이건의 어깨를 두드렸다. "이제부터 내 제안을 들은 뒤, 기꺼이 받아들여 참여할 건지, 아니면 전혀 관계하지 않을 건지 입장을 밝혀주세요. 이거 아니면 저거라고 말입니다. 지금 분명한 건 내가 이 일에 대해 이해할 수 있는 사람에게만 말한다는 거죠."

마이클이 한 개를 놓쳤지만 큰 실수는 아니었다.

"오래 전에 마이클에게 이런 말을 말했어요. —자넨 기억할 거야, 마이크. 우리가 무솔리니에 대해 이야기했던 거 말일세— 역사상 어떤 영웅이든, 악당이든, 지도자든 죽이는 게 불가능한 사람은 없다고."

마이클이 고개를 끄덕였다. "인상 깊은 말이었지."

"이번 일을 한마디로 요약하면, CIA 국장인 알버트 소펫이 직접 제안한 일이라는 겁니다. 그리고 대통령의 승인도 받았어요. 아무래도 —그러니까 당신들의 사업적인 측면에서 보았을 때— 쿠바로 돌아가서 그곳에 투자한 금액을 되찾아 오고 싶지 않습니까? 우리를 위해 일을 해준다면, 그 대가로 그걸 되찾게 해드리죠. 거기에 더 얹어서 돌려드리겠습니다. 동전 하나까지도 백퍼센트 합법적인 돈이고, 사실상 면세가 될 거예요. 심지어 우리 쪽에서 당신 쪽 사람들의 훈련까지 도와드릴 겁니다. 사실 우린 그 점을 강조하고 있죠."

"훈련시킨다고요?"

"혁명은 많은 것을 변화시키기 마련이니까요. 이쪽에서 보낼 사람들은 그런 일에 대해 미리 준비가 필요할 겁니다. 쿠바에서 추방당한 우국지사들이 그 부분은 잘 도와줄 거예요. 그 사람들은 잘 알고 있으니까요. 우린 그들의 기술과 한계점에 대해서도 잘 알고 있습니다. 그러니까 잘 따라가기만 한다면 누구든 감옥에 가는 일 같은 건 없을 거라는 거죠. 미국에서든 쿠바에서든. 위험 부담은 분명히 있어요. 그 점에 대해서 분명히 밝히자면, 만에 하나 일이 잘못되는 경우라도 우린 아무 일도 하지 않을 겁니다. 만일 러시아인들이 그 배후에 우리가 있다고 생각하게 되면 정부 차원으로 일이 확대되고, 어쩌면 3차대전이 일어날지도 모르니까요. 그러니까 만일 당신 쪽에서 보낸 사람들이 무슨 문제가 생기면 가능한 도움을 주겠지만, 이 계획에 우리가 연관되어 있다는 것이 드러날 만큼 크게 도와줄 수는 없다는 말입니다. 그쪽에서는 개인적으로 일을 벌였다는 것처럼 행동해야 해요. 날 만난 일도 없는 겁니다. 난 존재하지 않는 사람이니까요."

헤이건은 조의 이야기를 듣는 것이 재미있었다. 그가 제안하고 있는 거대한 계획만 아니었다면, 도저히 이런 일을 하고 있을 사람으로는 보이지 않았다. 별 볼일 없는 순찰 경찰만 죽여도 법에 어긋난다면서, 어떻게 다른 나라의 지도자를 암살하라는 이야기를 할 수 있는 걸까? 헤이건은 이렇게 생각했다.

그리고 일반 국민이나 FBI와 CIA가 생각하고 있는 것과는 정반대로 마피아들은 어떤 이유가 있을 경우는 보수 없이 살인을 저지른다. 이를테면 자신을 지키기 위해서나 복수를 위해서.

하지만 그게 복수가 아닌 경우라면? 코를레오네 패밀리의 고리대금업자에게 몇 백 달러를 훔쳤다는 이유로 사람을 죽이기도 한다. 쿠바의 정권이 바뀌면서 코를레오네 패밀리의 카지노도 문을 닫게 되었다. 그게 몇 백 달러를 훔치는 일과 다를 게 뭐가 있는가?

그렇다면 은퇴한 마이클이 이 일을 주도하는 것인가?

마이클은 조화로운 타구 솜씨를 발휘해 극적으로 4번 공을 구멍에 집어 넣었다. 화난 연인에게 쫓아가 사과하려는 남자처럼 6번 공이 5번 공을 따라갔다. 그리고는 당구대 구석의 구멍 속으로 같이 사라져버렸다.

"와우, 이제 모든 것을 다 말했어요." 조가 말했다.

바로 그 순간 누군가 문을 두드렸다.

"더 올 사람이 있었던 거야?" 헤이건이 물었다.

"늦었군." 조가 말했다. 마이클이 문을 열어주러 갔다. "대신 사과하죠. 아마 당신도 아는 사람인데 늘 늦게 오거든요."

눈앞에 나타난 사람은 M. 콜버트 시아 대사였다.

"여러분, 미안하오." 그가 말했다. 경호원들은 복도에 그대로 남아 있었다. 그들이 먼저 들어와 방안을 수색하고 싶다는 의미였다. "우리 아들들과 관련된 일이니까. 그럼 이제 내가 대통령과 법무장관에게 우리의 계약에 대해서 말해도 되겠나? 아니면 다른 질문이라도 있소? 어떻게 생각하나, 칸-시-에이리 양반? 대통령에게 도움이 되는 일이라면 도와주겠다고 했었지?"

27

 루카델로와 시아가 나간 뒤 헤이건은 독한 술을 잔에 따르고 테라스로 나갔다. 조니 폰테인의 이름이 적힌 차양이 길 건너편에 있는 카지노인 카스바에 걸려 있는 것이 보였다. 시카고 쪽에서 운영하는 곳이었다. 특정 패밀리에 '전속'인 연예인은 없었지만, 지난 몇 년간 시카고 쪽에서 거물급 연예인들을 데려가 버렸다. 덕분에 지금은 길 하나를 사이에 두고 코를레오네 패밀리 카지노의 최대 경쟁자로 성장한 것 때문에 헤이건은 꽤 속이 상했다. 헤이건은 조니를 좋아하지 않았다. 하지만 비토와 프레디는 조니를 아꼈고, 심지어 마이클조차 그런 조니를 받아주고 있었다. 마이클은 어떤 가수가 한쪽 카지노와 계약했다는 등의 사소한 문제로 패밀리들 간에 분쟁을 일으킬 생각은 전혀 없었고, 그건 옳은 처신이었다. 그렇긴 하지만 마이클은 사실 프레디를 끌어안기 위해 당시 코를레오네 호텔의 연예사업 관련 일을 맡겼다. 프레디는 조니와의 친분을 들먹이며 섭외를 시도했지만 그가 들은 건 폰테인의 단호한 거절이었다. 무엇보다도 조니는 루소와도 친분이 있었던 그는 카스바와 6년간 전속으로 출연하기로 계약을 해버렸다. 망할 놈의 친분은 무슨. 그건 사업이었다.
 이것 역시 사업이다. 헤이건은 깊은 한숨을 내쉬었다. 그는 더 이상 자신의 감정을 숨길 수 없었다.
 문이 열리고 마이클도 테라스로 나왔다. 테라스에도 스테레오가 장착되어 있었는데 마이클이 라디오를 켜더니 오페라가 나오는 채널을 찾는 듯 이리저리 돌렸다. 헤이건은 오페라 같은 것에는 특별히 관심이 없었고 마이클 역시 그렇다는 걸 알고 있었다. 헤이건은 굳이 반대하지 않았다.

"넌 이런 제안을 받은 게 처음이 아니었어. 언제부터 알고 있었던 거야?" 헤이건이 물었다.

마이클은 뭔가가 새겨진 보석이 박힌 라이터를 열었다. 그의 얼굴이 불빛에 비춰졌다. 마이클은 담배 한 모금을 길게 들이마셨다. "마지막으로 쿠바에 갔을 때부터."

"마지막으로 쿠바에 갔을 때면…." 프레디와 함께 있었잖아. 헤이건은 그 말을 입 밖에 내고 싶지 않았다. "그땐 혁명이 진행 중이었을 때잖아. 그럼 그들은 그때부터 이미 알고 있었단 말이야? 너도 그때 알았고?"

"그때 이런 이야기를 했었어. 그 당시에는 제안이라기보다는 그저 구상이었지. 그 친구의 생각이었어. 그냥 이야기만 한 거였지. 그때만 해도 나는 혁명은 한 사람의 카리스마가 아니라 좀 더 큰 힘에 좌우되는 거라고 생각했으니까. 그를 죽인다 해도 별로 달라질 건 없다고 생각했어."

"그렇다면 지금은?"

"지금도 그 생각은 같아. 바뀐다 하더라도 큰 차이가 있을 것 같지는 지는 않으니까."

아직도 수수께끼였다. 헤이건은 천천히 술을 마셨다.

"난 널 좋아해. 하지만 이제는 너와 내가 각자의 길을 가야 할 때인 것 같아. 적어도 일에서는 말이야."

"난 그 반대로 생각했는데."

"네가 무슨 생각을 하고 있는지는 모르지만, 내가 너한테 하고 싶은 말은 난 이제껏 암흑세계에서 지내면서 지금 이 자리까지 올라왔고, 충분히 오래 있었다는 거야. 그래서 난 나갈 거야. 물론 다시 들어왔다가 또 나갈 수도 있겠지만. 난 네 형이자 변호사이기도 해. 콘실리에리이기도 하고. 한편으로는 네게서 뇌물을 받았던 정치인이기도 하지. 네가 미국을 떠나 있는 동안에는 내가 모든 책임을 졌어. 그런데도 넌 그런 일에 대해서는 나하고 의논 한마디 없었어. 내가 이제까지 무슨 일에 대해서는 별 다른 말을 하지 않았다는 건 너도 알 거야. 그 조라는 친구에 대해서도 난 오늘 아침에야 알았어. 그 일에 대해서 네게 한마디도 먼저 들은 적 없고 말이야. 콜버트 시아에 대해서는 말할 필요도 없겠지. 하지만 아직도 내 힘으로만 풀어야 할 몇 가지 수수께끼를 넌 가지고 있어."

"형, 생각해봐. 수수께끼 같은 건 없어. 난 형이 그 이야기를 조에게서 먼저 듣기를 원했을 뿐이야. 이건 그 친구가 세운 계획이니까. 내가 생각한 게 아니야. 우린 그저 그대로 따르기만 하면 되는 거니까. 미키 시아는 이 일의 뒤에 대통령이 있다는 것을 형에게 확신시켜주기 위해서 부른 것뿐이고. 형도 그가 화가 나면 어떻게 되는지 알고 있잖아. 우리에게 이건 일일 뿐이야. 돈, 기회, 권력을 안겨다주는. 그들에 대한 복수도 되고 말이지. 나부터도 이 일에 확신은 없어. 직접 부딪히는 것보다 나은 방법은 없으니까."

미키 시아. 헤이건은 대사를 그렇게 부르는 것을 돈 비토를 제외하고는 들어본 적이 없었다.

"그 일에 대해 말하고 싶은 거잖아, 형. 그러니까 우리 의논해보자. 그 일을 하는 건 굉장한 모험이야. 우리는 이번 일에 제라치의 부하들까지 끌어들여 좀 더 일을 크게 만들 필요가 있어. 이론적으로야 네바다에 있는 우리 부하들을 쓰면 되지. 이번 일에 나설 만한 사람은 알 네리 정도인데, 이런 위험한 일로 그 친구를 잃을 수는 없어. 이번 일은 자살 임무보다 더 크다고 할 수 있으니까. 만일 우리가 제라치의 부하들을 보낸다고 한다면 성공할 수도 있고, 실패할 수도 있을 거야. 그렇게 되면 그들이 실패한다 하더라도 우리에게 무슨 일이 생기지는 않는다는 거지. 그 사건의 여파는 모두 제라치에게 가고 우리에게는 미치지 않을 테니까. 무엇보다도 일단 난 은퇴했으니까 말이야."

헤이건은 술잔에 들어 있는 얼음을 씹으며 어둠이 내려앉은 사막을 바라보고 있었다.

"물론 그 친구들이 성공할 가능성도 있어. 그렇다고 해도 여전히 공산주의 세력은 남아 있을 거야. 그때는 어떻게 될까? 세상은 더 좋아지지도 나빠지지도 않을 거야. 그리고 우리 문제도 어느 정도 해결되어 있겠지. 하지만 생각해봐, 형. 모든 것이 달라졌을 경우를 생각해보는 거야. 민주주의가 회복된다면 우린 쿠바로 돌아가서 사업을 계속할 수 있을 테지. 완전히 합법적으로 지금보다 훨씬 크게 말이야. 미국 정부가 쿠바에 세우게 될 일종의 꼭두각시 정권은 우리에게 빚을 진 셈이지. 그렇게 되면 우리가 다른 패밀리들보다 앞서 다시 세력을 회복하게 된다는 것은 확실해지는 거야. 제라치와 그 부하들이 우리의 꼭두각시에 불과하다는 것을 위원회에 납득시키는 건 아주 쉬운 일일 테고. 정부와 함께 손잡았다는 것 때문에 받게 될 적개심은 쿠바가 다시 개방됐을 때 우리 때문에 벌어들이게 될 수백만 달러로 무마할 수 있을 거야. 혹시 일이 뜻대로 되지 않는다 하더라도 우리에겐 정부에서 주는 돈의 절반이 생기게 돼. 제라치에게 나머지 절반은 줘야 하니까 말이야. 그 친구는 절대로 이 모든 일이 우리를 통해 이루어졌다는 걸 모를 거야. 조와 그 친구의 동료들에게 우리에 대해서는 언급하지 말고 제라치와 접촉하라고 하면 되니까. 우리가 그 돈의 절반을 가지는 것은 제라치가 큰 거래에서 우리 몫을 떼어주는 거나 마찬가지라고 할 수 있겠지. 다만 이번 경우는 조가 우리에게 직접 가져다준다는 게 다르기는 하지만. 제라치는 지나치게 기회주의적이고, 공격적이어서 이번 같은 기회를 놓치지는 않을 거야. 그리고 그 친구는 이번 일에 이용할 수 있는 시칠리아인은 모두 끌어 모을 거야. 용감하고, 성실한데다가 경찰이나 정부 관리들을 죽인 적이 없는 부하들을 고르겠지. 전혀 그럴 것 같지는 않지만, 제라치가 우리에게 와서 조언을 구하거나 축복을 바라는 일이 있다면, 우린 별 다른 말은 할 필요 없이 단순하게 응해주면 되는 거야. 만일 그 친구가 우리에게도 수입을 나누어주겠다고 제안하면 정중하게 거절하면 되는 거고. 그 친구가 오직 자신의 노력만으로 성공하기 위해서는 그 친구의 대부인 돈 포를렌자로부터 뭔가를 더 배워야 할 거야. 그럼 어떻게 되느냐고? 그 다음이야 제라치는 영웅이 되는 거고, 그 친구는 모든 것을 우리 덕으로 돌리겠지. 하지만 일이 그렇게 되기 위해서 가장 중요한 건 형이야. 내 옆에 가장 믿을 수 있고, 충성스러운 사람이 있어야 돼. 난, 아니 우리는 두 사람의 지혜가 필요하니까. 형이 내 옆에 없다면 이번 일은 더 이상 할 수 없어. 절대로 안 될 거야."

"넌 이미 나 없이 모든 것을 생각해 놓았잖아. 네 옆에는 오랜 친구라는 조가 있어. 알 네리도 네 편이고, 또 닉 제라치가 지저분한 일은 다 해주겠지. 난 네게 꼭 필요한 사람이 아니야, 마이크. 우리와 같은 일을 하는 사람들이 모두 몇 명인지 생각해봐. 우리가 하는 일은 매년 이익이 이리저리 옮겨 다니면서도 수세기 동안 계속되고 있어. 그건 우리 중에 꼭 필요한 사람이란 건 아무도 없다는 뜻도 돼."

"그래도 난 형이 필요해. 형은 지난 몇 년 동안이나 대사를 잘 상대해 왔잖아. 대통령이 그 노인네의 말에 따라서 우리에게 아무것도 해주지 않을 수도 있어."

"다른 사람을 보내면 되잖아. 변호사나 판사나 누구든 말이야."

"이 세상에서 내가 믿는 유일한 사람은 형이야. 형도 그건 알고 있잖

아. 형이 필요하지 않다거나 쓸모가 없어졌다는 이유로 내가 형을 제거하는 일은 절대로 없어. 난 오직 형을 지켜주고 싶을 뿐이니까."

"날 지킨다고? 그건 고마운 일이군."

"대체 무슨 말을 듣고 싶은 거야? 나도 인간이라는 말을 하기를 바래? 나도 실수를 했고, 특히 형한테는 더 그랬어. 사과할까? 그게 형이 듣고 싶은 말이야?"

톰이 한숨을 쉬었다. "물론 그건 아니야. 난 직접적인 대답을 듣고 싶은 것뿐이야."

마이클이 마음껏 물어보라는 듯이 양팔을 벌렸다. "뭐든지 물어봐."

"그 안대는 진짜야?"

"그게 형이 묻고 싶은 거였어?"

"무척 궁금한 것 중 하나였어."

"나한테 말하기로는 전쟁에서 부상을 당했다고 했어. 그 후로는 그 문제에 대해서는 생각해보지 않았어."

"그거 정말일까? 그리고 이번 일 전체가 정말 확실하긴 한 거야? 대사는 아들 대통령으로 만드는 데 돕긴 했지만, 공식적인 지위는 없지. 나는 그 사람을 믿을 수 없어. 너도 그럴 거라고 생각해."

"조가 처음 연락해 왔을 때는 나도 그랬지. 하지만 우리가 이 일을 해야 할지도 모르겠다는 생각이 들었을 때, 난 알버트 소펫 국장과 만나게 해달라고 했어. 형도 알다시피 정권 인수팀의 일 때문에 워싱턴에서 지내는 동안에는 그런 사람들과 전혀 만나지 못했잖아. 하지만 난 소펫 국장을 만났어. 심지어 그 순간까지도 이번 일은 너무 위험 부담이 크다고 생각하고 있었지. 이런 어설픈 침입이라니. 게다가 이전 행정부에서 정한 일이기도 했고. 하지만 조가 말한 건 사실이었어. 소펫 역시 똑같은 얘기를 하더군. 러시아의 반격이 있을지도 모르기 때문에 미국 군대는 쿠바를 침공할 수 없어. 만일 미국이 경제적인 총 제재를 가한다 하더라도 쿠바는 지금과 같은 상태로 50년은 공산주의자들의 손에 남아 있어야 할 거야. 그럼에도 우리 정부는 직접적으로는 어떤 일도 할 수가 없어. 결국 그들에게는 다른 수단이 필요했던 거지. 그래서 A계획을 시도했지만 실패했어. 우리가 B계획인 셈이야."

"그렇다면 네가 공공연하게 은퇴를 밝힌 이유도 진짜 이유는 이번 일 때문이었다는 거야?"

"그렇기도 하고 아니기도 해. 형은 이미 거의 모든 것을 알고 있어. 합법적인 사업 쪽에 대해서는 나보다 많이 알고 있으니까. 우리가 시아를 대통령이 되는 데 힘썼던 일들에 대해서도 형이 모르는 일은 없어. 이제까지는 우리와 관련된 사람들을 모두 하나의 조직에 모아놓고 제라치와 내가 각자 독립적으로 부하들을 이용하고 있었던 것뿐이야. 젠장, 형. 만일 형이 시칠리아 사람이었다면 우리가 그런 걸 통치리고 부른다는 걸 알았을 거야."

헤이건은 다시 천천히 술을 한 모금 마셨다.

"농담으로 한 말이야." 마이클이 말했다.

헤이건이 잔에 들어 있는 얼음을 소리가 나게 흔들었다. "그래? 그럼 웃어야 겠구나."

사이렌 소리가 들렸다. 그리고 또 다른 사이렌 소리도 그 뒤를 쫓았다. 소방차 두 대가 빠른 속도로 달리고 있었다. 도시 끝 쪽에서 큰 불이 난 모양이었다.

"좋아, 형이 맞아. 형한테 아직 말하지 않은 게 있지. 내가 진행시키고 있는 일이 두 가지 더 있어. 완전히 개인 자격으로 하는 일은 아니야. 그래서 위원회와 거래를 계획하고 있어. 이런, 이건 형도 어느 정도 알 수 있을 텐데."

"그 둘 중 하나가 지금까지 이야기한 쿠바에서의 일인 거야?"

"아니, 쿠바에 대한 이야기는 끝났어."

톰은 외투를 뒤적거리며 담배를 찾았다. 그러다가 상의 주머니에서 한 가치를 찾았다. 그는 많이 누그러져 있었다. 그는 고아인 탓에 인간관계의 결속에 대한 불신을 가지고 있었지만, 이미 자신은 마이클의 콘실리에리가 될 운명이라는 것을, 지금부터 영원히 그럴 것이라는 것을 알고 있었다.

마이클이 라이터를 꺼냈다. 불꽃이 굉장히 높게 나오도록 조절되어 있었다.

헤이건은 쿠바산 시가의 끝을 물어뜯었다.

"고마워, 좋은 라이터군."

"선물 받은 거야."

"그 다른 두 가지는 뭔데?"

마이클 역시 새 담배에 불을 붙이며 카스바 쪽을 가리켰다.

"첫 번째."

"폰테인 말이야? 이젠 추측하는 것도 피곤하군." 헤이건이 물었다.

"폰테인이라니? 아냐, 아니라고. 난 루소를 뜻한 거였어. 만일 내가 은퇴한다면, 정말로 은퇴한다면, 결국 위원회에서는 지난 몇 년간 엄청나게 세력을 확장한 루이 루소를 두목들의 두목으로 만들 거야. 그렇게 되면 우리 쪽은 엄청난 타격을 입게 되겠지. 특히 라스베가스와 타호 호수는. 일이 잘 풀려서 쿠바 문제가 해결된다고 해도 일이 그렇게 되어버리면 그쪽도 마찬가지고. 루소는 우릴 바짝 추격하고 있어. 우린 막을 힘이 없고. 이곳에 있는 우리 부하들은 뛰어난 친구들이기는 해도 상대적으로 인원이 부족하니까 말이야. 위원회에서 내가 나오게 되면 루소는 두목들의 두목이 되고 우리에게 결과적으로 남은 방법은 정치적으로 상대하는 것밖에 없어."

"그건 그렇지." 헤이건이 동의했다.

라디오 디제이가 마스카니의 '카발레리아 루스티카나' 중에서 한 곡을 들었다고 말했다. 그런 다음 자신이 출연한 맥주 광고에 대해서 흥분한 듯 말하기 시작했다.

"말할 필요도 없는 일이지만, 만일 루소가 두목들의 두목이 된다면 대사가 무슨 생각을 하고 있는지 알게 되겠지. 난 '여자거시기 빨기'가 대통령과 가까워지는 것이 걱정이야. 우리보다 말야."

"나도 절반 정도 가량은 그렇게 되지 않을까 예측하고 있었어. 그보다 네 입으로 루소의 호칭을 그렇게 부르는 건 처음 들어보는데? 지금까지는 한 번도 네가 다른 돈들의 이름을 별명으로 부르는 걸 들어본 적이 없어."

"그게 내가 두 번째 일을 시작하게 된 이유이기도 하니까." 마이클이 싱긋 웃었다. 전혀 즐거워서 웃는 웃음은 아니었다. "이 라이터를 누가 준 건지 알고 싶어?"

"내 추측으로는 루소 같은데?"

"갑자기 추측이 하고 싶어진 거야? 아냐, 형. 루소가 준 게 아니야."

마이클은 제라치에 대해 이야기했다.

그는 제라치를 죽이려고 했던 일에 대해 말했다. 그리고 다시 제라치를 제거해야 할 필요가 있고, 지금이 바로 그때라고 했다.

헤이건은 아무 말 없이 들었다. 자신에게 그런 일을 그렇게 오래 냉정하게 숨겨온 것에 대해 화를 내며 싸워야 한다는 것은 알고 있었지만 화가 나기는커녕 오히려 이야기를 해주고 있다는 것에 안심이 되는 기분이 들었다.

헤이건은 잭 다니엘 한 잔을 더 가지고 왔다. 마이클은 와인조차 거의 마시지 않았지만 자기에게도 한 잔 가져다 달라고 청했다.

"물어볼 게 있어." 헤이건이 마이클에게 술잔을 건네주며 말했다. "네가 제라치를 이용하고 버리려는 것처럼 CIA에서도 우리한테 그렇게 대하면 어떻게 되는 거지? 우리를 이용한 다음에 일이 끝났을 때 그대로 버린다면?"

"이래서 형과 일을 하면 좋다니까."

"그러면 어떻게 할 건데?"

"급소를 찔렸네." 마이클도 인정했다. "그건 정말 교활한 방법이지. 하지만 우린 CIA뿐만 아니라 서로 견제가 가능한 FBI에도 어느 정도는 이용할 수 있는 사람이 있으니까. 잊으면 안 돼지. 우리 가족 중에 법무부에서 일하는 친구가 있다는 걸."

"빌리 반 알스데일 말이야?" 헤이건이 코웃음을 쳤다. "그 녀석은 아직도 자기 부모 덕분에 그 자리를 얻었다고 생각하고 있는 모양이던데. 그래서인지 우리와 어떻게든 거리를 유지하려고 갖은 애를 쓰고 있잖아."

"우리한테 필요한 일은 그 녀석이 해줄 수 있어. 빌리가 우릴 위해 밀정이 되어줄 테니까. 그 녀석은 야망이 있어. 그래서 우리가 기분 나쁠 거야. 아무래도 결혼으로 인해 우리와 연관이 생긴 것을 두려워하지. 기자회견을 주선하는 일이나 법정에 가는 일 대신 법률도서관에 틀어박혀 있는 것도 그런 이유지. 우리가 나서서 그 녀석이 승진하는 걸 도와줄 필요는 없어. 그 녀석은 우리를 이용하게 될 거야. 그러니까 우리에 대해 자기가 알고 있다고 생각하는 것을 이용할 거라는 거지. 그렇게 되면 자연스럽게 승진하게 될 거야. 그런 다음에 우리가 정중하게 도움을 요청하면 되는 거지."

"다시 말하면 그 녀석이 우리의 제안을 거절할 수 없게 만든다는 거군. 대단한 걸, 마이크. 아버지가 계셨으면 자랑스러워하셨을 거야."
헤이건이 웃음을 참으려고 입술을 깨물며 말했다.

비토 코를레오네는 라스베가스에 발을 들인 적이 없었다. 하지만 지금 테라스에 서 있는 두 남자는 비토가 따뜻하고 단호한 손으로 잡아주던 힘을 아직도 느낄 수 있었다.

"우린 보게 되겠지. 어떤 계획이든 마지막 시험은 실행될 테니까."
마이클이 말했다.

"실행이란 말이지." 헤이건이 말했다. 두 사람은 잔을 부딪치고 술을 마셨다.

제8부

1961 ~ 1962년

28

그렇게 마이클 코를레오네와 닉 제라치가 함께 일하는 마지막 해는 완벽한 냉전 상태로 시작되었다.

그들은 상대방을 서로 공격하려 하고 있었지만 상대방은 그것에 대해 모를 거라고 잘못 생각하고 있었다.

두 사람의 관계는 그 비밀을 숨기고 조금이라도 정보가 새어나가지 않도록 계속 경계를 하느라 한층 냉랭해졌다.

마이클과 제라치는 서로를 죽이고 싶어 했지만, 지금으로서는 두 사람 다 여의치 않았다.

제라치는 위원회의 허가 없이는 마이클을 제거하기 위한 어떤 행동도 취할 수가 없었다. 하지만 그건 마이클이 위원회에서 한 자리를 차지하고 있는 동안은 불가능한 일일 수밖에 없었다. 또한 그를 죽인다는 것은 가장 강력한 후원자들이라고 할 수 있는 정치인들, 판사들, 노조 간부들, 경찰들, 소방국장들, 건축 검열관들, 검시관들, 신문과 잡지 편집자들, TV뉴스 프로듀서들, 전략적으로 매수해 놓은 법원 서기관들과의 관계 역시 끊어지는 것과 다름이 없었다. 마이클과 헤이건을 제외하고는 패밀리 안에서는 그들이 어디서 어떻게 일을 해주고 있고, 뇌물을 받고 있는지에 대해 모든 것을 아는 사람은 없었다. 더군다나 헤이건은 매수 같은 건 당하지 않을 것 보였다. 마이클은 헤이건의 위엄을 장난처럼 대하기는 했지만 그 두 사람은 오래전에 결혼한 부부처럼 서로를 그런 식으로 대하곤 했다. 제라치가 그 점에 대해서는 잘못 알고 있다 해도 기본적으로 그의 생각은 맞았다. 헤이건을 움직여보려는 생각은 너무 위험 부담이 컸다. 일이 뜻대로 될 확률은 1,000분의 1이라면, 제라치가 죽게 될 확률은 나머지였다. 만일 제라치가 마이클을 제거한다 하더라도 헤이건이 '좋아, 닉. 이건 전부 이렇게 되는 거야'라고 알려주는 상황은 상상조차 할 수 없었다. 그것도 네바다를 떠난데다 이탈리아인도 아니고, 조직을 물려받을 기회조차 없는 상황의 헤이건이 말이다. 지금 간접적으로 제라치에게 연락을 취해온 기관의 사람들의 제안은 가치는 있지만 너무 위험했다.

마이클 입장에서도 제라치는 그냥 죽여 버리기에는 꼭 필요한 존재였다. 그 말고 쿠바에서의 일을 감독할 사람이 또 누가 있겠는가? 마이클은 제대로 된 부하들을 골라 그 일을 완수할 수 있을 만한 누군가가 필요했다. 물론 일이 다 끝난 후에는 버릴 생각이었다. 제라치는 그 일에 적임이었다.

그보다 중요한 건 지금 같은 과도기적인 상황에서 다른 돈들 중에 믿을 만한 사람이 그리 많지 않다는 것이었다. 제라치를 지금 죽이는 것은 그 자신이 아내와 아버지에게 했던 서약을 지킬 수 있는 기회도 같이 사라지는 것을 의미했다. 비록 아내와는 헤어졌고 아버지는 돌아가셨지만. 그러나 상관없었다. 이혼과 죽음은 안타까운 일이지만 자신의 명예를 생각한다면 그들과의 약속을 반드시 지켜야만 했다.

닉 제라치는 마이클이 그에게 새로운 두목이 되라고 말한 날까지는 자신의 몸이 떨리는 증상에 큰 문제를 느끼지 않고 있었다. 그 후에도 떨림이 완전히 사라진 것은 아니었지만 거의 알아차리기 힘들 정도였고, 쉽게 이유를 댈 수 있었다(한기나 커피 때문에 신경이 예민해져서 그렇다든가). 그 해 여름, 그가 조 루카델로(여기서는 아이크 로센 요원으로 알려져 있는)와 같이 늪지대가 포함된 넓은 땅을 보기 위해 뉴저지로 갈 때까지는. 그 땅은 프레디와 함께 동부의 콜마로 만들 만한 부지로 찾아 놓았던 곳이었다. 프레디의 계획에도 어느 정도는 뛰어난 점이 있었는지 그 땅을 교묘하게 수중에 넣을 수 있었다. 제라치는 헛간에 여러 가지 물건들을 보관하는 것으로 그 땅을 이용하고 있었지만 마음대로 처분할 수 있는 소유권도 가지고 있었다. 언제라도 원하기만 하면 그가 지불했던 금액의 두 배를 받고 팔 수 있었다.

그들은 모두 한 차에 타고 있었다. 도니 백스가 운전을 하고 있었고, 아기 같은 얼굴의 카르민 마리노도 앞자리에 앉아 있었다. 한쪽 눈에 안대를 한 로센은 전혀 유태인처럼 보이지 않았다. 그는 턱 선이 깔끔한, 와스프족처럼 보이는 다른 요원을 데리고 왔는데, 그 요원은 가명인 것이 분명한 도일 플라워라는 이름을 댔다. 마이클이 정권 인수팀의 누구와도 만나지 않았다는 정보를 제라치에게 주었던 하원의원은 알버트 소펫 국장에 대해서도 모든 것을 알려주었다. 그 결과 로센과 플라워가 CIA요원이라는 것을 확신할 수 있었다. 그럼에도 불구하고 제라치는 혹시 모를 상황에 대비해 에디 파라디스와 다른 부하에게도 따라오라는 지시를 내렸다.

그들은 헛간으로 이어지는 바퀴자국이 나 있는 진창길로 내려갔다. 지난 몇 년간 쓰레기 트럭과 시민들이 이곳에 불법으로 쓰레기를 버렸다. 낡은 난로, 변기, 녹슨 폐차, 농기구 등이 널려 있었다. 한때는 엘버트 평원의 일부였던 그곳은 쓰레기들이 가득 떠 있는 웅덩이로 변해 있었다.

"당신네들이 시체들을 처리하기에 아주 좋은 장소군요." 로센이 말했다.

"그건 잘 모르겠군요." 제라치가 말했다. 그러나 그건 사실이었다. 최근 이곳에 버려진 시체들은 일반인들의 소행이었다. 이 지역은 스트라치 패밀리의 구역이니까 그 단원들의 경우 이 땅이 누구의 소유인지를 알고 있었기에 나름대로의 예의를 지키고 있었다. "사실 우리가 어떻게 당신네 무서운 경찰들을 속이겠습니까? 당신들은 양탄자에 말아 놓은 시체만 발견할 때마다 우리를 탓하는데 말이죠."

"우린 경찰이 아닙니다." 로센이 말했다.

"우리 할머니도 그런 걸 달고 있죠." 플라워가 도니의 인공 항문 주머니를 가리키며 말했다.

"당신도 사용하게 될 거요. 그쪽 친구가 해적이 된 것처럼 말이오." 도니가 대답했다.

"지금 당신 똥 눈 거요? 냄새가 나는 것 같은데." 로센이 말했다.

도니는 몸을 숙여 자신의 인공 항문 주머니가 새지 않는지 꼼꼼히 확인한 뒤, 뭔가 지루한 말로 대꾸하려 할 때 카르민이 끼어들었다. "이건 이 사람한테서 나는 냄새가 아니예요. 뉴저지에서 나는 냄새죠."

플라워와 제라치 둘 다 웃음을 터뜨렸다. 분위기는 금세 가라앉았다. 카르민은 타고난 분위기 메이커였다. 서른 살이 다 된 나이였지만 10년은 어리게 보였다. 그는 외가 쪽으로 보카치오 패밀리와 친척 관계였고, 또한 체사레 인델리카토의 대자였다. 체사레는 팔레르모의 돈으로 제라치와는 처음부터 마약사업을 같이 한 동업자이기도 했다. 카르민은 어렸을 때 패밀리들의 첫모임의 인질로 처음 미국에 왔다. 5년 후 그는 이미 니커보커 애비뉴에서 베트남인들을 부하로 두고 활약하고 있었다.

헛간 뒤에는 이미 차 두 대가 주차되어 있었다. 환한 대낮임에도 차 주인들은 차 안에서 한참 섹스에 몰두하고 있었다.

"이곳은 저게 문제라니까. 아무래도 지방이다 보니 말이지." 제라치가 말했다.

그들 뒤에서 오던 차도 멈춰 섰다. 에디 파라디스만 차에서 내렸다.

"차가 흔들릴 정도로 몸을 떨고 있군요. 괜찮은 겁니까?" 로센이 물었다.

"도니와 망할 놈의 에어컨 때문에 그런 거요." 특별히 차 안에서 추위를 느끼지 못했음에도 제라치는 이렇게 대답했다. 그는 차에서 내렸다. 움직이는 편이 떨리는 것을 멈추는 데 도움이 될 것 같았다.

카르민도 차에서 내렸다. 유연한 동작으로 그는 바지 벨트에서 권총을 뽑아냈다. 그리고는 헛간 측면에 대고 총을 쏘자 그곳에는 세 개째의 총알구멍이 생겼다.

무단 침입한 차들이 흔들리기 시작했다. 차 안에서 겁에 질린 남녀가 벗은 옷가지를 찾아 입었다. 카르민이 다시 한 발을 쏘았다.

"헛간 옆에 총알 네 개가 가지런히 박혀 있군요. 시작이 아주 인상적인데요. 미리 말해두자면 우리 테스트를 통과하기가 쉽지는 않을 테지만." 플라워가 말했다.

카르민은 재빨리 도망가는 자동차들을 향해 손을 흔들었다.

모두 웃었다. 요원들조차 웃지 않을 수 없었다. 제라치의 떨림은 멎었다.

"저번에 저 친구가 총을 쐈을 때는 저 짓을 하던 년놈이 탄 차가 진흙탕에 빠지고 말았죠. 우리가 차를 밀어주러 갔더니 그대로 차에서 내려 도망가 버리더군요. 그 자동차의 부품을 빼서 팔아먹다가 친구 중 한 명이 경찰에 체포됐어요. 혹시 경찰에 전화해서 그 친구는 버려진 차를 주운 것뿐이고 원래 훔친 사람은 그 성도착자들이었다고 말씀해주실 수 있을까요?"

대마초 모모가 그 차의 부품을 떼어내 팔다가 경찰의 불시 단속에 걸렸다. 그는 지금 절도죄로 징역을 살고 있었다.

"포드에 타고 있던 여자 가슴이 끝내주던데." 플라워 요원이 말했다.

"내일이면 가슴뿐만 아니라 그 여자를 데리고 그보다 더한 것도 할 수 있을 겁니다." 카르민이 합의하자는 뜻으로 말했다.

로센이 고개를 끄덕이며 멍한 눈빛으로 중얼거렸다. "나쁘지 않군요. 나쁘지 않아." 그때 제라치는 로센이 빨간머리의 젖가슴에 대해 말하는 것이 아니라 헛간의 크기에 대해 말하고 있는 거라는 걸 알아차렸다.

"이곳 말입니까?" 제라치가 물었다.

로센은 계속 고개를 끄덕이고 있었다. 생각에 잠겨 대답조차 잊은 모양이었다. 제라치는 그들을 헛간으로 안내했다. 안에 들어서자 로센은 투덜거렸다. 헛간은 밖에서 보는 것보다 훨씬 더 낡아 보였다. 건물 안은 요새처럼 되어 있었다. 코를레오네 패밀리가 사용하는 무장한 자동차를 조립하던 남자의 솜씨였다.

"혹시 누구 종이 없나요?" 로센이 물었다. 그는 연필을 쥐고 있었다.

플라워가 작은 메모지를 셔츠 주머니에서 꺼냈다.

"좀 더 큰 거." 로센은 버디 리치*가 울고 갈 정도의 속도로 연필로 허공에 드럼을 치는 듯 했다.

"빵 상자가 있기는 한데." 에디 파라디스가 말했다.

로센이 얼굴을 찌푸렸다. 그 순간 그 자리에 있는 사람들은 로센의 안대 뒤가 어떤 모습인지를 볼 수 있었다. "종이가 필요하다니까요."

"죄송합니다. 메모하는 습관이 없어서요. 메모를 안 해도 잊어버리는 일이 없어서요." 에디가 말했다.

---

* 미국의 유명한 드럼 연주자

제라치가 자동차 안을 둘러보다 베브의 생물학 공책을 발견했다.
"이거면 될까요?"

로셴이 고맙다고 말했다. 그는 헛간 바닥에 앉아, 헛간을 체육관으로 개조시킬 도안을 그리기 시작했다. 로셴은 손을 더 이상 빨리 움직일 수 없을 만큼 빠른 속도로 그리고 있었다. 그는 다시 밖에 나가더니 막사로 하기에 좋은 지점을 찾아 그쪽으로 갔다. 의심의 여지없이 지금 카르민과 도니 백스는 웅덩이 가장자리에 서서 갈매기와 쥐를 겨누고는 총을 쏘는 쪽이었다. 로셴은 뭔가를 측정하며 걸어가더니 사격 연습장을 그렸다.

도니는 아무것도 맞추지 못했지만 카르민은 버펄로 빌이라도 되는 것처럼 갈매기들을 정확하게 맞춰 피에 물든 깃털들이 이리저리 날아다니고 있었다. 경찰이었거나 전쟁에 나간 경우를 제외하고는 제라치를 포함해 이런 일을 하는 대부분의 사람들은 이렇게 대낮에 헛간 옆에서 총을 쏜 적이 없었다. 총을 쏘더라도 좀 더 가까운 거리에서 일을 하곤 했다. 제라치는 이제껏 라이플로 누구를 죽였다는 사람의 이야기는 들은 적이 없었지만 아마 쿠바에서 할 일에는 필요할 것이다. 마피아 저격수에 대해 들어본 사람이 있을까? 그 말은 쿠바에 가서 자유세계를 위협하는 공공연한 적을 처리하고 돌아오는 데 카르민 마리노보다 더 나은 인물은 없다는 뜻이었다.

"정말 괴상하죠?" 플라워가 제라치의 팔꿈치를 잡더니 같이 온 동료가 정신없이 설계도를 그리는 모습을 가리키며 물었다.

로셴은 베브의 공책을 건네주었다. 그들이 봤던 경이로운 속도에 비해 설계도는 믿어지지 않을 만큼 깔끔하게 그려져 있었다. 어떻게 지을 것인지 알아보기 쉽게 되어 있었다. 막사의 디자인은 간단하면서도 깨끗했다.

"실패한 건축가라서요." 로센이 변명하듯 말했다.

제라치는 데리고 있는 사람들을 부리면 3일이면 완성할 수 있을 거라고 말했다. 로센은 얼굴을 찡그리고는 좀 복잡한 이야기를 하기 시작했다. 온갖 정부의 규정을 다 따르자면, 자금 문제도 그렇고 안전상의 이유로도 설계도대로 완성하는 건 불가능했다(제라치는 그 비용을 댈 수 있었지만, 이번 일에 있어서는 제대로 청구할 권리가 있었다).

그건 이 모든 일이 현실이라는 것을 제라치가 확실하게 느낄 수 있는 계기이기도 했다. 이 어릿광대들은 정말로 정부를 위해 일하는 자들이었다.

로센은 공책을 다시 돌려받더니 결혼식 상품들이 진열되어 있는 상점의 뿌연 유리를 들여다보려는 노처녀처럼 한 장 한 장 넘겼다. "잘 모르겠지만 이 지역 사람들과 문제가 생기지 않을까요?" 로센이 말했다.

"어떤 문제 말입니까?" 제라치가 물었다.

"이곳은 지역 사람들이 쓰레기를 버린다거나 베이비시터랑 그 짓을 하고 싶을 때 오는 곳이잖습니까. 그러니까 분명히 우리가 이곳에서 할 일을 알아차리지 않을까요?" 플라워가 대답했다.

"뉴저지에서는 특히 그렇죠." 탄약을 더 가지러 차로 돌아온 카르민이 끼어들었다.

"난 뉴저지 출신이오." 로센이 말했다.

"그렇다면 잘 아시겠네요." 카르민이 어깨를 으쓱해 보이고는 자동차 트렁크를 소리 나게 닫았다.

"난 그쪽이 마음에 들어요. 우리에게 필요한 타입이랄까." 플라워가 카르민의 등을 두드리며 말했다.

"내 등을? 더 이상 건드리지 말아주세요." 카르민이 말했다.

"저 친구는 등을 두드리는 걸 가지고 농담한 겁니다." 제라치가 설명했다.

"재미있죠. 전 죽은 사람들도 이 이야기를 들으면 웃을 거라고 생각해요."

"이제 확신이 드는군요. 마리노 씨, 당신은 가장 먼저 우선 순위에 올라 있어요. 죽은 쥐들과 당신의 태도를 봐서 당해내기 어려울 것 같아요." 플라워가 말했다.

카르민은 활짝 웃어 보이고는 플라워의 등을 쳤다. 그러자 플라워가 맞받아치려는 듯한 동작을 하다가 멈추자 두 사람은 큰소리로 웃기 시작했다.

"내가 알기로는 이런 식으로 접촉하는 건 이탈리아인들뿐이죠." 로센이 중얼거렸다. 순간 제라치는 그가 정말 이탈리아인인지 궁금했다. 마치 자신은 이탈리아인이 아니라는 투의 말이었으니까.

"이 지역 사람들은 문제가 되지 않을 겁니다. 날 믿어도 좋아요." 제라치가 말했다.

그 다음날, 고속도로 옆에 안내판이 붙었다. 독점적으로 그 부지를 새로 구획정리를 한다는 공고였다. '고급 주택 부지, 1962년 6월 염가 판매!' 아래에는 이렇게 쓰여 있었다. 개발은 1년 뒤였다. 이것은 지역 주민들의 호기심을 돌려놓기에 충분했고, 또 다른 이점도 있었다. 그런 기대가 그 지역을 정말로 개발할 만한 가치가 있는 곳으로 만들어 줄 수도 있었다. 먼저 그곳에 고여 있는 물을 다 빼낸 뒤, 변호사들과 건축가들을 고용했고, 그 계획에 대해 일임한 뒤 뇌물로 그들의 입을 막았다. 일반적인 구획 정리였지만 다른 점이 있다면 마피아의 지시라는 것뿐이었다.

그날 밤, 닉 제라치는 저녁식사를 하던 중에 다시 몸이 떨리기 시작했는데 두 딸이 무서워할 만큼 심했다. 샬롯은 구급차를 부르려고 했다. "아무것도 아니야." 제라치가 말했다. "커피 때문이에요." 그녀는 남편이 곧 괜찮아질 거라고 생각하며 말했다. "맞아, 그게 문제야. 오늘 오후에도 클럽에서 에스프레소를 마셨으니까." 사실 그는 커피를 마시지 않았다. 제라치는 손의 움직임에 집중하고 턱에 힘을 주었다.

그러자 떨림이 멈췄다. 하지만 아침이 되자 몸은 다시 떨리기 시작했다. 샬롯은 제라치에게 당장 의사한테 가지 않으면 아예 병원에 가지 않을 수 없게 칼로 그의 다리를 찌르겠다고 말했다. 그는 괜찮다고 말하면서 지나가려 했다. 하지만 샬롯은 정말 부엌에 가서 식칼을 가지고 왔다. 제라치는 미소를 지으며 그녀에게 사랑한다고 말했다. 샬롯은 칼을 쥔 손을 떨면서 자기는 지금 진지하다고 했다. "나도 그래." 그가 말했다. 사실 그랬다. 제라치는 떨리는 두 손을 들어 올렸다. "알았어. 의사한테 전화를 걸어주겠어?" 샬롯이 의사와 통화를 끝낸 순간, 그는 더 이상 떨고 있지 않았다.

제라치의 주치의가 여러 가지 도구로 그를 찔러보고는 질문을 던지는 통에 그는 곤혹스러웠다.

"머리에 이상이 있는 게 아닌지 의심이 되는군요. 일이 많이 힘든가요? 압박감이나 스트레스, 그런 것들을 받습니까? 집에서는 아무 문제 없나요?"

"그러니까 지금 그 말씀은 지금 제가 바보가 됐다는 겁니까?"

의사는 제라치에게 전문의에게 가보라고 했다.

"만일 전문의가 다른 말을 한다면 그땐 다시 돌아올 거요. 환자로서가 아니라…."

의사는 그의 말이 무슨 뜻인지 알아들었다고 했다.

유명한 신경정신과 의사라는 전문의는 키가 겨우 150센티미터 정도 되는 작은 남자였다. 그는 제라치에게 가벼운 파킨슨씨병이라는 진단을 내렸다. 권투선수였을 때 머리를 많이 맞았고, 심한 뇌진탕을 일으킨 것이 원인이라고 했다.

"전 머리는 그다지 많이 맞지 않았는데요." 제라치가 말했다.

"권투선수들은 모두 같다고 보면 되요. 무엇이든 기억나는 일이 있으면 말해봐요. 뇌진탕에 대해서 이야기해봅시다. 최근에 있었던 일인가요?"

제라치는 거의 죽을 뻔했던 비행기 사고에 대해 의사에게 말할 수가 없었다. "그럴 겁니다. 만일 6년 전에 있었던 일도 최근이라고 할 수 있다면요."

"6년 전에 무슨 일이 있었죠?"

"깜짝 놀랄 만한 곳에서 떨어졌죠. 정말 이상한 일이었지만."

의사가 불빛을 비추며 제라치의 눈을 살폈다. "어디서 떨어졌소? 엠파이어스 테이트 빌딩에서라도 떨어진 거요?"

"비슷한 곳이라고 할 수 있죠."

안티카 포카체리아의 2층에서 닉 제라치는 피아자 샌프란시스코를 가로질러 오고 있는 짙은 콧수염의 남자를 보고 있었다. 그 남자는 외관상으로는 혼자인 것처럼 보였다. 피아자는 팔레르모의 오래되고 깜깜한 좁은 골목들 사이에서 유일하게 불빛을 비추는 오아시스 같은 식당이었다.

돈 체사레는 절대로 혼자 다니는 법이 없었다. 그의 경호원들 중에는 훈련받은 군인들도 섞여 있었다. 보통 사람이라면 성당 앞에 세워놓은 베스파에 기대 서 있는 젊은 남자와 식당 밖에서 축구 얘기로 열을 올리고 있는 네 명의 남자들이 돈 체사레의 부하라는 사실을 알아차리지 못할 것이다. 또한 지금 피아자 샌프란시스코를 가로 질러오고 있는 기성품 양복을 입은 정체를 알 수 없는 남자를 보면서 몇 년 전에 은퇴한 역사선생 정도일 거라고 생각할 뿐 연합국의 시칠리아 공격의 영웅이자 팔레르모에서 가장 커다란 힘을 가지고 있는 마피아의 두목이라고는 생각하지 못할 것이다. 비록 팔레르모가 관찰하고 말 것도 없는 작은 도시이긴 했지만.

오후 3시, 식당 문은 닫혀 있었다. 웨이터는 돈 체사레의 부하들이 먼저 들어와 식당 안을 점검하는 것을 가만히 지켜보고 있었다. 부하들 중 한 명은 입구를 지켰다. 1층 역시 부하들이 지키면서 요리사들과 뒷문을 감시했다.

와인과, 이 식당에서 유명한 쇠고기 지라 샌드위치가 앞에 놓이자 제라치와 인델리카토는 성행하고 있는 두 사람의 마약사업에 관련된 여러 가지 사항들에 대해 의논했다. 그들은 영어로만 이야기할 뿐 어떤 보안 장치도 없었다. 사업상의 일로 시칠리아를 찾아오기 시작한 이후, 두 사람의 근처에 있는 사람은 토착 시칠리아인들뿐이었기 때문이다. 제라치의 이탈리아어는 형편없었는데 시칠리아어는 그보다 더 심했다. 전부 알아들을 수는 있었지만 말을 하지는 못했다. 그 이유는 제라치 본인도 설명할 수가 없었다. 뭔가 심리적으로 가로 막고 있는 벽 같은 것이 있었다.

"내 집 같은 도시에서 자네를 만나니 좋군, 대단한 친구." 돈 체사레가 샌드위치의 마지막 한 조각을 입에 집어넣고 손가락을 핥으며 말했다. "하지만 왜 자네가 온다는 걸 그 친구들이 연락해주지 않은 거지?"

"이번에는 가족들과 함께 왔어요. 아내와 딸들이요. 큰 애가 이번

가을에 학교에 들어가죠. 아마 말씀드린 것 같은데 대학교에 들어갑니다. 이번이 가족들이 보내는 마지막 휴가가 될지도 모르겠고, 가족들이 한번도 이 아름다운 섬에 와본 적이 없다고 해서 같이 왔는데 지난 10일 동안 대부님 덕분에 최고의 시간을 보낼 수 있었습니다." 가족들과는 그보다 전부터 시간을 같이 보내고 있었다. 이곳까지 배를 타고 왔기 때문이다. 닉 제라치는 아직도 비행기를 탈 엄두를 내지 못하고 있었다. "생각해보니까 저도 이제껏 관광 같은 걸 해보지 못했던 것 같아요. 믿으실지 모르겠는데 타오르미나에는 이번에 처음 가봤습니다."

돈 체사레가 안타깝다는 듯 양손을 들어올렸다. "타오르미나에 최고급 호텔을 가지고 있지. 왜 그곳에 갈 거라고 말하지 않았나? 미리 알았다면 자네와 가족들을 귀빈으로 대접했을 텐데 말이야."

"이미 너무 많은 걸 주셨어요, 돈 체사레. 더 이상 더 신세질 수는 없어요."

하지만 돈 체사레는 제라치가 타오르미나에 내년쯤에 다시 찾아와서 인델리카토의 산 정상에 있는 리조트를 이용하겠다는 약속을 할 때까지 가만히 내버려두지 않았다.

"사실 이번에 뵙자고 한 건 개인적으로 드릴 말씀이 있어서입니다. 돈의 대자인 카르민 마리노도 관련된 일이라서요."

돈 체사레가 얼굴을 찌푸렸다. "그 애는 잘 지내나?"

"대단한 친구입니다. 제가 데리고 있는 친구 중에서도 최고라고 할 수 있을 만큼요. 그래서 이번에 그 친구에게 맡기고 싶은 일이 하나 생겼습니다. 그만한 가치가 있고 중요한 일이지만 또 그만큼 위험한 일이라서요."

제라치는 그를 완전히 신뢰하고 있었다. 인델리카토는 아주 소중하고 믿을 수 있는 동지였다. 그런데다가 제라치가 알고 있기로 그는 이전에 CIA와 함께 일한 적이 있는 유일한 인물이었다. 전쟁 동안, 파시스트들에 의해 우스티카로 추방당하지 않은 마피아 단원들은 프랑스의 레지스탕스처럼 시칠리아에서 활약했다. 인델리카토는 반체제조직의 지도자 중 한 사람으로 무력을 통해 재빨리 두각을 나타내기 시작했다. 추방당한 미국 범죄 조직의 돈인 럭키 루치아노와 인델리카토를 통해 CIA의 전신이라고 할 수 있는 OSS*의 활동과 접하게 되고, 섬을 되찾기 위한 공격을 위한 기반을 마련하는 데 중요한 정보를 얻게 되었다. 인델리카토는 의도적으로 루치아노를 나타내는 유명한 필기체 L을 새긴 수천 장의 빨간 손수건을 비행기로 공중에서 뿌려 시칠리아 사람들에게 무슨 일이 생길지도 모른다는 것을 경고했다. 그러나 파시스트들은 북쪽에서 침입하지 않았다. 마피아와 협력해서 일할 수 없었던 영국인들이 전투를 벌인 섬의 동쪽 3분의 1까지는 엄청난 사상자 때문에 어려움을 겪어야 했다. 하지만 서쪽으로 3분의 2까지, 특히 마피아들의 거점이 되는 지역들은 미국인들의 우수한 정보 능력으로 도움을 받고 있었고, 상대적으로 적은 사상자만을 낸 채 전세를 유지할 수 있었다. 그 공격이 이루어진 후, 많은 도시는 미국인들의 손에 넘어갔고, 시민들은 임시 시장으로 마피아 조직의 사람들을 선출했다. 연합군이 물러간 뒤에도 대부분의 시장들은 그 자리에 남았다. 그리고 우스티카에서 돈들이 풀려난 뒤, 그들은 미국과 OSS의 호의로 집으로 돌아갈 수 있게 되었다. 마피아의 정치적인 힘은 기하급수적으로 늘어갔다. 그리고 얼마 후, 체사레 인델리카토는 이탈리아의회의 의원으로

---

* 전략 정보국. 2차대전 당시 미국의 정보기관

선출되자 당시 사회적으로 큰 인기가 있었던 시칠리아를 미국의 49번째 주로 편입시키자는 운동에 앞장서기 시작했다.

결국 제라치는 안전하게 가기로 결심했다. "자세한 상황은 말씀드릴 수가 없습니다. 제가 말씀드릴 수 있는 건 카르민이 그 일을 하고 싶어 한다는 것과 그 친구가 이번 일에 같이 보낸 부하들을 지휘하게 될 거라는 것뿐입니다."

"그렇다면 무엇 때문에 그 이야기를 꺼낸 건가? 무슨 이유로? 무슨 일인지도 모르는데 내가 어떻게 축복해줄 수가 있겠나? 안 그런가?"

"만일 카르민을 그 일에서 빼라고 말씀하시면 그렇게 하겠습니다. 하지만 우리가 무슨 일을 하는지에 대해서는 자세히 말씀드릴 수가 없습니다. 다만 우리가 꼭 해야만 하는 일이라는 것밖에는."

돈 체사레는 생각에 잠겼다. "자네가 카르민에 대해 내 허락을 받으려는 이유는 그 아이가 죽을지도 모를 일을 하기 때문인가? 그래서 그 아이의 어머니에게 계속 매달 돈을 보냈으면 좋겠다는 말을 하고 싶어서일 거라는 생각이 드는군. 안 그런가? 그게 아니라면 자네가 내게 부탁 같은 걸 할 필요가 없지." 제라치는 침묵으로 그의 말이 맞다는 것을 표현했다.

"그 애가 보카치오 패밀리와 친척이라는 건 알고 있겠지? 그 애에게 무슨 일이 일어났을 때 내가 그 비난을 받고 싶지는 않네."

돈 체사레는 그 문제에 대해서만큼은 확신이 없는 듯 꽤 절박하게 말했다. 제라치는 카르민 마리노에게 관련된 사람들이 누구인지 전부 다 알고 있었다.

아무 말 없이 제라치는 돈 체사레가 다시 입을 열 때까지 기다렸다.

"그런데 묻고 싶은 게 하나 있네. 그 아이는 그 일을 해야 하는 이유라든가, 얼마만큼 위험하다든가 하는 것에 대해 자네만큼 잘 알고 있는

제8부 321

데도 그 일을 하고 싶어 하는 건가?" 돈 체사레가 마침내 입을 열었다.

"알고 있죠. 그럼에도 그 친구는 그 일을 하고 싶어 합니다."

돈 체사레는 앞뒤로 머리를 흔들었다. 마치 자신이 하는 말의 영향력에 대해 생각하고 있다는 것을 보여주려는 듯. "카르민도 남자야. 그 애가 어떤 일을 하든 안 하든 일일이 내게 말해 줄 필요는 없네."

"감사합니다." 제라치는 떨림 증상이 올 것 같아 화장실에 간다며 자리에서 일어났다. 그가 정말 원한 것은 이리저리 돌아다니면서 다른 움직임에 집중해 떨림을 멈추게 하는 일이었다. 제라치는 다른 것보다도 오줌을 누는 일에 집중했다. 그래도 오줌을 누는 건 다른 일보다는 훨씬 수월했.

"카르민에게 그 일을 맡기려는 데는 많은 이유가 있습니다. 그 중 하나는 이번 일에 제가 데리고 있는 시칠리아인들만 보내려고 하는데 그 중 그 친구가 가장 뛰어나기 때문입니다." 제라치가 자리로 돌아와 앉으며 말을 이었다. 또 다른 이유로는 시칠리아인들은 경찰이나 정부 요인들을 죽이면 안 된다는 규칙이 없기 때문이었다.

"사람이 필요하면 내가 더 구해줄 수도 있어."

"뜻은 감사합니다. 하지만 이번 일을 위해 여기 사람들을 데리고 가는 건 너무 위험할 것 같습니다. 잠시라도 미국에 머물렀던 사람들이 필요한 거니까요. 저 역시 카르민 같은 친구들을 너무 많이는 이용하고 싶진 않습니다. 그 친구에게 무슨 일이라도 일어날 경우를 생각한다면 말이죠. 이번에 피자 배달을 하는 친구들을 호출할 생각입니다. 그 중에서도 최고의 실력을 가진 자들로. 반대는 않으시겠죠?"

"그때가 언제가 됐든 거친 일이 아니면 안 될 거야."

피자가게 점원으로 숨어서 지내는 거의 모든 사람들은 직접이든 간접이든 체사레 인델리카토를 통해 미국으로 들어간 사람들이었다.

"그들 중 대부분은 전혀 모르는 사람들입니다."

"당연히 자넨 모를 수밖에. 그 친구들은 문제나 말썽 같은 걸 일으키지 않으니까. 자네가 어떻게 알 수가 있겠나?"

"맞습니다. 지난 7년 동안 그 친구들을 데리고 있었지만 한 번도 제 눈을 끈 적이 없으니까요. 돈 체사레, 전 도움이 필요합니다. 돈이 보내준 사람들 중에서 최고의 실력을 가진, 그러니까 강하고, 영리하고, 기술이 좋은 네 명을 추천해주실 수 있을까요?"

제라치는 잠시라도 고민할 거라고 생각했지만, 그는 즉시 대답했다. 그리고 그 남자들이 가지고 있는 기술에 대해 간략하게 요점을 간추려 설명해주었다. 만일 그들이 돈 체사레가 말한 능력의 절반만이라도 정말 가지고 있다면, 제라치는 카르민을 보내지 않고도 이번 일을 성사시킬 수 있을 것 같았다.

"그리고 이건 전혀 다른 문제인데요. 돈이 데리고 있는 사람들 중에 배신자가 있습니다. 미국에서 여기로 건너온 자인데 우리 위원회를 아주 불편하게 하고 있죠. 그래서 처단하기로 결정이 되었습니다."

제라치는 자신이 그 일을 직접 하지는 않을 생각이었고, 돈 체사레도 충분히 그 뜻을 이해하고 있었다. 제라치도 이제 두목이었다. 그런 일을 하는 사람은 따로 있는 법이었다.

몸이 허약한 캐퓨신회*의 수도사는 수도회의 지하묘지로 가는 계단을 힘겹게 내려가고 있었다. 그 수도사는 녹내장에 골반 관절염을 앓

---

* 프란체스코회의 한 분파

고 있었다. 하지만 교단에 짐이 되지 않기로 결심한 그는 어린 시절 팔레르모에 처음 왔을 때부터 맡았던 자신의 임무를 모두 수행하고 있었다. 정원을 최고의 상태로 관리하는 일, 형제들을 위해 음식을 준비하는 일, 바로 옆에 있는 시 공동묘지에 묻힌 시신들을 미이라로 만드는 일, 관광객들에게 우스꽝스러운 기념엽서를 판매하는 일, 관광객들이 버린 쓰레기를 치우는 일까지. 음료수 캔, 와인 병, 깨진 섬광전구 조각(사진은 분명히 금지되어 있었다.), 심지어 사용한 콘돔까지 치운 적도 있었다.

점심식사를 마치고, 3시 경에 지하묘지는 일반에게 다시 공개된다. 독일인 단체 관광객들이 닫힌 철문 앞에서 진을 치고 기다리고 있었다. 수도사가 아래로 내려가면 갈수록 관광객들의 일상적인 소음도 점차 잦아들었다. 그는 미소를 지으며, 이렇듯 소음이 적게 들리는 것조차 하늘에서 내린 은총이라는 사실을 깨닫게 해준 전능하신 신께 감사를 드렸다.

맨 밑의 계단에 사탕 껍질이 떨어져 있었다. 수도사가 그 껍질을 주우려고 몸을 숙였을 때 무릎에서 소리가 났다.

그 앞에 있는 터널 안은 8천명의 시칠리아인이 입고 있던 최고급 옷들이 먼지로 변해 쌓여 있었다. 많은 사람들의 시신이 긴 줄을 따라 매달려 있었다. 고개 숙인 그들의 두개골을 볼 때면 수도사는 겸손함을 느낄 수 있어서 좋았다. 다른 시신들은 선반 위나 바닥에서 천장까지 만들어진 벽감 속에서 쉬고 있었다. 나무관 속에 몸을 눕히고 있는 소수의 시신들은 베개 위에 머리를 댄 채, 한때 인간의 살이었으나 이제는 가루가 되어버린 먼지에 뒤덮여 있었다. 그들은 살아 있을 때 공작, 백작부인, 추기경 또는 고위 사제였을 것이다. 가리발디와 나란히 싸웠던 전쟁 영웅들의 옆에는 그들이 들었던 칼이 나란히 놓여 있었다.

그 중에는 수도사의 할아버지도 있었는데, 그는 시칠리아인들이 '친구들'이라고 부르던 동맹군에게 목숨을 잃어 명성에 오점을 남겼다. 8천 명의 시신. 그들은 스스로 엄청난 대가를 지불했거나 아니면 죽은 사람을 사랑하는 이들의 뜻에 의해 이곳에 남아 있었다. 그들의 어리석음은 늙은 수도사에게는 허망하게 느껴질 뿐이었다. 단 하나 예외가 있다면 수도사가 직접 관리하는 라 밤비나*였다. 더 이상 시신을 받아들이지 말라는 지시가 내려진 건 80년 전인 1881년으로 수도사가 태어난 지 겨우 2년이 되었을 때였다. 많은 이들이 죽은 사람들에 대한 슬픔을 잊지 않고 기억하고 싶어 했다. 이 지하묘지에 있는 어린 아이들도 그들의 죽음을 몹시 슬퍼한 사람들이 남겨 놓은 것이다. 지난 8천년 동안 시신의 부패는 캐퓨신회의 기술로 만든 향료와 이곳의 차갑고 건조한 공기의 도움으로 서서히 진행되어 왔다. 하지만 예외적으로 밤비나는 부패의 흔적이 전혀 나타나지 않고 있었다.

그는 바닥에 떨어진 시체의 조각들을 살펴보며 그곳을 지나갔다. 그의 조부모는 코를레오네라는 작은 도시 출신으로 수직으로 걸려 있는 시신들 중에 있었다. 수도사의 할아버지는 초록색 벨벳 외투를 입고 있었다(등에 남아 있는 총상 자국을 벌려서 고정시켜 놓은 강철봉이 뼛가루가 흘러내리기 시작하자 모습을 드러내고 있었다). 할머니는 웨딩드레스를 입고 있었다(언젠가 팔이 떨어지는 바람에 철사로 느슨하게 다시 붙여 놓았다). 그 수도사가 처음 이곳에 왔을 때만 해도 조부모의 시신은 다른 많은 시신들과 마찬가지로 얼굴 형태를 유지하고 있었다. 그 뒤 반세기 동안 수도사는 그들의 눈과 피부가 사라지기 시작하는 것을 매일 지켜보았다.

---

* 8세 미만의 어린 소녀

그는 할아버지의 손끝에 키스하고, 조상의 이마 위에 있는 거미를 조심스럽게 걷어냈다. 두 사람의 영혼을 위해 기도를 중얼거린 뒤 서둘러 발걸음을 옮겼다.

그 터널의 끝에 라 밤비나가 있었다. 1920년에 죽은 사랑스러운 두 살짜리 소녀. 시칠리아에서 관광객들에게 가장 인기 있는 명물이기도 했다. 그 아이를 새로운 방법으로 미이라로 만든 의사는 수도사들에게 비웃음을 당했다. 그는 아무에게도 그 비법을 전수하지 않고 죽었다(자존심에 치명적인 상처를 입은 덕에 그 수도사는 어린 형제들에게 그 이야기를 아주 재미없게 들려주었다. 아직도 그 의사에 대한 앙심이 남아 있었기 때문이다). 늙은 수도사는 그 의사가 남긴 빈약한 메모와 그 소녀의 시신을 살피며 연구하면서 의사가 어떤 방법을 썼는지 추측해보았으나 아무런 성과도 얻지 못했다. 긴 금발머리를 가진 소녀는 유리관 속에서 41년째 잠들어 있었다. 그럼에도 불과 며칠 전에 죽은 것처럼 보였다.

수도사는 라 밤비나의 옆으로 다가갔다. 이제는 침침해진 눈 때문에 잘못 보는 일이 많았다. 그 불쌍한 소녀가 누워 있는 근처에 소녀만큼이나 잘 보존된 시체가 누워 있었다.

그는 눈을 비볐다. 그 시체는 레인코트를 입은 대머리 남자였다. 손가락에 낀 반지의 다이아몬드에서 빛이 나고 있었고, 세로줄이 엇갈린 두꺼운 타이를 매고 있었다. 이곳에 매장된 시체에는 보석 같은 것을 두르는 일이 없었다. 수도사는 남자의 한쪽 입가에 눈에 띄는 검은 줄이 매달려 있는 것을 보고 안도감을 느꼈다.

그건 커다란 꼭두각시 인형이었다. 보석은 틀림없이 가짜일 것이다. 이상하고 짓궂은 장난이긴 했지만, 팔레르모에 오랫동안 살면서 그 수도사는 어떤 일이 일어나도 놀라지 않는 법을 배웠다.

그는 꼭두각시 옆으로 다가갔다. 그 인형의 줄 옆에 한 남자가 실제로 입에서 피를 흘리며 앉아 있었다. 바로 살 나르듀치였다.

죽은 남자의 윤이 나는 신발 옆에는 목을 조르는 데 쓴 것으로 보이는 끈이 바닥에 놓여 있었다. 살인은 정오가 되기 전, 점심식사를 위해 지하묘지의 문을 닫기 전에 일어난 것이 분명했다.

수도사는 이 성스러운 장소에서 일어난 괴이한 장면을 보면서 뭔가 가슴 속에서 무너져 내리는 것을 느꼈다. 도둑이었다면 보석을 훔쳐갔을 것이고 보통 살인자였다면 시체를 이렇게 라 밤비나와 같은 방에 남겨두지 않고 숨기려 했을 것이다! 수도사는 그 친구들*에 대해 저주의 말을 퍼붓기 시작했다. 이런 일을 할 사람이 달리 누가 있겠는가? 그는 평생을 가족이 저지른 폭력의 전통을 참회하는 기도를 올리며 살아왔다. 하지만 폭력은 이렇듯 끊임없이 반복해서 그를 쫓아다녔다. 이제, 그것도 인생 말년에 이렇게 잔인한 일이 벌어진 것이다. 이 끔찍한 일은 피할 수 없는 일이라고 느껴졌다. 분노가 독약처럼 그의 온 몸을 가득 채웠다. 수도사의 저주의 목소리는 점점 더 커졌다.

그의 보조로 일하는 형제들은 그에게 달려갔을 때는 이미 그 늙은 수도사는 죽어 있었다고 말했다. 또한 그들은 그때 수도사의 얼굴은 이탈리아 국기의 가장 오른쪽에 있는 붉은색처럼 붉게 물들어 있었다고 전했다.

체사레 인델리카토는 나르듀치를 죽인 살인자로부터 무슨 일이 있었는지를 직접 듣고 있었다. 절벽 옆에 있는 빌라 테라스에서 자신이 지배하고 있는 중세적인 도시를 내려다보면서였다. 그는 신의 음침한

---

* 그의 할아버지를 죽인 전쟁에서 동맹했던 자들

유머감각에 경이로움을 느꼈다. 체사레는 그 가련한 수도사를 만난 적이 없었지만 그의 이름은 알고 있었다. 돈 체사레의 할아버지인 펠리체 크라피시가 배신자였던 그 수도사의 아버지를 죽였기 때문이다. 게다가 더 특이한 건 돈 체사레가 나르듀치를 죽여달라는 부탁을 두 번 받았다는 것이었다(처음에는 톰 헤이건으로부터, 그 다음에는 제라치로부터). 그가 보낸 믿음직한 군인은 나르듀치를 한 번에 죽였으나 그 한 번의 살인을 두 개의 살인으로 전환시켜 볼 수도 있었다.

돈 체사레는 살인자에게 감사의 뜻을 전한 뒤 물러가게 했다.

혼자서 이번 일의 경이로움과 경외감에 고개를 흔들며 어둠이 서서히 하늘을 뒤덮고 있는 팔레르모를 향해 그랍파*가 든 잔을 들어 올렸다.

돈 체사레는 자신을 행복하게, 그리고 부자로 만들어준 세상과 신을 위해 축배를 들었다. 처벌을 하는 동안에는 작은 개미조차 밟지 않으려는 미신을 지킨 그의 노력이 매번 일석이조의 보답으로 돌아오게 해준 것에 감사했다. 달리 뭐가 있겠는가?

"건강을 위해." 그가 외쳤다. 그리고는 마셨다.

그 축배의 외침이 절벽에 메아리로 울려 퍼졌다. 그는 반복해서 돌아오는 소리를 들으며 술을 마셨다.

---

* 이탈리아산 비숙성 브랜디

29

 타호 호수에 있는 코를레오네 소유의 지역에서 테레사 헤이건과 코니 코를레오네(처녀 때의 성으로 되돌아온)는 같이 저녁식사를 준비하고 있었다. 거의 매일 두 사람은 저녁 시간을 함께 보내곤 했다. 그들은 주방을 번갈아 사용하고 있었다. 마이클이 보기에는 아무 규칙도 없이 어떤 날은 자기 집에서, 또 어떤 날(이를테면 오늘밤 같은 경우)은 헤이건의 집에서 준비하는 것 같았다. 코니는 2년 전에 비해 두드러지게 바뀐 모습을 보여주고 있었다. 그녀는 이제 비행기로 동부에서 서부로 날아다니는 일은 하지 않고 집으로 돌아와 오빠 뒷바라지를 해주며 살았다.

 가족 중 결혼하지 않은 여자들은 사실상 홀아비가 되었거나 독신인 남자들을 위해 살림을 맡아주기 마련이다, 테레사는 코니의 변화에 많은 영향을 미쳤다. 그녀는 코니에게는 없는 큰 언니가 되어주었다. 두 사람은 친자매라도 되는 것처럼 끊임없이 말다툼을 벌이곤 했지만, 사실은 서로를 많이 좋아하고 있었다. 테레사의 입장에서 보면 코니는 예술에도 관심이 많을 뿐만 아니라 테레사가 타호 호수의 정기 오케스트라 연주회를 열기 위해 기금을 모금할 때도 많은 도움을 주었다. 두 사람은 여성 유권자 연맹에서 일을 얻게 되었다. 작년부터 코니는 옷차림조차도 보수적으로 입기 시작했다. 두 사람은 영부인의 옷을 디자인해주는 디자이너의 옷을 입었다.

 톰 헤이건이 사무실로 쓰고 있는 집 뒤편에 돌로 지은 별채에서는 톰과 마이클이 저녁이 준비되기 전까지 잠시 머물고 있었다. 마이클은 코니의 아이들 때문에 힘들었다. 이제 여섯 살이 된 그의 대자 미키 리찌는 끊임없이 울었다. 코니에게 살림을 맡기긴 했지만, 마이클은 집

안일을 해줄 사람을 고용할 수도 있었다. 자기 집에서 다른 사람의 아이들과 함께 지내는 건 안토니와 메리를 더욱 그리워하게 만드는 것이라고 그는 생각했다. 그 집이 혼자 살기에는 너무 크다고 할지라도 말이다. 헤이건의 아이들은 말할 필요도 없이 바로 옆집에 살고 있었다. 메리는 헤이건의 딸 지나와 동갑이었고, 둘은 같은 학교에 다니는 가장 친한 친구 사이였다. 지나의 얼굴을 볼 때마다 자기 전에 자신의 딸에게 동화책을 읽어주는 단순한 기쁨을 누리지 못한다는 생각 때문에 마이클은 마음이 아팠다.

물론 지금 마이클과 톰은 일에 대한 이야기를 나누고 있었다. 시아 대사가 아들인 법무장관에게 빌리를 법무부에서 보다 책임감 있는 자리로 올려주라고 말했다고 주장하고 있지만, 톰은 그 말을 믿을 수가 없다고 말했다. 빌리는 아직까지는 그 사무실에서 자리를 지켜주고 있었고, 그건 코를레오네 패밀리를 위해서도 다행스런 일이었다.

그리고 오래 전에 추방된 빈센트 포를렌자의 콘실리에리였던 나르듀치가 살해당한 것에 대한 이론적인 견해를 나누기도 했고, 닉 제라치가 마이클과 개인적으로 만나고 싶다는 전갈을 보내왔다는 말도 했다.

"제라치가 그 일에 대해 말하고 싶은 걸까?" 마이클이 나르듀치의 일을 떠올리며 말했다.

"아닐 거야. 그 친구는 네가 오기 힘들면 자기가 여기로 오겠다고 했어. 젠장."

톰의 사무실 밖 잔디밭에서 빅터가 앤드류에게 몸을 날려 태클을 걸고 있었다. 빅터는 겨우 열두 살이었는데 싸움과 음주 때문에 학교에서 정학을 당한 참이었다. 앤드류는 그보다 일곱 살 위로, 노트르담에서 2학년으로 막 올라갔다. 앤드류는 장래 사제가 될 생각으로 신학을 전공하고 있는 터라 먼저 싸움을 걸었을 리는 없었다. 빅터가 몸을 번쩍 날렸다. 앤드류는 손에 들고 있던 가방을 옆으로 던지고, 빅터를 잔디 위에 눕히고 꼼짝 못하게 눌렀다.

마이클이 눈썹을 치켜 올렸다.

"신경 쓰지 마. 앤드류가 알아서 할 거야." 톰이 말했다.

"내가 걱정하는 건 앤드류가 아니야."

헤이건 가족의 말 잘 듣는 개 콜리가 놀라서 뒷문에서 달려 나와 짖기 시작했다. 잠시 후, 코니가 지저분한 앞치마를 두른 채로 뛰어 나와 빅터에게 소리를 질렀다. 앤드류는 자신의 긴 팔을 이용해 빅터를 화가 잔뜩 난 코니 앞으로 보내주었다.

"뭔가 생각나는 거 없나?" 톰이 물었다.

마이클은 톰이 뜻하는 것이 자신과 프레디의 일이 아니라는 것은 알고 있었다. 하지만 그것 이외에는 딱히 다른 것이 연상되지 않았다. 더군다나 마이클이나 톰은 그 후 여태껏 한 번도 프레디의 이름을 입에 올린 적이 없었다. 여태껏 하지 않을 수 없었던 수많은 일들이 있었고, 또 실제로 해왔지만 그 일에 대해서만큼은 결코 말할 수 없었다. 그 일만큼은 용서받을 수가 없었다. 프레디는 결코 용서해주지 않을 것이다.

"지금 그 말은 내가…." 마이클이 말했다.

톰이 눈동자를 굴렸다. 그 모습이 마치 프레디에 대한 얘기를 꺼낼 것만 같았다.

"그러니까 저 모습에서 형하고 소니 형의 모습이 떠오른다는 거야?"

톰이 근엄하게 고개를 저었다. "난 아무 말 하지 않았어. 나이가 있었으니까."

그제서야 마이클은 톰이 프레디를 말하고 있는 것이 아니라는 것을 알았다. 그가 말한 건 카멜라였다. 이웃 간의 사소한 싸움을 말리는 일에 있어서 그녀의 솜씨는 순찰 경찰 열 명보다 훨씬 나은 실력을 보여주곤 했다.

"어쨌든 제라치에게 이쪽으로 오라고 하는 편이 낫겠어. 자동차나 기차를 타고 오겠지만." 톰이 말했다.

"뉴욕에 가서 아이들을 먼저 본 뒤에 그 친구를 만나볼까 하는데."

"만일 네가 간다면 아무래도 그때가 되겠지. 하지만…."

"내가 갈 거야."

"함정일 수도 있어. 특히 뉴욕에서라면 아무래도."

"괜찮아. 내가 알아서 할게. 알 네리가 알아서 대비해줄 테니까."

"그들은 우리가 그쪽보다 앞서서 나르듀치에게 했다는 걸 알고 있어. 무슨 일이 생길 수도 있어."

살 나르듀치는 고문 같은 것을 당했을 때 잘 견딜 수 있을 것처럼 보이지 않았다. 마이클로서는 그를 빼내올 수 있는 기회가 없었다. 그들이 나르듀치에게 원한 것이 무엇이었든지 간에 그를 의심할 수도 있는 일이었다. 하지만 이제는 아무도 그 지저분한 일에 대해서 듣지 못하게 되었다. "어떻게 알았을까? 그쪽에서도 우리와 똑같은 남자에게 접촉을 한 모양이군. 인델리카토는 그쪽의 이야기를 들을 때까지 기다렸다가 우리가 의뢰한 일을 한 모양이야. 그런 다음 우리가 요구한 대로 뒤처리를 한 셈이고." 마이클이 말했다.

"체사레 인델리카토에 대해 어떻게 그렇게 잘 알고 있는 거야? 내가 그자를 만난 건 이번이 처음이었는데. 인델리카토는 지난 수년간 제라치와 일을 하고 있잖아."

"그 사람은 그보다 훨씬 오래 전부터 코를레오네 패밀리와 거래를 하고 있었어. 전쟁 때 우리 아버지가 체사레를 도와주지 않았다면 그는 아직도 토마토 트럭이나 털고 있을 거야. 어쨌든 양쪽에서 같은 일을 의뢰했다는 게 자극이 되지 않았을까? 간단하게 한 번만 하면 되는 일에 살인 청부를 두 번 받았으니 감사 표시도 두 번 받을 수 있으니까. 다른 생각까지 하지는 않았을 거야."

"그 후에 포를렌자가 선수를 쳐서 나르듀치의 활동에 대해 위원회에 보고해버렸으니. 난 그자가 나르듀치를 처치하는 데 자기 부하를 보내지 않았다는 것에 깜짝 놀랐어. 적어도 돈 체사레에게 청부를 부탁했다는 점에 대해서는 말이야."

"포를렌자는 클리블랜드에서 대자인 제라치에게 말했겠지. 그리고 어쨌든 시칠리아에 사업차 갔을 것이고. 그건 사실이야. 의심스럽긴 하지만, 돈 포를렌자는 비밀이란 게 없어. 그 노인네는 위원회에 그 일은 자기가 알아서 처리하겠다고 말했어. 영리한 늙은이야. 그렇게 하면 자기는 숨기는 일이 하나도 없는 것처럼 보이니까."

"그런 거라면 넌 여전히 그들이 뭔가를 숨기고 있다고 생각하는 거네?" 여기서 그들이란 포를렌자, 제라치, 그리고 루소를 뜻했다.

"인생이란 확신할 수 있는 게 아니잖아? 난 충분히 그럴 수 있다고 생각해."

"그게 그런 거라면, 나야 조심하라고 말하는 수밖에 없지."

마이클이 미소지었다. "만일 그게 그런 거라면, 나한테도 방어책이 있어."

"나도 루소를 어떻게 다룰 것인지 생각해둔 게 있어."

그때 코니가 빨리 오지 않으면 저녁을 주지 않겠다는 듯이 문을 쾅쾅 두드리는 바람에 헤이건은 더 이상 말을 할 수가 없었다.

그들이 자리에 앉자 잔뜩 혼이 난 빅터가 멍든 눈으로 식사 감사 기도를 선창했다.

프란체스카는 오전 내내 남편을 깜짝 놀라게 해줄 점심 도시락을 만드는 데 시간을 보냈다. 하지만 그녀와 아들 소니가 남편의 사무실에 모습을 나타냈을 때, 빌리는 몰*을 찾는 관광객들에 대한 불평과 얼마나 더운지에 대한 짜증을 늘어놓고 나서야 그녀에게 고맙다는 말을 하고는 같이 밖으로 나왔다. "많이 바쁜 것도 아니니까."

빌리는 아마도 법무부에서 일을 하게 되었을 때 비현실적으로 높은 이상을 가지고 있었던 모양이었다. 하찮은 일만 하면서 7개월을 보낸 뒤에도 여전히 자기 자신에 대해 인정하고 현실을 받아들일 준비가 프란체스카만큼도 되어 있지 않았다. 빌리가 법과 대학원을 졸업한 지 겨우 2년밖에 되지 않았다는 사실을 그녀가 상기시켜보았지만, 그걸 빌미로 그는 프란체스카가 모르는 사람들의 이름을 장황하게 늘어놓으면서 더 큰 불만만 토로하게 만들었을 뿐이다. 빌리는 하버드에서 법률 검토의 회장을 지냈기 때문에 법과 졸업 2년 만에 훌륭하고 돈을 많이 번 사람들의 이름들을 줄줄이 꿰고 있었다.

"틀림없이 언젠가는 법률 검토를 하는 다른 젊은이들도 그 목록에서 당신 이름을 발견하게 될 거예요. 반 알스데일 상원의원은… 이렇게…."

"계속해봐, 프란시."

"법과 대학원을 졸업하고 2년 동안 무엇을 했는지 아는가? 미합중국의 법무부에서 일을 했다. 그것도 보통 법무장관 밑에서 일한 것이 아니다! 대니얼 브렌든 시아의 직속이었다! 미국 역사상 가장 위대한 법무장관으로, 37대 대통령 혹은 그 이후 언제라도 대통령이 될 바로 그

---

* 국회 의사당에서 워싱턴 기념비까지의 커다란 녹지대

런 인물과 함께였다."

소니는 몰의 잔디밭을 깡충깡충 뛰어다니면서 TV 프로그램 '조조, 치즈 부인 그리고 애니'가 유행시킨 유명한 원숭이 춤을 추고 있었다. 머리에 쓰고 있는 금빛 미식축구 헬멧을 제외하면 소니는 조조로부터 가장 큰 영향을 받고 있었다. 관광객들이 가던 걸음을 멈추고 소니의 춤을 구경했다.

"저런 건 언제 배운 거야?" 빌리가 담요를 깔면서 속삭였다.

"TV에서 보고 배운 거지." 그녀가 말했다. 이미 몇 달 전에 했던 말이었다. 그는 못마땅해서인지, 아니면 당황해서인지 얼굴을 찡그렸다. 프란체스카는 그가 어떤 생각을 하는지 알고 싶지도 않았다. 소니가 춤을 끝내자 구경꾼들이 박수를 쳤다. 프란체스카는 아들에게 이젠 식사를 할 시간이니까 조조처럼 앙코르는 하지 말라고 단호하게 말했다.

가족이 모두 한 자리에 앉았다. 왜 빌리는 지금 이 순간을 즐기지 않는 것일까? 그녀는 생각했다. 왜 인생에서 지금과 같은 순간을 즐기며 받아들이려 하지 않는 것일까? 그가 일에서 느끼는 불행과(온종일 그 불평만 늘어놓고 있다) 아기를 잃어버린 슬픔을 생각할 때마다(그들은 절대로 그 이야기를 입에 담지 않았다) 프란체스카는 점점 더 그들이 이 쓸쓸한 도시에서 벗어나야 한다는 생각을 강하게 했다. 빌리는 다른 여자와 놀아나는 것을 들킨 뒤로 가끔씩 그녀에게 잘해주곤 했었지만, 아기를 잃은 이후로는 그녀에게 손끝 하나 대려고 하지 않았다. 두 사람이 사랑을 나눠보려고 시도했을 때 빌리는 발기가 되지 않았고, 프란체스카가 그런 그를 위해 뭔가를 하기에는 너무 약했다. 그는 그녀에게서 몸을 떼고는 등을 돌리고 누워 자기 손으로 하기 시작했다. 빌리가 결국 일을 끝냈을 때, 그녀 역시 안도감을 느꼈지만 결국 울음을 터뜨리고 말았다. 그날 밤 이후 뚜렷한 이유는 없었지만, 빌리는 밤마다 TV를 보며 소파에서 지내곤 했다.

"당신은 이해 못해, 프란시. 훨씬 복잡한 일이니까." 그는 담요를 깔았음에도 또 냅킨을 여러 번 접어 놓고 그 위에 앉았다. 청백의 얼룩무늬가 있는 면으로 된 옷이 지저분해지지 않게 하기 위해서였다. "도서관에 하루 종일 엉덩이를 붙이고 앉아 있는 거야." 그가 자기 엉덩이를 두드리며 말했다. "다른 사람들의 소환장을 확인하면서 말이지. 내 나이에 소환장을 쓴 변호사들은 거의 대부분 제대로 된 영어 문장을 쓸 줄 몰라. 난 모르겠어. 이건 정말 원숭이 춤이야. 하지만…."

"원숭이 춤!" 소니가 먹고 있던 볼로냐 샌드위치를 던져버리고는 미식축구 헬멧을 움켜잡고 벌떡 일어나 춤을 추기 시작했다. 빌리는 일어날 생각조차 하지 않았다. 결국 프란체스카가 일어나 소니를 붙잡으러 갔다. 아들에게 조금은 양보해서 헬멧은 계속 쓰고 있어도 좋다고 허락해주었다. 그리고 아이를 데리고 와 다시 음식을 먹기 시작했다.

"법률 검토를 보던 시절에는 날 위해 이런 일을 해주는 사람들을 데리고 있었어." 빌리가 말했다.

그제서야 프란체스카는 빌리가 말한 원숭이 춤이 그녀가 진정시키려고 애쓰고 있는, 네 살짜리 아들이 좋아하는 원숭이 춤이 아니라 도서관에서 일하고 있는 자신의 일을 의미한 것이라는 것을 알아차렸다. 불평만 늘어놓는 남편과 싸우지 않더라도, 건강한 네 살짜리 아들을 키우는 것만으로도 충분히 지치는 일이었다. 그녀는 겨우 열한 살 때 아버지를 잃었다. 그녀는 자신이 아버지에 대해 어느 정도 환상을 가지고 있을지도 모른다는 생각은 했지만 그나마 남아 있는 희미한 기억 속에서도 아버지는 한 번도 엄마에게 불평을 늘어놓는 법이 없었다. "당신은 더 이상 법률 검토 같은 건 하지 않잖아, 안 그래?"

"그런 일에 대해 내가 당신한테 어떻게 말을 할 수 있겠어. 당신은 대학도 졸업하지 못했잖아? 그러고 보니 당신 가족 중에 대학을 졸업한 사람이 아무도 없군."

"말도 안 돼. 케이 숙모, 톰 삼촌, 테레사 아줌마는 졸업했어."

빌리가 웃었다. "그 사람들 전부 피가 섞인 가족이 아니잖아. 안 그래? 게다가 테레사 숙모는 이탈리아인도 아니잖아."

프란체스카는 그 자리에 소니만 있지 않다면 남편을 한 대 치고 싶은 심정이었다. 적어도 말로라도 따지고 싶었다. "내 쌍둥이 동생이 대학을 졸업했어. 그 애는 박사 학위까지 받을 거야. 남동생 프랭키도 노트르담에서 잘 하고 있어."

"프랭키는 공부가 아니라 미식축구를 하잖아. 그 애가 받는 수업 중에 가장 힘든 것이라면 체육 이론시간 정도일까?"

"그만하면 됐어." 프랭키가 체육 교육 전공인데다 성적이 좋지 않은 건 사실이었다. 프란체스카는 획점을 따기 쉬운 공부를 하고 있다 하더라도 동생에 대해 자부심을 가지고 있었다. "나도 학위 정도는 딸 수 있었어. 당신만 아니었다면…." 소니가 샌드위치를 다 먹긴 했지만 프란체스카는 아이 앞에서 혹시라도 위험한 말은 하고 싶지 않았다. "무슨 말인지는 알아들었을 거야."

빌리가 어깨를 으쓱했다. "손바닥도 부딪혀야 소리가 나는 거야. 만일 당신이 그때 그 일이 싫었다면 얼마든지 처리할 기회가 있었잖아."

그의 얼굴이 순간 하얗게 질렸다. 자신이 무슨 말을 했는지 알아차린 것이다.

"지금 처리라고 했어?" 그녀가 소리쳤다.

"미안해!" 빌리가 프란체스카에게 손을 내밀었지만 그녀는 뿌리쳤다. 그는 남은 점심시간 내내 사과를 해야 했다. 빌리는 화술이 좋은 사람이었다. 결국 그는 그녀의 기분을 풀어주었다.

"그 놈의 일 때문이야. 당신하고 같이 있는 시간까지 이렇게 영향을 미치게 되잖아. 나는 이 세상에 내가 할 수 있는 일이 많이 있을 거라고 생각해. 이렇게 계속 있다가는 절대로 행복하지 못할 것 같아. 내 말 이해할 수 있겠어?"

프란체스카는 그를 이해할 수 있다고 대답했다. 그리고 지난 몇 주일 동안 계속해서 그녀가 말해왔던 얘기지만, 이제는 정말 법무장관에게 가서 불만족스러운 지금의 상황을 알릴 필요가 있다고 말했다. 프란체스카는 왜 그가 그렇게 하지 않는지 이해할 수가 없었다. 그녀는 문제거리가 있다면 높은 사람에게 가서 말을 하라고 제안했다. 빌리는 그 제안에서 모든 이점들을 다 찾아냈고, 프란체스카는 빌리도 그걸 믿고 있다고 생각했다. 프란체스카는 빌리가 대니얼 브렌든 시아에게 겁을 먹고 있는 게 아닌지 하고 생각했다. 그 점이 좀 애매했다. 대니시아는 자기 형을 축소시켜 놓은 듯 창백하고 마른 사람으로, 안경을 벗기면 사람도 알아보지 못할 정도로 눈이 나쁜 것처럼 보였다. 잘 보이지 않는다는 것만 빼면 그의 관찰력은 완벽했지만.

식사를 끝마치자 빌리는 소니에게 키스한 뒤, 프란체스카에게 자신이 할 일에 대해 설명했다. 만일 그녀가 원한다면 곧장 법무장관의 사무실로 가서 그와 이야기를 하겠다고.

"내가 원하는 건 당신이 행복해지는 것뿐이야." 그녀가 말했다. 그러나 그건 거짓말이었다. 프란체스카는 스스로 이름 붙인 남편의 행복 그 너머의 많은 것들을 원하고 있었다. "당신이 말한 것처럼."

그들은 법무부까지 같이 걸어갔다. 그는 한쪽 팔로는 잠든 아들을 안고 있었고, 다른 손에는 헬멧을 들고 있었다. 프란체스카가 아들을 안고 집까지는 갈 수 없었기 때문에 빌리가 같이 나와 택시를 잡아주었다. 그는 그녀에게 작별 키스를 했다. 하지만 열정 같은 건 전혀 느껴지지 않는, 그저 친구나 가족에게 하는 느낌이었다. 그가 말했다. "고마워." 하지만 빌리는 그 날이 무슨 날인지 끝내 기억하지 못했다.

택시는 복잡한 시내로 들어서고 있었다. "결혼기념일 축하해." 프란체스카가 속삭였다.

"뭐라고 하셨죠?" 택시 기사가 물었다.

"아니예요." 그녀는 소니를 꼭 끌어안으며 울지 않으려 애썼다. "아무것도 아니예요."

그날 오후, 빌리가 대니 시아를 만나러 간 건 사실이었다. 법무장관의 비서가 속기로 쓴 메모에 따르면, 다음과 같은 일이 있었다.

15시 37분에 AG[법무장관 대니얼 브렌든 시아]에게 법무부 하급 직원인 빌 V. 에어데일[원문대로]가 오후 일정 중에 10분 정도만 내줄 수 없느냐는 요청에 AG는 자신이 매일 하는 건물 계단 오르내리기 10회를 BVA에게 함께 하자고 했다. [시아에 대한 많은 책들을 보면 이런 식으로 만남을 가질 때도 그녀가 AG의 뒤를 따라다니며 기록을 남긴 것을 알 수 있는데, 그 덕분에 속기가 생략된 내용도 있다] BVA는 동의했다.

BVA는 일을 하는 데 있어서 자신의 능력에 대해 설명했고, 검찰의 사건들과 관련된 일들을 맡아 도서관보다는 법정에서 좀 더 많은 시간을 보내고 싶다고 말했다. BVA는 자신의 하버드대학의 학위가 현재 그 일을 맡은 것과 관련이 있는지 궁금해 했다. AG의 사무실에서 높은 자리를 맡고 있는 많은 사람들이 프린스턴대학 출신이었기 때문이다. AG는 그런 편견에 대해서는 분명히 부인했으며, 현재 JKS 행정부의 고위직 중에는 주의 지원을 받는 학교 출신인 유태인들과 흑인들도 있다는 것을 예로 들었다. 그리고 AG가 개인적으로 추천해 상원의원[삭제]과 함께 일하고 있는 BVA의 '여자친구였던' [삭제] 양이 마이애미 대학 출신이라는 점도 언급했다. BVA는 사과했고 AG는 받아들였다.

BVA는 자신의 현재 업무로 인한 불만족을 표현하면서 다른 곳으로 발령이 가능한지에 대해 물었다. AG는 BVA에게 그 일은 직속상관에게 말해보라고 했다. BVA는 그 문제를 직접 해결해주기를 꺼려하는 AG에게 실망한 것을 드러냈다.[그 아래로 몇 줄이 지워져 있었는데, '반 알스데일 오렌지 회사' 같은 단어만 몇 개 알아볼 수 있었다. 빌리의 이름을 처음부터 계속 잘못 적었음에도 불구하고 여기서의 철자는 정확했다.]

AG는 이해할 수 없다고 했다.

BVA는 부모에 대해 설명했다. [여기서도 두 줄이 삭제되어 있었다.]

AG는 놀라움을 표현하며 이제까지 BVA를 고용하는 데 있어 그런 요소는 아무 관련이 없었다고 말했다. AG는 MCS[그의 아버지인 전 캐나다 대사 M. 콜버트 시아가 처음에 AG에게 BVA를 고용하도록 설득한 것은 인정했다. AG는 그 제안을 BVA가 하버드에서 뛰어난 성적을 올린 우수한 인재였을 뿐만 아니라 BVA가 JKS의 선거운동을 하는 동안 앞에서도 언급했던 [삭제] 양과 좋은 활동을 보여주었기 때문이라고 이해하고 있었다.

BVA는 어쩐 일인지 숨도 제대로 쉬지 못한 채 그의 가족이 지금의 자리를 얻는 데 아무런 관련이 없다는 사실을 이해하는 것이 힘든 듯 보였다.

AG도 MCS와 BVA의 아내(처녀 적 이름이 [삭제]된)의 가족 사이에는 뭔가 관련이 있을지도 모른다고 점은 인정했다.

BVA가 AG에게 그것이 진짜냐고 물었다.

AG는 그 일은 좀 더 복잡하다고 말했다. BVA가 비밀을 지키겠다는 자신의 맹세를 떠올리자 AG는 사실은 "[이름이 삭제된 BVA의 아내의 가족]과 그들을 좋아하는 사람들"을 [기소하기 위한 계획을 준비하고 있다고 말했다.

BVA는 자신도 같은 일을 바라고 있었다고 응답했고, 아내나 아내의 가족들에 대한 정보 중에 꼭 말하지 않으면 안 될 것이 있다고 했다.

AG는 깜짝 놀라면서 그게 정말 사실이냐고 물었다.

운동이 끝났다.

BVA는 "어떤 일이든, 모든 일을" 다 맡겨달라고 하며 아내의 가족이 저지르는 범죄에 대해 법의 해석을 총동원하여 기소할 수 있도록 지켜보겠다고 했다. 그렇지 않으면 자신의 정치적인 미래는 [적혀 있지 않음]이라고 했다. BVA는 그가 아내 가족의 불법적인 비밀 활동에 대해 직접 알게 되면 AG의 기소 계획에 이용할 수 있을 거라고 말했다.

AG는 그 소식에 크게 기뻐하며 BVA가 그 일을 제대로 해낸다면 새로운 자리로 옮기는 것도 낙관적이라고 말했다. 그는 BVA에게 하얀 수건을 건네며, 솔직히 자신의 시간을 맞춰줘서 고맙다고 말했다. 그 만남은 동부 표준시 15시 47분에 종료되었다.

마이클 코를레오네가 뉴욕에 올 때 이용한 공항은 롱아일랜드 거의 끝에 위치하고 있었다. 한때는 개인 공항이었지만, 2차대전 이후 정부에서 관리하고 있었다. 몇 년 전, 닉 제라치가 비행기 공포증이 생기기 전까지만 해도 이곳에 착륙할 수 있는 비행기는 코를레오네 패밀리의 소유인 각종 비행기들이나 직접 조종하는 비행기들뿐이었다.

마이클은 제라치가 기다리고 있는 격납고 앞까지 비행기로 이동했다. 그가 50미터 가량 앞에서 멈춰 서자, 제라치가 혼자 활주로를 걸어왔다. 알 네리가 비행기에서 내려 그를 검사했다. 제라치는 숨을 깊이 들이마시고는 비행기 계단을 오르기 시작했다.

"문은 그냥 열어두게." 제라치가 네리에게 말했다.

제라치가 마이클을 흘끗 쳐다보자 마이클이 고개를 끄덕였다. 네리는 문을 열어둔 채 밖에서 대기했다.

"우리 사이가 어쩌다 이렇게 된 건가?" 마이클이 물었다.

"뭐가 말입니까?"

"난 자네 몸을 검색했어. 그리고 자넨 문이 닫힌 곳에서는 나와 만나려고 하지 않으니까 말일세."

"검색에 대해서는 아무 말도 하지 않겠습니다. 이런 일로 싸우고 싶지는 않으니까요. 그리고 재치 있고, 능력이 뛰어난 알 네리 씨가 이곳에 무기를 하나쯤은 숨겨 놓은 건 분명하겠지만 말입니다. 하나가 아니라 그보다 훨씬 많을지도 모르겠군요. 하지만 당신에 대한 내 신뢰만큼은 예전과 같다고 생각합니다. 그저… 알아차렸을지 모르겠지만, 그때가… 언젠지 알고 있겠죠? 그때 이후로 비행기 안에 들어오는 건 이번이 처음이어서 그런 것뿐입니다."

마이클은 알고 있었다. 그는 아무 말도 하지 않았다. 마이클은 그의 일정을 위해 다음 비행 계획을 이미 세워둔 뒤였다.

"코니아일랜드에 갔을 때도 아이들은 땅에 떨어지는 놀이기구를 아빠 없이 타야 했지요. 문을 열어두신다면 호의로 받아들이겠습니다. 그리고 큰 폐가 되지 않는다면 지금 이 자리에 앉아 있는 동안은 비행기 시동을 꺼주셨으면 좋겠군요."

마이클은 닉 제라치의 떨림 증상에 대해서는 들었지만 직접 보는 것은 이번이 처음이었다. 생각했던 것보다 훨씬 심한 것 같았다.

"하나씩만 양보하도록 하지." 마이클이 말했다. 그가 서류 작성을 끝마치고 건네주자 네리가 관제탑에 전해주러 갔다. "자넨 문을 열어 놓은 채로 있게. 난 엔진을 끄지 않을 테니."

제라치는 정말로 네리도 없는데 마이클이 비행기를 띄울 거라고 생각하는 걸까? 마이클이 밀폐된 공간에서 전직 헤비급 권투선수와 같이 있다는 것 자체가 무리였다. 떨림 증상을 보이고는 있지만 제라치는 여전히 체격이 좋아 보였고, 지금이라도 마이클을 뇌에 이상이 생길 만큼 때려눕힐 수도 있을 것처럼 보였.

"좋습니다. 그럼 이 말만 하고 가겠습니다. 난 그저 이 일에 대해서 당신이 알고 있기를 바랄 뿐이니까요. 어디서부터 시작해야 할지 모르겠지만, 어쨌든 이야기를 해보죠. 이번에 우리 모두를 위한 일을 제안받았고, 그 일만 제대로 해낸다면 쿠바로 돌아갈 수 있게 될 겁니다."

제라치가 하는 이야기야 이미 선부 알고 있는 것이지만 마이클은 정말로 깜짝 놀랐다. 외눈박이 '유태인' CIA 요원이라는 사람의 제안에서부터, 토지 구획에 들어간 뉴저지 땅을 연방 요원과 로트와일러*들이 지키고 있다는 것, 그곳에서 돈으로만 움직이고 쉽게 흥분하는 시칠리아인들과, 한때는 부자였지만 지금은 불만만 가득 남은 쿠바인들이 같이 지내면서 차이점을 극복하려 하고 있다는 것(언어, 문화, 동기, 그 밖에 뭐든지), 그리고 칼에 찔리는 불행한 사고(제라치의 부하 중 하나가 오하이오의 톨레도로 돌아가 순조롭게 회복 중이었다)가 있었고, 이제 불과 몇 주 뒤면 2~3개조의 암살단이 섬에 몰래 잠입하게 될 것이라는 것, 한 사람만 제대로 제거하면 원하는 결과가 나오게 될 거라는 이야기였다.

---

* 독일종으로 경비견. 경찰견으로 쓰임

마이클은 닉 제라치가 그 모든 일에 대해 자신에게 이야기했다는 것이 충격이었다.

"자네, 지금 우리 모두를 위한 일이라고 했나? 무슨 의미로 그렇게 말하는 건지 잘 모르겠군." 제라치의 말이 끝나자 마이클이 말했다.

"원하는 대로 받아들이면 되는 겁니다. 당신이 모든 것을 놓고 그곳에서 빠져나왔다는 것은 알고 있습니다. 당신은 카지노 사업을 하고 있지만, 난 그런 경험이 없습니다. 당신도 앞으로 이번 기회를 어떻게 살려야 할 것인지 관심이 있을 거라고 생각합니다. 게다가 당신은 경쟁이란 것에 대해 잘 알고 있을 테니까 말이죠."

"경쟁이라니?" 무슨 경쟁을 말하는 거지? 마이클은 생각했다.

"만일 일이 어떻게 진행 되어 가고 있는지 내가 모두 알고 싶다면, 지금 이 자리에 당신과 같이 있을 이유가 없겠죠. 처음에는 뉴저지에서 준비하고 있는 이번 일에 대해서는 내가 모든 상황을 이끌고 있다고 믿고 있었습니다. 하지만 다른 이야기들이 들려오기 시작하더군요. 그래서 조사해보니, 새미 드라고가 탬파에 우리와 비슷한 이유로 마이애미 남쪽 해안에서 훈련을 시작했다고 합니다. 그뿐 아니라 잭슨빌에 있는 폐쇄된 공군 기지에서도 50명 정도가 이런 훈련을 받고 있다는 것을 알게 되었습니다. 그곳은 일이 있을 때 나도 이용한 적이 있는 곳이죠. 그쪽은 카를로 트라몬티와 뉴올리언즈가 연관되어 있더군요." 제라치는 당연한 일이라는 듯 웃으며 떨리는 손바닥을 들어 올렸다. "하지만 트라몬티는 꼭두각시입니다. 드라고도 껍데기죠. 이 모든 일의 배후에 누가 있는지 철자로 말해볼까요?" 제라치는 숫자라도 세듯 왼손 엄지부터 하나씩 접어가며 말했다. "R. U. S. S. O." 루소였다.

마이클은 제라치의 말 중 '조사해보니'나 '알게 되었다'는 표현은 그 정보를 제공해준 사람을 숨기기 위한 것이라고 생각했다. 그런 정보를 알려준 사람은 키 비스케인에서 겨울을 지내고 있을 빈센트 포를렌자 아니면 루이 루소 본인일 것이다.

"이쯤에서 그만 하지. 그런 일들을 전부 말해주다니 자네가 나와 우리의 우정을 얼마나 존중하고 있는지 알겠네. 그 점에 대해서는 고맙게 생각해. 하지만 자넨 이미 너무 많은 이야기를 했어. 난 이번 일에는 관여할 수 없네. 지금 자네가 처한 곤란한 입장은 알겠지만, 내가 말해줄 수 있는 건, 자네가 클리블랜드에 있는 자네 대부에게 무슨 이야기를 들었는지는 몰라도, 위원회에서 내 자리를 자네에게 넘겨주기 위해서 할 수 있는 일은 다 할 것이라는 것과 내가 완전히 물러날 거라는 것 정도야. 난 끝났네. 우린 끝난 거야. 자네와 나는 같은 걸 원하고 있어. 이번 일로 다른 패밀리들과의 사이에 문제가 생길 것 같군."

마이클은 제라치가 고개를 끄덕이거나 온몸을 떠는 것에 대해 아무 말도 하지 않았다.

"당신의 축복이 필요했던 건 아닙니다. 그저 반대만은 피하고 싶었을 뿐입니다." 제라치가 자리에서 일어나면서 말했다.

마이클은 혹시 모를 제라치의 공격에 대비한 방어는 할 필요가 없다고 생각했다. "자네와 부하들이 쿠바에서 일을 잘 해결하기 바라네. 우리가 그곳에서 도둑맞은 모든 것에 안부를 전해주게나. 우리 사이에 이제 문제는 없는 건가?" 마이클이 물었다.

"그렇게 전하죠." 제라치가 계단을 내려가면서 대답했다. "그리고 문제는 없습니다."

1주일 후, 타호 호수의 뒤편에서 조 루카델로는 약속한 대로 혼자 나타나 코를레오네 부두에 지저분한 작은 배를 정박시켰다. 카프라와 토미 네리가 그를 맞아 몸수색을 하고는 마이클에게 아무 이상 없다고 보고했다. 마이클은 헤이건을 불러 조 루카델로가 도착했다고 말했다. 그때 이미 헤이건은 밖으로 나와 진창인 잔디밭을 따라 내려와 부두의 끝에 있는 알루미늄 벤치 한가운데에 앉아 기다리고 있었다.

"톰은 나와 별로 말하고 싶어 하지 않은 것처럼 보이는군. 마이크, 자네가 알고 있을지 모르겠네만, 피자가게 점원 아이디어는 대체 누가 생각해낸 건가? 정말 깊은 인상을 받았다는 말을 꼭 해야겠어." 조가 말했다.

그건 제라치의 생각이었다. 하지만 마이클로서는 조에게 그걸 알려준다고 해서 좋을 게 없었다. "파우스토 제라치가 이야기한 내용이 사실인지 말해줘." 마이클이 말했다.

"자네가 그 이름을 말할 때마다 늘 놀라게 돼. 아무도 그 친구를 그 이름으로 부르지 않던데."

마이클이 오랜 친구를 노려보자 조는 시선을 피했다.

"그래, 맞아. 다른 쪽도 있어. 그러니까 내 말은 아니라고 말할 수는 없다는 뜻이야." 조가 대답했다.

"이미 그 사실에 대해 알고 있었다는 거로군. 그리고…."

"아니, 그건 아니야. 처음부터 그런 건 아니었네. 난 자네 쪽의… 그 뭐라고 하지? 그러니까 전통에 대해 많이 알게 되었지. 그건 내가 알기로는 비밀결사와 많이 비슷하더군. 침묵의 맹세라든가, 결투 예법이라든가, 여러 가지 것들이 말이야. 하지만 지금 이곳의 상황은 우리와 맞지 않아. 자네에게는 알아야 할 필요가 있는 모든 것을 알아낼 수 있는 방법이 있는 것 같지만, 우리 같은 일을 하는 사람들은 그 누구도 모든 걸 알 수는 없어."

"그렇다고 해도 이번 일은 받아들일 수 없어."

"규칙을 만드는 건 내가 아니야. 솔직하게 말하자면, 난 일이 이렇게 되었다고 해서 자네에게 영향을 미칠 거라고 생각하지 않아. 자네는 이 계획의 일부야. 한때는 이 일을 하게 될 사람이 누구든 이렇게 말해 주려고 했지. 이 계획에 참가하면 그들에게 어떤 문제가 있더라도 크리스마스 때는 그 해결책을 얻을 수 있을 거라고. 게다가 이번 작전은 이제까지 작전 중 최고야. 공산주의와 부분적으로 전쟁이 일어나게 되더라도, 그들 중 희생자는 그리 많지 않을 거야. 왜냐하면 지금 하고 있는 군사 훈련이 엄청나게 유리하게 작용할 수 있을 테니까. 난 다른 계획들이 어떻게 진행되고 있는지는 다 알지 못해. 하지만 이야기는 들었지. 그들은 그 공산주의자가 쿠바 국민들에게 연설하고 있는 라디오 방송국으로 달려가 LSD라는 환각제를 섞은 연무제를 뿌려서 그걸로 그자가 미친 소리를 지껄이게 만들어야 한다고 말해. 아니면 담배에 독을 넣거나 화학 성분을 넣은 구두약이 피부에 스며들어 머리카락이나 수염을 다 빠지게 만들어서 그자를 곤란하게 만드는 방법에 대해서도 이야기하곤 하지. 그들은 냉동된 다이커리*를 즉석에서 해동하는 약을 만들어서 실험한다고 백 마리의 돼지와 원숭이를 죽인 인간들이야. 내가 들은 최신 아이디어로는 그자가 스쿠버 다이빙을 하러 갔을 때, 모형 잠수함으로 그 암초 위에 예쁜 조개껍데기를 떨어뜨린다는 것도 있었어. 조개껍데기에는 폭탄이 장치되어 있어서 그자가 그걸 잡는 경우에는 뼈도 못추리게 된다는 거였지. 그러니까 다른 말로 하자면 그들은 고름 같은 존재들이라는 거야. 우린 정공법을 쓸 거야. 공산주의자 놈을 총으로 쏴 죽여야 한다고."

그들은 한참 동안을 아무 말 없이 벤치에 앉아 있었다.

---

* 럼주, 라임주스, 설탕, 얼음을 섞은 칵테일

"그래서 이번 일은 어떻게 할 텐가? 자넨 발을 빼고 싶은 거야? 다른 사람들 때문이라면 그럴 필요 없어." 조가 말했다.

"자넨 다른 사람들에게도 처음에 우리에게 했던 것과 같은 보증을 해준 건가?"

"보증? 내가 시어스 로벅 회사*로 보이나? 내가 해줄 수 있는 말은 자네 부하인 제라치가 우리가 데리고 있는 그 누구보다도 가장 우수한 친구라는 것뿐이야. 그 친구는 처음부터 능숙하게 계획을 세웠고 최고의 부하들을 데리고 왔어. 준비 상태로만 보면 그들이 최고야. 솔직히 말하자면, 지금 이 시점에서 자네가 다른 사람들과 경쟁해야 하는 이유가 다른 의도 없이 그저 돈을 벌기 위해서인 건지 궁금하군. 그래, 맞아. 난 지금 이 사람들이 최고가 될 거라는 걸 확신하고 있네. 하지만 아침에 반드시 태양이 뜰지는 보증할 수 없는 법이지. 제라치의 부하들이 파견되는 걸로 결정된다면 자네에게 알려주지. 이건 보증이 아니라 약속이야."

"알아들었네." 마이클이 대답했다.

그들은 마이클이 만족할 때까지 앞으로의 일이 어떻게 될 것인지 언제 쿠바로 사람들을 보낼 것인지에 대한 세부 사항들을 의논했다.

"난 쿠바에 대항하기 위해 우리 쪽 사람들을 보내는 일을 결코 좋은 일이라고는 생각하지 않아. 우리 쪽의 실력이 부족해서가 아니라 —그건 전혀 그렇지 않지— 단지 돈을 위해 일을 하고 있기 때문이야. 만일 일이 잘못된다 해도 그들은 같은 액수의 돈을 받게 될 거고 자네가 지위도 올려주겠지. 하지만 쿠바에 있는 개자식의 부하들은, 만일 그들

---

* 미국 최대의 소매 업체

이 일을 망치면 그 녀석이 자기들을 죽일 거라는 걸 알고 있어. 게다가 정보 수집에도 뛰어나지. 자네 부하들은 어떤지 알고 있나?" 조는 놀랍다는 듯 고개를 저었다. "그들과 함께라면 우린 양쪽에서 최고가 될 걸세."

마이클은 그에게 어떻게 고맙다는 인사를 해야 할지 알 수 없었다.

조가 자리에서 일어났다.

"피자가게 점원에 관한 아이디어는 누가 했든 간에 정말 끝내주는 생각이야." 헤이건이 그의 배를 풀어주었다. 조가 말했다. "모든 걸 다 말할 수 있는 건 아니지만, 우리도 그와 비슷한 일을 하고 있지. 상당히 새로운 시도야. 우린 그들을 '가장 특별한 친구들'이라고 부르지. 자넨 믿을 수 없을 거야. 이제껏 들어본 적도 없는 이야기일 테니까. 회사에서는 그들을 곳곳에 배치했고, 그 사람들도 성공적으로 자리를 잡았어. 하지만 뭔가 필요한 일이 있을 때까지 내부분의 경우는 몇 년이고 그냥 내버려두는 걸세. 그 사람들과 전부 관련이 있는 건 아니지만, 이대로라면 언젠가는 미국 대통령도 '가장 특별한 친구'가 되는 날이 올지도 모르지. 물론 자네도 언제 무슨 일이 일어날지는 모르겠지만 말이야."

배가 떠나는 모습을 보는 마이클의 얼굴에 잠깐 미소가 스쳐 지나갔다. 그는 이미 지난 선거에서 지미 시아에게 진 후보를 포함해서 그런 '친구들'을 적어도 세 명까지는 알고 있었다. 그는 패밀리의 뇌물을 받는 상원의원의 아들로 지금은 텍사스 근처를 돌면서 석유장사를 하는 것처럼 가장하고 있었다. 그리고 페트 클레멘자의 아들 레이는 쇼핑업의 거물이 되어 있었다.

"이제 때가 됐어. 가서 루소를 만나줘. 그래야 하는 이유는 알고 있지?" 마이클이 말했다.

"확실한 거야?" 헤이건이 물었다.

마이클이 고개를 끄덕였다. "제라치의 부하들이 성공하든 실패하든 우린 다른 방법으로 하면 돼. 조가 가지고 온 소식 때문에 놀라긴 했지만, 그 일로 걱정할 필요는 없어. 이건 우리가 앞으로 가야 할 필요가 있다는 걸 나타내줄 뿐이니까. 유일한 문제라면 법무부에 있는 우리 밀고자가 준비가 되어 있지 않다는 건데, 그 문제도 법무장관의 신뢰를 얻고 기회를 얻기 위해서라면 빌은 언제라도 우리를 배신할 테니까 걱정 없어. 그 녀석은 자기가 우리에게 도움을 주기 위해 그 자리에 있다는 것을 깨달을 때까지는 꼭 필요한 존재니까. 그래. 루소부터 시작하는 거야. 준비가 된 것 같으면 말해줘."

"준비 됐어."

"이건 큰일이야."

"이번 일을 하려고 이제껏 기다렸어. 얼마나 오래 기다렸는지 몰라."

"그래." 마이클이 말했다. 그리고는 친형이나 다름없는 헤이건의 뺨에 키스한 뒤 잔디밭을 가로질러 아무도 없는 빈 집으로 향했다.

30

 제라치의 땅에 세워졌던 훈련 시설은 1년이 채 못 되었을 때, 일꾼들이 와서 해체했다. 제라치는 자신도 적당한 보수를 받고 일을 할 수 있는 폭탄 담당 인부들을 데리고 있다고 말했다. 하지만 '아이크 로센 요원'은 그들이 확실하게 설계 명세서대로 일을 할 거라고 말했다. 또한 안전상의 문제도 있었다. 그때까지 남아 훈련받던 부하들은 집으로 돌아갔고 필요시 호출하면 바하마에 있는 빌라로 모이기로 했다.

 세 명의 쿠바 망명자들이 제일 먼저 쿠바로 파견되었는데, 그건 CIA 국장 알렌 소펫이 직접 지시를 내린 것이었다. 그들이 자기 나라를 알고 있다는 것과, 만일 일이 잘못될 경우 제라치의 부하들보다는 그들이 몸을 숨기기가 훨씬 수월할 거라는 판단 때문이었다. 제라치는 분노했다. 그는 쿠바인들(언어문제와 선반적인 항해술을 위해)과 두 명의 시칠리아인(처음부터 일을 제대로 처리하기 위해)을 보내기를 원했다. 제라치는 접선자에게 일은 그렇게 해야만 하고, 잘못될 일은 없을 거라고 말했다. 쿠바인들은 어네스트 헤밍웨이의 소유지에서 나오던 쾌속정을 빼앗아 타고 쿠바 해역 바로 옆에 있는 이름 없는 산호섬에 도착했다. 하지만 그들은 해변에서 모두 살해당했고, 배도 미심쩍은 상황에서 폭발했다. 배의 조종사가 쿠바 정부의 첩자였을 것이라는 생각이 들었지만, 제라치는 자신이 직접 할 수 있는 일은 없었다. 그는 로센 요원에게 자신의 생각을 말했다. 제라치는 부하들을 잃고 싶지 않았지만, 그렇다고 해서 독재자를 처치하는 데 다른 작전을 쓰고 싶지는 않았다. 뿐만 아니라 다른 쪽에서 일을 어떻게 진행시키고 있는지 알아낼 방법이 있을 것 같지도 않았다. 만일 그들을 쿠바에 보내 그 일을 하게 하지 않을 거라면 왜 자기 부하들에게 훈련을 시킨 것이냐고 제라치가 물었다.

1주일 후, 로센은 제라치에게 저공비행 수상비행기를 이용해 세 명을 쿠바에 보내는 작전에 대해 설명했다. 그리고 레이더로 연락해 그 아래 해변에 믿을 수 있는 첩보 요원을 대기시켜 놓았다. 로센은 제라치에게 한 사람을 추천하라고 했다. 제라치는 두 사람을 추천하겠다고 주장했지만 요원은 한 명 이상은 안 된다고 말했다. 제라치는 카르민을 골랐다. 이 시칠리아인 친구에 대해서만큼은 제라치도 전혀 걱정하지 않았다. 카르민은 혼자서 두 사람 몫을 했다.

며칠 뒤, 제라치는 수영장 뒤쪽에 만들어 놓은 방에서 지난 7년간 몇 번이고 시도했지만 끝내지 못한 두 권짜리 「로마 전쟁사」를 읽고 있었다. 그때 샬롯이 문을 두드렸다. "전화 왔어." 그녀가 거침없이 말했다. 오랜 결혼생활 동안 점점 더 그녀는 그에게 전화 메시지를 전해주는 일에 화를 내고 있는 것처럼 보였다. 특히 전화를 걸어온 사람이 신원을 밝히지 않는 경우에는 더욱 그러했다. "누군지 모르겠지만 그들이 들어갔다고 전해달라고 했어. 그게 다야. 그들이 들어갔다. 당신은 무슨 소린지 알아듣겠어?"

"그래." 당연히 쿠바에 잠입했다는 소리였다. 그는 모든 것을 그 자리에서 알아들었다.

"그 책은 얼마나 읽었어?"

"두 권짜리야. 당신은 텔레비전 프로그램이 다 끝나야만 책을 읽잖아? 나도 조금밖에 못 읽었어."

톰 헤이건이 팔머 하우스를 나섰을 때, 바깥은 여전히 어둠이 걷히지 않은 상태였다. 그는 루이 루소를 만나러 가기 위해 택시를 잡았다. 테레사는 그때까지도 2층 호텔방에서 잠든 상태였다. 그녀는 그날 오전 늦게 국립미술관과 제휴 관계라고 할 수 있는 시카고 미술협회에 모임에 참석할 예정이었다. 두 사람은 내일 사우스벤드로 차를 타고 가기로 되어 있었다. 아들인 앤드류뿐만 아니라 소니의 아들 프랭키의 시합을 보기 위해서였다. 프랭키는 파이팅 아이리쉬팀의 미들 라인배커를 맡기 시작했고, 테레사의 모교인 시라큐스와의 올해의 마지막 홈경기를 남겨두고 있었다. 헤이건은 오래 전부터 이번 주말을 기대하고 있었다.

헤이건은 리무진을 타고 갈 수도 있었다. 하지만 그는 사전에 준비한 일에 차질이 생길지도 모를 위험은 피하고 싶었다. 택시기사는 전형적인 시카고 사람으로 어떤 스포츠 팀에 대한 불만을 신나게 떠들어대고 있었다. 헤이건은 가슴이 답답했다. 겨우 커피 두 잔을 마셨을 뿐이었는데도. 그리고 땀도 났다. 초조하지도 않았고, 차 안이 더운 것도 아니었다. 아마 혈압 때문일 것이다. 주치의는 헤이건의 혈압이 너무 높다고 하면서, 농담이 아니라 지금 이런 상태로 가다가는 언젠가는 터질지도 모른다고 말했다. 택시기사는 계속 시끄럽게 지껄이고 있었다. 헤이건은 그대로 내버려두었다. 기사가 말을 많이 하면 할수록 손님에 대해서는 제대로 기억을 하지 못할 테니까.

루소는 위스콘신 근처에 개인 서퍼 클럽*을 가지고 있었다. 그곳까지 도착하는 데 아침 교통 정체 때문에 거의 한 시간 이상이 걸렸다. 클럽의 대문까지 가는 거리가 주차장 크기와 비슷할 정도로 멀었다. 클럽은 콘크리트 블록에 하얀 칠을 한 건물이었다. 비록 널리 알려진 곳은 아니었지만, 조니 폰테인 같은 가수와 아이스 커페이즈 일류 희극배우들이 출연하고 있었다. 입구 위에는 '룸바의 제왕! 헥터 산티아고' 라고

---

* 식사, 음료를 제공하는 고급 나이트클럽

쓴 간판이 걸려 있었다. 이곳의 쇼는 전혀 광고를 하지 않아도 언제나 매진이었다. 건물 옆에는 도시의 네 블록 정도 크기의 사각 연못이 있었고, 그 주위를 소나무가 둘러싸고 있었다. 연못 물은 거의 보이지 않았고, 타르처럼 검었다. 연못의 건너편에는 카지노로 개조된 창문도 없고 정체를 알 수 없는 3층짜리 건물이 있었다. 밤이면 곤돌라 사공들이 손님들을 태우고 연못 위를 이리저리 오고가곤 했다. 루소는 이곳에 대해서 엄청난 자부심을 느끼고 있었다. 사업차 그를 만나러 이곳에 온 사람들도 루소의 자랑스러운 카지노를 둘러보지 않고는 이곳을 떠나지 못한다고 했다. 헤이건이 정말 대단하다고 생각한 건 루이 루소가 뇌물을 주는 경찰들조차 모두 이곳의 고객으로서 들어와 불법적인 도박을 하고 천천히 곤돌라를 타면서 즐기게끔 했다는 것이다.

클럽 뒤에는 낡은 농가를 확장하고 개조해서 만든 손님용 객실이 있었다. 루소는 그곳 2층에 있는 가장 큰 방을 사무실로 쓰고 있었다. 헤이건이 그 안으로 들어가 금속 탐지기 같은 기계를 통과하자 은행금고와 같은 재질로 된 강철문이 나타났다. 헤이건이 예상했던 대로 루소의 부하 두 명이 무릎에 소형 기관총을 얹은 채 바깥쪽 방에 앉아 있었다. 그 중 한 명이 일어나더니 헤이건의 몸을 천천히 검사하기 시작했다. 그리고는 그를 두목의 은신처로 들여보냈다.

"이게 누구야? 마이클의 유일한 콘실리에리 아니신가! 찾아줘서 영광이군." 루소가 말했다. 그는 다이아몬드로 된 커프스 단추를 달고 있었다.

헤이건은 그에게 인사를 하고는 권해준 자리에 앉았다. 루소는 여전히 서 있었다. 무례하고 독단적으로 분위기를 장악하려는 속셈인 듯 했다.

"마이클 코를레오네는 당신을 카포 디 튜티 카피로 추천할 준비를 하고 있습니다. 그리고 위원회의 자리도 닉 제라치에게 물려줄 생각입니다. 당신과 내가 몇 가지 사소한 문제들에 대해 합의점을 찾기만 하면 말이죠." 헤이건이 말했다.

"이봐, 지금 이 친구 말 들었나?" 루소가 밖에 앉아 있던 총을 든 남자들에게 물었다. "이보게, 아일랜드 친구. 내 고향에서는 키스도 하지 않고 바로 그 짓을 하진 않아. 내 말 무슨 뜻인지 알아듣겠나?"

헤이건은 이해하고 있었다. "난 독일계 아일랜드인입니다." 그가 루소의 말을 정정했다. "기분을 상하게 하려는 건 아닙니다, 돈 루소. 당신은 무척 바쁜 사람이라 곧장 요점으로 들어가는 것을 좋아할 거라고 생각했을 뿐입니다."

"커피 들겠나? 젠장, 손님 접대를 어떻게 하고 있는 거야? 칵테일로 하는 게 좋을까, 아일랜드 친구?"

"커피가 좋습니다." 여과기로 뽑은 커피였지만 그것도 좋았다. "고맙습니다."

루소가 얼굴을 찡그렸다. "자네, 괜찮은 건가? 이 방이 그렇게 덥진 않을 텐데."

"괜찮습니다."

"우리 어머니 말씀으로는 괜찮다고 하는 건 상태가 아니라 어떻게 하겠다는 결심이라고 했는데."

"똑똑한 분이셨군요."

"그랬지. 그보다 지금 자네 모습은 정상이 아닌 게, 마치 그 뭐지? 열대병에 걸린 것처럼 보이는군. 정글에라도 온 사람 같아. 이봐!" 그가 부하들을 불렀다. "여기 있는 마이클의 친구분께서 수건이 필요한 것 같아."

"커피면 충분합니다." 헤이건이 컵에 남아 있는 커피를 두 번에 나눠 천천히 삼키면서 말했다.

"여기서 이렇게 땀을 흘리는 사람은 자네가 처음이야. 몸에 도청장치라도 달고 온 것처럼 말이지."

"그렇습니까?"

루소가 고개를 끄덕였다.

헤이건이 팔을 들어올렸다. "몸수색을 해도 괜찮습니다."

루소는 그런 일에 대해서는 지나치게 대범하지 않았다. 그는 헤이건의 몸을 살펴보았다. 전선 같은 건 없었다. 루소는 헤이건에게 다시 자리에 앉으라고 했다. 헤이건은 루소가 앉기를 기다렸다가 자리에 앉았다.

"그 사소한 문제들이란 게 뭔가?" 루소가 책상 앞에 자리를 잡으며 물었다. "예를 들자면 어떤 거지?"

시엔푸에고의 도심에 위치한 도서관 3층, 판자로 만들어진 작은 테라스에서 카르민 마리노는 언제라도 사용할 수 있게 러시아제 라이플을 조립해서 장전한 뒤, 그의 앞으로 자동차 행렬이 지나가기를 기다리고 있었다. 카르민은 이곳에 도착하던 밤에 같이 온 화를 잘 내는 두 명의 쿠바인들을 놓치고 말았다. 그가 할 줄 아는 스페인어는 부패한 이탈리아인이라는 말뿐이었지만, 그곳에서 300미터가 조금 넘는 거리를 걸어 들어와서 여자 첩보원 두 명을 만나 나머지 지시를 들었다. 카르민은 쿠바의 깜깜하고 무더운 밤에 그 여자들과 열정적인 섹스를 할 수 없게 되자 무척 실망했다. 자신처럼 용감한 암살자와 섹스를 하지 않는 여자 첩보원에 대해서 들어본 적이 있는가? 그 말고는 다른 암살자도 없는데 왜? 그들은 계속 함께 있었지만 여전히 아무 일도 일어나지 않았다. 그건 정말 이해 못할 일이었다. 어쩌면 그 여자들은 레즈비언인지도 몰랐다. 아니면 그가 자신이 생각하는 것 같은 남자가 아닌지도 모른다. 만일 이번 일에서 살아남게 된다면, 그는 애꾸눈 유태인에게 가서 말해야겠다고 생각했다. 그의 뛰어난 능력을 알았다면, 당장 용감한 자신을 위해 가슴이 크고 호색적인 여자 첩보원을 찾아야 한다는 것을. 카르민은 바보가 아니었다. 그는 그런 여자들이 있다는 걸 알고 있었다.

거리는 온통 정렬한 군인들과 환호하는 쿠바인들뿐이었다. 자동차 행렬이 다가오기 시작하자 군중들의 환호성은 이상하게 금속성으로 들렸다. 마치 환호하는 군중의 목소리를 녹음한 것을 너무 크게 그리고 빨리 작동시킨 것 같았다. 카르민은 갓난아기였을 때도 시칠리아에서 지금과 똑같이 독재자 무솔리니를 환영하는 소리를 들었다.

자동차 행렬이 성당 옆 모퉁이를 돌아 그의 앞으로 다가왔다. 모두 미국산 자동차들이었고, 거리는 한층 더 즐거운 분위기로 변했다. 이곳 사람들은 아직까지는 미국인을 싫어하는 것처럼 보였다. 카르민은 라이플을 어깨에 올렸다.

알려진 대로 목표물은 네 번째 차인 푸른색 컨버터블에 타고 있었다. 턱수염이 있는 얼굴로, 군복을 입은 채 행복에 겨운 듯한 미소를 지으며 자신이 지배하는 사람들을 향해 손을 흔들고 있었다.

마리노는 편안하게 숨을 들이마시고는 방아쇠를 당겼다.

턱수염 난 남자의 머리가 갑자기 뒤로 꺾였다. 피가 분수처럼 솟아오르더니 트렁크 위에 원을 그리며 떨어졌다. 운전사가 가속 페달을 밟았다.

비명소리가 온 거리에 울려 퍼졌다. 경찰이 손을 흔들어 자동차 행렬을 시내 외곽의 도로 한편으로 안내했다. 쿠바의 지도자가 타고 있던 컨버터블 뒤를 따르던 두 대의 검은 세단을 포함해서.

푸른색 컨버터블에 타고 있던 독재자가 아끼는, 독재자와 비슷하게 생긴 대리인은 죽었다.

카르민 마리노는 관타나모만으로 가는 중에 여장한 채로 붙잡혔다.

루이 루소는 모든 사안에 동의했다. 코를레오네 패밀리는 시카고의 방해 없이 네바다의 호텔과 카지노를 운영할 수 있게 되었다. 이제 곧 호텔과 카지노가 문을 열게 될 애틀랜틱 시티 역시 마찬가지였다. 헤이건은 제라치의 암살단 파견 작전이 코를레오네 패밀리에서 주도한 것임을 인정했고, 루소 역시 말을 많이 하긴 했지만, 트라몬티와 드라고의 훈련 부대를 실질적으로 이끌고 있는 건 그라는 것을 인정했다. 그들은 패밀리로서는 경쟁자일 수 있지만 서로 백악관과 CIA에 관한 까다로운 기회를 얻으려 했다는 점에서는 공통점을 가지고 있었다.

각각의 문제들에 대한 주요 논점을 해결한 뒤, 루소는 만일 그의 부하가 쿠바에서 먼저 일을 해결하더라도 코를레오네 패밀리가 카프리와 세빌랴 빌트모아에 대한 주도권을 되찾게 될 것이며, 루소나 다른 조직의 방해 없이 법의 질서 안에서 관리하게 해준다는 데 동의했다. 7년 전 죽은 비토 코를레오네 이후 처음으로 루소가 공식적인 두목들의 두목이 되도록 마이클이 도와주기만 한다면, 루소는 그만한 힘을 충분히 갖게 될 것이니까.

헤이건은 개인적으로 코를레오네 패밀리의 뇌물을 받는 사람들을 관리하고 있었다. 그 명단 중 일부는 닉 제라치에게 넘겨주긴 했지만, 그건 아직도 이용가치가 있었다. 마이클이 완전히 합법적인 사업가가 되기 위해 루이 루소의 도움을 필요로 할 때 가끔씩 꺼내 볼 만한 카드였다.

루소는 지나치게 협조적이었고, 톰 헤이건은 그런 모습에서 그가 자신을 목숨을 살려둔 채로 내보내주지 않을 생각이었다는 것을 점차 확신하게 되었다. 그건 헤이건과 마이클이 어느 정도 예상했던 일이기도 했다. 어떤 일이 일어날지도 모른다는 것을 아는 것은 그렇게 느끼는 것과는 분명히 다른 것이다. 더 이상 땀은 나지 않았다. 헤이건은 누군가가 지금 당장 샤워를 하고 마른 옷으로 갈아입을 수만 있게 해준다면 천 달러라도 줄 수 있을 것 같은 심정이었다.

"정말 대단한 날이군, 아일랜드 친구. 우리 축하를 해야 겠지? 자네도 함께 해주게. 아까 말한 칵테일은 농담이었어. 여기에는 커피보다 독한 건 없다네. 신사들에게 악취를 선사할 것들은 모두 홀에 있지. 클럽에 있는 바도 괜찮네. 하지만 루이 호수를 건너가면 일리노이주에서도 정말 최고의 것들만 모아 놓은 곳이 있지." 아직 오전 9시도 안 된 시간이었다.

"좋군요. 하지만 지금 바로 돌아가야 합니다."

"이보게, 아일랜드 친구. 자네가 그 술을 마시지 않으면 계약이 성립된 게 아니야. 게다가 자네 쪽 사람들이 합법적으로 카지노 사업을 하게 되었을 때부터 말이지. 난 자네가 별로 돈을 벌지 못하는 게 안타까워. 하지만 자네는 그 누구에게도 돈을 버는 방법을 물어보지 않으니까 말이야. 어쨌든 자넨 내가 만든 이곳을 다 보고 가야 해. 그 어느 곳도 자랑하지 않을 데가 없어. 문을 연 지 얼마 되지는 않았지만." 루소가 선글라스를 벗었다. 그의 눈동자는 가운데 초록색 원이 있을 뿐 온통 새빨갰다. 루소가 미소지었다.

톰 헤이건은 온몸에 한기를 느꼈다. 땀을 흘려서도 아니고 냉방 장치 때문도 아니었다. 비록 스스로는 그런 이유를 붙이고 있기는 했지만.

"아는 사람들이 좀 있지. 곤돌라 타본 적 있나?"

"없습니다."

루소는 문 쪽으로 그를 이끌었다. 기관총을 든 남자들이 자리에서 일어났다. "모셔가. 여기 있는 아일랜드 친구가 아직 곤돌라를 타본 적이 없다는군. 남자가 죽기 전에 반드시 해야 할 일 중 하나까지는 아니더라도 난 곤돌라를 타는 게 좋아."

조 루카델로는 닉 제라치의 집 현관으로 걸어갔다. 한밤중이었지만 초인종을 눌렀다. 제라치는 수영장 뒤쪽에 놓인 의자에 앉은 채 잠이 들었고, 샬롯은 수면제를 먹고 죽은 듯이 잠들어 있었다. 대학에 입학한 바브는 집에 없었다. 초인종을 몇 번 더 누르자 베브가 인터폰으로 대답했다.

"아버지께 아이크 로센이 왔다고 전해주겠니?"

"그렇게만 말하면 아빠가 아세요?"

"물론이지. 왜 그러니?"

"아저씨 눈은 어떻게 된 거예요? 진짜예요?"

"그래. 전쟁에서 얻은 상처란다."

"믿을 수 없어요."

루카델로는 안대를 가볍게 들어올렸다. 눈동자가 있던 자리가 마치 구멍이라도 뚫린 것처럼 보였다. 소녀가 비명을 지르고 도망갈 만큼 끔찍한 모습이었다. 루카델로는 한숨을 쉬며 현관 계단 앞에 앉았다. 그리고 경찰이 오기를 기다렸다. 경찰 일은 나름대로 재미가 있다. 비밀경찰이라는 일을 하고 있으면서도 다른 사람들의 필요에 따라서는 경찰에게 끌려가야 하니까.

순찰차 두 대가 달려왔다. 경찰들이 내려 그에게 총을 겨누었다. 루카델로는 두 손을 들었다. 그리고 아이크 로센으로 되어 있는 운전 면허중을 경찰에게 건네주고는 제라치 씨와 함께 하는 무역사업에 대해 할 이야기가 있어서 찾아왔다고 말했다. 그리고 자신은 지금 운이 없게도 관세 문제 때문에 지금 굉장히 곤란을 겪고 있다고 설명했다. 때맞춰 그 소란에 닉 제라치가 잠에서 깨어 밖으로 나왔다. 그리고 경찰에게 감사 인사를 하고, 딸을 진정시켰다. 그런 다음 제라치는 루카델로를 데리고 사실로 돌아왔다.

루카델로는 제라치가 해체된 에버트 필즈 구장에서 구해온 의자에 앉았다. 그리고 카르민에 대한 소식을 전해주었다.

"뒷일은 걱정하지 마십시오. 그자들이 그 친구에게 무슨 짓을 하더라도 절대 아무 말도 하지 않을 테니까요." 제라치가 말했다.

"그 친구가 무슨 말을 할지는 모르겠지만 적어도 당신들 쪽에는 문제가 될 거요."

"네?" 제라치는 루카델로가 하는 말의 의미를 확신할 수 없었다. 하지만 대명사를 쓴다는 건 ―우리들 문제가 아니라 당신들 문제― 좋지 못한 징조였다.

"쿠바 정부에서는 틀림없이 그 친구를 고문할 거요. 그자들은 혁명의 연인으로 사랑받고 있는 독재자를 죽이려 한 외국인의 국적에 대해 야단법석을 떨 것이고, 러시아인들은 그쪽 편이요. 유엔은 애써 관여하려 하지 않을 거요. 그들이 카르민을 국외로 추방하면 우리는 그 친구를 감옥에 넣은 뒤 처형시킬 수밖에 없어요."

"그 점은 걱정하지 마십시오. 카르민 마리노는 아직도 이탈리아 국적을 가지고 있습니다. 만일 그자들이 이탈리아로 돌려보낸다 해도 그 친구는 그곳에 꽤 세력이 막강한 대부를 두고 있으니까요." 제라치가 말했다.

루카델로가 고개를 저었다. "이번 사태를 이해하지 못하고 있군요.

우린 무슨 일이 생기기 전에 빨리 그 친구를 처형할 필요가 있습니다. 하지만 그게 당신들한테는 문제의 시작이 되겠죠. 난 그게 걱정입니다."

제라치는 이대로 가만히 있다가는 루카델로가 바로 이 자리에서 자신을 죽일지도 모른다는 생각이 들었다. "일어서요. 당신 몸을 수색해야 되겠소." 제라치가 말했다.

"마음대로 해요. 하지만 내가 죽이려고 했다면 당신은 벌써 죽었을 거요. 그리고 이런 식으로 귀중한 시간을 낭비하게 되면 당신은 더 곤란해질 거요."

제라치는 루카델로의 몸을 뒤졌고, 그에게서 총 한 대와 칼 두 자루를 찾아 빼앗았다.

"이건 으레 가지고 다니는 것들이오. 내가 당신 편이라는 걸 잊었습니까?"

제라치는 그에게 다시 자리에 앉으라는 손짓을 했다. "시간이 많이 늦었고, 난 자고 있었어요. 그러니까 이 일이 왜 나만의 문제이고 당신 문제는 아닌지 내가 제대로 이해하지 못했다 해도 양해해주기 바랍니다."

"아, 나한테도 문제예요. 대장은 아니지만 비슷한 위치에 있는 누군가가 이미 FBI 쪽에서 트라몬티 훈련지가 잭슨빌에 있다는 것을 알고 있다고 말해주더군요. 그들은 이미 그쪽을 조사 중입니다. 예전부터 FBI 쪽에서 우리 작전을 엎어버리려 한다는 소문을 들었죠. 하지만 크게 믿을 만한 건 아니었어요. 하지만 이번 일이 이렇게 터져버렸으니 이젠 그렇지도 않아요. FBI에 있는 누군가가 이번 일을 더 크게 부풀릴 위험도 있어요."

"그렇다면 이번 일에서 당신은 날 보호해줄 수 없다는 말입니까? 아무것도 할 수 없다고요?"

"이런 상황에서는 거의 없다고 봐야죠. 그들을 죽이는 방법 이외에는."

"그럼 죽여요. 말리지 않겠소."

"안타깝게도 그건 선택할 수 있는 사안이 아니오. 어떻게 해도 당신의 문제가 다 해결되지는 않아요. 우린 믿을 만한 정보망을 통해 예전에 당신과 같이 일을 했던 마이클 코를레오네가 당신을 죽일 계획을 가지고 있다는 것을 알아냈어요. 그 사람은 당신이 이번 일을 끝내기만을 기다리고 있었죠. 모든 일이 제대로 되지 않았기 때문에 우린 당신 목숨이 위험하다고 보고 있어요. 더군다나 아주 확실한 건 아니지만, 루이 루소도 당신을 죽이려는 계획이 있는 것 같아요. 아무래도 그 이유가… 그러니까, 당신 쪽 사람들이 일을 어떻게 하는지는 모르겠지만, 위원회와 같은 종류의 뭔가가 있는 건가요?"

제라치가 어깨를 으쓱했다. "그런 게 있다는 걸 들은 적이 없는데요."

"물론 그렇겠죠. 어쨌든 루소가 하는 일은 무엇이든 그들의 허락을 받고 일을 하고 있는데, 당신은 이번 일에 그러지 않았어요. 그래서 당신이 그런 조항을 지키지 않은 것에 대한 책임을 물을 권한을 준 거예요. 그걸 받은 사람이 누군지 확실하지 않지만 아마 루소일 겁니다. 당신을 죽이려고 할 거예요. 떨지 말아요."

"잠깐 떨다가 말 거요."

"하긴 이런 일이 나한테 있었다면 나도 떨었을 거예요."

"이건 파킨슨씨병 증상이오. 무서워서 떠는 게 아니오. 그것보다 당신은 도저히 있을 수 없는 그런 일들에 대해 어떻게 알게 된 겁니까?"

"난 그런 일들이 틀림없이 일어날 거라고 생각합니다. 어쨌든 모든 일이 급박하게 돌아가고 있어요. 당신도 빨리 움직이는 편이 좋을 겁니다."

"우리가 아니고?"

"우리가 아닙니다. 우린 이번 일과 아무 관련이 없어요. 당신과 나는 만난 적도 없는 겁니다. 그러니까 우리가 아니죠. 나도 역시 없는 겁니다. 아이크 로센 요원이라는 사람은 존재하지 않아요." 루카델로가 말했다.

루카델로는 지금 가장 좋은 방법은 닉 제라치와 가족들이 이곳을 떠나는 것이라고 말했다. 가명으로 편도 비행기 티켓을 사고, 어디로든 떠나라고 했다. 그들이 공항에 도착하면 요원이 마중나가 제라치 가족이 새로운 삶을 시작할 수 있도록 조언을 해주는 것도 가능하다. 어디서나 가능한 것은 아니기 때문에 제라치가 그에게 그런 도움이 가능한 곳을 몇 군데 알려달라고 한다면 괜찮은 곳을 알려줄 수 있다고 했다.

제라치는 책상 위에 놓여 있는 총을 쳐다보았다. 지금 이 남자를 죽이는 편이 좋을지도 모른다. 그렇게 하면 최소한 상황이 더 나빠지지는 않을 것 같았다.

그 순간 빠져나갈 방법이 떠올랐다. 적어도 시간을 벌 수는 있을 것이다.

"좋아요." 제라치는 말했다. 대부인 빈센트 포를렌자의 행동을 의식적으로 따라하면서 손가락을 하나씩 펼치기 시작했다. "네 가지만 말하죠. 첫째." 그는 두 번째 손가락을 들어올렸다. "난 시칠리아로 갈 겁니다. 당신 쪽 사람들은 필요 없어요. 날 도와줄 다른 사람이 있으니까. 두 번째." 가운데 손가락을 들어올렸다. "난 비행기를 탈 수 없어요. 하지만 당신은 내가 가고 싶은 곳에 갈 수 있게 도와준다고 했어요. 가족들이 나와 같이 갈지는 의심스럽지만. 셋째." 약지를 들어올렸다. "난 확신할 수 있습니다. 마이클 코를레오네는 내 좋은 친구로, 절대로 나를 죽이려고 하지 않는다는 걸. 그러니까 그 믿을 만한 소식통이라는 사람에게 뭘 잘못 알고 있는 건 아닌지 확인해보도록 하세요. 그리고 네 번째." 새끼손가락을 들었다. "카르민 마리노를 죽이지 않는 게 좋을 거라는 조언을 하고 싶군요."

"그 네 가지 중에 세 가지는 할 수 있어요. 카르민에 대해 말하자면 나도 그 친구를 좋아해요. 카르민은 아무 잘못도 하지 않았어요. 그 친구는 정해진 장소로 갔고, 우리가 말해준 사람을 정확하게 명중시켰어요. 게다가 남자로서의 자존심 같은 건 버리고 탈출할 때 여자 옷을 입을 정도로 똑똑해요. 만일 내게 권한이 있다면, 난 틀림없이 그 친구를 고용했을 겁니다. 하지만 지금 말할 수 있는 건 이미 그 문제는 우리 손을 떠났다는 거예요."

제라치가 미소를 지었다. "카르민 어머니의 처녀 때 성이 보카치오라고 하더군요."

그는 돈에 따라 움직이는 보카치오 패밀리가 가지고 있는 복수에 관한 그 누구와도 비할 데 없는 무서운 능력에 대해 설명해주었다.

"그렇다면 그 사람들은 이번 일에서 누구에게 복수한단 말입니까? 미합중국 정부?" 루카델로가 물었다.

제라치가 고개를 저었다. "그 사람들은 개인만 상대하죠."

"그건 무슨 뜻인가요? 나란 말입니까? 아니, 잠깐 기다려요. 알았어요! 그 사람들은 대통령에게 복수하겠군요!"

갑자기 제라치의 몸이 떨리기 시작했다. 그는 떨림을 진정시키면서, 방을 가로질러 루카델로의 셔츠를 움켜잡았다. 그리고는 그를 앞으로 끌어당겼다. "카르민은 아직 살아 있소. 그 친구를 그 상태로 놔둬야 할 거요. 보카치오 사람들이 누구에게 복수할지는 아무도 모르니까."

제라치가 속삭였다.

시간이 일러서인지 운행 중인 곤돌라는 한 대뿐이었지만, 크기는 꽤 컸다. 좌석도 많았다. 헤이건은 루소의 부하들이 소형 기관총을 든 채로 곤돌라에 올라 탈 거라고 예상했다.

"그렇게 볼 것 없어, 아일랜드 친구." 루이 루소가 맞은편 좌석에 앉으면서 말했다. "자네가 옆에 경호원들을 두지 않는다는 것은 알고 있어. 젠장, 어떻게 자네 쪽 사람들은 경호원도 없이 다니는 건가? 어쨌든 터놓고 이야기하세. 내 말을 믿어도 좋아. 자넨 오래 살 거야."

총을 든 남자는 곤돌라를 타는 게 재미있는 모양이었다. 곤돌라 사공은 시선을 돌린 채 아무 말도 하지 않았다. 그는 악취가 나는 인공 호수 위에서 노를 젓기 시작했다. 마침내 그와 헤이건의 시선이 마주쳤다. 거의 알아차릴 수 없을 만큼 곤돌라가 흔들렸다.

헤이건은 더 이상 땀을 흘리지 않았다. 평화로운 기분이 그의 온몸을 감싸고 있었다. 루소는 그곳을 어떻게 만들었는지에 대해 이야기하고 있었지만 헤이건은 거의 듣고 있지 않았다. 헤이건은 나무로 둘러싸인 해변가를 쳐다보면서 호수의 절반 지점에 다다르기를 기다렸다가 아무도 안전벨트를 푸는 것을 눈치 채지 못하게 몸을 숙였다.

절반을 넘어서자 곤돌라 사공이 노를 물 위로 들어올렸다. 그는 수천 번도 넘게 이 인공호수를 건너 다녔고, 항타기*가 부럽지 않을 만큼 두꺼운 팔뚝을 가지고 있었다. 헤이건은 몸을 똑바로 한 채 이미 풀어 놓았던 안전벨트를 밀어냈다. 곤돌라 사공이 노를 휘둘렀다. 지난 수

---

* 무거운 쇠달구의 일종

년간 곤돌라에 올라탔던 자만심 강한 놈들의 엉덩이를 차버리고 싶은 것을 참아왔던 충동과 울화를 마음껏 발산시키기라도 하듯이. 사공이 휘두르는 노에 맞아 총을 든 경호원 중 한 명의 두개골이 깨졌다.

다른 경호원 쪽을 돌아보자 총을 쏘기도 전에 그는 뒤로 넘어갔다. 톰 헤이건이 그의 목을 벨트로 조르고 있었다.

곤돌라 사공은 처음에 죽은 경호원의 총을 집어 들어 루이 루소를 향해 겨누었다.

헤이건이 목을 조르자 저항하던 다른 경호원의 얼굴은 점차 보랏빛으로 변해갔다. 헤이건은 경호원의 숨통이 찢어지는 것을 느꼈다. 아직 그 경호원은 아직 살아 있었다. 헤이건은 그의 숨이 끊어지자 곤돌라 바닥에 그대로 밀어버렸다.

루소는 물속에 뛰어들어 헤엄쳐서 도망가려고 했지만, 곤돌라 사공이 재빨리 그를 뒤에서 붙잡았다. 루소의 선글라스가 물속으로 떨어졌다.

루소가 울기 시작했다. "그쪽이 원하는 건 다 들어줬어. 그런데 왜 이러는 거지?"

"날 무시하지 마." 헤이건이 말했다. 그는 자신이 죽인 남자의 외투 주머니에서 22구경 소음기가 달린 총을 꺼냈다. 주로 암살자들이 쓰는 것이었다. 헤이건은 사람을 죽이느라 힘을 써서인지 팔이 아팠다. "그쪽에서는 날 죽일 생각이었잖아." 헤이건이 루소 앞에 총을 흔들며 말했다.

"넌 미쳤어. 그건 그냥 총이야. 아무 의미도 없는 거라고." 루소가 흐느끼며 말했다.

"정말 네가 날 죽일 생각이 없었더라도 난 상관없어. 넌 로스에게 프레디가 패밀리를 배신하게 만들 방법을 알려주었을 뿐만 아니라, L.A.에 있는 부하들을 시켜 일을 꾸몄지. 네가 한 짓을 생각하면 내가 널 죽일 이유는 백 가지도 넘어."

"네가?" 루소의 눈물 때문에 그 눈동자의 끔찍함은 덜했다. 남자 성기 모양의 코에서 콧물이 주르륵 흘러내렸다. "날 죽여? 넌 우리 사업에 속할 수 없는 녀석이야. 망할 하원의원을 지냈다고 그자들이 널 인정해줄 거라고 생각하는 거야? 이 아일랜드 놈, 그래봐야 넌 아일랜드 녀석일 뿐이야."

헤이건의 인생에서 모든 사람들이 그에 대해 잘못 알고 있는 것이 있었다. 그는 무엇보다도 거리를 떠돌아다니던 가난한 아일랜드계 꼬마였다. 헤이건은 덤불 밑에서 살았고, 겨울 동안에는 뉴욕 시내의 터널 밑에서 지냈다. 그리고 곰팡이 핀 반 덩어리의 빵을 놓고 어른과 주먹 다툼을 해서 이긴 적도 있었다. 헤이건은 권총을 들어올렸다. 이제 그의 얼굴에는 미소가 돌아와 있었다.

"늑대 소굴에서 그렇게 오래 살았으니 짖는 법을 배운 거지." 헤이건이 말했다.

그는 총을 쐈다. 탄환은 루소의 뇌를 찢고 두개골 근처에 박혔다. 다른 큰 구경의 총알처럼 관통하지 않았다.

헤이건은 총을 연못 속에 던졌다.

그와 곤돌라 사공은 재빨리 그리고 조용히 세 구의 시체를 배에서 들어 물 속으로 던져 넣었다. 아무도 그들을 보지 않았다. 곤돌라 사공은 헤이건을 다시 육지로 데려다주었다. 그리고 표백 약품으로 곤돌라에 남아 있는 흔적을 지웠다. 핏자국 같은 건 보이지 않았지만, 그래도 충분히 안전을 기했다. 헤이건은 루이 루소의 차를 몰고 나왔다. 곤돌라 사공은 성모 마리아에 맹세코 루소의 차가 떠나는 것을 봤다고 했다. 그 차는 이틀 뒤 공항 주차장에서 발견되었다. 신문을 통해 루이 루소의 얼굴을 알고 있는 몇몇 승객에 의해 그날 비행기를 타는 것을 목격했다는 증언이 나왔지만, 실제 인물이 발견되진 않았다.

총을 들고 있던 경호원들은 충성심이 강했고, 루소가 신뢰하는 부하들이었다. 코를레오네 쪽에서 그들을 매수하는 일은 거의 불가능했다. 반면 곤돌라 사공은 1년에 루이 루소의 커프스 단추 가격보다도 못한 보수를 받고 있었다. 루소와 경호원들의 시체는 그로부터 한 달 뒤에 발견되었다. 시체라고 하기도 어려운 정도의 상태였다. 산성 연못 덕분에 더 심하게 부패되었기 때문이다. 경찰은 연못의 물을 다 빼내고, 겹겹이 쌓여 있는 진흙 속을 수색해서 엄청난 양의 뼈를 발견했다. 그 대부분은 삼베 자루와 가방, 그리고 기름통에 넣었다.

바로 그때 곤돌라 사공이 모습을 감췄다.

경찰이나 시카고 조직도 그를 찾지 않았다. 곤돌라 사공은 네바다에 있는 작은 도시에서 이름을 바꾸고, 연방정부에서 구매한 땅(물론 다른 사람의 돈으로)에서 총포상과 사설 공동묘지를 운영했다. 한참 개발되고 있는 둠스타운 외곽에서 불과 32킬로미터 가량 떨어진 곳이었다.

조 루카델로는 제라치의 집에서 불과 1킬로미터 남짓 떨어진 곳에 있는 공중전화로 마이클에게 모든 것을 다 이야기했다. 루소에 대해서는 자신이 들은 거짓말을, 마이클 본인에 대해서는 진실을 얘기했다. 그리고 제라치가 시칠리아까지 타고 갈 배편에 대해서도 자세히 알려주었다. 배를 타는 건 제라치 혼자였다. 아내와 아이들은 같이 가지 않았다. 일이 좀 더 쉬워졌다.

"일이 제대로 이루어지지 못해 안타깝군. 자네가 거기에 얼마나 기대를 갖고 있었는지 알고 있는데 말이야." 루카델로가 쿠바를 뜻하며 말했다.

"다음 날을 기약하며 살아야 겠지. 인생이 어떻게 될지 어떻게 알겠나?" 마이클이 말했다.

"그렇지. 하지만 그것도 젊을 때 얘기야." 조가 대답했다.

시그린 폴스에 있는 맨션에서 빈센트 포를렌자는 어둠 속에서 거의 숨을 쉬지 못하는 상태에서 잠에서 깨어났다. 가슴에 코끼리가 서 있는 것 같은 엄청난 이 고통은 익숙한 것이었다. 그는 간신히 벨을 울려 간호사를 불렀다. 포를렌자는 예전부터 자기에게 심부전증이 있다는 것을 알고 있었다. 발작은 이번이 처음은 아니었다. 또한 마지막도 아닐 것이다. 다른 때보다 심한 것은 아니었다. 아기 코끼리가 서 있는 정도랄까. 예전에도 이런 적이 있었다.

간호사가 구급차를 불렀다. 그녀는 자신이 할 수 있는 일을 했고, 그에게 괜찮을 거라고 말해주었다. 간호사는 심장병 전문은 아니었으나 그녀가 알고 있는 한 포를렌자의 바이탈 사인은 괜찮았다.

빈센트 포를렌자는 신중한 사람이었다. 신은 그를 쉽게 죽일 생각이 없는 듯 했지만 언제라도 죽음의 위협을 느끼도록 저주를 내렸다. 그의 여기 저택과 래틀스네이크섬에 있는 별장은 삼엄한 경호와 방어태세를 갖추고 있었다. 지난 세월 동안 포를렌자는 부하들이 폭탄이 설치되어 있는지 샅샅이 조사하고 난 뒤에야 자동차나 배를 탔다. 평상시에는 경호원 두 명을 데리고 다녔는데, 자신에 대한 배신 여부를 잘 감시할 수 있도록 일부러 서로를 싫어하는 사람들로 골랐다.

포를렌자는 자신이 지켜보는 동안 만들어진 음식만 먹었다. 하지만 그런 돈 포를렌자조차 의학의 힘을 빌려야 하는 순간만큼은 자신의 목숨을 살리려고 온 사람들에 대해 아무런 의문도 갖지 않았다. 저택을 지키고 있던 사람들 역시 마찬가지였다. 간호사조차도 포를렌자를 치료하는 사람들의 행동이 평상시와 다르다는 것을 알아차리지 못했다. 구급차 역시 평상시와 다를 바가 없었다. 구급차가 떠나고 한참 지난 후에야 무슨 일이 일어났는지 드러났다.

첫 번째 구급차는 다음 날 도난당한 곳에서 한 블록 떨어진 곳에서 발견되었다. 그 누구도 '유태인' 빈센트 포를렌자를 다시 볼 수는 없었다.

경기장의 가족석에서 헤이건과 테레사, 그리고 이들의 잘 생긴 아들 앤드류는 국가가 연주되는 동인 자리에서 일어나 있었다. 톰은 손을 가슴에 올린 채 국가를 따라 부르고 있었다.

"평상시에는 그저 웅얼거리기만 하더니." 테레사가 말했다.

"대단한 나라의 국가잖아. 웅얼거리면서 넘어가선 안 되지."

프랭키는 노트르담 수비선수들 중 가장 작았다. 하지만 경기가 시작되고 양 팀이 스크럼을 짜고 대치할 때, 그가 상대팀의 스크럼을 뚫기 위해 시라큐스 오렌지맨의 거대한 풀백을 과감하게 밀어붙이자 그 선수가 쓰러졌다. 관중들이 열광하기 시작했지만 프랭키는 아무 일도 없었다는 것처럼 다시 스크럼선 후방으로 모였다.

"프랭키!" 앤드류가 소리쳤다.

"내 조카!" 테레사도 외쳤다.

톰과 테레사는 서로 얼싸 안았다. 쓰러졌던 풀백은 들것에 실리지도 않고 경기장에서 나왔다.

다음은 시라큐스가 패스를 시도했다. 공을 받아줄 선수들이 미드필드에 넓게 퍼져 있었다. 공이 그들 쪽으로 떨어지려는 순간, 프랭키가 어디선가 나타나 공을 가로챘다.

"야호! 어서 가, 프랭키!" 테레사가 큰소리로 응원했다.

"히트 맨*!" 톰이 외쳤다. 프랭키의 별명이었다. 그는 다른 생각은 할 틈이 없었다.

"그런데 엄마는 시라큐스를 응원해야 하는 거 아니예요?" 앤드류가 테레사를 놀렸다.

미식축구 시합을 하기에는 완벽한 11월의 날씨였다. 상쾌하고 건조하면서 햇살이 따사로웠다. 모든 사람들이 노트르담의 미식축구 시합을 보러 온 것 같았다. 골든 돔. 터치다운 지저스.

"그건 아니지. 가족이 더 중요하니까." 그녀가 말했다.

팔레르모 항구에서 마이클 코를레오네는 요트 간판 위에 앉아 있었다. 요트는 아버지의 오랜 친구인 체사레 인델리카토의 것이었다. 그 동안 그는 안전상의 이유로 이번 여행처럼 많은 사람들과 같이 여행한 적이 없었다. 하지만 돈 체사레의 기분을 상하게 하고 싶진 않았다. 그들은 문제가 많은 어려운 시대를 살고 있었다.

마이클은 지금 편안하게 자리를 잡고 있었다. 이제 그가 더 이상 배신 같은 것 때문에 고통스러워 할 일은 없었다. 좀 무모할 정도로 위험을 무릅쓰긴 했지만, 마이클은 제라치가 배를 타고 시칠리아에 도착하게 될 바로 그 장소에서 불과 몇 백 미터 떨어진 곳에 있었다.

---

* 암살자, 난폭한 선수를 뜻하는 속어

제라치가 시칠리아 최고의 암살자에 의해 그의 눈앞에 끌려오는 모습을 지켜보기 위해.

마이클은 뉴욕으로 돌아가야 했다. 헤이건을 제외한 코를레오네 패밀리를 지켜주던 최고의 사람들이 제라치와 연계될지도 모른다는 위험 때문에 자리를 떠나고 있었다. 남아 있는 사람들 중 제라치 다음으로 우수한 친구들이라면 에디 파라디스나 디미첼리 형제처럼 평범한 친구들이었다. 이런 상황에서는 마이클이 다시 패밀리를 맡아야 할 것이다. 그는 의기양양한 모습으로 돌아갈 수도 있을 것이다. 루이 루소와 빈센트 포르렌자를 제거했으니 적어도 다른 뉴욕 패밀리들의 눈으로 봤을 때 그는 누구보다도 강했다. 하지만 마이클이 원한 건 그게 아니었다. 그가 원한 것은 합법성과 평화, 아내와 아이들에 대한 사랑이었고, 아버지의 인생과 다른, 정확히 그보다는 나은 인생이었다. 이제 거의 도달했고, 앞으로도 계속 영원히 지속될 것이다.

지금 마음이 불편한 것은 제라치를 제거하지 못하고 도망치게 만들었기 때문이었다. 그는 그걸 알고 있었다.

이런 일은 어떤 기쁨도 주지 않았다. 그는 그것 역시 알고 있었다.

배가 도착하기를 기다리는 동안, 돈 체사레는 뛰어난 시칠리아식 간접화법으로 로마의 프리메이슨 조직의 회원이 되었을 때의 이점에 대해 설명하고 있었다. 이름하여 프로파간다 듀(Propaganda Due)였다. 마이클도 자세히는 아니지만, 그 사람들에 대해 어느 정도 잘 알고 있었다. 보통 P2라고 불리는(비록 인델리카토는 한 번도 그 말을 입 밖에 내지 않았지만) 이 비밀 결사는 마피아나 바티칸, CIA 그리고 KGB보다 권한이 세다는 소문이 있었다. 마이클은 지금 이 조직의 회원이 되라는 제안을 받았는데 실제로 그렇게 된다면 마이클은 최초로 미국인

회원이 되는 셈이었다. 이건 그의 아버지인 비토조차 생각하지 못했던 일이었다. 이번 카르민 마리노 사태를 계기로 이 절대 권력을 가진 조직은 마이클에게 미국 지하세계의 지배자라는 역할로 돌아가야 할 운명임을을 이해시키려 하고 있었다. 다른 사람들이 모두 마이클의 지위를 추켜 세워주는 동안 그는 그저 그 제안을 받아들이는 척만 하고 있었다.

마침내 배가 시야에 들어왔다. 마이클은 얼음물을 마시면서 부두에 인델리카토가 배치해 놓은 그의 부하에게서 시선을 떼지 않았다.

배가 정박했다.

승객들이 점차 내리기 시작했다.

닉 제라치의 모습은 보이지 않았다.

인델리카토가 요트의 지붕위에 올라가 있던 남자에게 고개를 끄덕이자 그가 오렌지색 깃발을 흔들었다. 그것은 배를 타고 도착한 부하에게 목표물을 찾으라는 신호였다.

"저 친구들이 찾아줄 걸세. 능력 있는 자들이니까 어디서든 찾아낼 거야." 돈 체사레가 말했다.

하지만 요트의 무선으로 들어온 건 나쁜 소식이었다. 그들의 목표물이 보이지 않는다는 것이었다.

격분한 마이클이 무선으로 미국에 연락을 취했다.

조 루카델로와는 연락이 되지 않았지만 그의 조수는 마이클에게 아무것도 잘못된 것이 없음을 확인해주었다. 그들은 변호사들의 중재로 제라치의 신원을 바꿔주었고, 제라치는 배에 올라탔다고 했다. 절대로 지중해 중간에서 사라질 리 없다고 했다. "틀림없이 그곳에 그 사람이 있을 거예요. 바로 제 앞에 서류가 있으니까요. 파우스토 제라치, 여권, 사진, 전부 다요."

어린 시절 팔레르모 출신인 엄마가 휘파람으로 불어주던 노래처럼 파우스토 제라치 주니어는 부두 근처에 있는 고대 석조 아치형 문 아래에서 사라졌다. 예전에 그 문은 팔레르모의 성벽이었었다.

체사레 인델리카토는 마이클에게 아무래도 작전이 실패한 것 같다고 말했다.

31

자정도 넘은 시간에 마이클 코를레오네의 전화벨이 울렸다. 그는 팔레르모에서 집까지의 긴 여행으로 여전히 시차에 시달리고 있었다.

"주무시는 걸 깨워서 죄송해요, 마이크 삼촌. 그런데… 일이 좀 생겼어요."

그는 프란체스카와 캐시를 구분하지 못했다. 전화상이든 만났을 때든 늘 그러했다.

"프란시!" 캐시가 부엌에서 소리쳤다. 그녀는 프란체스카의 주방에 있는 탁자 위에 빌리의 타자기와 몇 권의 책을 쌓아올리고 있었다. 워싱턴에 도착한 지 아직 한 시간도 채 되지 않았지만 캐시는 벌써 논문을 쓰기 위해 필요한 물건들을 모두 끌어 모았다. "전화 왔어!"

"누군데?" 프란체스카가 물었다. 그녀는 욕실에서 소니를 의자에 앉혀 놓고 머리를 잘라주고 있었다.

캐시의 입에서 나온 이름은 프란체스카와 빌리가 절대로 이 아파트 안에서는 꺼내지 않기로 동의한 플로리다에서 왔다는 금발머리 정부의 이름이었다.

프란체스카는 가위를 떨어뜨렸다. 동생이 잠시 미쳐서 잔인한 농담을 한 거라고 생각하고 화를 냈다. 그렇지만 농담이 아니었다. 캐시는 빌리가 바람을 폈다는 것조차 알지 못했으니까. "움직이지 마. 여기 가만히 앉아 있어." 프란체스카가 소니에게 말했다.

아이도 엄마의 목소리에서 뭔가를 느낀 게 분명했다. 아이는 꼼짝도 하지 않았다.

이제껏 살아오면서 캐시와 프란체스카는 서로의 삶에 대해 아주 사소한 부분까지 알고 지냈었다. 그런데 언제부터 이렇게 변해버린 거지? 다른 대학을 다녔기 때문은 아니야. 프란체스카는 생각했다. 침실에는 전화가 있었고, 두 사람은 귀에 피가 쏠릴 정도로 오래 통화를 하곤 했다. 남자 때문이야. 그녀는 생각했다. 남자. 인생에서 가장 큰 문제를 일으킬 게 남자 말고 뭐가 있단 말인가? 프란체스카는 욕실로 돌아가 문을 잠그고, 아들을 꼭 끌어안고 싶었다. 그 아이만큼은 매력적이면서 이기적이고, 반사회적인 정신 이상자들처럼 되도록 내버려두지 않을 것이다.

그러는 대신 프란체스카는 잠깐 멈춰 서서 숨을 깊이 들이마신 뒤 전화기를 들었다.

"집으로 전화해서 미안해요." 그 여자가 막 울음을 그친 듯한 목소리로 말했다. 그리고 한참 동안 아무 소리도 들리지 않았다. "나한테도 쉬운 일은 아니었어요."

"지금 어디에 있는 거죠?" 프란체스카가 물었다.

"내 입장에서도 전화를 하는 것보다는 하지 않는 게 편하다고요. 훨씬 많이요. 그런데도 전화를 하는 것이 옳다고 생각했기 때문이에요."

"그런 소리 하기에는 좀 늦은 거 아닌가요? 당신은 창녀야. 지금 당신이 워싱턴에 있지 않다는, 그런 거짓말은 할 생각하지 말아요."

"거짓말 같은 거 할 생각 없었어요. 사실대로 말을 해서 내가 더 곤란해져도 말이예요."

프란체스카는 그대로 전화를 끊고 싶다는 충동을 억눌렀다. 본능적으로 그녀는 상대방이 무슨 말을 할지 알고 있었다. 프란체스카가 들어야 할 이야기였지만 듣고 싶지 않았다. "잠깐만 기다려요." 그녀가 말했다. 그리고 손으로 입을 틀어막았다. 캐시가 소니의 머리를 다 잘랐는지 물어봤다. 프란체스카는 침실 문을 닫고 잠갔다. 그리고 맨주

먹으로 회칠 벽을 내리쳤다. 벽에 구멍이 뚫렸다. 캐시가 무슨 일이 있는 건 아닌지 괜찮으냐고 물었다. 프란체스카는 아무 일도 아니라고 거짓말을 했다. 그녀는 전화기를 다시 들고 자리에 앉았다. "이제 말해봐요." 그녀는 떨리는 오른손을 들어 눈을 가렸다. 마치 길에서 죽은 개의 시체를 보지 않으려고 할 때처럼.

"우선 당신 말이 맞아요. 난 워싱턴에 있어요. 국회의원 사무실에서 일하고 있어요. 처음 여기로 옮겨 온 건 빌리 때문은 아니었어요. 그저 일 때문에 온 거였죠. 하지만…."

"지금 이 상황에서 당신에게 울 권리가 있다고 생각해요?" 프란체스카가 물었다.

그 여자는 다시 마음의 평정을 찾은 듯 간결하게 고백했다. 그녀와 빌리는 프란체스카가 아기를 잃은 지 얼마 안 되었을 때부터 다시 관계를 시작했고, 최근까지도 불규칙적인 만남을 유지해왔다. 그런데 그 여자가 임신한 것을 안 빌리는 너무나도 무심하게 낙태하라고 했고, 여자도 그 말을 따랐다. 하지만 그녀는 혼자서 힘든 시간을 보내야 했다. 그래서 직장을 그만두고 고향인 사라토사로 돌아가기로 결심했다는 것이다.

프란체스카는 입술을 꽉 깨물고 부어오른 손등을 침대 기둥에 대고 힘껏 눌렀다. 그 고통으로 터져 나올 것 같은 분노를 억눌렀다. 아직은 안 돼. 그랬다가는 저 창녀 같은 여자만 좋은 일시키는 거야.

그 여자는 사무실에서 전화를 걸고 있다고 말했다. 그녀와 빌리는 점심시간을 이용해 듀퐁 서클에 있는 호텔에 갔다고 했다. 그곳에서 두 사람은 눈물의 이별을 했다고 했다 —어떻게 이런 일이 일어날 수 있단 말인가?— 그 여자는 빌리가 자신만큼이나 많이 울었다고 주장했다.

"그래서 기분이 나아졌어요? 앞으로 혼자 살아갈 수 있겠어요?" 프란체스카가 이를 악문 채 물었다. 그녀는 몸을 떨기 시작했다. 만일 지금 그 여자와 같은 방에 있었다면 그 여자를 죽여 버렸을지도 모른다. 그 여자를 때려눕힌 다음, 머리를 포도알처럼 으깨지게 발로 짓밟았을 것이다. 아니, 그보다는 식칼을 그 여자의 배에 찔러 넣는 편이 좋을 것이다.

"사실은 그렇지도 않아요. 이봐요. 알고 싶은 게 있다면 다 이야기해줄게요. 난 그럴 만하니까요. 난 아니예요." 그 여자가 말을 잠시 멈췄다. 눈물을 흘리는 모양이었다. "그러니까 내 말뜻은 그런 부류의 여자가 아니라고요."

"아무리 나쁜 사람이라도 자기들은 그런 짓을 하는 부류가 아니라고 생각하죠. 당신한테 한 가지만 알려주겠어요. 당신은 창녀야. 그러니까 그쪽은 자기가 생각하는 그런 사람이 아닌 거지. 우리 중에 그런 짓을 하는 사람은 없어. 더 이상은 그렇게 살지 말아요. 창녀처럼 행동하면 창녀가 되는 거니까. 그만 끊겠어요."

"잠깐만요, 안 돼요. 당신한테 할 말이 아직 남았어요. 이미 당신한테 몹쓸 짓을 했지만 이건 더 나쁜 일일지도 몰라요. 내가 생각해도 너무 심한 일이예요."

"이제 와서 착한 것과 나쁜 것을 구분할 줄 아는 사람처럼 행동한다고 해서 내가 달라질 건 없어요."

"이건 당신 가족의 문제예요."

"난 네 지금 그 표정을 알아. 내가 모를 거라고 생각하지 마." 캐시가 말했다.

"손에 붕대 감는 거나 도와줘."

"의사한테 먼저 보여야 해. 대체 무슨 일이야."

"도와줘."

사소한 갈등과, 애정이 멀어졌던 시간을 보냈음에도 자매는 서로를 완전히 이해하고 있음을 느끼고 깜짝 놀랐다. 지난 몇 년 동안 그들은 많이 변했지만 쌍둥이라는 유대감은 여전했다. 그 유대감은 부르기만 하면 나타나는 것이다. 가족이란 그렇게 복잡한 듯 하면서도 그렇지 않은 법이고, 쉽게 이해할 수 있으면서도 또한 알 수 없는 법이다. 쌍둥이인 경우에는 그 모든 것이 두 배다.

프란체스카는 캐시에게 아무것도 설명할 수 없었다. 하지만 캐시는 지금 언니에게 어떤 도움이 필요한지 이해하고 있었다. 그녀는 프란체스카를 도와 손을 치료해주고, 옷을 입는 것을 거들었으며, 소니에 대한 지시사항들을 들었다. "저녁은 이스턴 마켓 런치에 가서 먹어. 그 애는 거기서 먹는 걸 좋아하니까. 하지만 옷은 따뜻하게 입혀서 데리고 가야 해. 밤늦게 눈이 올 지도 모른다고 하니까." 캐시는 프란체스카를 진정시켜보려 했지만 별로 소용이 없었다.

프란체스카는 소니에게 키스한 뒤, 빌리의 듀얼 기어 자동차의 열쇠를 집어 들었다. 그들은 차가 한 대밖에 없었는데(비록 좋은 차 두 대보다 훨씬 많은 돈을 주고 사긴 했지만), 당연히 그 차는 남편 것이었다. 빌리는 순전히 자기 위주로 맞춤 주문한 이 고급차를 프란체스카가 운전하는 것을 싫어했다. 적어도 오늘만큼은 남편이 차를 두고 외출해서 그녀는 캐시를 기차역으로 마중 나갈 수 있었다.

"내가 하지 않을 일은 아무것도 하지 마." 프란체스카가 아파트 문을 닫으려고 할 때 캐시가 외쳤다.

"내가 곧 너니까." 프란체스카가 뒤를 돌아보며 큰소리로 말했다.

그녀는 남편의 사무실에 도착하자 주차시킬 만한 곳을 찾아 건물 주위를 빙글빙글 돌았다. 주차장 이용 허가는 빌리만 받았기 때문이다. 프란체스카는 아플 만큼 자동차 운전대를 꼭 잡았다. 움직일 때마다 상처가 쓰라렸다. 고통은 전혀 반갑지 않았다. 아무래도 눈물 흘리게 만드니까. 그녀가 정말 하고 싶은 건 큰 소리로 우는 것이었다.

프란체스카는 분노를 가라앉히기 위해 붕대를 감지 않은 손을 가죽으로 덮은 운전대에 내리쳤다. 그건 상황을 더 나쁘게 만들었다. 네가 무슨 짓을 했든 더 이상은 안 돼. 프란체스카는 지금 같은 상황에서도 자신이 합법적인 주차 공간을 찾고 있다는 사실이 끔찍했다. 그녀는 구석에 몰린 늑대처럼 으르렁거리며 갑자기 차를 돌려, 비어 있는 화물차 전용 주차 공간에 세웠다.

프란체스카는 법무부 사무실까지 뛰는 정도까지는 아니었지만 성큼성큼 걸어갔다.

"죄송합니다, 부인. 반 알스데일 씨는 법무 장관과 함께 출장 중이십니다. 내일 이후에나 돌아오실 겁니다." 빌리의 사무실 앞에서 비서가 말했다.

프란체스카는 알고 있었다. 그녀는 빌리와 같이 일하는 친구들은 지금쯤 술집에서 만날 것이고, 다 함께 저녁식사도 하고, 영화도 보기 위해 조지타운강을 따라 내려가고 있을 거라고 생각했다. "남편이 파일을 놓고 왔다고 해서요. 찾아보라고 했어요." 프란체스카가 말했다.

그런 다음 프란체스카는 혼자 빌리의 사무실에 들어가 그 창녀가 일러준 곳을 찾아보기 시작했다. 그건 맨 위 서랍에서 가장 뒤에 들어 있는 파일이었다. 두껍고 낡은 파일이었다. 앞장에 빌리가 직접 손으로 쓴 듯한 "보험"이라는 글자가 있었다.

프란체스카는 차마 그곳에서는 그것을 펼쳐 볼 수가 없었다. 그녀는 파일을 끌어 안고 밖으로 나와 비서에게 인사를 한 뒤 그곳을 나왔다.

그리고 차가 있는 곳으로 되돌아왔다. 자동차는 견인되지도 않았고, 딱지도 붙어 있지 않았다. 어쩌면 이번 일이 심각한 일이 아닐 수도 있다는 좋은 징조라고 그녀는 생각했다.

폴더를 펼치자, 그 창녀가 말한 대로 그녀의 가족에 대한 갖가지 정보들이 있었다. 전국의 신문 기사를 다 모아 스크랩한 것이었다. 수백 장의 기사들이 가지런히 정리되어 있었고, 스냅 사진들도 분류되어 있었다. 프란체스카가 직접 찍은 사진들도 있었는데, 그녀가 빌리를 만나기 전에 찍었던 사진들도 있었다. 가족 사진 중에는 그녀의 아버지의 것도 있었다. 화장대 서랍에 넣어두었던 코니 고모의 결혼식에 참석했던 할아버지와 삼촌들의 사진은 이사할 때 의도적으로 잃어버렸다면서 빼돌린 것이었다. 그 안에는 4권의 노트가 들어 있었다. 프란체스카가 신입생이었을 때 영어노트로 사용했던 것과 똑같은 것이었다. 노트에는 그녀의 가족에 대한 내용들이 가득했고, 그 노트의 내용을 타자로 쳐서 정리해 놓은 것도 몇 장 있었다. 프란체스카는 그가 언제부터 이런 짓을 시작했는지 알아보았다. 처음이 1955년 12월로, 두 사람이 처음으로 사랑을 나눈 다음 날이었다. 그것에 대한 내용은 없었지만 카멜라 할머니의 집에서 있었던 모든 일들이 자세하게 적혀 있었다. 그건 일기도 아니었고, 마치 수업시간에 들은 내용을 기록해 놓은 것처럼 보였다. 조금의 윤색도 없이 있었던 일 그대로였다. 그 모든 것을 쓴 사람이 빌리라는 것은 확실했다(빌리는 대문자 A와 M을 오른쪽으로 기울인 필기체로 쓰다가 몇 년이 지나서야 인쇄체로 쓰기 시작했다).

빌리는 진짜 마피아 가족이 어떻게 크리스마스를 보내는지 경험해 보고 싶어서 온 것뿐이라는 걸 모르겠어? 캐시가 말했다

빌리는 사라소타에서 왔다는 금발머리 창녀에게 이런 파일이 있다고 말했다. 아마 그 여자에게 보여주기도 했을 것이다. 두 사람은 전망

이 내려다보이는 듀폰 서클의 방에서 벌거벗은 채 침대에 누워 그걸 보며 깔깔거리고 웃었겠지.

현기증이 느껴졌다. 프란체스카는 맥없이 주저앉아 있었다. 기어전환을 제대로 하지 않아 차가 보도에 올라가 있었지만 신경 쓰지 않았다. 그녀는 실컷 울었다. 더 이상 좋아질 일은 없었다. 그녀는 사기꾼 남편의 차 안에 앉아 어떤 것도 의지할 데 없는 여자처럼 우는 것 말고 뭔가 다른 것을 하고 싶었다.

프란체스카는 의지할 곳이 없는 여자가 아니다.

그녀는 코를레오네가의 사람이다.

그녀는 위대한 투사였던 산티노 코를레오네의 딸이었다.

바로 그 순간 프란체스카는 자신이 "아빠, 도와줘요"라는 말을 쉴 새 없이 중얼거리고 있다는 것을 알아차렸다. 그녀는 잠시 그대로 있었다.

교통경찰이 차를 세우고 프란체스카에게 딱지를 끊으려고 다가오다가 그녀가 앉아 있는 모습을 보더니 그대로 장부를 집어넣었다. 프란체스카의 얼굴은 절망으로 잔뜩 일그러져 있었고, 머리카락과 눈은 엉망진창이었다. 경찰은 지금 귀신을 보고 있는 것 같았다. 그는 몸을 돌려 반대편 길로 걸어가며 고개를 갸웃했다.

포토맥강 근처 깜깜한 주차장에 남편의 빨간 차 안에서 프란체스카는 길 건너편 바를 지켜보며 빌리를 기다리고 있었다. 여기서 빌리를 만나게 될 것이다. 그녀는 그곳에서 오랫동안 그 끔찍한 파일에 적혀 있는 모든 추측들과 부분적으로만 사실인 내용들, 상세한 비평들을 충분히 읽어 보았다. 그녀는 시계를 차고 있지 않았는데 차 안의 시계는 시간이 맞지 않았다. 프란체스카는 가방에 들어 있던 아스피린 한 주먹을(가방에는 프레디 코를레오네와 디에나 던이 결혼 선물로 준 주방용 칼도 있었다) 다 삼켰다. 다친 손의 통증은 아까보다 더 심해진 듯 했다. 그러나 감정적이고 정신적인 고통이 그녀로부터 빠져나가지 못하고 있었고, 그 덕분에 혈관 속에 그 치명적인 두 가지 독이 계속 남아 있을 수 있었다.

1시간쯤 전에 빌리는 다른 젊은 변호사 몇 명과 바에 들어갔다. 그는 그녀를 보지 못했다. 만일 빌리가 봤다면 그들은 벌써 밖에 나왔을 것이다. 프란체스카는 그 칼을 정말로 쓸 생각은 없었다(과연 그럴까?). 그렇게 해서는 성공할 수도 없을 것이다. 하지만 그녀는 이곳으로 올 수밖에 없었다. 그때 이후 계속 프란체스카는 차에서 내려 어딘가로 떠나고 싶었다. 만일 자신이 하고 싶은 것이 무엇인지, 그리고 원하는 것이 무엇인지만 알았어도 그렇게 했을 거라고 생각했다.

그녀는 애초에 칼을 가지고 있지 않으면 좋았을 거라고 생각했다가, 다시 왼손으로 칼을 잡으면 일이 제대로 될 것인지에 대한 불안감이 들었다.

프란체스카는 아들에 대해 생각했다. 말썽도 부리지만 쾌활한 작은 아이를. 아들 생각을 하자 점차 그 일을 하지 말아야겠다는 쪽으로 기울어갔다.

그녀는 자신이 좀 더 마음을 가다듬을 수 있다면, 더 나은 방법을 떠올릴 수 있을 거라고 생각했다.

프란체스카의 생각은 이제 만일 아버지만 살아계셨어도, 그녀의 인생은 완전히 달라졌을 것이고 지금보다는 좋았을 거라는 불합리한 쪽으로까지 이어졌다.

그녀는 빌리를 다시 보게 된다면 마음이 훨씬 누그러질 수도 있을 것 같았다. 하지만 빌리가 마침내 바에서 혼자 나와 차가운 바람에 외투 옷깃을 세우며 비틀거리는 발걸음으로 걷는 모습을 보았을 때 상황은 정반대로 바뀌었다.

보험이라니.

프란체스카의 심장이 미친 듯이 뛰기 시작했다. 다친 손의 통증이 너무 심해서 그녀는 죽어가는 동물처럼 신음소리를 내고 있었다. 빌리는 모퉁이를 돌아서 M가로 이어지는 가파르고 좁은 자갈 골목길을 걸어가기 시작했다. 그녀는 그가 이제 무엇을 할지 알고 있었다. 사실 빌리는 이런 멋진 자동차를 살 만큼 부잣집 아들이었다. 조니 폰테인, 보비 채드윅, 대니 시아 같은 사람들이 타는 것과 같은 차를 타고 다녔으니까. 그런 반면 그는 쓸데없이 길을 돌아간다면서 택시비를 아까워할 만큼 인색하기도 했다. 그리고 M가에 들어가서는 피하지 않아도 될 누군가를 만날 수 있을 것이다.

프란체스카는 점화 장치를 작동시켰다. 듀얼 기어는 빠른 차였고, 점화 장치를 작동시키면 가장 빠른 속도를 낼 수 있게 되었다. 이탈리아인의 공학과 미국인의 화려함이 완벽하게 조화된 혼합물이었다.

눈을 깜박거리며 기어 장치를 바꾼 뒤 프란체스카는 그 골목길로 돌진했다.

뒤를 돌아본 빌리는 전조등의 눈부신 빛 때문에 눈을 가렸다. 그녀는 커다란 인조 나무로 만든 운전대를 잡은 팔에 힘을 줬다. 빌리는 그녀 앞으로 곧장 다가왔다. 그는 순간적인 눈부심이 사라지자 운전을 하는 사람이 누군지 알아차리고 미소를 지었다. 그 순간 프란체스카는 빌리를 향해 그대로 차를 몰았다. 차에 치인 충격으로 빌리의 신발은 날아갔고, 다리가 꺾였다. 상체가 앞으로 쓰러지면서 10층 건물에서 뛰어내린 것 같은 충격으로 자동차의 보닛에 머리를 부딪혔다. 속력이 떨어지긴 했지만 차는 계속 달렸다. 프란체스카는 천천히 속도를 줄였다. 하지만 브레이크를 밟지는 않았다. 빌리는 그 자리에 달라붙은 듯 보닛 위에 그대로 쓰러진 채였다.

프란체스카는 폴더를 집어 들고 차에서 내렸다. 그녀는 전혀 아무 일도 없었다는 듯이 문을 닫고, 일말의 망설임도 없이 걸어 나왔다.

그녀에게는 아무 일도 없을 것이다. 아무도 그녀를 보지 못했다. 그저 공포심을 느낄 뿐이었다. 프란체스카는 비명을 지르거나 울지 않았다. 그녀는 이번 일을 통해 정신적인 강해졌고, 심하게 다친 손으로 운전대를 잡을 수 있는 육체적인 강인함도 가지게 되었다. 이제 손은 아무 감각이 없는 것 같았다. 하지만 그녀는 그렇다는 걸 느끼지 못하고 있었다.

사건 현장에서 50미터 가량 떨어진 곳에서 프란체스카는 빌리의 신발이 떨어져 있는 것을 보았지만 걸음을 멈추지 않았다.

그녀는 절대 보지 않을 거라고 스스로에게 말했다. 하지만 M가에 이르러서는 프란체스카는 돌아보지 않을 수가 없었다.

언덕 위에서 본 차는 크게 망가진 것 같지는 않았다. 빌리는 여전히 보닛 위에 미동도 없이 쓰러져 있었다. 자갈이 깔린 길 위에 엄청난 양의 피가 강을 이루고 있었다. 앞 범퍼 아래에 빌리의 다리가 깔린 것을 알아차릴 때까지는 그녀는 그 피가 어디에서 나는 건지 알지 못했다. 희미한 골목의 가로등 아래 빌리의 시체는 반만 차에 깔린 채 그렇게 남아 있었다.

프란체스카는 집까지 걸어오는 데 걸린 시간이 10분인지 온종일인지 알 수 없었다. 집으로 오는 동안 다친 손의 통증도 참아야 했지만 경찰의 사이렌 소리가 들릴 때마다 심장이 옥죄어 오는 기분을 느끼곤 했다. 하지만 한 번도 뒤를 돌아보지 않았다.

캐시는 탁자 앞에 앉아 논문을 쓰느라고 정신이 없었다. 소니는 자기 방에서 이미 잠들어 있었다.

프란체스카는 힘겹게 소파에 몸을 묻었다.

"빌리한테서 전화왔어?"

"모르겠어. 일하느라고 전화선을 뽑았거든. 너무 걱정하지 마. 소니는 한바탕 했어. 정말 굉장했지. 손은 좀 어때?"

"네가 예전에 빌리가 나를 속인다는 걸 알게 되면, 내가 그 사람을 죽일 거라고 말했던 거 기억해? 맞아, 정말 그랬어."

캐시는 웃음을 터뜨리며 언니 쪽을 쳐다보았다. 그리고 눈이 휘둥그레지는가 싶더니 재빨리 소파로 올라왔다. "오, 세상에, 네가?"

"이것 봐." 프란체스카가 동생에게 폴더를 내밀었다.

"다 말해봐. 빨리 전부 얘기해줘." 캐시가 말했다.

프란체스카가 일을 벌인 지 한 시간 정도 지났을 때 경찰이 나타났다. 대략 캐시가 버스를 타고 유니온역으로 달려가 마지막 기차를 타고 뉴욕으로 돌아간 지 5분 정도가 지났을 때였다. 프란체스카의 아파트에 캐시가 있었던 흔적은 전혀 남아 있지 않았다. 캐시는 프란체스카를 만난다는 사실을 엄마와 엄마의 약혼자인 스탠에게도 말하지 않았다. 그런 말을 했다가는 바로 캐시가 두 사람을 만나러 플로리다에 왔던 게 얼마나 오래 전 일인 줄 아느냐는 추궁이 늘어질 것이기 때문이다.

경찰은 프란체스카에게 빌리의 일을 전해주자 그녀는 일부러 비명을 지르며 복도에서 침실로 뛰어들어 갔다. 그녀는 왼쪽 손바닥으로 벽을 쳤다. 벽은 단단했지만 다칠 정도는 아니었다. 그렇지만 소리는 확실하게 났다. 그들이 프란체스카에게 벽에 난 구멍과 다친 손은 어떻게 된 거냐고 물었을 때를 대비한 것으로, 지금 손을 다쳐 붓기 시작하는 것처럼 보여야 한다. 얼음을 이용하여 손이 막 부어오른 것처럼 꾸민 후 얼음은 화장실에 버렸다.

정말 다행스럽게도 그런 일을 하고 있는 동안 소니는 계속 잠든 채였다. 경찰이 떠나고, 대니 시아의 비서가 보내준 의사까지 가고 나자 프란체스카는 전화선을 뽑고 아들의 침대 옆에 서서 잠든 모습을 가만히 지켜보았다. 금빛 미식축구 헬멧은 베개 옆에 놓여 있었다.

그녀는 아이에게 이 일에 대해 말해야 했다. 뉴욕에 있는 캐시에게도 전화를 해야 했다. 캐시가 다른 사람들에게 전화를 걸어줄 것이었다. 엄마한테, 또 빌리의 부모님과 동생한테도. 하지만 프란체스카는 아무래도 소니에게 이 이야기를 해야 한다는 것이 힘들었다.

그녀는 다시 주방으로 돌아와 그릇 뒤에 숨겨 놓았던 파일을 꺼냈다. 다시 한 번 파일을 넘겨보는 동안, 감히 이런 식으로 프란체스카의 가족을 배신할 수 있는 사람이 있었다는 사실에 새삼 놀랐다. 무엇을 위해서? 단지 일 때문에? 빌리는 부자였다. 프란체스카의 가족은 연줄이 많았다. 그녀의 가족은 빌리의 보험이 될 수 있었다.

프란체스카는 아버지 없이 자라는 것이 어떤 것인지 알고 있었다. 하지만 가족을 파멸시키려는 아버지라면 옆에 있다고 한들 과연 무엇이 좋을지는 그녀로서는 알 수가 없었다.

프란체스카는 여전히 후회하지 않았다.

이제 그녀는 소니에게 말해야 했다. 아빠는 사고로 하늘나라에 가셨고, 아기 카멜라와 같이 계시다고. 하지만 언젠가는 그 아이에게 진실을 말해주겠다고 그녀는 맹세했다.

프란체스카는 전화선을 다시 꼽고, 캐시에게 전화로 이 일에 대해 말했다. 그것도 몇 시간 전에 캐시와 함께 세웠던 작전의 일부였다. 캐시는 전화선은 믿을 수 없다면서 빌리가 도청하고 있었을 거라고 말했었다. 프란체스카와 캐시는 무슨 일이 있었는지에 대해 짐짓 처음인양 대화를 나누었다. 그리고 캐시가 프란체스카에게 이번 일에 대해 전화로 알려줘야 할 사람이 있다고 말했다.

날이 밝아오고 있었다. 지금 네바다는 한밤중일 것이다. 그러나 프란체스카는 전화를 걸었다. 삼촌은 이 일에 대해 알고 싶어할 것이다.

"주무시는 걸 깨워서 죄송해요, 마이크 삼촌. 그런데… 일이 좀 생겼어요."

캐시가 예측했던 대로 다음 날 빌리의 사무실 비서가 프란체스카가 파일을 가지러 사무실에 왔다는 것을 밝혔다. 그건 보통 있을 수 있는 일로, 이번 사건과 관계가 있다고 할 수 있는 건 아무것도 없었다. 게다가 그녀는 사무실을 나올 때 화를 내거나 정신없이 나오지도 않았다. 빌리는 집에 다른 파일도 몇 개 가져다 놓았기 때문에 프란체스카는 그 파일들을 보여주었다. '보험'이라고 되어 있는 것은 빌리의 개인적인 파일이었기 때문에 직계 가족이 아닌 한 아무도 그 내용을 보여 달라고 하지 않았다.

프란체스카가 법무부를 나온 뒤의 행방은 쉽게 입증이 되었다. 이스턴 마켓 런치의 계산대에 있던 사람이 그녀가 전날 저녁에 어린 소니를 데리고 왔다는 증언을 해주었다.

아파트 2층에 사는 사람들도 완전히 어두워지기 전에 프란체스카와 소니가 집으로 돌아오는 걸 봤으며, 그 후 적어도 두 시간 동안은 아래층에서 타자치는 소리가 규칙적으로 들렸다고 말했다.

프란체스카도 그 사실을 확인해주었다. 그녀는 뉴욕에 사는 동생에게 편지를 썼고, 경찰이 도착하기 직전에 부쳤다고 말했다. 그녀는 뉴욕 최고의 형사 사건 변호사 앞에서 이에 대해 말했다(그 일에 대해서는 톰 헤이건이 은밀히 준비했다). 며칠 뒤 캐시는(같은 변호사로부터 설명을 들은 대로) 편지를 받았으며, 읽고 나서 그대로 버렸다고 말했다. 친구들 몇 명과 친척들(엄마를 포함한)은 쌍둥이들이 최근 몇 년 동안 떨어져서 지냈다는 것을 증언해주었다. 이 불행한 이야기의 행복한 결말은 쌍둥이가 다시 함께 지내게 되었다는 것과 예전처럼 가까운 사이가 되었다는 것이다.

듀얼 기어의 운전대와 기어 전환 장치에는 지문을 닦아낸 흔적이 남아 있었다(사실 그건 프란체스카의 붕대 때문에 그렇게 된 것이다). 그럼에도 형사들은 네 개의 지문을 발견했다. 그 중 세 개는 그 차를 탔던 빌리, 프란체스카, 소니 반 알스데일의 것이었다(캐시는 유니온 역에서 언니의 아파트까지 오는 동안 계속 장갑을 끼고 있었다). 앞좌석과 뒷좌석에서 발견된 네 번째 지문은 빌리의 정부였던 여자의 지문으로 밝혀졌다.

경찰은 빌리가 죽은 그날 오후, 빌리가 그 여자와 함께 듀폰 서클의 호텔에 들어갔다가 거의 한 시간 반 뒤에 눈물을 흘리며 떠나는 것을 본 사람들을 찾아냈다. 경찰에서 그 여자는 사무실에 있는 동료 몇 명에게 빌리와의 관계를 그날 끝냈다고 고백했다. 몇 달 전에도 그 여자는 같은 사람들에게 자신을 임신시킨 빌리가 낙태를 강요했다는 것을 고백한 적이 있었다.

형사들이 그 일에 대해 그녀를 심문하자 여자는 완전히 정신이 나가 버렸다. 그들은 그녀를 체포했고, 2급 살인죄로 고소했다.

제9부

1962년 여름

32

쿠바를 위협했던 카르민 마리노의 체포는 모든 사람들에게 국제적인 사건으로 인식되고 있었다.

CIA의 쿠바에서의 활동은 시아 대통령에게도 충격이었다. 그는 미합중국은 이탈리아인들의 국익과 정의를 위해 마리노를 데리고 올 수 있도록 어떤 협력도 마다하지 않겠다고 공공연히 밝혔다(이탈리아 정부가 부분적으로 공표한 자료에 따르면 카르민 마리노는 악명 높은 암살범의 모습과는 전혀 어울리지 않았다). 마리노는 지난 6년간 미국에서 살았다. 쿠바의 독재자는 시아 대통령에게 책임이 있다고 말했다. 소련 최고의장은 이 문제에 대해 공식적인 언급은 하지 않았지만, 아바나까지 와서 쿠바 독재자의 대리인의 화려한 장례식에 참석했다.

개인적으로 시아 대통령은 국가 안보팀과의 회의로 오랜 시간을 보냈으며 CIA국장에게 항의했다. 하지만 대통령이 이 문제에 자신의 늙은 아버지가 관여되어 있을지도 모른다는 의심을 직접 아버지에게 확인할 기회를 갖기도 전에, 대사는 심각한 뇌졸중으로 쓰러지고 말았다. 그는 몇 년은 더 살 수 있었으나 더 이상 말은 할 수 없게 되었다.

신문들은 마리노가 '코를레오네 범죄 조직'과 연계되어 있다고 연일 보도했으며, 그러한 증거는 너무 쉽게 드러났다. 심지어 패밀리가 관리하고 있는 신문사조차 경쟁 신문들을 쫓아가기 위해 젊은 깡패가 단독으로 벌인 일이 아니라는 수많은 소문들에 대해 조사할 수밖에 없었다.

법무장관은 연방정부와 '마피아'라고 불리는 조직이 연계하고 있다는 세간의 생각 때문에 비웃음을 당했다. 직원들과의 사적인 자리에서 법무장관은 조직범죄를 소탕하기 위한 공격적인 새로운 계획을 밝혔다. 그는 빌리 반 알스데일의 일은 어쩔 수 없지만 그들의 노력을 바치자고 말했다.

FBI 국장은 몇 년 전에 톰 헤이건과 만났던 일을 잊지 않고 있었다. 그때 헤이건은 국장이 최고 보좌관의 펠라치오를 받고 있는 장면이 찍힌 흑백 사진을 보여주었다. 국장의 지금 상황은 바위와 딱딱한 곳 사이에 끼어 있는 것과 마찬가지였다. 지금으로서는 국장에게 선택의 여지가 없었다. 하지만 법무장관의 과감한 결정을 따라야만 했다.

유엔은 일반적으로 교육체계가 잘 되어 있고, 군대는 해산한 작은 나라들에게 중재자의 역할을 맡겼다. 이번에도 카르민 마리노를 고향인 이탈리아로 보낼 것인지 아니면 미국으로 보낼 것인지에 대한 문제에 대해 신속하게 처리하도록 했다. 가능성은 별로 없었지만, 중재자로 간 사람들은 마리노가 쿠바에서 신속하고 공정하게 재판을 받게 되기를 바라고 있었다. 쿠바 정부가 중재자들에게 마리노를 만나게 해준 것은 일종의 쇼와 같은 것이었다. 어쨌든 그 덕분에 언제까지일지 알 수는 없지만 당장은 마리오로서는 맨 목에 정의의 칼이 떨어지는 것을 피했고, 안전한 수감 생활을 할 수 있었다.

그날 마리노의 몸에 있던 것이 고문 자국인지 아닌지에 대해서도 논쟁이 가열화되었다. 하지만 누가 뭐라고 해도 그는 절대 아무 말도 하지 않았다.

그러나 이내 상황은 점점 더 긴박해져갔다. 이번 암살 건으로 미국과 쿠바 사이에 돌기 시작한 불길한 조짐은 전 세계 신문 지면에 골치 아픈 영향을 미쳤다. 그리고 쿠바의 기관지의 1면에는 카르민 마리노가 탈출을 시도했다가 총에 맞아 죽었다는 기사가 실렸다. 하지만 미국의 어떤 신문도 1면에서는 그 기사를 찾아볼 수 없었다. TV에서는 언급조차 하지 않았다. 다시는 공식적인 문제로 등장하지 않았다.

마이클 코를레오네는 두 시간 전부터 완전 매진된 조니 폰테인의 콘서트가 진행되고 있는 매디슨 스퀘어 가든 아래 터널에 숨어 콘실리에리가 오기를 기다리고 있었다. 그는 새로 구입한 고전적인 턱시도를 입고 있고 있었다. 마이클은 담배를 꺼내 형의 라이터로 불을 붙였다. 일찍 오면 이런 문제가 있단 말이야. 기다려야 된다는 것. 그는 생각했다.

마이클이 이미 몇 달 전에 뉴욕에 돌아왔다는 소문이 돌고 있었다. 그의 부하들은 물론, 다른 패밀리의 사람들까지도 마이클이 돌아오기를 원했다. 그 이유는 무엇일까? 마이클의 옆을 지킨 사람들은 모두 부자가 되었다. 하지만 그들조차도 마이클의 다음 행보에 대해 예측할 수는 없었다. 일반인들은 그에게 흥미를 보이기 시작했다. 뉴욕 모든 신문에 마이클에 관한 소문이 기사화되었다. 본인은 질색했지만, 마이클은 어쩐지 보통 사람들의 영웅이 되어 있었다. 수백 건의 범죄들이 모두 그의 소행이라는 소문이 있었지만 사실 그는 그 일들에 전혀 책임이 없었다. 루이 루소와 에밀리오 바르지니는 암살당했지만, 마이클은 여전히 두드러진 존재였다. 미국 내 대부분의 돈들이 뉴욕 북부지방에서 체포되었으니 상식적으로 생각해봐도 당연히 마이클은 이 자리에 있어야 했다. 하지만 그는 뉴욕에서 수천 킬로미터 내에서는 전혀 모습을 보이지 않았다. 예전에는 코를레오네 패밀리의 뛰어난 인재였던 샐리 테시오와 닉 제라치가 그의 권위에 의문을 나타냈지만, 이제 앞으로 더 이상은 그에게 그 누구도 그런 의문을 가지지 않을 것이다.

마이클의 잘 생긴 외모도 한몫했다. 우아하게 몸에 꼭 맞는 양복에, 머리 모양은 단정했고, 대통령만큼 하얀 이를 가지고 있었다. 그리고 그는 전쟁 영웅이었다. 직접 비행기를 조종할 줄도 알았다. 만일 그가

'뛰어'라고 말한다면, 조니 폰테인처럼 매력적인 대중의 우상이라 할지라도 '얼마나 높이?'라고 대답할 것이다. 마이클은 아끼던 형제들을 두 명이나 잃은 슬픔을 견뎌냈다. 사랑하는 아내를 두 번이나 떠나보내고도 어떻게든 견디고 있었다. 거의 매일 같이 신문에 그에 관한 기사가 실렸다. 그리고 토니상 수상에 빛나는 매력적인 여배우 마르그리트 듀발과의 새로운 로맨스의 진전을 알려주는 사진이 실렸는데 그녀는 지금 뉴욕에 살고 있었다. 그가 사랑을 쟁취하는 건 오직 시간 문제였다.

정통 뉴욕인들 입장에서는 마이클이 뉴욕에 없다는 것 때문에 속을 끓어야 하는 또 다른 문제가 있었다. 마이클처럼 전설적인 능력을 가진 남자가 이웃으로 있는 편이 아이오와의 작은 루터 교도들이 사는 마을보다 안전했기 때문이다. 도시 전체의 개발업자들은 마이클의 자산이 얼마나 되는지 알아보려 애쓰고 있었고, 그 주위 모든 것의 시세가 오를 경우 얼마나 차익이 남는지도 계산했다.

마이클은 톰 헤이건이 자신의 이름을 부르는 것을 들었다.

톰도 마이클처럼 경호원들 없이 터널로 혼자서 들어왔다. 그들은 끌어안았다.

"준비 됐어?"

마이클이 고개를 끄덕였다. "이건 그냥 저녁식사일 뿐이잖아, 안 그래?"

"그래, 그냥 저녁식사야. 이쪽으로 가자."

두 사람은 뉴욕 닉스 선수들이 게임이 있을 때 사용하는 탈의실 방향으로 나갔다. 그곳에는 뉴욕 5대 패밀리의 돈들이 각자 콘실리에리를 대동한 채 음식을 차려놓고 축하파티를 열고 있었다. 다른 4명의 돈들이 모두 코를레오네 가문의 친구들인 경우는 이번이 처음이었다.

흑인 토니, 우유장수 레오, 뚱보 파울리 포츄나토, 그리고 죽은 리코 타탈리아의 뒤를 이어받아 새로 등장한 오지 알토벨로.

"이봐, 마이크." 톰이 마이클에게 팔을 두르며 말했다. "이제 모든 일들이 제대로 됐어. 넌 결코 이룰 수 없다고 생각하던 꿈을 이루기 위해 애써왔지. 불가능하다는 것을 시도해서 결국 뜻을 이루었어. 그런데 젠장, 그만둔다니. 아니, 절대로 그만둘 수 없을 거야."

"내가 그만둘 수 없을 것처럼 보여?"

"성급한 판단은 아닐까?" 톰이 마이클의 어깨를 잡았다. 비토 코를레오네가 자신에게 뭔가를 부탁할 때 했던 것처럼 부드럽게. "넌 아무도 하지 못하는 일에만 관심을 가질 수 있는 부류에 속해. 그게 널 위대한 인물로 만들었지만, 이젠 한걸음 뒤로 물러나 네가 이루어 놓은 것을 즐길 때가 된 거지."

마이클은 자신이 정말로 원하는 것은 가질 수 없는 것이라는 말을 하고 싶었다. 하지만 그건 틀린 생각이었다. 그에게는 멋진 두 명의 아이들이 있었고, 자신을 사랑해주는 형과 여동생이 있었다. 행복했던 어린 시절의 추억도 있었다. 결의를 새로 하고, 다시 시작할 것이다. 말할 수 없이 부유하고 위대한 이 나라는 사람들에게 자기 자신을 새롭게 발견하기를 요구하고 있었다.

톰은 마이클을 잡았던 손을 떨어뜨렸다. 막 저녁식사가 시작되려는 참이었다.

"그자가 어디에 있든 우린 찾아낼 거야." 그는 제라치의 이름을 말하지 않았다. 지금은 입에 담고 싶지 않았다. "영원히 숨어 있을 수 있는 사람은 없으니까."

마이클은 확신할 수는 없는 일이라고 말했다. 두 사람 다 시칠리아에서 잠적해버린 마피오시에 대한 이야기를 들은 적이 있었다. 20년,

아니 30년이 지났는데도 마피오시가 어디에 숨어 있는지 아무도 알지 못했다. 게다가 미국은 시칠리아보다 훨씬 큰 나라였다.

"사람들이 많다 보면 소문이 돌기 마련이야. 그자가 어딘가에 숨어 있다면 언젠가는 꼭 찾아낼 수 있을 거라고 난 믿고 있어."

"정말 그렇게 생각하는 거야?"

"남자라면 희망을 가져야지, 마이크."

위층에서 폰테인의 목소리가 들렸다. 그는 큰 목소리로 불경스럽게 찬송가를 부르고 있었다. 언제나 별로 좋아하지 않는다고 말했던 곡이었다.

"난 희망을 가지고 있어." 마이클이 말했다.

톰 헤이건이 문을 열었다.

다른 돈들이 마이클의 이름을 연호하며 그를 반갑게 맞이했다.

래틀스내이크섬의 오두막 지하 동굴은 거의 연회장 정도의 크기였다. 닉 제라치는 그곳에서 가능한 한 오래 있을 수 있도록 만반의 준비를 갖추었다. 그는 마침내 두 권짜리 「로마 전쟁사」를 다 읽었다. 그가 직접 챙겨 가지고 온 유일한 책이었다. 동굴 안에는 다른 책들도 몇 권 있었으나 대부분 싸구려 소설이거나 포르노였다. 제라치로서는 아무리 읽을거리가 부족하다 해도 절대 읽지 않을 그런 종류였다. 그는 이제 밤낮이 바뀌는 감각을 잃어버렸다. 하지만 따분하면 잠을 잤고, 자연스럽게 아침에 눈이 떠지면 커피를 끓여 마셨다. 그리고 가지고 간 노트에 글을 쓰기 시작했다. 제목은 「파우스토의 계약」이라고 붙였다. 미국 범죄세계의 진실을 폭로하는 내용으로 엄청난 여파를 몰고 올 글이었다.

그렇다면 그는 글을 어떻게 쓰는 건지는 알고 있는 걸까?

망할. 그런 걸 어떻게 안단 말인가? 그냥 시작하는 거다. 인간이란 필요한 것은 무엇이든 배우게 되어 있다. 그는 이렇게 시작했다.

"우리는 법체계를 따르며 살고 있다. 나는 당신들이 정부에 대해 말할 수 있는 것보다 훨씬 많이 그런 정부 기관에 대해 이야기할 수 있을 정도로 그 내부 사정을 볼 수 있었다. 당신들이 이 책을 읽을 때쯤에는 나와 같은 전통을 따르는 사람들이 7세기 전부터 저질렀던 것보다 훨씬 더 많은 살인과 기타 여러 범죄들에 정부가 참여하고 있을 것이다. 정말이다. 아마 믿지 못할 것이다. 마음대로 해라. 무례하게 대하려는 건 아니다. 당신들이 그렇게 만드는 것이다. 친애하는 독자여. 그리고 어리석게 속는 이들이여. 나의 예전 동지들을 대신해서, 어쩌면 당신들의 대통령만큼이나 용감하게 당신들에게 감사의 뜻을 표하고자 한다."

제라치는 여기까지 쓰다가 멈췄다. 이곳에 영원히 머무를 수는 없었다. 하지만 이 책을 끝마치려면 끔찍할 만큼 오래 이곳에 머물러야 할 것이다. 책을 다 쓸 수 있을 정도로 오래.

가끔씩 밤이면, 구멍 뚫는 소리가 들리는 것 같았다. 아직도 인부들이 클리블랜드까지 이어지는 터널을 파고 있는 것 같았다. 아마 그건 제라치의 상상일 것이다. 어쩌면 그들이 그 일을 끝냈을 쯤이면 제라치는 그곳을 떠났거나 죽었을지도 모른다. 그는 운이 없었다. 병에 걸렸고, 아무것도 남아 있지 않았다. 병에 걸리면 그저 죽는 수밖에 없다는 말이 거리에서 떠돌았다.

닉 제라치는 웃었다. 비참하게도 지금 그가 가지고 있는 건 병 밖에 없었다.

마이클 코를레오네와 프란체스카 반 알스데일은 눈이 부시게 하얀 펜트 하우스 아파트의 엘리베이터에서 내렸다. 그 뒤를 로저 콜이 따라왔다. 알 네리는 붉은 단추를 누른 채 엘리베이터 안에서 기다리고 있었다. 캐시는 아래층 방에서 어린 소니와 함께 있었다. 만일 마이클이 이 건물을 산다면 쌍둥이 자매 앞으로 소유권이 돌아갈 것이다.

그 펜트 하우스는 건물의 꼭대기 층을 전부 이용하고 있었다. 40층이지만 작은 건물이었다. 마이클은 윤기 나는 대리석 바닥을 성큼 가로질러 이스트 리버와 퀸즈의 전경이 보이는 창가로 갔다. 건물의 외관은 평범하다 못해 거의 보기 싫은 수준이었는데 72번가의 끝, 쿨드 삭에 있는 좀 더 커다란 건물 뒤에 위치하고 있었다. 아래층은 모두 사무실로 이용되고 있었다. 경비 요원은 건물의 맨 위층까지 통하는 엘리베이터 옆에 배치되어 있었다. 경비 요원이야 네리가 고른 사람으로 바꾸는 건 간단한 일이었다. 그리고 펜트 하우스로 들어가려면 특별한 열쇠가 있어야 했다. 이곳은 타호 호수나 롱비치에 있던 집보다 훨씬 안전할 것 같았다. 콜의 회사는 아파트를 부수거나 재건축하는 일을 했다. 마이클은 그에게 자신이 찾고 있는 집에 대해 이야기했다. 타호에서처럼 도청당하거나 집이 무너질 위험이 없는 곳이어야 했다.

프란체스카는 아파트에서 보는 아름다운 전망에 숨이 막힐 것만 같았다. 지난 몇 주 동안, 마이클은 빌리에 관한 일로 그녀의 기분이 가라앉을지도 모른다고 생각했지만 그런 일은 없었다. 그리고 마이클은 그런 일은 절대 없을 거라는 사실을 알아차렸다. 프란체스카는 전미 미식축구 스타인 동생보다도 아버지 소니의 한결같던 강인한 모습을 더 많이 보여주고 있었다. 그녀가 남편을 죽인 일도 소니가 예전에 그랬듯이 불같은 성격으로 저지른 것이었다. 그녀는 마이클이 이미 이 일에 대비했었다는 전혀 몰랐다. 톰 헤이건은 빌리에게 거절할 수 없는 제안을 했었다. 그는 강한 상대가 아니었다. 오히려 코를레오네 가문에게는 자원 같은 역할을 해줬다. 그들에게는 짧지만 결정적인 순간에 법무부 내부에 사람이 필요했고, 빌리가 그 자리를 채워주었다. 그런 뒤에 빌리는 아내에 의해, 그것도 자기 차에 치어 목숨을 잃었다. 마이클은 프란체스카가 절대로 진실을 알지 못할 거라고 확신했다.

마이클이 복도 쪽을 가리켰다. "저쪽은 아이들 침실인가?"

"그래. 그쪽이야." 콜이 대답했다.

콜은 아마 뉴욕에서 가장 유명한 개발업자이면서 부동산 투기꾼이었다. 본명이 본 루게로 콜롬보인 그는 코를레오네 일가가 살았던 헬스 키친 근처 공동주택에서 자랐다. 그는 종종 비토 코를레오네가 집주인을 설득해 임대 조약에 애완동물을 키우면 안 된다는 조항을 지키지 못했던 콜롬보 일가가 쫓겨나지 않게 해주었던 가슴이 따뜻해지는 일화를 이야기하곤 했다(집 주인은 그때 콜롬보 일가를 내쫓고 돈을 좀 더 많이 받을 수 있는 다른 가족에게 집을 빌려주려 했다). 그래서 어린 루게로는 귀엽지만 시끄러운 잡종개를 계속 키울 수 있었다(개는 콜의 회사 이름인 킹 프러퍼티스와 이름이 같았다). 비토는 또한 로저 콜이 포드햄에서 경영학 학위를 받을 수 있도록 학비를 대주기도 했다. 콜은 마이클 코를레오네를 백만장자로 만들어주었다. 처음에는 은밀하게였지만, 이제는 공공연하게였다. 만일 마이클에게 시간이 좀 더 있어서 콜과 같은 사람과의 인연을 좀 더 많이 만들었다면, 그는 케이와 아버지에게 했던 약속을 진짜로 지킬 수 있었을지도 모른다. 지금도 늦지는 않았다. 마이클은 다시 노력할 것이다. 하지만 지금 당장은 돌아가야 했다.

"얼마나 자주 만나나?"

"누구를?"

"가족 말이야, 안토니와 메리."

순간적이긴 했지만, 마이클은 당연히 로저가 예전 사업 동업자들을 말하는 것으로 알아들었다. "내일 만나러 가기로 했어."

이 집은 맨해튼에서 살던 집에 비하면 컸고, 타호에 있는 집에 비하면 작았다. "그 애들도 여길 좋아할 거야."

"자네는 어떤가? 여기가 마음에 드나? 맘에들지 않는다면 다른 곳도 두 군데 정도 있는데. 시간이 괜찮다면 말이야." 콜이 물었다.

"주인이 누구지?"

콜이 미소를 지었다. "킹 프러퍼티스라는 부동산회사야. 구석구서 전부."

그 말은 콜의 남모르는 동업자인 마이클 코를레오네가 이미 일부를 가지고 있다는 뜻이었다. "건물 전체도 살 수 있나?"

"공식적으로는 안 돼. 아파트만 되지. 하지만 사는 사람이 자네라면 당연히 가능해."

마이클은 가족들을 이전보다 가까운 곳으로 불러 모았다. 캐시는 시티 칼리지에서 강사 일을 하게 되었다. 그녀와 프란체스카는 같이 살면서 꼬마 소니를 키울 것이다. 코니와 아이들은 같은 층에 있는 다른 방에 이사 오기로 되어 있었다. 톰과 테레사는 바로 아래층에서 살기로 했다. 누구든지 이곳으로 오는 사람들을 위해 마이클은 방을 준비하고, 그들을 안전하게 지켜줄 것이다.

그들은 기간에 관한 문제를 의논했다.

"여긴 완벽해요, 로저."

프란체스카가 환호성을 질렀다. 남자들은 서로의 뺨에 키스했다. 그들은 다 같이 엘리베이터로 향했다.

"자네, 한때 뉴욕 시민이었지 않나? 난 자네가 돌아올 줄 알고 있었어. 집으로 돌아온 걸 환영하네, 친구!" 콜이 말했다.

"돌아오니 좋군." 마이클이 말했다. 그 말은 마이클이 원래 의도했던 것보다 훨씬 더 크게 들렸다. 엘리베이터 문은 닫혔지만, 마이클이 남긴 말은 텅 빈 새 집의 돌로 된 복도에 계속 메아리치고 있었다.

〈끝〉